HOE IK TALENT VOOR HET LEVEN KREEG

RODAAN AL GALIDI

Hoe ik talent voor het leven kreeg

Uitgeverij Jurgen Maas

Eerste druk januari 2016
Tweede druk februari 2016
Derde druk maart 2016
Vierde druk april 2016

Omslagontwerp Lieke Sauren
Omslagbeeld privécollectie auteur
Foto omslagbeeld © Friso Spoelstra
Foto auteur © Lars van den Brink
Vormgeving binnenwerk Michiel Niesen | ZetProducties
Drukwerkbegeleiding PrintSupport4u

ISBN 978 94 9192 120 9
NUR 301

Verspreiding in België EPO | www.epo.be
Uitgeverij Jurgen Maas | www.uitgeverijjurgenmaas.nl

Wie wat vindt, heeft slecht gezocht
Rutger Kopland

VOORWOORD

Dit verhaal zat me dwars. Erover schrijven lukte nooit goed, zelfs er openhartig over spreken vond ik moeilijk. Ook jaren later kon ik het er niet echt over hebben. Ik wilde verder. Ik begon het onderwerp te mijden, om niet weer meegesleurd te worden door herinneringen aan toen.

Toen een man mij een tijd geleden vroeg naar mijn leven in het asielzoekerscentrum, merkte ik dat zijn vraag serieus was en dat hij een serieus antwoord verwachtte. Beleefd zei ik dat ik het er niet over wilde hebben. Hij vroeg mij om één situatietje te noemen. Dat deed ik, en ik denk dat hij voelde dat ik in mijn hoofd eigenlijk nog steeds in dat AZC woonde. Hij voelde misschien dat ik dit verhaal kwijt moest om mijn leven opnieuw te beginnen. Of wellicht wilde hij dat dit verhaal niet verloren zou gaan, dat verhaal van die onbekende wereld waar ik jarenlang moest verblijven.

Hoe het hem gelukt is weet ik niet, maar hij kreeg het voor elkaar mij te laten beloven hem elke maand een stuk van het verhaal te sturen. Misschien was het de manier waarop hij luisterde, vol begrip en menselijkheid. Misschien was het het groeiende gevoel van verantwoordelijkheid dat hij me gaf, dat dit verhaal behouden moest blijven.

Op 15 oktober 2012 zette een mail van hem me aan het schrijven. Ik begon aan het eerste hoofdstuk en dacht elke maand dat ik hem als enige lezer kwijt zou raken of al verloren was en ik schreef door tot dit boek op 19 mei 2015 na tweeënhalf jaar af was. Zonder de steun van die enige lezer was dat niet gelukt. Hij is absoluut de verloskundige van elke bladzijde. Aan hem draag ik dit boek op. Als dank dat hij mijn hoofd heeft schoongeveegd van die zware jaren.

De verteller in dit boek ben ik niet zelf. Het is iemand die ik Semmier Kariem heb genoemd. Zo kon ik de schrijver blijven, zonder hoofdpersoon te zijn.

Misschien zal mij gevraagd worden of dit mijn verhaal is. Dan zeg ik: nee. Maar als mij gevraagd wordt: Is dit ook jouw verhaal? zeg ik volmondig: ja.

Ga eens in het Rijksmuseum voor *De Nachtwacht* staan en kijk goed. Zie je Rembrandt? Het antwoord is: nee. Maar je zou hem kunnen zien achter al die personen, kijkend door het donker. Bijna onzichtbaar.

Ik heb mijn best gedaan om Semmier een zo duidelijk mogelijk beeld van die onbekende wereld te laten tonen.

Dit boek is fictie voor iemand die het niet kan geloven, maar non-fictie voor iemand die ervoor open staat. Of nee, laat dit boek non-fictie zijn, zodat de wereld waarin ik jarenlang heb moeten verblijven, verandert van fictie in non-fictie.

1

Om negen uur 's ochtends op elf februari landde ik op Schiphol. Of om elf uur op negen februari, de datum herinner ik me niet precies. Ik weet nog wel dat het 1998 was.

Ruim twintig uur daarvoor had ik op het vliegveld van Ho Chi Minhstad rondgelopen met mijn valse Nederlandse paspoort. De foto was goed vervalst, maar er was een probleem. De lengte van de officiële eigenaar was 1 meter 73. Ik ben 1 meter 86, dus dertien centimeter langer.

Europa was de bestemming van het vliegtuig waarin ik zou instappen. In de rij voor de douane trilde de hand, die nu deze woorden schrijft. Ik kon haar er niet van overtuigen dat haar trillen mij kon verraden, wat in Vietnam jarenlange gevangenisstraf kon betekenen. Toen ik aan de beurt was, overhandigde ik het paspoort, dat ook trilde, aan de beambte. Zijn kleine Aziatische ogen keken mij priemend aan. Hij bestudeerde mijn paspoort, keek op en vroeg opeens in het Engels: 'Waar ligt Curaçao?' Zijn vraag verraste mij. Ik had de informatie op het paspoort uit mijn hoofd geleerd. Ik had urenlang geoefend op de handtekening en wist dat erop stond dat de eigenaar geboren was in Curaçao. Maar waar dat lag? Dat wist ik niet en ik had niet gedacht dat ik het moest weten. De man bleef naar mij kijken en wachtte op een antwoord.

'Vlak bij Amsterdam,' zei ik zenuwachtig. De man kneep zijn kleine ogen nog iets verder dicht. 'Ongeveer veertig kilometer ten noordoosten van Amsterdam,' zei ik snel, omdat ik het gevoel had dat ik hem nog iets meer moest kunnen vertellen over Curaçao. 'Een mooie stad.' Toen glimlachte hij. Zijn nieuwsgierigheid was bevredigd, en hij zette de stempel in het paspoort.

Geland in Nederland zag ik Europa voor het eerst, de plek waar al die geweldige boeken vandaan kwamen waar ik in Irak lang de vertalingen van zocht, die ik vervolgens verslond. Terwijl Europa er buiten grijs uitzag, was het voor mij mooier dan alle landen die ik tot nog toe had gezien. Ik keek door het vliegtuigraam en dacht dat ik voor het eerst in mijn leven een mens zou kunnen zijn. Hier zou ik mijn angst uittrekken als een oude gescheurde broek. Hier zou ik mijn voorzichtigheid weggooien als stinkende sokken met gaten. Nooit zal ik dat prachtige gevoel vergeten. Ik bleef op mijn stoel zitten en toen iedereen het vliegtuig had verlaten langs de glimlachende Aziatische stewardessen, stond ik op. Ik liep naar de deur en hoopte dat er geen controle zou zijn, want dan zouden ze weten waar ik vandaan kwam en mij meteen weer op een stoel zetten en terugsturen. Gelukkig kon ik ongehinderd door de slurf de transithal inlopen, waar ik opgelucht verdween tussen de reizigers. Er waren reizigers die net aankwamen, net met hun reis begonnen waren of door zouden reizen. Ik wist niet of ik net aan was gekomen, of mijn reis was begonnen of dat ik door moest reizen. Allereerst moest het vliegtuig van China Airlines vertrekken en Schiphol verlaten zonder mij.

In de transithal, waar je paspoort normaal gesproken je belangrijkste bezit is, was mijn paspoort mijn grootste probleem. Ik moest er zo snel mogelijk vanaf. Als de politie je pakt met een vals paspoort, dan weten ze met welk vliegtuig je waarvandaan gekomen bent en dan weten ze ook hoe ze je terug kunnen sturen.

Ik was zo zenuwachtig toen een politieagent naar me toe kwam en me beleefd vroeg of hij iets voor mij kon betekenen.

'Toilet,' zei ik tegen hem in het Engels en ik kruiste mijn benen om hem duidelijk te laten zien dat ik niet raar deed van de zenuwen, maar van de noodzaak een toilet te vinden. Hij wees naar een toilet en ik bedankte hem. Toen de agent mij niet meer kon zien, liep ik een andere kant op en ging een eind verder een ander toilet binnen. Daar verscheurde ik mijn ticket en paspoort in zo klein mogelijke stukjes en liet die in de wc-pot vallen. Ik deed hetzelfde met de adressen die ik op zak had en de Thaise, Vietnamese, Laotiaanse en Maleisische bankbiljetten.

Ik liet de richting op aarde waarvandaan ik op Schiphol was terechtgekomen in de wc verdwijnen. Ook gooide ik de Aziatische souvenirs weg die ik had gekocht, nadat een van de smokkelaars in Bangkok mij had getipt dat het op vliegvelden opvalt als een reiziger zonder tas naar Europa reist, omdat Europeanen altijd souvenirs verzamelen. Daarom had ik een tas gevuld met cadeautjes die ik hier en daar had gekocht van de verkopers op de stoepen. Wat de smokkelaar had gezegd klopte, want toen ze mijn tas controleerden in Ho Chi Minhstad, sloten ze deze met een glimlach, omdat ik een goede smaak had. Eenmaal terug buiten de toiletten had ik alleen nog tien dollar op zak.

Het enige waar ik spijt van had, was dat ik er niet aan had gedacht warme kleren mee te nemen. Ik was zo bezig geweest met voorkomen dat ik zou worden opgepakt, dat ik er niet aan had gedacht welke kleren me in Nederland van pas zouden komen. Ik had überhaupt geen idee in wat voor weer ik hier zou arriveren. Met alleen mijn T-shirt aan liep ik door de transithal en verbaasde me over de grootte. Het leek op een stad, waar je alles kunt vinden wat je wilt.

Nadat er een uurtje was verstreken en het vliegtuig van China Airlines weer was opgestegen, voelde ik de tien dollar in mijn broekzak branden. Zou ik er een lekkere warme thee van drinken, er een Big Mac van eten of mijn moeder bellen om haar gerust te stellen? Het plaatje van de Big Mac deed mijn adamsappel bewegen, maar toen ik mensen thee zag drinken, leek me dat veel lekkerder. Uiteindelijk besloot ik mijn moeder te bellen. Alsof ik net uit huis was gegaan en niet zeven jaar daarvoor.

Voor mijn moeder was het overal veilig en geweldig, behalve in Irak. Ik weet niet waar zij dat positieve gevoel over de wereld vandaan haalde, want toen ik haar eens vroeg hoe oud ze was – wij kennen onze verjaardagen niet – was haar antwoord: 'Acht oorlogen.'

'Ik bedoel in jaren, moeder,' zei ik.

Nu had ik haar zeker meer dan een jaar niet gesproken en ze wist niet eens waar ik gebleven was, maar toen ik haar aan de lijn kreeg, voelde het alsof ik van een straat verderop belde om te zeggen dat er vanavond vrienden zouden blijven eten. Ik zei haar dat ik haar groette vanuit Nederland. Mijn moeder is analfabeet, maar ze wist van Nederland dat de koeien er veel melk hebben. Hollandse koeien hebben in Irak een betere naam dan Rembrandt.

'Ach, dank God, Nederland,' zei mijn moeder. 'God houdt van Hollanders, waarom anders heeft hij de uiers van hun koeien zo enorm gemaakt? Daar, tussen al die koeien, zal je geen honger hebben, Semmier.' Ik drukte de hoorn dicht tegen mijn oor om haar stem goed te horen. 'Herinner je je onze Hollandse koe nog? Die gaf melk voor twintig mensen per dag.' Ze begon mij te vertellen hoe het met de koe was afgelopen, tot de laatste cent die ik had op was en ze van de lijn verdween.

Ik hing de hoorn op de haak en zuchtte. Nu begon ik te denken aan een weg naar buiten. Te midden van de reizigers keek ik door de glazen ruiten van de luchthaven. Ik liep langs de ellenlange doorzichtige wanden en staarde naar de naakte bomen in de verte. Nergens vond ik een gaatje. Zelfs een naald heeft een gaatje, maar in de muren van Schiphol was er geen. Als een laboratoriummuis in een glazen bak liep ik heen en weer. Bij elke uitgang was er controle. Ik was moe van die angst om gepakt te worden en door de jetlag. Ik liet mezelf in een van de stoelen zakken en bedacht dat ik een van de agenten moest gaan vertellen dat ik asiel wilde aanvragen. Mijn twee zussen, die allebei rechten hebben gestudeerd in Bagdad, hadden mij vaak verteld dat er nergens ter wereld zulke goede wetten zijn als in Zweden en Nederland. Ergens gaf dat me een gerust gevoel. Mijn lichaam voelde zich veilig. Alleen was mijn geest niet helemaal zeker van de plek waar ik was geland. Wellicht kwam dat door de gezichten van de Nederlandse verkopers in de transithal en de schoonmakers die ik tegenkwam. Iets in die gezichten belette mij me helemaal veilig en opgelucht te voelen. Het leek hier niet op de andere landen waar ik was geweest, waar mensen altijd glimlachen, ook zonder reden.

Ik zag een groep reizigers en dacht met ze mee te kunnen lopen tot ze buiten waren, maar opeens gingen ze een deur door naar een andere hal om door te kunnen reizen en stond ik daar alleen. Als ik rustig was blijven staan, zou de agent waarschijnlijk zijn doorgelopen, maar ik was kennelijk zo zichtbaar zenuwachtig dat hij glimlachend naar mij toe kwam en mij beleefd vroeg of ik hulp nodig had.

'Ik ben Irakees,' zei ik tegen de agent, die nog een jongeman was. Onder zijn pet krulden blonde lokken en zijn ogen waren helblauw, zoals ik tijdens mijn tijd in Zuidoost-Azië had gezien bij Europese backpackers.

‘Kom met mij mee,’ zei hij, alsof het woord Irakees genoeg was om te weten wat hij met mij moest doen. Ik liep achter hem aan. Hij was groot en gespierd. Hij droeg laarzen, alsof hij bang was in modder van dertig centimeter weg te zakken en niet over een droog vliegveld liep. Ik was verbaasd dat hij mijn polsen niet vastbond, zoals agenten in andere landen waar ik was geweest dat deden.

Daar, achter deze grote agent, tussen de duizenden reizigers die mijn bescherming waren geweest, besefte ik niet dat hij mij zou leiden naar het langste wachten van mijn leven.

Ik zag verbaasd hoe hij deuren opende met een kaartje, niet met een sleutel. Ik kreeg de indruk dat Europa zo ver ontwikkeld was dat de mensen geen sleutels meer gebruikten maar hun identiteitskaarten. De agent opende met zijn magische identiteitskaart glazen deur na glazen deur tot de deuren veranderden in ijzer. Nu kon ik dat februari en die naakte bomen niet meer zien. Het enige dat ik zag, waren gangen en deuren en de gespierde rug van de agent. Hij bracht me naar een kantoor, waar een man van een jaar of vijfenveertig achter een tafel zat. Hij draaide zijn stoel in mijn richting en keek me aan. Van zijn gezicht straalde af dat hij met iets belangrijks bezig was. De vele notitiepapiertjes op het bord achter hem versterkten dat gevoel en gaven mij het idee dat hij zeker twintig dingen tegelijk deed. Ik zag dat hij zachte handen had. De jonge agent die mij naar hem toe had gebracht, zei iets in het Nederlands. Het was de eerste keer dat ik die taal hoorde. Uit de verschillende talen waarin op Schiphol van alles werd omgeroepen naar de reizigers had ik niet kunnen achterhalen welke de taal van het land was waar ik terechtgekomen was. De man knikte kort naar de agent en draaide zich weer naar mij. Opeens sprak hij luid in mijn gezicht in het Engels.

‘Waarom ben je hiernaartoe gekomen?’ Ik bleef verrast en overvallen staan en zag in zijn ogen dat hij boos was. Hij stelde vragen waarop hij geen antwoord verwachtte. Ik keek naar de agent die er nog stond en zag dat zijn blik was verstard. In Irak zou ik nu worden vastgebonden als ik iets verkeerds deed. Maar hier hingen geen kettingen of ijzeren kabels aan de muur. Er hing alleen een portret van de Nederlandse koningin met een kroon op haar hoofd en een zachte glimlach. Het was een gewoon kantoor, zoals je in een bank verwacht.

‘Waarom lossen jullie je problemen niet op in je eigen land? Wij zijn toch niet verantwoordelijk voor de problemen in de wereld?’ vroeg de man.

De zeven jaar die ik had doorgebracht vanaf het moment dat ik uit Irak was ontsnapt tot nu, op Schiphol, schoten door mijn hoofd. Zeven jaar van honger, verdwalen en angst. Vreemdelingenpolities bij vele grenzen hadden mij gebeten, alleen omdat ik dat kleine, dunne boekje, zonder gedichten of poëtische zinnetjes, niet had; een paspoort.

Op deze vraag verwachtte de man wel antwoord. Mijn blik ging weer naar het portret van de koningin achter hem en zo schoot me een antwoord te binnen, uit een boek dat ik ooit gelezen had over de Tweede Wereldoorlog, de bombardementen op Rotterdam en de vlucht van de Nederlandse koninklijke familie. Ik antwoordde: ‘Meneer, uw koningin is in de Tweede Wereldoorlog gevlucht en loste haar probleem niet op in haar eigen land. Terwijl zij een leger had, een geheime dienst, een volk en geld. Waarom moet ik mijn problemen in Irak oplossen, terwijl ik een burger ben en nog geen keukenmes bezit?’

De man stond op, kwam dichter bij mij met een vertrokken

mond, drukte zijn duim in mijn borst en siste: 'Jij, jij, hé, hé...' Ik werd stil. Hij ging weer in zijn stoel zitten, maar bleef me met een ijskoude blik aankijken.

'Waar is je paspoort?' vroeg hij.

'Ik heb het verscheurd en in de wc gegooid,' zei ik. Daarop liep de man het kantoor uit en kwam terug met een andere agent, een grote man met kort bruin haar, en twee plastic handschoenen.

'Je gaat met deze agent mee en haalt je paspoort uit de wc,' zei hij.

Ik was verbaasd dat de man mij, terwijl hij boos op mij was, plastic handschoenen gaf. Vooral toen hij me demonstreerde dat de handschoenen lang genoeg waren om tot de elleboog te reiken, zodat ik ze diep in de wc kon steken zonder mijn armen vies te hoeven maken. Kennelijk dachten ze dat er nog wel een fragmentje in de wc was blijven hangen.

'Anders sturen we je terug naar Irak,' voegde de man eraan toe. Ik liet de handschoenen op de grond vallen.

'Pak ze op en trek ze aan,' zei de agent, maar ik bleef stil.

'Waarom doe je niet wat je gezegd wordt?' zei de man.

'Sorry meneer, maar ik ben uit Irak gevlucht om mijn handen niet in bloed te hoeven dopen. Ik ben niet naar Nederland gekomen om mijn handen in een wc te steken,' zei ik.

De man zei iets tegen de agent in het Nederlands. De agent leek op die woorden te hebben gewacht, want ineens stond hij achter mij en bond mijn handen razendsnel op mijn rug, alsof hij mij net na een lange achtervolging had gevangen. Hij trok de plastic boeien zo strak aan dat ik het bloed in mijn handen niet meer voelde stromen. Daarna duwde hij me voorwaarts naar een celletje. Hij gooide de handschoenen in de cel en trapte mij daarna zo hard met een laars in mijn rug dat ik tegen de muur vloog. Mijn gezicht botste tegen het beton en ik viel op de grond.

'Zolang je paspoort niet uit die wc komt, blijf je hier,' zei de agent en smeet de ijzeren deur met een klap dicht. Die agent schopte niet alleen tegen mijn rug, maar ook tegen mijn geloofwaardigheid, want elke keer als ik later over die schop vertelde of over mijn rug die tot op de dag van vandaag pijn doet, werd ik niet geloofd.

In de cel was het ijskoud. Ik had alleen maar een T-shirt aan, want in Ho Chi Minhstad was het warm geweest. Het bloed stroomde van mijn gezicht, dat de muur had geraakt, en het stoorde mij dat ik het met mijn vastgebonden handen niet uit mijn ogen kon vegen. Er was niets in de cel om aan te trekken of onder te kruipen. Ik kon mijn geboeide handen niet bewegen om het een beetje warm te krijgen. Het enige wat ik kon, was gaan zitten en gaan staan, twee stappen zetten, heen en weer terug. Door het raampje in de deur was alleen een kale witte muur zichtbaar. Eén keer keek de agent door het raampje.

'Koud,' zei ik met trillende stem. Ik had er 'alsjeblieft' aan toe willen voegen, maar ik had geen energie voor meer dan één woord. De agent liep weg.

Hoeveel tijd er verstreek weet ik niet. Toen ik dacht dat iedereen me vergeten was en ik zou doodvriezen, schreeuwde ik in het Engels: 'Doe de deur open. Ik haal het paspoort uit de wc.' Ik schreeuwde, maar er kwam niemand. Ik dacht dat ze nooit terug zouden komen en ging zitten en weer staan, zitten en weer staan om te voorkomen dat ik neer zou vallen van de kou. De gedachte dat de agenten als ze klaar waren met werken weg zouden gaan en er verder niemand zou weten dat ik in dat celletje zat, was beangstigend. Ik zag of hoorde niemand anders. Tegen de tijd dat ze me zouden vinden, was ik allang dood gevroren. De tijd verstreek traag. Na een tijdje voelde ik dat de kou van februari het begon te winnen van mijn lichaam. Het laatste dat ik kon inzetten tegen die kou was de boosheid. Ik wilde boos worden op de man van het kantoor, maar een man die mij met zo veel kou kon omringen was te machtig. Ik wilde niet boos worden op de agent, want stel dat hij kwam, dan zou ik hem misschien aanvallen in plaats van hem te smeken om hulp en dan zou hij me alsnog in de cel achterlaten. Het beste kon ik boos worden op mezelf. Ik begon hardop met trillende lippen tegen mezelf te zeggen dat ik een uurtje geleden met een grote mond had geschreeuwd dat de koningin van Nederland ook een asielzoeker was en dat ik mijn handen in Irak niet in bloed wilde dopen en hier niet in een wc. Ik schreeuwde tegen mezelf.

'Stom, stom.' Ik bonkte mijn hoofd tegen de muur. Ik stampte met mijn voeten en schold mezelf uit. Het vuur van de boosheid brandde in mijn hele lichaam. Ik trilde niet alleen van de kou, maar ook van boosheid op mezelf. Ik begon te schreeuwen dat ik het paspoort zelfs zonder handschoenen uit de wc zou halen. Met mijn voeten begon ik tegen de deur van de cel te schoppen en hoorde het lawaai dat dat veroorzaakte in de gang. Toen ik het gezicht van de agent in het raampje zag, stopte ik meteen. 'Ik haal het eruit, ik haal het paspoort uit de wc, alsjeblieft,' zei ik. Zijn gezicht verdween en opeens ging de deur open. Hij kwam binnen, opende de handboeien en wees naar de handschoenen op de vloer. Ik bewoog met klapperende tanden, trok met mijn trillende handen met moeite de plastic handschoenen aan en volgde de agent.

Bij een toiletruimte zei de agent dat ik mezelf moest schoonwassen. Ik waste mijn gezicht en toen ik uit de toiletten kwam, moest ik terug om ook mijn T-shirt te wassen. Daarna liep ik in een nat T-shirt achter de agent aan terug naar de transithal, waar hij in een aardige man transformeerde. Achter de glazen muren zag ik voor het eerst de nacht van Europa. Ik kon nog net mijn lichaam dragen en liep moeizaam achter de agent aan. Op de vraag waar mijn paspoort was, wees ik in een richting, niet omdat ik wist in welke wc ik het had achtergelaten, maar omdat ik niet terug wilde naar die koude cel. Ik wilde alleen maar lopen in de warmte van de transithal. Ik liep en liep tot ik voelde dat mijn benen mijn gewicht niet meer konden dragen en stopte bij een wc. 'Deze?' vroeg de agent. Ik wilde hem antwoorden, maar kon het niet. De wereld om mij heen werd geel en ik voelde dat mijn lichaam zich van mij afscheidde.

2

Toen ik wakker werd geschud, zag ik dat ik in een zaal lag. Ik tilde mijn hoofd op. Iemand had een tas onder mijn hoofd gelegd. Mijn nek was stijf en ik had het nog steeds koud. De zaal waarin ik lag, zat vol met reizigers die met valse papieren waren gepakt of smokkelaars of ik weet niet wat voor mensen, die op stoelen of tegen de muur op de grond zaten. Aan het plafond hing een kleine televisie die op een sportzender stond. In een hoek stond een automaat voor koffie, thee en soep.

Ik had vastgezeten bij de vreemdelingenpolitie in Jordanië, Turkije, Thailand en Maleisië in de zeven jaar dat ik over de wereld zwierf zonder paspoort. Niet eerder zag ik zo'n nette en schone plek. Het zag er niet uit als een gevangenis, maar eerder als een reisbureau, alsof we zaten te wachten op een toeristische gids. Een politieagent had mij wakker geschud en nam mij nog half slaperig mee naar een kantoor, waar ze afdrukken namen van mijn vingers. Alles wat ik bij me had werd doorzocht. Elk stukje papier werd gekopieerd. Iemand nam met een spons met warm water mijn gezicht af, waarna ze een foto van mij maakten. Daarna werd ik teruggebracht naar de zaal. Ik ging weer liggen en trilde. Ik had koorts en mijn hoofd ontplofte bijna van de pijn. De koude cel had mijn lichaam alles gekost wat het aan warmte en energie had. Ik lag en probeerde te slapen op de harde vloer terwijl ik de schop van de eerste agent onder in mijn rug voelde, tot een andere agent mij zei dat ik hem moest volgen.

'Ik ben ziek,' zei ik. 'Ik kan niet.'

'Je moet mij nu volgen,' zei hij. Ik probeerde op te staan. 'Ik zal je helpen.'

De agent tilde mij bij mijn arm omhoog en leidde mij naar een kantoor waar een blonde Nederlandse vrouw aan een tafel zat met een man, van wie ik aan zijn dialect hoorde dat hij Egyptenaar was. Hij werkte als tolk. Hij begreep mijn Iraakse dialect niet erg goed, dus ik sprak klassiek Arabisch met hem, maar sommige woorden moest ik voor hem uitleggen en dan gebruikte ik Engels.

'We gaan het eerste gehoor afnemen,' zei de vrouw.

'Ik ben ziek,' zei ik moeizaam. 'Ik zat net in een koude cel en nu ben ik ziek.'

'Een koude cel?' Ik kon niet aan haar blik zien of ze geïrriteerd was of nieuwsgierig.

'Net, hier, op het vliegveld,' zei ik.

'Asielzoekers worden niet naar koude cellen gebracht, maar naar de zaal hiernaast,' zei ze in het Nederlands. De tolk vertaalde het in het Arabisch, waarna zij het nog eens rechtstreeks in het Engels tegen mij herhaalde.

'Ik zat wel in een cel en het was er zo koud dat ik bevroor,' zei ik.

'Dat kan niet,' zei de vrouw. 'Het hele vliegveld is één grote hal, met overal dezelfde temperatuur. Het is onmogelijk dat er ergens een plek is waar je kan bevriezen. Ik begreep dat u geen paspoort heeft? Dan bent u zeker niet naar een cel ergens buiten het vliegveld gebracht, want je mag dit vliegveld alleen na dit eerste gehoor verlaten. Is dat duidelijk?'

'Ik zweer u dat ik in een koude cel zat.'

'Ik zal u nog iets anders vertellen. Hier in Nederland hoeft u niet te zweren. Wat u zegt zal geloofd worden als het geloofwaardig is en niet geloofd worden als het ongeloofwaardig is.

Als u bewijs heeft, wordt uw verhaal geloofwaardiger. Ik kan niet met u discussiëren over uw verblijf in een koude cel die niet bestaat. Is dat duidelijk?' Ik keek stil naar haar en wist niet hoe ik moest reageren. Ze herhaalde haar vraag.

'Ja, duidelijk,' zei ik met trillende stem. Ik voelde me koortsig.

'Vanaf nu praten we niet meer over die koude cel. U geeft antwoord op de vragen die ik stel. Dit is uw eerste gehoor. Binnen zes maanden na vandaag wordt u nader gehoord. Op basis daarvan wordt u geaccepteerd als vluchteling in Nederland of niet. Heeft u vragen?'

'Ik heb nauwelijks energie. Ik heb hoofdpijn, keelpijn en koorts. Kunnen we dit later doen, als ik me beter voel?'

'We moeten dit gehoor nu doen, om de procedure te starten.' Ze begon met de eerste vraag, naar mijn achternaam. Ik antwoordde haar dat we in Irak geen achternaam hebben, maar dat elke persoon drie namen heeft, je eigen voornaam, de voornaam van je vader en dan de voornaam van je grootvader. Ze gaf mij pen en papier en vroeg mij die drie namen in Latijnse letters op te schrijven. Ze vertelde mij dat ik zonder achternaam mijn opa's voornaam als achternaam zou krijgen. Zo werd de voornaam van mijn opa mijn achternaam. Semmier Hamza Kariem. Ze vertelde mij dat ik vanaf nu en voor altijd in Nederland als meneer Kariem aangesproken zou worden. Als ik niet zo moe was geweest, zou ik het grappig hebben gevonden dat de naam van mijn dertig jaar eerder overleden grootvader nieuw leven werd ingeblazen. En dat op een luchthaven duizenden kilometers van Irak.

'Uw geboortedatum?'

'1 juli...' zei ik en wilde doorgaan, maar ze onderbrak mij.

'Vijf andere Irakezen die ik interviewde hadden ook 1 juli als verjaardag. Is dat uw echte geboortedatum?'

'Nee,' zei ik tegen haar. 'Maar wel mijn officiële verjaardag.'

'Kunt u dat verduidelijken?'

'Ik ben erg moe. Kan dat bij het volgende gehoor?'

'Als u moe bent, zorg ik voor koffie,' zei ze. Op elk ander moment zou dat een aardige, zorgzame opmerking zijn geweest, maar zij klonk streng. Ze belde iemand en even later kreeg ik in een halletje een kopje zwarte koffie met suiker. Eigenlijk dronk ik geen koffie, maar nu nam ik de warme drank aan om wakker te blijven. Ik ging in de gang zitten om met kleine slokjes en trillende handen de koffie op te drinken.

De vrouw kwam even bij me staan. Haar gezicht was anders, zachter. Ze glimlachte.

'Waarom trillen uw handen zo? Vindt u het zo spannend?' vroeg ze in het Engels.

'Ik ben ziek,' zei ik en keek haar wantrouwend aan, omdat ik niet wist of ik nu met dezelfde vrouw sprak als net in haar kantoor.

'Ik zie het,' zei ze. Ze leek niet alleen anders. Ze was anders. Iemand die mij wilde laten zien dat zij in haar kantoor alleen maar haar werk deed, dat zij dat niet zelf was.

'Kunt u misschien het gehoor verzetten? Ik ben echt doodop.' Ik hoopte dat ze dit keer ja zou zeggen.

'Ik zal mijn best doen,' zei ze. 'Maar hoe sneller dit gehoor gedaan is, hoe sneller u dit vliegveld kunt verlaten. In het opvangcentrum kan een dokter u zien. Daarom is het belangrijk dat we dit gehoor snel doen. Het is echt belangrijk.' Haar stem was zacht terwijl ze met mij in het Engels praatte. Ze klonk ook moe, waardoor ik dacht dat zij ook wilde dat het gehoor snel afgelopen zou zijn, zodat ze naar huis kon gaan. 'Heeft u echt in een koude ruimte gezeten?' vroeg ze ineens. Ik keek haar voorzichtig aan. Was dit nu echt de vrouw die net achter de computer zat, of waren het twee verschillende vrouwen?

En welke van de twee kon ik de waarheid zeggen?

'Ik weet niet of de cel te koud was,' zei ik en probeerde niet de waarheid te zeggen, maar geloofwaardiger te zijn voor haar. Dit gehoor beëindigen was belangrijker dan de prijs die ik ervoor betaalde, ook als dat de waarheid was.

'Misschien was het er in het begin zo koud omdat ze de verwarming nog aan moesten zetten. Dan duurt het even voor het is opgewarmd.' Ik knikte en zag dat ze glimlachte voordat ze ging, misschien meer tegen zichzelf dan naar mij.

Toen de koffie op was, gingen we verder met het gehoor. De vrouw zat weer achter haar bureau en computer. Als iemand anders. Ik was verbaasd over de snelheid waarmee ze switchte tussen formeel en informeel, in haar woorden, haar houding en haar gezichtsuitdrukking. Wat het voor mij erg maakte, is dat het gebeurde zonder dat ik een seconde twijfelde dat haar gedrag binnen of buiten de kamer nep was. Deze akelige vrouw was net een zacht mens waarmee ik bevriend kon worden, voor wie ik zeker niet bang hoefde te zijn en nog geen tien minuten later kreeg ik van haar een geheel ander gevoel. Dat is voor mij nog steeds moeilijk te begrijpen. 'En nu,' zei de vrouw met vastberaden stem. 'U zei dat 1 juli niet uw officiële verjaardag is. Heeft u twee verjaardagen?'

'Ja, ik heb twee geboortedata, de echte die ik niet ken en deze op 1 juli die de regering mij gegeven heeft,' zei ik. Een ambtenaar bij de immigratiedienst zou toch moeten weten dat meer dan de helft van de oudere Irakezen als geboortedatum 1 juli heeft, dacht ik. De andere helft heeft 1 januari.

'Hoe hebt u uw officiële verjaardag gekregen? Bent u onderzocht in een ziekenhuis?'

'Nee, in ons dorp was geen ziekenhuis.'

'Ergens anders dan?'

'Nee,' zei ik.
'Hoe hebben ze uw leeftijd dan bepaald?'
'Op een dag gingen mijn vader en moeder met hun tien kinderen, twee tantes, mijn opa en oma, mijn ooms en neven en nichtjes naar een gebouwtje in het dorp, met één kleine ruimte en een raam.'
'De gemeente?'
'Nee, een kamer.'
'Wat stond er op het gebouw?'
'Ik weet het niet.'
'Waarom weet u het niet?'
'Ik was nog klein en kon niet lezen en schrijven.'
'Hoe oud was u toen?'
'Ik weet het niet. In die tijd wist ik niet dat u het mij zou gaan vragen en dat mijn leeftijd ooit zo belangrijk zou zijn,' zei ik.
'Ik wil graag dat u mijn vraag serieus neemt,' zei ze streng. Ik wilde haar vertellen dat ik haar vraag heus serieus genomen had, maar durfde het niet.
'En nu: hoe oud was u toen u die dag naar dat gebouw ging?'
'Ik denk vijf jaar,' zei ik.
'Ik wil graag een precies antwoord, meneer Kariem.' Ik dacht dat dit gesprek nooit zou eindigen en dat ik op elk moment van vermoeidheid van mijn stoel kon vallen.
'Ik weet het zeker, mevrouw, dat ik die dag vijf jaar was.'
'In welk jaar was dat?'
'Dat weet ik niet.'
'Probeert u het zich te herinneren.' Waarschijnlijk om mijn hersenen een extra impuls te geven liet ze nog een zwarte koffie brengen, die ik deze keer opdronk in het kantoor. De koffie in mijn lege maag voelde raar en maakte me misselijk.
'U krijgt paracetamol en een uur pauze,' zei de vrouw en

liep met mij de gang in. 'Inderdaad, het is moeilijk voor een kind om te weten welk jaar het is, maar na de pauze zal alles oké zijn,' zei ze. Ik vroeg haar waarom de datum zo belangrijk was, waarop ze zei dat mijn verhaal daardoor geloofwaardiger zou zijn. In haar stem hoorde ik medelijden, wat mij nog behoedzamer voor haar maakte. 'Ik zie u over een uur,' zei ze en liep weg.

Een agent bracht mij terug naar de zaal, waar ik meteen op de grond in een diepe slaap viel, alsof ik niet net twee koppen koffie had gedronken. Het voelde als een minuut later toen ik wakker werd gemaakt door een agent die de naam van mijn opa riep, die mijn achternaam was geworden. De agent overhandigde mij een blouse, nog in plastic verpakking.

'Trek dit aan en volg mij,' zei hij.

Twee Afrikanen hielpen mij overeind. Ze hielpen mij de blouse uit de verpakking te halen en aan te trekken en liepen met me mee naar de deur. Ik was een beetje duizelig toen ik weer in het kantoor zat, waar alweer een koffie klaarstond.

De vrouw vroeg mij of ik me het jaartal al kon herinneren. Ik gaf haar een jaartal en zij zette het in de computer. Daarna vroeg ze hoe ik mijn officiële geboortedatum had gekregen. Ze leek nieuwsgierig terwijl ze luisterde naar mijn antwoord. Ik vertelde dat we thuis met tien kinderen waren. Met mijn vader, moeder, twee tantes, opa en oma, ooms, neefjes en nichtjes stonden we in een rij voor het raam van het gebouwtje met één ruimte. De man achter het raam keek naar mijn oudste broer en zei dat hij negen jaar was. Elke jongere broer werd een jaar jonger. Aan het eind had hij een probleem, want de jongste broer zou nog in de buik moeten zitten. Daarna streepte hij door wat hij al opgeschreven had, zei dat de jongste broer één jaar was en gaf elke volgende broer een jaar erbij. We stonden daar op lengte, de kortste voor-, de langste achteraan. Omdat ik langer was dan mijn oudere broer en achter hem stond, werd ik als een jaar ouder geregistreerd. Terwijl hij zeker meer dan anderhalf jaar ouder moest zijn dan ik, was ik nu officieel een jaar ouder dan hij. Dat maakte mij trots. Met de tijd werd wat geschreven stond op onze identiteitskaarten de werkelijkheid. Mijn broer ging zich gedragen alsof ik ouder was. Vooral als we op onze ezels naar de akkers gingen. Dan was ik degene die zei in welke richting we moesten, hoe laat we terug zouden gaan en besloot ik waar we gingen zwemmen of vissen. De hele familie kreeg 1 juli als verjaardag.

'Dus dit is niet uw echte geboortedatum.'

'Nee, niet de echte.'

'Dan kan ik het niet opschrijven.'

'Wat schrijft u dan op?'

'0-0. Ik zal alleen het jaartal erbij schrijven.'

'Maar het jaartal is ook niet echt. Waarom schrijft u dat dan wel op?'

'Ik heb het nodig in de computer.'

'Maar, mevrouw, kunt u dan ook 1 juli in de computer zetten? Ík heb het nodig.'

'Dat is uw probleem, u zei net dat uw verjaardag niet klopt.'

'Mevrouw, maar ik zei net dat het jaar ook niet klopt. Waarom schrijft u in uw computer op wat u nodig hebt en niet wat ik nodig heb?' zei ik opeens boos. De boosheid liet mij vergeten dat ik ziek en moe was. Opeens was ik in staat om de computer door het raam te gooien, er zelf achteraan te springen en weg te rennen.

'Luister, meneer Kariem,' zei ze met harde stem. 'Als u wilt dat dit gehoor doorgaat en eindigt, moet u hier niet zoveel discussiëren. U moet weten dat u hier bent om antwoorden te geven, niet om vragen te stellen. Is dat duidelijk?' Ik keek haar aan en even dacht ik dat ik echt gek geworden was. Hoe kon zij in hemelsnaam mijn boosheid meteen wissen, alsof ik een machine met knopjes was? Ze had mij in een seconde stil. Ik zakte verder weg in mijn stoel en zei dat het duidelijk was. Ik beantwoordde haar vragen, alleen maar om ervoor te zorgen dat het gehoor snel afgelopen zou zijn. Achter haar hing een klok aan de muur. Zo telde ik de uren. Ik kan niet zeggen hoeveel zwarte koffie ik dronk om wakker te blijven, maar ik weet dat ik daar zes uur en een kwartier zat.

Uiteindelijk printte de vrouw het verslag van het gehoor twee keer en moest ik er een handtekening onder zetten. Met alleen het verslag in mijn hand volgde ik een andere vrouw naar een parkeergarage. Daar voelde ik de kou.

'Ben je ziek?' vroeg de vrouw.

'Ja.'

'Ga maar achterin zitten.' Ze zette de verwarming van de auto aan en even later verlieten we Schiphol. De auto stopte bij een benzinepomp. Ik keek om me heen en geloofde er niets van. Mijn God, ik was vrij. Ik had een verslag van mijn gehoor met mijn foto in mijn hand. Ik kon zo de deur openen en wegrennen als ik wilde. De mogelijkheid om te ontsnappen gaf mij een veilig gevoel. Ik heb asiel gekregen! dacht ik. Eindelijk. Heb ik politiek asiel, of wat is dit?

'Waar breng je mij naartoe?' vroeg ik de vrouw in het Engels.

'Naar een OC, een opvangcentrum, daar blijf je een maand of drie. Dan ga je naar een AZC, een asielzoekerscentrum.'

'En hoelang blijf ik in een AZC?'

'Dat hangt af van wat je in het eerste gehoor hebt gezegd en later in het tweede gehoor gaat zeggen. De medewerkers van de IND, dat is de Immigratie- en Naturalisatiedienst, zullen je eerste gehoor goed bestuderen en dan nemen ze het tweede gehoor af. Als er iets niet klopt of als je informatie hebt gegeven waarvan je niet zeker bent, zal je misschien langer moeten blijven.'

'Weken?' De vrouw lachte, alsof ik een grap had gemaakt.

'Ietsje langer.'

'Maanden?'

'Neeeeeee,' zei ze. Door de manier waarop ze de klank rekte, begreep ik dat het jaren zou worden.

'Hoeveel jaar ongeveer?'

'Dat kan ik niet zeggen. Heb je iets gezegd waar je niet zeker van bent?'

'Ja.'

'Wat? Waarom?'

'Omdat ik ziek ben. Ik wilde dat het zou stoppen.'

'Waarom heb je het gehoor niet geweigerd tot je je beter voelde?'

'Dat had ik gevraagd, maar dat was niet mogelijk.'

'Dat is niet waar,' zei ze. 'Wat je zegt klopt niet. Ten eerste ben je niet echt ziek, je praat nu ook met mij. Ten tweede heb je informatie in je eigen taal gekregen over je rechten. Je hebt een formulier ondertekend.'

'Nee, dat heb ik niet,' zei ik.

'Jawel. Elke asielzoeker krijgt als eerste papieren in zijn eigen taal over het eerste gehoor en de procedure, zodat hij weet wat zijn rechten zijn. Anders leggen ze het eerste gehoor niet af. Kijk in je dossier.' Ze knipte het licht in de auto aan. In het dossier zaten papieren in het Arabisch. Mijn handtekening stond eronder. Er stond dat als ik geen goede tolk had, ziek was of te moe, ik het recht had te zeggen dat ik het gehoor niet kon doen.

'Dat klopt,' zei ik tegen haar. 'Ik heb die papieren schijnbaar ergens gekregen en mijn handtekening erop gezet.'

'Dan zal Nederland moeilijk voor je worden,' zei ze.

'Maakt niet uit,' zei ik. 'Dan ga ik naar Duitsland, ik heb gehoord dat dat twee uur rijden is vanaf hier.'

'Ze hebben je vingerafdrukken afgenomen. Dan kun je niet in een ander land asiel aanvragen.'

Ik lag op de achterbank van de auto en realiseerde me dat deze vrouw alleen zo kon praten omdat ze niet in een gevaarlijk land als Irak woonde en geen bloederige president zoals Saddam Hoessein had. Wat moest ik ook met een verblijfsvergunning? Naar de hel ermee. Als je jaren niet hebt gegeten en in een sjiek restaurant komt, denk je niet aan voor- en nagerechten. Je wilt eten en het maakt je niet uit wat. Eindelijk was ik veilig!

3

Mijn verhaal is begonnen. Je weet nu hoe ik naar Nederland ben gereisd en je kent mijn eerste ervaring met het systeem. Nu spring ik een paar maanden vooruit in de tijd om je over het tweede gehoor te vertellen, want dat is het saaiste in het verhaal en dan hebben we dat gehad. Bovendien is het de basis van de procedure waarin ik terecht zou komen en waaruit, zo bleek later, ontsnappen onmogelijk was.

Na de eerste maand in OC Haarlem vroeg ik een vrijwilliger of hij mijn eerste gehoor een beetje kon lezen en me kon vertellen wat erin stond. Die man had ooit in een AZC gewerkt, dus hij had een idee van hoe het asielbeleid werkt. Hij las en vertaalde direct naar het Engels. Na een tijdje las hij alleen nog maar. Daarna sloeg hij het verslag dicht en gaf het aan mij terug. 'Die trut heeft je niet eens een beetje hoop op asiel in Nederland gelaten.'

Ik begreep er niets van. Hij vertelde dat het eerste gehoor er eigenlijk alleen voor is bedoeld om te weten waar je precies vandaan komt; daarom hoort er een tolk bij te zijn, die uit jouw land van herkomst komt. Bij mij was dat dus niet het geval geweest en ik had dat op dat moment niet door.

Bovendien waren ze bij mij veel verder gegaan. De vrijwilliger vertelde dat de vrouw mijn gehoor had gemonteerd. Ze had opgeschreven wat ik zei en dat ik daarna iets anders zei, maar zonder uit te leggen waarom. Hij keek vol medelijden naar mij en zei: 'Ze heeft jou gepakt.' Ik glimlachte.

'Je lacht nu, Semmier,' zei hij. 'Maar dit gaat jaren duren.

Tot het huilen je nader staat dan het lachen.'
Nu dus eerst dat tweede gehoor.

Drie maanden na mijn aankomst in Nederland nam een andere vrouw mij dat interview af. Deze vrouw was rond de dertig, netjes gekleed en droeg een bril. Als haar mond dicht was, zag ze eruit alsof ze lucht in haar mond had voor een diepe zucht of harde boer. In haar blik las ik verveling, geen aanmoediging. Ze keek naar mij en naar de foto op het eerste gehoor om te zien of ik diezelfde persoon was. Ze vroeg mij of ik ook een kopie van het eerste gehoor had gekregen. Ik knikte. Daarna vroeg ze mij of ik de tolk goed begreep. Ik zei haar dat ik met hem zou moeten praten om daar achter te komen. Toen mocht ik met hem spreken, tot ik zeker wist dat we elkaar goed begrepen. Ik vroeg hem waar hij vandaan kwam. Hij zei dat dat niet belangrijk was. Toen hij bevestigde dat hij het Iraakse dialect begreep, sprak ik met hem in het Iraakse Arabisch dat ik met mijn familie sprak. Ik ontdekte dat hij het niet echt goed begreep, maar dat hij net als ik goed klassiek Arabisch sprak. Aan zijn accent hoorde ik dat hij een Koerd uit het noorden van Irak was. Ik wendde me tot de vrouw en zei dat hij mij goed begreep.

'U moet voorzichtig zijn, meneer Kariem, dit is uw toekomst,' zei ze. Bij het woord toekomst nam ze het eerste gehoor in haar handen. Ik vond het grappig dat haar A4'tjes mijn toekomst konden zijn, en niet mijn gezondheid, mijn geluk of mijn dromen. Of een eeuwigdurende barbecue op een strand of rondreizen over de wereld met een normaal paspoort.

'Hij begrijpt mijn klassiek Arabisch goed,' zei ik.

'Dan gaan we aan het tweede gehoor beginnen.'

'Ik wil graag dat het tweede gehoor met een advocaat wordt afgenomen. En ik wil dat u nu opschrijft dat ik dat heb gevraagd,' zei ik, op advies van de vrijwilliger uit OC Haarlem.

'Meneer,' zei ze geïrriteerd. 'U gaat mij niet vertellen hoe ik mijn werk doe. U bent hier alleen om antwoorden te geven op mijn vragen. Dit tweede gehoor hoort bij uw asielaanvraag. Het moet. Wilt u door met uw asielaanvraag of niet? Later kunt u dit gehoor met uw pro-Deo-advocaat doornemen.'

Het was moeilijk voor mij om bang te moeten zijn voor deze vrouw. Ik was gewend om bang te zijn voor een raket of een bom twintig meter verderop, een kogel door het raam, soldaten die de straten vullen met tanks of een agent van de geheime dienst met behaarde handen. Ik wist niet hoe ik bang moest zijn voor een blonde vrouw, maar zij leerde het mij. Tijdens het gehoor kreeg ik steeds meer het gevoel dat mijn keel vol zat met slijm dat ik niet kon wegslikken naar mijn maag, waarvandaan het zuur opsteeg. Deze vrouw kon mij terugsturen naar de mannen van Saddam Hoessein om mij te verscheuren of hier op straat zetten als een hapje voor de hongerige celletjes van de vreemdelingenpolitie. Ook had ik in de drie maanden waarin ik in OC Haarlem verbleef gehoord over gesloten centra waar asielzoekers heen werden gestuurd als er twijfel was over hun nationaliteit, als men dacht dat ze criminelen waren of als ze ruzie maakten met ambtenaren die het gehoor afnamen.

Ik slikte en knikte.

'Hier, in het eerste gehoor,' zei ze en wees naar het verslag in haar hand, 'zei u dat u niet wist hoe oud u was toen uw geboortedatum werd geregistreerd. Daarna zei u iets anders, dat u precies vijf jaar was. U zei eerst dat u uw geboortejaar niet kende, daarna noemde u het jaartal. Kunt u verduidelijken hoe u dat ineens zo precies wist?'

'Ik was ziek en wilde dat het gehoor eindigde.'

'Dan had u kunnen zeggen dat u te ziek was om antwoorden te geven.'

'Dat probeerde ik, maar de vrouw daar zei dat het niet anders kon.'

'Maar u heeft deze papieren in uw moedertaal met uw rechten ondertekend.' De vrouw typte iets in op de computer en ik wist niet wat ze van mijn woorden noteerde en wat van de hare.

'Hier ook...' Ze wees naar een zin en noemde het paginanummer van de bladzijde waarop die stond. 'U zei dat u niet wist op welke dag u de grens overstak, omdat u, zoals u zei, in die tijd niet eens wist welke dag van de week het was. Even later vertelde u dat het 4 augustus was. En hier zei u dat u bent ontsnapt uit Irak omdat u niet in militaire dienst wilde. Daarna zei u dat u gevlucht was omdat u bang was voor de geheime dienst, omdat ze een vriend van u...' ze keek even wat langer op het papier, '... Hoessein Jawad, oppakten. Weer later vermeldt u dat u uit Irak gevlucht bent, omdat elke Irakees die niet van het systeem houdt in gevaar is. Klopt dat?'

Ik knikte.

'Heeft u nog iets toe te voegen?' vroeg ze na twee uur discussiëren en uitleg vragen over alle details die ik tijdens het eerste gehoor had genoemd.

'Ja, mevrouw. Ik vraag me af of dit tweede gehoor nodig was. Het ging alleen maar over het eerste gehoor. Ik had verwacht dat u nieuwe dingen van mij wilde weten.' De vrouw keek mij boos aan en zei dat ze mij toch al had verteld dat ze wist hoe ze haar werk moest doen.

Ze bracht mij een kop thee en twee kopieën van het verslag, één voor mij, één voor haar. Ik zette mijn handtekening. Na een jaar of drie wachten zou ik het antwoord krijgen op het tweede gehoor: ik kreeg geen politiek of humanitair asiel. De reden voor die weigering na zolang wachten was voor mij zo vaag dat ik het niet goed begreep. Wel begreep ik de zin waarin stond dat ik binnen achtentwintig dagen teruggestuurd zou worden naar Irak.

4

Het was avond toen ik door de chauffeuse van Schiphol naar OC Haarlem werd gebracht.

'Wacht hier,' zei ze bij de receptie. Even later kwam ze terug met een lange, magere man. Ze sprak even met hem in het Nederlands en glimlachte naar mij. 'Veel geluk,' zei ze ten afscheid. De lange, magere man gaf me een hand, stelde zich aan me voor en zei me hem te volgen. Ik liep achter hem aan naar een kantoor met een paar tafels en computers. Achter elke tafel hing een prikbord waarop notitiebriefjes waren geprikt en her en der een ansichtkaart of privéfoto's van een hond of een kind. Ik dacht dat Nederlanders snel dingen vergaten. Waarom hadden ze anders prikborden voor notities achter hun bureaus nodig?

'Je slaapt in de sporthal van het OC, want alle kamers zijn vol,' zei de man. Hij vroeg me om te blijven zitten en liep weg. Daarna kwam er een vrouw binnen. Ze gaf mij een hand, stelde zich voor en vroeg mij of ik ziek was, omdat mijn hand zo warm aanvoelde. Ik knikte.

'We zullen je een plek geven voor speciale gevallen, omdat je ziek bent. Daar kun je slapen tot je je beter voelt en daarna kun je naar de sporthal, want alle kamers in dit OC zijn vol. Oké?' zei ze. Ik knikte. Toen ze werd opgeroepen op de portofoon die aan haar riem hing, liep ze weg. Ik bleef zitten. Wat me opviel was de manier waarop de Nederlanders die ik ontmoette me een hand gaven en zich voorstelden. Iedereen gaf je een hand en een naam. In een kantoor in Irak krijg je nooit een naam of een hand van een ambtenaar. De vrouw kwam terug, bracht een man, een vrouw en twee kinderen mee, liet ze in het kantoor plaatsnemen en ging weer weg.

De lange, magere man kwam terug en vroeg mij hem te volgen. In een magazijn gaf hij mij twee dekens, drie lakens, een handdoek, een kussen en een kussensloop. Daarna vroeg hij mij een papier te tekenen, nadat hij me met ernst had verteld dat ik nu verantwoordelijk was voor twee dekens, drie lakens, een handdoek, een kussen en een kussensloop en dat er een boete op stond in het geval ik ze niet teruggaf. Ik zette een handtekening en volgde hem naar de sporthal.

'Meneer, ik heb gehoord dat ik een paar dagen in een aparte kamer mag slapen omdat ik ziek ben,' zei ik. De man stopte abrupt met lopen.

'Wie heeft dat gezegd?' zei hij geïrriteerd.

'De vrouw in het kantoor,' zei ik.

'Welke vrouw?'

'Die net in het kantoor was.'

'Heeft ze niet gezegd hoe ze heette?'

'Jawel, maar ik ben het vergeten. Ze had kort blond haar,' zei ik, maar toen ik haar naam niet kon zeggen, luisterde de man niet meer en liep verder.

De sporthal lag vol met matrassen, op elke matras zat een asielzoeker. We liepen naar een lege matras.

'Hier,' zei hij en ging. Er was verwarming in de sporthal, maar die was zo ingesteld dat het er alleen warm genoeg was als je aan het sporten was. Het vooruitzicht dat ik in een sporthal zou slapen, waar het dak zo hoog was, versterkte het gevoel dat het er koud was. Bovendien liepen de asielzoekers om de haverklap naar binnen en naar buiten en soms sloten ze de deur niet. Omdat niemand elkaars naam kende, kon je elkaar niet roepen om de deur dicht te doen. Daarom stond de deur vaak open en dan kwam er een zweep van kou naar binnen. Ik kon van vermoeidheid de kussensloop niet om het kussen krijgen, gooide het kussen op de matras, en ging liggen. Moeizaam legde ik de twee dekens, de drie lakens en ook de handdoek over mij heen. Daaronder lag ik te rillen.

Na een uurtje hoorde ik een vrouwenstem.

'Semmier Kariem?' Ik was niet in staat antwoord te geven. Zachtjes werd de deken opgetrokken en ik zag de Nederlandse vrouw met kort blond haar.

'Pak je spullen en kom mee,' zei ze. Trillend stond ik op, pakte de twee dekens, drie lakens, handdoek, kussen en kussensloop en volgde de vrouw, die Sara bleek te heten. Binnen in het OC voelde ik de warmte. Aan het einde van een gang opende ze een kamertje met een bed. Het was er warm. Er stond een kleine televisie en een koelkast.

'Hier slaap je,' zei ze. Ze haalde een glas water en twee paracetamol. Meestal, zou ik later ontdekken, hebben Nederlanders grote lichamen en op hun gezicht een uitdrukking alsof ze willen zeggen 'effe checke,' 'hou het kort,' 'dat komt me bekend voor,' of 'ik heb een zwaar weekend gehad,' maar Sara niet. Ze was klein en dun. Ze bewoog zacht en leek op iemand die lang onrustig was geweest en opeens de eeuwigheid had ontdekt. Ze draaide, stond en zat alsof ze yoga deed.

Die nacht sliep ik alsof ik nooit eerder geslapen had. Mijn lichaam beet zich vast in de slaap en zonk naar een diepe bodem. Ik werd niet wakker tot er de volgende ochtend hard op de deur werd geklopt. Ik zocht mijn bril terwijl ik naar het kloppen luisterde dat elke keer harder werd, opende de deur en zag een vrouw staan.

'Bent u meneer Kariem?' Ik bevestigde het. Ze gaf me een hand, stelde zich voor en liep naar het midden van de kamer. Haar naam was Elly. Ze was een droge vrouw, haar stem was droog, haar gezicht was droog. Ze was zeker ouder dan veertig en het was duidelijk dat ze altijd droog zou blijven, zonder de mogelijkheid dat de meest sexy man ter wereld of de zwaarste regenbui haar nat zou maken. Ze had papieren in haar hand en vertelde mij dat die van mijn eerste gehoor waren. Die papieren waren het bewijs dat ik gisteravond niet eerlijk was geweest tegen de medewerkers van het OC, zo vertelde ze. Ze keek me af en toe over haar bril heen aan, terwijl ze las.

'Meneer Kariem, ik heb in uw eerste gehoor gekeken. Er staat hier niet dat u homo bent.' Ik begreep deze vrouw niet, die Margaret Thatcher in een marathon van ijzeren vrouwen achter zich zou laten.

'Ik ben geen homo,' zei ik verbaasd.

'Het spijt me, maar deze kamer is alleen voor speciale gevallen. Voor mannen alleen als ze homo zijn.' Ze zei dat ik mijn twee dekens, drie lakens, de handdoek, het kussen en de kussensloop mee moest nemen en haar moest volgen. Toen ze vond dat ik te langzaam mijn spullen bij elkaar pakte, greep zij ze bij elkaar en gaf ze me aan. Aan de manier waarop ze dat deed, zag ik dat ze bozer was dan haar stem deed vermoeden. Onderweg naar de sporthal vertelde ze mij, ik weet niet waarom, misschien om mij te bewijzen dat ze niet hard was maar alleen haar werk deed, dat er maar zes kamers in het OC waren voor speciale gevallen: drie voor homo's of vrouwen die alleen asiel aanvroegen en drie grote kamers voor families. Ik zei haar dat ik niemand had gezegd dat ik homo was, maar dat ik de kamer had gekregen omdat ik ziek was.

'Als wij elke zieke asielzoeker een eigen kamer zouden geven, hadden ze hier honderden kamers nodig. Dan zou iedereen zeggen dat-ie ziek is,' zei ze chagrijnig.

In de sporthal was geen lege matras meer over. Elly zei mij even te wachten en liep weg. Ik legde een deken op de grond, ging erop liggen en legde de andere deken, de lakens en de handdoek over me heen. Toen ze na meer dan een halfuur met twee medewerkers en een matras terugkwam, was te zien aan haar gezicht dat ze het irritant vond dat ik niet had gewacht op de matras. Ze zei me dat de deken op de grond niet van mij was, maar van het OC en dat ook anderen die nog moesten gebruiken.

's Avonds zag de vrouw die Sara heette mij liggen in de sporthal.

'Voel je je beter vandaag?' vroeg ze.

'Zeker,' zei ik tegen haar. Ik wilde haar niet vertellen dat ik me nog ziek voelde, want ik had liever dat de kou van februari over mijn zieke lichaam liep dan dat ik nog eens met het gezicht van Elly zou moeten botsen, want dat was zeker erger dan de kou.

'Ik werk vandaag tot tien uur. Als je denkt dat je die kamer nodig hebt, laat het mij dan voor die tijd weten,' zei Sara. Ik zei dat het niet nodig was.

Na een paar dagen begon ik mijn gezondheid terug te krijgen. Het enige dat ik bleef voelen was de stekende pijn in mijn onderrug van de schop in de cel van Schiphol. In het OC van Haarlem was een medische dienst, waar één of twee verplegers werkten. Als een asielzoeker zich ziek voelde, ging hij naar het medisch centrum. Dan hielp een verpleger hem met paracetamol voor de meeste ziektes en nog wat andere medicijnen voor ontstoken amandelen, diarree of obstipatie. Als de asielzoeker heftig ziek was en echt hulp nodig had van een dokter of een ziekenhuis, dan zeiden de verplegers dat hij moest wachten tot hij naar een AZC werd gestuurd. Asielzoekers hadden namelijk de zogeheten ZRA-verzekering, die alleen voor simpele dingen betaalde. Asielzoekers die behoefte hadden aan ingewikkeldere behandelingen, kregen vervolgens in het AZC te horen dat ze moesten wachten op een verblijfsvergunning, en dat duurt soms vijftien jaar. Daarom ontstonden er in de medische centra in OC's en AZC's vaak problemen tussen asielzoekers en de Nederlandse medewerkers. Omdat ik redelijk Engels sprak en een officiële tolk te duur was voor de medische dienst, vertaalde ik regelmatig en was zodoende vaker getuige van dat soort situaties.

Ik herinner me nog dat ik de man die naast mij lag hoorde kreunen. Hij heette Farid en zei dat hij kiespijn had. Hij was al een aantal keer naar de medische dienst gegaan en kreeg er elke keer paracetamol. Hij wilde naar de tandarts, al was er daar maar één mogelijkheid: trekken. Maar er was een rare regeling in OC Haarlem, ik denk dat die door een medewerker daar was bedacht, want ik heb het nergens anders gehoord. Pas als er drie asielzoekers waren met kiespijn, werden ze gezamenlijk naar een tandarts gestuurd. Farid had gehoord dat er ook een Koerdische vrouw met kiespijn was. De daaropvolgende dagen liepen Farid en de Koerdische vrouw wanhopig tussen de anderen op zoek naar nog iemand met kiespijn, tot ze eindelijk iemand overtuigd hadden dat hij het ook had. Ook hij kreeg een dag of drie paracetamol van de medische dienst en daarna besloten de verpleegsters dat dat niet genoeg hielp en dat er nu drie mensen met kiespijn waren. Dat was goed nieuws: voor de volgende dag was er een afspraak bij een tandarts gemaakt en iedereen moest op de juiste tijd klaarstaan. Farid vroeg mij mee om te vertalen.

De tandarts had twee behandelkamers, wij zaten in de

wachtkamer ertussenin. Eerst riep de assistente de drie een voor een de ene ruimte in. Ik vertaalde welke tand of kies pijn deed. Zij verdoofde de plek en riep de volgende naar binnen, terwijl de ander in de wachtkamer moest wachten. Daarna werden ze een voor een de andere ruimte in geroepen, waar de tandarts werkte, en waar ze stuk voor stuk snel weer uitkwamen. Ongeveer twintig minuten later waren de drie pijnlijke kiezen getrokken, alhoewel de Koerdische vrouw nadat de verdoving was uitgewerkt ontdekte dat ze bij haar de verkeerde hadden getrokken. Ik vroeg de tandarts toen hij bezig was waarom hij zo'n haast had. Hij vertelde dat er in Nederland niet genoeg tandartsen waren en dat de Nederlanders zelf maandenlang op een wachtlijst stonden als ze naar een andere stad verhuisden. Dat verbaasde me, want Nederland was maar zo'n klein landje. Als een Nederlandse tandarts drie mensen kon helpen in twintig minuten, zouden honderd tandartsen genoeg moeten zijn voor de hele bevolking.

's Nachts bleef ik de pijn in mijn onderrug voelen. In het medisch centrum kreeg ik elke keer paracetamol.

5

Na een paar dagen in OC Haarlem werd er tegen mij gezegd dat ik de volgende ochtend om acht uur klaar moest staan met de twee dekens, drie lakens, de handdoek, het kussen en de kussensloop.

Ik werd met een bus vol andere asielzoekers naar een boerderij in het dorp Veenhuizen vlak bij Assen gestuurd. Daar zouden we blijven tot er weer plek vrijkwam in OC Haarlem. Met een grote bus reden we van Haarlem naar Assen. Uit het raam keek ik naar Nederland. Wat mij in eerste instantie verbaasde, was dat er geen soldaten waren. Nergens zag ik een teken van een leger en tussen stad en stad waren er geen controlepunten. De bus reed zelfs kilometers en kilometers zonder een politieagent te passeren. Het andere wat mij verbaasde was de stilte. Er klonk geen getoeter. In Irak spraken auto's met elkaar en was het getoeter hun taal. De chauffeur kon met zijn toeter vertellen of hij haast had, omdat hij een zieke in de auto had, een vrouw die moest bevallen of omdat hij nodig naar de wc moest. Met zijn toeter kon hij iemand begroeten of een groet beantwoorden. In Nederland leek het alsof de auto's geen toeter hadden of dat het verboden was te toeteren. Ook leek Nederland niet op een land, maar op een grote stad, want tussen de steden waren geen woestijn, bergen of valleien. De mensen droegen overal hetzelfde soort kleren, het weer was precies hetzelfde en er was geen tijdsverschil. Onze nieuwe voorlopige woonplek voelde als een buitenwijk van Haarlem. Eenmaal uit de bus gestapt zag ik dat we op een boerderij aangekomen waren, die werd gerund door de familie Bouma. Voorheen was het een koeienboerderij geweest en nu een kampeerboerderij, waar pas weer in het voorjaar toeristen zouden komen. Tot die tijd werd ze gehuurd door het Centraal Orgaan opvang Asielzoekers om het tekort aan plaatsen voor asielzoekers in opvangcentra op te vangen. Meneer en mevrouw Bouma ontvingen ons met een glimlach. Ze waren een jaar of veertig en hadden drie dochters en een zoon. De oudste dochter was acht en zij zou mijn eerste en laatste leraar Nederlands zijn.

We verbleven zevenendertig dagen bij de Bouma's. Op de kampeerboerderij waren slaapzalen, een grote keuken en eetzaal, douches en wc's. Op deze boerderij deed ik een heel belangrijke ontdekking: het Nederlandse systeem is niet hetzelfde als het Nederlandse volk. Ik merkte dat Nederland als ik positief dacht de hemel was, met Nederlanders als engelen, en als ik negatief dacht was het de hel, haar inwoners genadeloze duivels. Mevrouw Bouma bracht mij de volgende dag naar haar dokter. Ik zei dat ik van de trap gevallen was. De arts voelde aan mijn rug en gaf mij medicijnen en zalf. Toen ik haar in de auto terug vertelde dat ik van lezen hield, gaf ze mij het boek *Animal Farm* van George Orwell.

Ik maakte in die zevenendertig dagen kennis met het Nederlandse volk. Een van de dingen die ik zag was dat er in de families een wonderlijke duidelijkheid bestaat in hun omgang met elkaar. De kinderen van de familie Bouma waren gelijk, of tenminste, zo zag het er voor mij uit. In Iraakse families heb je altijd het mooiste kind, de stoerste, de sterkste, de slimste, de lelijkste, de stomste, de ziekste, de favoriete, de langste, de dikste. Altijd zijn er bijnamen. Mijn bijnaam in de familie was 'de grote neus' en een broer, die geboren was toen de familie rijk was, werd 'de dierbare' genoemd. Maar bij de familie Bouma zag ik dat meneer en mevrouw Bouma hun vier kinderen hetzelfde behandelden. Ze kregen allemaal evenveel aandacht.

Na een paar dagen besloot ik om in het stuk bos naast de boerderij te gaan wandelen. Ach, wat voelde ik me fantastisch die dag. Na al die oorlogen, al die ellende, al die ontsnappingen, kon ik eindelijk voor het eerst in mijn leven alleen door een bos lopen. Niet angstig achter een smokkelaar aan, maar gewoon om te genieten. Het was een zonnige winterdag. Niet ver van de boerderij haalde ik een man met een zwart-wit hondje in. De man had gezien waar ik vandaan kwam lopen. Ik groette hem, maar hij keek mij zwijgend aan. Ik liep door. Hij ook. Ik hoorde hem achter mij praten. Tegenwoordig zou ik gedacht hebben dat hij met iemand belde, maar in 1998 waren er nog niet veel mobiele telefoons. Na een paar stappen durfde ik me om te draaien, om te zien hoe snel ik moest lopen om voor hem te blijven. Hij keek mij woedend aan. Ik versnelde mijn pas en week van het pad af. Na misschien een halve kilometer hoorde ik opeens iemand roepen. Ik draaide me om en zag dezelfde man met het zwart-witte hondje. Ik glimlachte, maar hij liep op mij af en schreeuwde iets in het Nederlands. Ik zei dat ik geen Nederlands sprak, maar wel Engels, waarna hij een Engels sprak dat zwaar uit zijn mond kwam.

'*You live with Bouma?*' Het was duidelijk dat hij daarover niet tevreden was.

'Ja.'

'Asielzoeker?'

'Ja.'

'Je moet weten dat het verboden is om hier vuur te maken.' Hij zei het boos, alsof hij mij net op heterdaad betrapt had op het maken van een vuurtje. 'Verboden,' zei hij dreigend. Ik probeerde hem uit te leggen dat ik daar alleen maar wat liep, maar hij liep verder met zijn hond en sprak mopperend tegen hem in het Nederlands. Hij ging dieper het bos in, ik terug naar de boerderij.

'Och, jij bent snel terug,' zei meneer Bouma. 'Was het koud?'

'Ik ontmoette een gekke man, die schreeuwde dat ik geen vuur in het bos mag maken,' zei ik.

'Natuurlijk mag je geen vuur maken in het bos! Wat denk je? Dat is echt gevaarlijk, Semmier!' zei meneer Bouma verschrikt. Wij waren de eerste groep asielzoekers die hij opving op zijn boerderij, en het lukte mij niet om hem uit te leggen dat de man mij helemaal geen vuur had zien maken.

Een uurtje later hingen overal in de boerderij A4'tjes in het Engels en Nederlands dat het absoluut verboden was vuur te maken in het bos. De dag erna kwam er een medewerker van de IND langs, die mij bij zich riep.

'Meneer Kariem,' zei ze serieus. 'Iemand belde ons en zei dat een man van deze boerderij een vuurtje wilde maken in het bos. Ik begreep dat u dat was. Het is absoluut verboden hier vuur te maken. De mensen in het dorp zijn bang voor een bosbrand.' Ze keek mij met haar blauwe ogen scherp aan. 'Moet ik het nog duidelijker uitleggen?'

'Nee,' antwoordde ik. 'Het is duidelijk, mevrouw.' Net als bij meneer Bouma zou het onmogelijk zijn tot haar door te laten dringen dat ik geen vuur had gemaakt. Ze wilde alleen weten of ik haar had begrepen en luisterde niet naar wat ik probeerde te vertellen.

's Avonds lag ik op mijn rug in bed, staarde naar het houten plafond en wist waarom er tussen OC Haarlem en Assen geen leger of politieagent te vinden was.

6

Het dorp waar de boerderij lag was maar klein. Het leek alsof overal waar ik ging ook de man met het zwart-witte hondje was. Ik was zeker bang voor een situatie waarin ik weer met hem zou botsen. Ik weet nog dat drie asielzoekers terugkwamen en vertelden dat ze bij de bushalte stonden te wachten op de bus naar Assen. Een man was naar hen toegekomen en had gezegd dat ze niet zomaar stenen mochten gooien tegen het glas van het bushokje. Het was dezelfde man met het zwart-witte hondje, die alle asielzoekers in de loop van de tijd begonnen te ontwijken. We wisten precies wanneer hij zijn hond uitliet. Tussen tien uur 's ochtends en een uur 's middags verdween hij, net als tussen vijf en zeven en na tien uur 's avonds.

Op een dag zag ik een mooi meisje lopen met het zwart-witte hondje. Ik stond net met wat anderen bij de ingang van de Bouma-boerderij. Van ver zag ik dat het meisje de riem in haar hand had en de hond vrij liet rondlopen. Hij rende hierheen en daarheen, plaste overal. Toen ze dicht bij ons kwam, riep ze de hond, wees met haar vinger, waarna de hond ging zitten en zij de riem om zijn nek kon doen. Ik zag dat ze de riem korter maakte. Daarna liep ze als een trein recht naar voren in onze richting, zonder om zich heen te kijken. Vlak bij ons begon de hond opeens te blaffen, zij schreeuwde met harde toonloze stem tegen de hond en trok hem hard aan zijn riem terwijl ze langs ons liep zonder ons een blik te gunnen. Het hondje werd misschien vier centimeter van de grond getild en verloor zeker zevenhonderd zwart-witte haartjes van zijn nek. Eenmaal voorbij de Bouma-boerderij, zag ik dat ze bukte, de riem losmaakte en de hond vrijliet. Om eerlijk te zijn zit dat beeld altijd in mijn hoofd als ik denk aan wat Nederland, de mensen en de honden zijn verloren door ons asielzoekers: hun zorgeloosheid.

'Kijk hoe beleefd ze is, ze deed de riem om de nek van de hond, zodat hij ons niet zou bijten,' zei Sadjaad, een asielzoeker uit het zuiden van Irak.

'Die trut deed dat zodat wij niet naar haar fluiten. Zag je niet hoe gespannen haar spieren waren?' zei Bashir uit Bagdad.

'Misschien is ze bang, want we zien eruit als zombies,' zei Mohamed uit Soedan.

De mooiste momenten op de Bouma-boerderij waren die van het koken en eten. Iedereen kookte zijn eigen maaltijd, om vervolgens alles op de tafels te zetten en dan at iedereen wat hij wilde. We hadden elke dag een lopend buffet, maar jammer genoeg duurde dat niet lang, want de asielzoekers die door hun magen dicht bij elkaar kwamen, werden niet veel later weer uit elkaar gedreven.

Meneer Bouma zag dat wij ons de hele dag verveelden. Er was niet veel te doen en buiten was het koud. Om het wachten en de kou minder erg te maken, besloot hij een satellietontvanger voor ons te kopen. Hij was met nog twee mannen de hele dag bezig en aan het eind van de middag hadden we ineens de beschikking over meer dan zeshonderd televisiezenders in alle talen. Eerst was iedereen blij, maar uiteindelijk werd dit het grootste probleem dat we bij de Bouma's hadden en dat door niemand opgelost kon worden. De satelliet veranderde de asielzoekers van een in relatieve vrede levende gemeenschap in vechtende groepen. Arabieren wilden Arabische kanalen, Somaliërs Somalische programma's, Iraniërs Iraanse films, et cetera. En ook de Irakezen onderling waren verdeeld, want de een wilde liever het nieuws en de ander liever films. Meneer Bouma, die blij was dat hij iets extra voor ons had kunnen doen, zag zijn blijheid in eindeloze toestanden veranderen. Ik herinner me goed dat Galid, die net als ik uit Irak kwam, in een hoekje zat en erg moest lachen om al die problemen om de televisie. Tot hij op een dag de tweede helft van een voetbalwedstrijd wilde zien. Hij was erg gek op voetbal en zei tegen iedereen dat hij slechts vijfenveertig minuten voor de televisie wilde, plus een paar minuten extra voor eventuele blessuretijd. Iedereen vond het prima, want blijkbaar waren er meer voetballiefhebbers. Na een kwartiertje ging Galid naar de wc en toen hij terugkwam zag hij dat de televisie op een ander kanaal stond.

'Waar is de afstandsbediening?' schreeuwde de man die net zo beleefd was geweest en de moeite die anderen met de televisie hadden zelfs grappig had gevonden. Maar de afstandsbediening was verdwenen. Hij pakte de televisie beet en smeet die stuk op de grond.

Elke dinsdag kwam er een vrouwelijke ambtenaar van de IND naar de Bouma-boerderij bij wie wij ons moesten melden. Zo controleerde de IND of er niemand verdwenen was. Zondag en maandag werden de asielzoekers beleefd en stil en was de Bouma-boerderij eventjes probleemloos. Geen vechtpartijen of scheldkanonnades. Niets aan de hand. Maar zodra de vrouw van de IND weer weg was, borrelden de problemen langzaamaan weer naar de oppervlakte en dat ging door tot de volgende zondag.

'Het is beter als jullie altijd vriendelijk tegen elkaar zijn, net als op zondag en maandag. Dat is toch veel prettiger,' zei meneer Bouma tegen mij, omdat ik Engels sprak.

'Iedereen is bang om op zondag of maandag ruzie te maken, omdat dinsdag de vrouw van de IND komt,' zei ik. 'En ze zijn bang voor haar.'

'Dat begrijp ik niet. Zij is alleen maar een ambtenaar, en ze is net als jullie een mens. Waarom zijn jullie bang voor haar? Het is toch prettiger als jullie gewoon respect voor elkaar hebben, en geen angst?' Meneer Bouma begon er steeds vermoeider uit te zien.

Nadat Galid de televisie had stukgegooid, ontdekten de asielzoekers dat meneer Bouma de problemen altijd probeerde op te lossen door te praten. Hij belde nooit de IND of de vreemdelingenpolitie. Op een aardige manier riep meneer Bouma Galid. Ik vertaalde. We zaten in een kantoortje en daar keek hij nieuwsgierig naar Galid.

'Ik ben benieuwd waarom u de televisie op de grond heeft gegooid. Het is toch maar een apparaat? En het was voor iedereen,' zei meneer Bouma. Hij wilde dat echt graag weten, meer nog dan dat hij boos was.

'Wat moet ik tegen hem zeggen?' vroeg Galid mij.

'Weet ik veel,' zei ik. 'Jij hebt de televisie kapot gegooid, jij moet hem antwoord geven.'

'Ik heb geen smoes die past bij de Nederlanders,' zei hij.

'Waarom heb je de televisie stukgemaakt dan? Je kan toch zeggen dat je naar het voetbal wilde kijken.'

'Kijk, nooit eerder wilde ik televisie kijken en nu vroeg ik alleen om de tweede helft van de voetbalwedstrijd. Vijfenveertig minuten. Ik ging even plassen en wat gebeurde er? Iemand zette het kanaal om en gooide de afstandsbediening weg. Stel je voor dat dat met jou was gebeurd. Wat zou jij doen?'

'Wil je dat ik dat aan hem vertel?'

'Als je niets hebt dat overtuigender is wel.' Meneer Bouma

luisterde aandachtig naar ons. Ik dacht dat hij zou zeggen dat Galid een nieuwe televisie moest kopen en dat hij anders de IND of de vreemdelingenpolitie zou bellen, maar hij zei: 'Ik begrijp je passie voor voetbal, maar ik begrijp niet dat je de televisie stuk hebt gemaakt. Voor een nieuwe televisie zorgen zal wel niet mogelijk zijn, toch?'

'Nee,' zei Galid.

'Dat begrijp ik ook.' Galid dacht dat meneer Bouma de IND zou vertellen wat er was gebeurd, niet per se als klacht, maar op zijn minst als informatie over ons verblijf, maar blijkbaar deed hij dat niet. Het enige dat hij deed was een nieuwe televisie kopen.

De volgende dag vroeg meneer Bouma mij of ik een kwartiertje tijd had, want hij wilde mij spreken over iets heel belangrijks. Het was een stomme vraag, want ik had de hele dag niets te doen.

'Jazeker, ik heb tijd,' zei ik. 'Wanneer?'

'Om drie uur.'

'Dat kan.'

'Waar kan ik je vinden?'

'Op de boerderij.' Eigenlijk was het de eerste afspraak die ik met een Nederlander maakte. Hij was de eigenaar van de boerderij waar ik woonde en hij maakte een afspraak om een kwartiertje met mij te praten. In die tijd was dat voor ons asielzoekers het allergrappigste aan meneer Bouma.

Om drie uur bracht meneer Bouma mij naar zijn kantoortje. Ik was inmiddels echt nieuwsgierig naar wat hij van mij wilde.

'Wil je iets drinken?' vroeg hij.

'Nee, dankjewel.'

'Ik hou het kort. Ik heb maar vijftien minuten en jij ook denk ik.'

'Ik heb de komende dagen, hoor,' zei ik.

'Ikke niet.' Hij keek haastig op zijn horloge en vertelde me daarna waarom hij die afspraak met mij had gemaakt. Dat was voor ons zeker een nog betere grap dan de eerdere en het liet mij de conclusie trekken dat het lang zou duren voor ik de Nederlanders begreep.

'Door al dat gedoe rond de televisie heb ik iets tegen jou gezegd waar ik spijt van heb. Ik wil je mijn excuses aanbieden.' Ik keek hem verbaasd aan en begreep niets van wat hij zei. Hij keek nog eens op zijn horloge en ging verder. 'Gisteren, toen ik over de problemen met de televisie sprak, zei ik een paar keer het woord jullie, terwijl jullie niet allemaal problemen veroorzaken. Daarvoor mijn excuses. Het komt doordat ik nooit eerder dit soort problemen heb gehad op mijn boerderij. Je moet weten dat ik vanaf mijn achttiende tot mijn vierendertigste koeienboer ben geweest. Maar ik ben nog nooit zo uitgeput geweest als nu. In zestien jaar had ik met honderden koeien en stieren nooit zoveel problemen als in de afgelopen drie dagen met tweeëndertig asielzoekers.'

Galid was de asielzoeker op de Bouma-boerderij die het meest behoefte had om over zichzelf te praten. Hij zocht mij op, en vroeg mij dan elke keer eerst hoe het met mij ging. Niet omdat hij dat wilde weten, maar zodat ik hem zou vragen hoe het met hem was. En dan vertelde hij over zichzelf, over hoe hij naar Nederland was gekomen. Hij was uit Irak naar Syrië gevlucht, maar weer uit Syrië gesmokkeld te worden bleek moeilijk, omdat de geheime dienst van Bashar al-Assad overal aanwezig was en van Syrië een kooi maakte, waaruit het moeilijk ontsnappen was. Behalve naar Libanon. Galid liet zich voor honderd dollar door een Syriër in een busje naar Beiroet rijden en probeerde van daar naar Griekenland te komen, maar ook dat was lastig. Hij vreesde al dat hij niet verder zou komen, tot hij hoorde dat de Libische leider Moammar al-Khaddafi weer eens ruzie had met de Europese Unie. Die liet dan de controle op mensensmokkelaars vieren, zodat ze makkelijker de lange stranden van Libië konden bereiken. Meteen reisde Galid naar Libië, waar hij met zijn Iraakse paspoort gewoon heen kon. Daar betaalde hij vierduizend dollar aan een Libiër om naar Italië gesmokkeld te worden. Galid vertelde mij dat hij in een klein bootje met zeven anderen naar een schip op zee werd gebracht, dat afgeladen vol was met honderden mensen. Galid vroeg zich af hoe dat schip in hemelsnaam moest varen. Als het schommelde liep het water naar binnen. Gelukkig waren er geen golven. Teruggaan was ook geen optie, want dan zou hij vierduizend dollar lichter weer op hetzelfde strand uitkomen. In de boot had niemand bewegingsruimte. Het enige dat de mensen konden was zitten. Hij hoorde baby's huilen, een moeder naast hem zong zacht liedjes voor haar twee kinderen. Hij zag vrouwen, mannen, ouderen en jongeren. Allemaal op elkaar gepakt. Iedereen was opgelucht toen ze in Italië weer voet aan land konden zetten. Galid reisde uiteindelijk door naar Nederland. Hij vertelde het verhaal van zijn vlucht vaak en elke keer leek de boot te gaan zinken, want Galid maakte elke dag het aantal asielzoekers erin groter, de golven hoger, de wind harder, en soms zelfs Italië verder. En de angst op zijn gezicht zorgde ervoor dat wij geloofden wat hij zei.

7

Ik zal meneer en mevrouw Bouma en hun vier prachtige kinderen nooit vergeten. De warmte van dat nest was een grote steun tegen de talloze ambtenaren van de IND, de vreemdelingenpolitie en het COA voor wie ik hun werk was, zoals een lijk voor de gieren. Na een paar dagen op de boerderij opende ik met een scheermesje het meest geheime plekje tijdens mijn vlucht: de zoom van mijn broek. Ik haalde de tweehonderd dollar eruit die ik in plastic had gewikkeld, opgerold en erin genaaid. Ik bewaarde ze niet als dollarbiljetten, maar als goede vrienden. Ik had ze nooit gebruikt, omdat ik ze had opgespaard voor de moeilijkste situatie. Maar elke keer als er een moeilijke situatie was waar ik het geld voor had kunnen gebruiken, zei ik tegen mezelf: het kan nog moeilijker. Nu haalde ik die tweehonderd dollar uit mijn zoom en ging naar Assen. Ik wisselde ze om naar guldens en ging naar een muziekwinkel om een gitaar te kopen. Ik zag een gitaar die 175 gulden kostte. Omdat ik geen ervaring had met iets kopen in Nederland, begon ik te onderhandelen.

'U bent in Nederland,' zei de verkoopster.

'Ik weet het, mevrouw, maar mag ik 'm dan misschien voor 145 gulden?'

'U bent echt in Nederland,' zei ze en keek me met een soort verbazing aan. 'De prijs staat hier vast, die gaat alleen naar beneden bij een aanbieding en tijdens de uitverkoop. Maar onderhandelen doen we niet.'

'Oké, nu snap ik het. Maar mag ik de gitaar dan voor 155

gulden?' Ik weet het niet, maar elke keer als ik naar Groningen reis en de trein twee minuutjes op station Assen stopt, schaam ik me dood. Ik, een volwassen man, stond daar smekend voor die blonde vrouw in een muziekwinkel om de prijs te laten zakken. Ik schaam me niet als ik gitaar speel. Ik schaam me alleen als de trein twee minuten op station Assen stopt. En ach, wat heerlijk als ik met iemand in de auto mee naar Groningen kan rijden. Dan ben ik de hele weg schaamteloos.

Ik dacht eerst dat ik die tweehonderd dollar zou gaan gebruiken voor warme winterkleren, maar Nederland was te gastvrij voor mijn lichaam. In het dorp was een weggeefwinkel, waar grijze vrouwen tweedehands spullen en kleren verzamelden om ze vervolgens door te geven. De asielzoekers gingen erheen en kwamen terug met alles wat ze nodig hadden en niet nodig hadden, met wat ze nodig zouden gaan hebben en met wat ze ooit nodig zouden kunnen hebben, maar nu nog niet. Het was grappig de asielzoekers te zien lopen met meerdere kleren over elkaar aan en ook nog kleren in hun armen. Soms met een blouse geknoopt als tas, gevuld met andere kleren. Toen de bewoners van het dorp zagen hoe hongerig wij waren naar kleren, begonnen ze hun oude kleren naar de weggeefwinkel te brengen en liepen de asielzoekers steeds vaker heen en weer naar de weggeefwinkel.

Op een dag kwam Sanne, de oudste dochter van meneer en mevrouw Bouma, naar me toe. Ik lag op een bank in de grote zaal te lezen. Ze vroeg mij of ik haar gitaarles kon geven.

'Dat kan,' zei ik.

'Hoeveel kost een les?' vroeg ze.

'Gratis,' zei ik. Ze keek mij verbaasd aan. 'Maar als je wilt kun je mij in ruil Nederlandse les geven.'

'Dat is beter,' zei ze.

'Wanneer wil je de eerste les?'

'Eerst moeten we een concrete afspraak maken.'

Concrete afspraak? Dat moest ik eerst begrijpen voor ik het kon maken. Dit meisje was acht en sprak met mij over een concrete afspraak. Ach, waar was ik in hemelsnaam terechtgekomen? In Irak maakten we een afspraak dat we elkaar 's middags zouden zien, maar welke middag? Vandaag, morgen, volgende week, volgend jaar? Sommige afspraken in Irak zijn na al die jaren nog steeds niet nagekomen.

'Wacht even, ik kom zo,' zei ze, ging weg en kwam terug met een boekje en een pen. 'Mijn agenda,' legde ze uit.

Ik vertaalde wat ze zei voor de andere asielzoekers in de zaal en die lachten hard in koor. Ze kwamen in een kring om ons heen staan om dat wonder te zien: een meisje van acht jaar met een agenda.

'Donderdag om vier uur, is dat goed?'

'Ja.'

'Hoelang?'

'Twee uur.'

'Dat is te lang, ik heb niet zo veel tijd en om zes uur gaan we aan tafel. Dertig minuten, is dat ook oké?' Ik knikte en zij schreef de afspraak in haar agenda. Iedereen, ik ook, keek hoe Sanne dat opschreef. 'En wanneer wil je de afspraak voor de Nederlandse les?'

'Als je tijd hebt,' zei ik tegen haar. Ik kon me bijna niet inhouden en ontplofte haast van het lachen, want ik vond het zo'n goede grap.

'Dat kan niet. Je moet een datum zeggen.'

'Vrijdag om vier uur.'

‘Welke vrijdag? Aanstaande of volgende week?

‘Aanstaande.’ Voorzichtig opende ze haar agenda weer en noteerde het. Daarna herhaalde ze onze afspraken om ze te bevestigen. Wat mij ontzettend verbaasde was dat ze donderdag om precies vier uur kwam en ervoor zorgde dat de les precies om halfvijf eindigde.

Vrijdag kwam Merdaan, een van de asielzoekers naar me toe. Ik lag op mijn bed te dutten. ‘Man, Semmier, waar ben je?’ zei hij. ‘Sanne wacht te lang op jou, zeker al vier minuten! En ze zegt dat ze niet meer dan nog twee minuten kan wachten.’ Merdaan en ik zakten door onze knieën van het lachen, maar ik kon niet meer dan twee minuten lachen, dus rende ik naar Sanne met een klein zwart boekje dat ik nog steeds heb, voor mijn eerste les Nederlands. Eigenlijk gaf ze mij in plaats van Nederlandse les, les om niet laat te komen als ik iets wilde leren.

In 2006 ging ik terug naar de Bouma-boerderij. Ik wilde Sanne laten zien dat zij de beste docent Nederlands ooit was, want ik schreef inmiddels in het Nederlands niet alleen e-mails en sms’jes, maar zelfs gedichtjes en verhaaltjes. Na dat bezoek was ik wel wat teleurgesteld in mezelf als gitaarleraar, want ik hoorde dat ze in plaats van gitaar had besloten nooit meer een instrument te bespelen. Ze kocht uiteindelijk een brommer. Ik liet haar mijn kleine zwarte boekje zien waarin in haar handschrift de eerste lessen geschreven staan. Jammer genoeg denk ik nog steeds dat ik de reden ben dat zij geen geweldige muzikant geworden is. Maar wel een goede brommerchauffeur, want van het dorp tot station Assen hing mijn kont tussen hemel en aarde omdat ze erop aandrong mij naar het station te brengen en ik achterop haar brommer zat.

8

Over ons verblijf op de Bouma-boerderij kan ik een boek vol schrijven, maar dan kost mijn verhaal wel erg veel tijd. Daarom zal ik het inkorten en je vertellen dat ons verblijf daar een ervaring was – voor mij tenminste – over wat het betekent voor de omgeving als asielzoekers ergens wonen. Ik zal je vertellen dat ons verblijf niet makkelijk was voor de boerderij, noch voor de familie Bouma, noch voor hun hond Rico, noch voor de vogels en andere dieren rond de boerderij.

Toen de asielzoekers ontdekten dat meneer Bouma een echt lief mens was, geen vlieg kwaad zou doen en niet voor de IND of het COA werkte, gingen ze hun eigen gang. Ze veroorzaakten problemen die een begin hadden, maar geen einde. Het eerste slachtoffer was de hond van de Bouma's. Rico was groot en vrij eng, maar het was, zoals mevrouw Bouma altijd herhaalde, een lieve hond met een gouden hart. Mevrouw Bouma vertelde mij dat hij een oude hond was, tien jaar oud, wat in mensenjaren neerkwam op 77 jaar. Ze zei dat hij geboren was op 3 september 1988.

'Waar heb je die hond vandaan?' vroeg ik haar.

'Rico, bedoel je?' zei ze op zo'n manier dat ik begreep dat het beter was als ik hem bij zijn naam noemde. Ze gaf geen antwoord, zodat ik wist dat ik de vraag het beste nog eens kon herhalen met de naam Rico en niet met het woord hond.

'Waar heb je Rico vandaan?'

'We hebben 550 gulden voor hem betaald. Hij is een rashond, geen asielhond.'

'Asielhond? Wat betekent dat?'

'In Nederland heb je ook asiels voor dieren. Meestal honden en katten.'

'Zijn de honden en katten daar ook zo duur?'

'Eigenlijk niet. Meestal zijn ze oud, te onstuimig of hebben ze psychische problemen.'

'Honden met psychische problemen?'

'En katten ook. Een vriendin van mij had eens een asielhond. Na zes maanden kon ze hem niet meer houden, ze werd er gek van en bracht hem terug naar het asiel. Hij was veel te wild. Ze dacht dat hij een soort honden-ADHD had.' Mevrouw Bouma vertelde me dingen waarvan ik op dat moment niet wist of ik ze moest geloven, maar er later achterkwam dat ze klopten. Toen ze me vertelde dat Rico ook papieren had, vroeg ik haar beleefd of ik die mocht zien. Zo kreeg ik een idee over hoe rijk Nederland is, in vergelijking met mij, want Rico was altijd erkend geweest als hond. Zijn verjaardag, zelfs de minuut en het uur waarop hij geboren was, waren bekend. Van mij niet. Vanaf het moment dat Rico in de buik van zijn moeder zat, had hij een adres en na zijn geboorte had hij een verzekering. Twee dingen die Rico had en waarvan ik het niet erg vond ze niet te hebben, waren zijn riem en zijn castratie. Voor de rest was hij helemaal prachtig.

Rico was een luie hond en ik denk niet dat hij van lezen hield of televisie keek. Daarom wist hij niet veel van het leven buiten de Bouma-boerderij. Hij wist bijvoorbeeld niet wat 'asielzoeker' betekent. Voor wij daar kwamen, had hij alle vrijheid. Hij maakte dagelijks een rondje en sliep waar en wanneer hij wilde. Deze hond wist niet dat moslims honden niet aanraken. En als ze hem aangeraakt hebben, moeten ze hun handen wassen en als een hond hun spullen aanraakt, moeten die spullen gewassen worden. Op een dag kwam Rico onze slaapzaal binnen en begon aan alle bedden te snuffelen. Een asielzoeker uit Jemen die Yasser heette, pakte zijn schoen en gooide die naar Rico. Hij schreeuwde in het Arabisch dat hij naar buiten moest. Rico, die geen Arabisch sprak en ook niet de taal van schoenen die naar hem vlogen, bleef stilstaan en keek beleefd naar Yasser, die zijn andere schoen pakte en die deze keer hard smeet richting Rico's snuit. De hond sprong op en rende pijnlijk jankend naar buiten. Later vlogen ook in andere slaapzalen schoenen en sandalen richting Rico.

Op een dag was een van de schoenen hard op hem terechtgekomen en had hij dagenlang een rood oog.

'Misschien krijgt hij vandaag ook schoenen,' zei ik, toen meneer Bouma mij vroeg wat er met hem gebeurd was. Meneer Bouma keek mij vragend aan.

'Schoenen?'

'Sommige asielzoekers willen niet dat Rico naar de slaapzalen komt.'

'Waarom heb je dat niet eerder gezegd?' zei hij. Zijn stem klonk alsof hij, als hij een minder lieve man was geweest, nu boos was geworden in plaats van teleurgesteld. 'Had het mij toch gezegd, dan had ik het aan Rico verteld en dan was hij nooit meer in de slaapzalen gekomen.' Ik geloofde niet dat meneer Bouma zoiets aan een hond kon vertellen, maar vanaf die dag kwam Rico niet meer in de slaapzalen en ook niet in de keuken of de woonruimte. Rico, die tien jaar oud was in 1998, is nu zeker in de hemel. Als ze hem vragen wat het woord hel betekent, weet ik zeker dat hij zal antwoorden: 'Schoenen.' Of 'Asielzoekers.'

Vlak bij de Bouma-boerderij was een plas, daar zwom een witte zwaan. Alleen. Vanuit het kleine raampje naast mijn bed kon ik hem zien in de verte en elke keer als ik naar hem keek, dacht ik dat het de laatste keer zou zijn, want hij zag er zo eenzaam uit. Gefascineerd keek ik soms lang hoe hij als door een motor in het water werd voortgedreven, want niets bewoog aan hem, geen hals, geen vleugel, geen kop, geen staart, maar toch bewoog hij zelf. Naast hem in het meertje dobberden wilde eenden, ganzen en meerkoetjes.

Al snel verdwenen de andere vogels een voor een. In het begin wist ook ik niet hoe dat kwam. Ik dacht dat ze naar andere wateren vlogen, maar toen meneer en mevrouw Bouma zich afvroegen waar de vogels gebleven waren, snapte ik ineens waar die veertjes in de keuken vandaan kwamen. Zo ontdekte ik dat de vogels in de pannen van de asielzoekers en daarna in hun magen verdwenen. Toen meneer Bouma er mij later eens naar vroeg, vertelde ik hem dat ik het niet wist, omdat ik de asielzoekers ergens wel begreep, want wilde eend en meerkoet waren in Irak een lekkernij. Ook wilde ik geen spion of verrader zijn. Hij voelde dat ook en vroeg het mij niet nog eens, maar hij verraste mij op een dag toen hij mij opeens vroeg waarom de asielzoekers dan toch niet ook de zwaan hadden opgegeten.

'Is dat omdat er geen pan groot genoeg was of omdat hij niet lekker is?' Ik werd daar ook nieuwsgierig naar en toen ik ernaar vroeg, was het antwoord zo raar, dat ik het eigenlijk niet geloofde, maar het nooit zal vergeten: 'Ach, hij is zo zielig. En heel eenzaam.'

Na het verdwijnen van de vogels uit het meertje en de aanval op Rico was het duidelijk dat de familie Bouma niet echt blij was met onze aanwezigheid op hun boerderij. Het laatste woord dat Sanne mij die dagen leerde, was het woord afwenden. Ik weet niet of ik dat woord zelf aan haar had gevraagd of dat zij het koos.

Het laatste wat ik me herinner van de Bouma-boerderij is meneer Bouma die een schutting bouwde tussen zijn huis en de boerderij. Of tussen zijn familie en hond en de asielzoekers. De asielzoekers begonnen te discussiëren over de reden voor die schutting. Sommigen zeiden dat er iets gestolen was uit zijn huis, anderen zeiden dat hij een racist was die een hekel had aan asielzoekers of dat hij de asielzoekers gewoon zat was. Ik vroeg het hem. 'Ik zag dat een asielzoeker een grote steen naar Rico gooide, terwijl hij hier bij ons huis was. Als die steen op zijn kop was gekomen, was hij zeker doodgegaan,' zei hij teleurgesteld.

9

Toen de ambtenaar van de IND kwam voor het melden zei ze dat ik na zevenendertig dagen verblijf op de Bouma-boerderij de volgende dag naar OC Haarlem terug zou gaan, omdat er nu wel een bed vrij was.

'Kan ik niet langer op de boerderij blijven?' vroeg ik. Ze keek mij aan en zei, alsof ze mijn vraag niet had gehoord, dat ik moest zorgen dat ik er voor vijf uur 's middags was. Ze gaf mij allerlei papieren en een dagkaart waarmee ik de hele dag de trein, bus en metro kon gebruiken. Ik pakte mijn spullen bij elkaar in een kleine tas die ik in de weggeefwinkel had gevonden en verliet de boerderij.

'Rico, Rico!' riep ik, om afscheid te nemen, maar in plaats van kwispelend naar mij toe te komen, rende hij bang weg, alsof zijn naam met mijn accent een steen of een schoen op zijn kop betekende.

Ik nam de bus naar Assen, de stoptrein naar Zwolle en van daar de intercity naar Amsterdam. Vanaf het centraal station van Amsterdam liep ik de stad in. Het was een zonnige dag. De mensen zaten met hun winterkleren nog aan op de terrasjes. Ik weet niet waarom ik vanaf die eerste seconde van Amsterdam hield. Assen en het dorp van de Bouma-boerderij gaven mij het duidelijke gevoel dat ik een vreemdeling ben. Ik kreeg er het gevoel niet welkom te zijn, zelfs al zou ik er duizenden jaren wonen. Maar in Amsterdam keek ik om me heen naar die massa mensen. Allemaal leken ze vreemdelingen.

Na anderhalf uur rondgelopen te hebben, ontdekte ik iets anders. Overal zag je wel een klok en kon je weten hoe laat het was. Om vier uur was ik in OC Haarlem en weer kreeg ik twee dekens, drie lakens, een handdoek, een kussen en kussensloop. Elly bracht mij naar een kamer met vijf bedden.

'Dit is je bed,' zei ze. 'Elke dag moet je je melden.' Ze ging weg maar kwam na een halfuur terug. Ze nam me een laken af en vertelde mij dat ze in het systeem ontdekt had dat ik de vorige keer een laken te weinig had teruggebracht. Ze voegde eraan toe dat ik er rekening mee moest houden dat ik er drie terug moest brengen en geen twee.

Ik herinner me nog precies wat er was gebeurd met de drie lakens van de eerste keer, want ik had toen niet veel spullen. Ik had de twee waaronder ik geslapen had in elkaar gevouwen en daarom waren ze als één geteld. Maar ik was bang dat ik haar boos zou maken als ik dat uitlegde. Dat zou ik niet overhebben voor een laken, zelfs niet voor een complete slaapkamer.

Een Somalische asielzoeker die op zijn rug in bed lag, zei me me geen zorgen te maken. 'Soms werkt er een Surinaamse man in het magazijn. Als je het hem vraagt, geeft hij je wel een laken.'

'Hoeveel kost een laken dan?'

'Hij geeft het je zo, gratis. Soms zelfs als je een deken wilt. Veel asielzoekers die op straat worden gegooid, geeft hij stiekem een deken mee,' zei hij. 'En anders kan je op je laatste dag het laken doormidden scheuren en doen alsof het er twee zijn.'

De kamer waarin we sliepen was klein en alle vijf sliepen we op verschillende tijden in en werden op verschillende tijden wakker. Dat was maar een klein probleempje. Erger was dat twee van hen, de één dik, de ander extreem dun, snurkten.

De dikke snurkte zacht, laten we zeggen dolce, tijdens de laatste uren van de avond. De dunne snurkte hard en de hele tijd door. Als hij op zijn buik lag viel het volume nog mee, maar als hij zich op zijn rug draaide, werd het forte met een versterker. Het was verboden om in de gangen te slapen en onmogelijk in de slaapkamer. De enige oplossing was om niet te slapen en dat was vervelend. Na een paar slapeloze nachten ontdekte ik dat achter de wasmachines in de wasruimte wat ruimte was en ik dacht dat daarmee mijn slaapprobleem voorlopig was opgelost, maar de nachtdienst ontdekte het al snel en de volgende dag vroeg Sieb, een van de medewerkers van de sociale dienst van het COA, mij mee te komen naar zijn kantoor. Daar aangekomen zag hij dat er nieuwe asielzoekers aangekomen waren, zei mij even op de gang te wachten en ging het kantoor binnen. Ik wachtte in de gang tot hij mij bij zich zou roepen. Sieb leek een beleefde, aardige man, maar ook na een tijd durfde ik niet naar binnen te gaan om te vragen of ik moest wachten of kon gaan. Ik wist niet goed wat ik moest doen, maar voelde inmiddels aan dat een asielzoeker beter niet kon botsen met een ambtenaar tijdens zijn werk, want dan raakten ze of in paniek en dat was erg of ze werden boos en dat was nog erger. Sieb liep het kantoor uit met een portofoon en ook nu durfde ik niet weg te gaan, bang dat Sieb mij er bij terugkomst niet zou aantreffen. Ik stond daar meer dan tweeënhalf uur. Toen hij terugkwam en mij zag staan, kwam hij naar mij toe en sloeg zich op zijn voorhoofd.

'Ach, man, sorry. Ik was je vergeten, Semmier. Je staat hier al lang te wachten.' Hij bracht mij het kantoor binnen. 'Maar waarom had ik je ook alweer geroepen?'

'Ik weet het niet,' zei ik.

'Ga dan maar. Ik roep je wel als ik er weer achter kom.' Hij gaf me een schouderklop en bood zijn excuses nog eens aan. Ik was verbaasd dat Sieb tweeënhalf uur wachten in een gang erg vond en begreep niet waarom hij zich schuldig voelde, maar zo ontdekte ik wel dat tweeënhalf uur wachten in zo'n gang te veel is voor de Nederlanders en dat was voor mij niet goed om te weten, gezien de komende negen jaar die ik wachtend zou doorbrengen.

De volgende dag kwam Sieb naar mijn kamer en vertelde mij vriendelijk dat het probleem waarvoor hij mij had geroepen was dat de nachtdienst had gezien dat ik achter de wasmachines sliep en niet in de slaapkamer, en dat dat verboden was. Zo vriendelijk als hij de dag daarvoor was geweest, zo streng was Sieb vandaag. Dat begreep ik toen niet, en ik weet niet of ik het ooit zal begrijpen.

'Maar het gesnurk in de kamer is zo heftig,' zei ik.

'En het lawaai van de wasmachines?'

'Na elf uur draaien ze niet meer,' zei ik. 'Dan kan ik tenminste vanaf elf uur slapen. Het snurken gaat de hele nacht door.'

'Snurken is geen goede reden om buiten de slaapkamer te slapen.'

'Dan heb ik een andere reden.'

'Wat dan?'

'Ik ben allergisch voor mensen.' Sieb lachte voorzichtig.

'Dan moet je niet in OC Haarlem blijven, want hier wonen meer dan zevenhonderdvijftig asielzoekers.' Hij stond op en voor hij ging, zei hij met opgeheven vinger: 'Niet slapen achter de wasmachines.' Hij ging en die nacht sliep ik tussen Dolce en Forte. Ik dacht toen, terwijl ik naar het plafond van de slaapkamer staarde, dat slapen met vier draaiende wasmachines in een kamer zeker beter was. Ik durfde niet te denken aan slapen met vier vrouwen of alleen in een kamer.

Ik sloot mijn ogen en bedacht dat mijn verblijf in het opvangcentrum hooguit drie maanden zou duren. Daarna zou ik naar een AZC worden gestuurd of naar Irak, beide opties waren beter dan dit, zei ik tegen mezelf, om mezelf hoop te geven.

10

Meer dan tweehonderd woorden leerde ik tijdens die zevenendertig dagen op de Bouma-boerderij, tijdens de lessen van Sanne of van wat ik hoorde of tegenkwam. Ik noteerde elk woord dat ik hoorde fonetisch in het Arabisch, zei het op voor een Nederlander en als hij herkende wat ik zei, schreef hij het voor mij in het Nederlands op in mijn notitieboekje en vertelde mij de betekenis. Vele handen hebben vele woorden in mijn boekje geschreven. Ik ontdekte dat de Nederlanders hun taal graag aan anderen willen leren, maar dat ze geen geduld hebben om te luisteren als iemand het niet goed spreekt. Dat ik redelijk Engels sprak, was mijn grootste probleem. Nederlanders hadden geen zin of tijd om naar mijn onbegrijpelijke Nederlands te luisteren, het te proberen begrijpen, dan te corrigeren en daarna ermee te communiceren. Daarom vroegen ze me vaak of ik geen Engels sprak. Ik voelde me stom als ik dat hoorde en in plaats van Nederlands te leren, verbeterde ik in die periode mijn Engels.

Als je het woord bus zei in landen als Thailand, Laos, Vietnam of Cambodja begrepen de mensen: een vreemdeling zegt het woord bus. Als hij ver van de bushalte staat, vraagt hij daarmee: Waar is de bushalte? Als hij op het busstation staat vraagt hij: Waar komt de bus? Als hij naast de bus staat, wil hij weten wanneer de bus vertrekt. Maar in Nederland kijken de mensen je na het woord bus chagrijnig aan, alsof ze willen zeggen: 'Oké, ik weet nu dat je het woord bus kent, en wat dan nog?' Ik ontdekte al in die eerste drie maanden dat het om met Nederlanders te kunnen communiceren belangrijk is dat je echt perfect spreekt, want er is niet veel tijd of begrip voor iets wat een beetje vaag is.

Tijdens de drie maanden die ik in OC Haarlem zou doorbrengen, werkten bij de receptie een vrouw die Jeanine heette en een man die Paul heette. Twee leuke mensen, vooral als ze samen dienst hadden. Regelmatig hoorde ik ze de woorden Jezus en kut gebruiken. Ze herhaalden die woorden vaak. Op een dag pakte ik mijn notitieboekje en vroeg Paul naar het woord Jezus.

'Jezus is Jezus,' antwoordde hij mij.

'Ik begrijp het niet,' reageerde ik.

'Jezus, Bijbel, God, hemel, zondag,' antwoordde hij en hij toonde mij het kruisje aan zijn halsketting.

'Nu snap ik het,' zei ik. 'Maar wat is kut?'

'Dat is wat moeilijker uit te leggen,' zei Paul grinnikend.

'Heb jij er één?' vroeg ik, ook grinnikend.

'Nee,' zei hij lachend. 'Maar mijn collega heeft er wel één, dat weet ik zeker.' Hij wees naar Jeanine, die net aan de telefoon was.

'Kan ik die even zien?' vroeg ik.

'Dat hangt van haar af,' zei hij. Jeanine legde de hoorn op de haak. 'Deze man heeft jouw hulp nodig,' zei hij tegen haar. Ze vroeg me vriendelijk wat ze voor mij kon doen.

'Kut,' zei ik tegen haar. 'Volgens deze man heb jij er één en die zou ik graag zien.'

'Dat hoeft niet,' vertelde ze me. 'Net als iedereen kom jijzelf uit één.'

Wat ik naast die twee woorden niet zal vergeten van mijn eerste tijd in Nederland was mijn eerste 21 maart hier. Ik hoorde iemand zeggen dat het officieel lente was. Dat was voor mij, en is nog steeds, erg vaag, die officiële lente. Die eerste 21 maart had ik niet het gevoel dat de winter voorbij was of zelfs maar een paar centimeter was opgeschoven uit Nederland. Door de ramen van mijn kamer in OC Haarlem keek ik naar buiten en kon niet zien of de hemel ver was of dichtbij. Ik zag geen kleur. De lucht begon bij het raam en eindigde in iets grijs wat op mist lijkt en dat maakte mij moe. Alsof de tijd een uur was dat niet voorbijging. Heel mijn leven was ik gewend dat de dag een veranderende hemel met veranderende hoogtes en talloze kleuren betekende, maar in Nederland miste ik dat. Op de Bouma-boerderij had ik dat niet opgemerkt. Daar waren meertjes, kanaaltjes, takken en vogels, maar in Haarlem waren er alleen maar de muren en die grijze kleur. Met de tijd begon ik bang te worden om naar boven te kijken, alsof iets in mijn hoofd tegen die grijze kleur zou botsen, maar ik was niet machteloos, want ik dacht dat ik terug zou gaan naar Maleisië, Thailand of Laos zodra ik die verblijfsvergunning kreeg, of Indonesië zou gaan ontdekken en daar een nieuw leven zou opbouwen. Ik stelde me Europa voor als een eilandje in de oceaan, waar trekvogels voorzichtig landen, een paar wormen eten, een paar druppels water drinken, een paar minuten slapen, om daarna de vleugels uit te slaan en te verdwijnen in de afstanden van het ware leven.

De eerste zaterdag in het OC ging ik naar de kroeg. Veel geld had ik niet, maar ik wilde ergens heen. Tussen zevenhonderdvijftig andere asielzoekers zitten is niet altijd even prettig. Ik ging een van de bars binnen en bestelde een ijsthee. Het irriteerde mij dat de muziek zo luid was en dat ik moest schreeuwen om gehoord te worden. Zo beging ik de eerste fout in de geschiedenis van mijn uitgaan. Ik vroeg de jongeman achter de bar in het Engels of hij de muziek zachter kon zetten. Hij hoorde mij niet eens, bracht zijn oor naar mijn gezicht en ik schreeuwde of hij de muziek zachter kon zetten. 'Dat kan niet,' riep hij.

'Waarom niet? Je hoeft toch alleen een knopje naar links te draaien of je drukt op de min en dan wordt het lawaai minder.' Ik dacht dat ik een goeie grap maakte, maar de jongeman glimlachte beleefd en herhaalde met een vriendelijk gezicht dat het niet kon. Daarna draaide hij zich om, om iemand anders een drankje te geven. Ik kon zien dat hij geïrriteerd was en dat hij moeite moest doen om te blijven glimlachen als hij naar mij keek. Ik dronk mijn ijsthee op, deed mijn jas aan en stond op. Ik wilde de jongeman groeten voor ik ging, maar hoewel hij alle kanten op keek, zodat hij iedereen die wilde van een drankje kon voorzien terwijl het niet heel druk was, wendde hij zijn gezicht nog geen seconde naar mij toe zodat ik hem zou kunnen groeten.

Bij de eerste stap buiten voelde ik hoe stil de wereld was en hoeveel lekkere zuurstof er was. Ik ging naar een aantal andere kroegen, maar ze leken allemaal op elkaar. Donker hout, donkere sfeer, harde muziek en dezelfde geur, een mix van urine, bier en rook. Ergens liep ik langs een mooie plek met kaarslicht en het was er stil, door het raam zag ik dat de mensen die daar zaten met elkaar fluisterden. Dat is mijn plek, dacht ik. Ik ging naar binnen en een mooi meisje dat op een stewardess leek legde een boekje voor mij op tafel.

'Ik wil thee, Engelse thee, graag,' zei ik.

'Wat wilt u eten?' zei ze zacht, zodat de andere tafels het niet zouden horen.

'Niets, alleen thee.'

'Sorry.' Ze boog dichter naar mijn oor. 'Maar we zijn een restaurant.' Dus kon ik geen thee drinken. Ik vertelde het later als grap, maar het was niet grappig. Nog steeds weet ik niet waarom restaurantjes stil zijn en men er kan praten en luisteren, terwijl de mensen daar zitten om te eten, en de bars en cafés lawaaierig zijn en stinken, terwijl de mensen daar komen om te luisteren en te praten. Zeker ontdekte ik later stille, rustige bars en cafés, maar dat gebeurde pas na een paar jaar.

Er waren verschillende manieren om aan het OC en het wachten te ontsnappen. Een Nederlandse vriendin zou een manier zijn, maar voor sommige jongens was er een andere weg. Daar kwam ik achter via Adil, een asielzoeker uit Syrië die altijd van alles wist. Al een tijdje had iedereen in het OC het over een gelukkige jongen uit Guinee. Adil vertelde mij zijn verhaal. Regelmatig kwamen er Nederlandse mannen naar OC Haarlem. Ze vroegen naar professionele voetballers. Als iemand zei dat hij professioneel voetballer was, namen ze hem mee naar de sportzaal van het OC, waar de matrassen inmiddels weer waren opgeruimd. Ze speelden met hem en als hij goed was, gingen ze naar een voetbalveldje. Zo zochten ze getalenteerde voetballers. De gelukkige Afrikaan was eenentwintig jaar oud. Hij haalde de eerste test in de sportzaal en de tweede op het voetbalveld en daarna sliep hij niet meer in het OC. Hij meldde zich alleen 's ochtends. Volgens Adil had hij zijn dossier aan de mannen gegeven, die een advocaat voor hem regelden, een studio voor hem huurden, ergens in Amsterdam, en hem zakgeld gaven. Ik weet niet hoe het verhaal is afgelopen, maar hij bleef niet meer dan een maand in het OC.

Een van de vrijwilligers in het OC vertelde me toen ik ernaar vroeg dat voetballers uit het buitenland halen veel geld kost en dat het goedkoper was ze in het OC te zoeken. Voor professionele voetballers was er een kortere procedure zodra ze geadopteerd werden door een voetbalclub. Een Iraakse voetballer zeurde vaak dat als hij niet ouder dan zesendertig was geweest het geluk allang naar hem zou hebben geglimlacht. Dat hij via een voetbalclub binnen een paar maanden een verblijfsvergunning zou hebben gekregen. Ik geloof wel dat er veel van dit soort ongeschreven regels waren.

Ook voor meisjes en vrouwen was er een kortere weg uit OC Haarlem. Misschien wel korter dan die voor de voetballers: de prostitutie. De mooie meisjes in het OC verdwenen heel snel. Soms zagen we ze alleen nog bij het melden. Ze werden geronseld door jongens die in dikke auto's rond het OC reden. Als een meisje of een mooie vrouw uit het OC kwam en alleen was, volgden ze haar met de auto en probeerden met haar te praten. Als dat niet lukte, stapte iemand uit, volgde het meisje te voet en probeerde haar in de auto te krijgen. Het was moeilijk voor meisjes om te ontsnappen aan de jongens met de dikke auto's. Rima, een Iraaks meisje van wie de moeder ziek was, durfde niet meer alleen over straat. Haar moeder vroeg mij om met haar mee te lopen naar de Aldi om boodschappen te doen, omdat ze anders last kreeg met die jongens. Ze had eens het nummerbord van een auto onthouden. Ik ging met haar mee om te vertalen. Ze vertelde de sociale dienst dat er een jongen uit die auto was gestapt en haar in de auto had proberen duwen. De medewerker noteerde het nummerbord, maar er gebeurde niets en dezelfde blauwe auto bleef rondjes om OC Haarlem heen draaien. Toen een groepje kinderen uit het OC dat soort auto's begon te bekogelen met stenen, ontstond er een groot probleem. De ouders van die kinderen werden bij elkaar gebracht en hun werd verteld dat de kinderen straf zouden krijgen als dat nog een keer zou gebeuren. Ik weet ook nog dat een paar vrouwen een spandoek had gemaakt met de tekst 'Wij zijn geen hoeren'. Ze gingen bij de ingang van het OC staan om te demonstreren, maar kregen niet de kans er lang te blijven staan. Ze werden vriendelijk doch dwingend verzocht weer naar binnen te gaan en het spandoek op te rollen. Toen de journalisten kwamen, was het de vrouwen allang duidelijk dat het niet was toegestaan ze te woord te staan. De Iraanse vrouw die het idee voor de demonstratie had gehad, werd niet lang daarna overgeplaatst naar een ander OC. De auto's bleven langzaam rondjes rijden om de schoonheid van het OC op te vegen.

De tijd ging langzaam voorbij. Ik voelde kettingen en grote stenen aan de voeten van de uren gebonden, vooral als het donker werd of regende. Het donker wilde de dag laten verdwijnen en de regen leek jaren en jaren te willen vallen. De Nederlanders zeiden blij: 'Vandaag gaat het niet regenen.' Of 'Vanmiddag wordt het droog.' Of 'Alleen 's ochtends een bui.' Maar ze durfden nooit te zeggen: 'Deze week gaat het niet regenen.' Of 'Vorig jaar hebben we de regen niet gezien.' In OC Haarlem hoorde ik een mop, iets wat misschien wel echt was gebeurd en waar iemand een mop van had gemaakt, waarmee wij heel lang en heel hard gelachen hebben: Een asielzoeker vraagt een Nederlands kind: 'Hoelang regent het al?' En het kind antwoordt: 'Ik ben dertien jaar, ik weet het niet, vraag het aan iemand die ouder is.'

11

Wat me verbaasde, in OC Haarlem en later in de AZC's, was dat de asielzoekers werden gewaarschuwd met niemand over hun vluchtverhaal te praten. Toen ik de verslagen van mijn eerste en tweede gehoor naar de sociale dienst van het COA meenam en aan een van de medewerkers vroeg het voor mij in het Engels te vertalen, omdat ik nog niet goed genoeg Nederlands sprak om het te begrijpen, zei die: 'Ben je gek? Dat moet je niet doen. Dat is toch persoonlijk?'

Dat soort reacties zorgde ervoor dat veel asielzoekers niet praatten over de reden van hun vlucht en dat degenen die hun gehoor hadden laten vertalen onrustig werden.

Op een nacht was het gesnurk in de kamer zo hard dat ik tot drie uur 's nachts door het OC dwaalde. In een van de gangen zag ik een klein mannetje dat door het raam naar het lege kantoor van de sociale dienst keek. Het leek alsof hij ook niet kon slapen. Hij vroeg mij in het Arabisch of ik Arabisch sprak. Aan zijn dialect hoorde ik meteen dat hij Irakees was. De sterke verbinding tussen ons was dat hij het woestijndialect van mijn moeder sprak, het dialect dat onze familie in verlegenheid had gebracht toen wij van het zuiden van Irak naar Bagdad vluchtten nadat Saddam Hoessein aan de macht was gekomen, omdat het klonk als iemand die het verschil tussen een kameel en een ventilator niet kent.

'Weet je of de sociale dienst open gaat vandaag?' vroeg hij bezorgd. Zijn stem bevatte weinig hoop dat dat ooit nog zou gebeuren. Hij was kort en mager en had een gezicht vol energie, die nog geen uitweg had gevonden naar de wereld.

'Zeker,' zei ik. 'Het is geen weekend, dus ze gaan open.'

'Ach, ik hoop het.' Hij staarde naar de computers. 'Kijk, daar. Als we het slot breken of dat glas… Als we daar binnen gaan… Dan zetten we onze namen tussen de Hollanders en hoeven we niet te wachten op een verblijfsvergunning. Dan zijn we Nederlander, toch?'

'Waarom ben je nog wakker?'

'Man,' zei hij. 'Ik kan niet slapen in die kamer.'

'Waarom niet?'

'Ik ben bang.' Hij zweeg. Ik keek naar zijn kleine afmetingen en dacht dat hij bang was voor de anderen in de kamer, dat ze hem zouden slaan of iets anders zouden doen, maar hij bleef mij aankijken en zei, alsof hij precies wist wat ik dacht: 'Ik ben bang dat ik iemand dood maak als ik daar blijf.' Hij opende zijn ogen wijd, zodat ik het vuur erin zou zien.

'Wat wil je van de sociale dienst?'

'Iemand heeft mijn gehoor vertaald en nu hoorde ik dat dat niet mag. En ik wil ook een andere kamer. In de sportzaal slapen is nog beter, man. Maar die trut aan dat bureau, achter die computer…' Hij wees naar de tafel voor het prikbord met een foto van twee witte hondjes.

'Elly?' vroeg ik hem.

'Weet ik veel,' zei hij, alsof ze het niet verdiende dat iemand haar naam onthield. 'Elke keer als ik iemand vind die voor me kan vertalen, ga ik hier naartoe. En dan ziet ze mij en zegt meteen: "*No room change, no room change.*"'

'Ik spreek Engels, maak je geen zorgen,' zei ik. 'Als ze open zijn, neem ik je mee naar Sara.'

'Wie is Sara dan?'

'Die vrouw die daar zit, die met dat korte haar.' Nadat ik hem mijn kamernummer had gegeven, en hij me had verteld dat hij Kadhem heette, ging ik naar bed. Om halfnegen klopte hij aan. Ik deed open, net nu ik een paar uur geslapen had, en zag hem daar staan.

'Kom, man, je bent te laat.' Alsof hij mij had ingehuurd om rond die tijd klaar te staan en in de gang op hem te wachten wenkte hij me en draaide zich om. Zonder om te kijken of ik hem volgde liep hij door de gang. In slaapkleren en slippers liep ik met hem mee. Ik vertaalde zijn woorden voor Sara en legde uit dat hij naar een andere kamer wilde, omdat de een in zijn kamer stonk naar sokken, de ander naar hasj en de derde naar een dood varken.

'Laat me kijken of er plek is,' zei ze en keek in haar computer. Hij bleef maar onrustig naar de deur kijken. Toen ik hem zachtjes vroeg waarom, zei hij dat hij bang was dat 'die andere vrouw' kwam, hij bedoelde Elly. Ik had medelijden met hem, want hij deed behoorlijk paranoïde en dat leek me geen pretje, maar in werkelijkheid kwam Elly niet lang daarna binnen en ging aan haar bureau zitten. Ze bladerde door de papieren voor haar. Sara vertelde dat er geen andere plek was en dat de enige oplossing was met iemand te ruilen. Ik dacht dat dat voor Kadhem een prima oplossing was en dat hij er blij mee zou zijn, maar toen we weer buiten het kantoor stonden, zei hij: 'Zag je dat? Ze was op zoek naar een plek, maar die trut kwam binnen en toen stopte ze met zoeken en zei dat er geen kamer was. Ik zweer het je, dat komt door die trut.'

'Dat is niet waar,' zei ik. 'En bovendien kun je best iemand vinden om te ruilen.'

Kadhem was voor mij net als een verkoudheid. Niet heftig, maar irritant. Zijn problemen kwamen niet allemaal tegelijk, maar een voor een. Daarom was hij altijd met het ene probleem bezig en als dat was opgelost, diende het volgende zich aan. Diezelfde dag ging ik weer mee naar de sociale dienst om te vertalen. We kwamen bij Henk.

'Zeg tegen hem dat een vrijwilliger mijn gehoor heeft vertaald. En dat ik niet wist dat dat verboden was. Ik wist het echt niet. Dat niemand dat mocht zien, behalve de IND en mijn advocaat. Heb ik nu mijn kans op een verblijfsvergunning verspeeld?' Ik vertaalde het voor Henk, die mij aankeek alsof hij wilde zeggen: 'Is dat een vraag?'

'Dat klopt niet,' zei Henk en ik vertaalde voor Kadhem.

'Waarom niet? Ik weet zeker dat ik een vrijwilliger gevraagd heb om mijn gehoor te vertalen. Om te begrijpen wat ik heb gezegd. Hij heeft het uit het Nederlands vertaald naar het Engels en een asielzoeker uit Jordanië daarna naar het Arabisch.' Kadhem werd boos dat Henk hem niet begreep.

'Ik bedoel dat het niet klopt dat hij zijn kans op een verblijfsvergunning verloren heeft als iemand zijn gehoor vertaald heeft.' Ik vertaalde het, maar Kadhem had het niet gehoord en wilde het niet horen.

Hij vertelde iedereen die het wilde horen dat Henk hem niet wilde geloven en dat hij een racist was. Ik kon hem niet van het tegendeel overtuigen, hij bleef zeggen dat Henk asielzoekers haatte.

Wat me ontzettend verbaasde was dat Kadhem een speciaal zintuig bleek te hebben. Pas later ontdekte ik dat hij gelijk had met wat hij over anderen zei. Dat hij niet reageerde op wat ze zeiden, maar op iets wat daarachter schuilging. Voordat ik uit OC Haarlem vertrok en naar het AZC ging, ontdekte ik dat Henk een racist was en dat Sara op haar hoede was voor Elly en zich zeker in alles wat ze deed door haar liet beïnvloeden. Wat mij ook verbaasde was dat Kadhem, dat kleine magere mannetje, nooit bang was, behalve voor een ding: dat hij iemand zou vermoorden.

12

Mijn verblijf in OC Haarlem was niet zwaar, want ik wist dat ik er niet langer dan drie maanden zou blijven. Daarna zou ik of naar een AZC gaan of naar een centrum om uitgezet te worden. In die maanden baden alle asielzoekers om naar een AZC gestuurd te worden. Het woord asielzoekerscentrum betekende hoop. Het was als net te laat komen voor de trein en dan het woord vertraging horen. Ik telde de dagen en meldde me.

Ik vergat het melden nooit, behalve die ene dag. Ik was zo ziek dat ik geen hap door mijn keel kreeg en de hele dag sliep. 's Avonds realiseerde ik me dat ik door het meldmoment heen geslapen had.

'Meneer Kariem, gisteren heeft u zich niet gemeld,' zei de vrouw toen ze de volgende ochtend van het beeldscherm opkeek.

'Ik was ziek en...' begon ik.

'Een week geen geld,' zei ze zonder mijn uitleg af te wachten. 'Als u het melden twee keer overslaat, moet u het OC verlaten.' Ze zei het woord verlaten harder dan de andere woorden. Ze keek me aan op een manier waarvan ik niet weet hoe ik het je moet uitleggen. Als ik zeg 'leeg en streng,' klopt dat niet. Alleen streng is niet genoeg. Haar rustige manier van praten, haar toonloze stem en haar duidelijk uitgesproken woorden gaven mij het gevoel dat ik een zonde had begaan, waarvoor welke straf dan ook eigenlijk niet genoeg was.

‘Volgende,’ zei ze en in plaats van de groene meldkaart met mijn foto erop terug te geven, legde ze die naast het toetsenbord en keek naar degene achter mij in de rij. Haar blauwe ogen die langs mij heen naar de volgende in de rij keken, hadden een soort macht, waardoor ik weg stapte van het raampje om ruimte te maken voor de ander. Ik liep door de gangen van het OC en dacht: moet ik teruggaan om mijn meldkaart op te halen of niet? En als ik het niet doe, worden ze dan boos?

Om vijf uur ging het loket altijd dicht. Ik ging voor die tijd in de rij staan en toen ik aan de beurt was zei ik tegen de ambtenaar, inmiddels zat er een man, dat ik mijn meldkaart kwam ophalen. Hij keek naar de kaart en zijn computer.

‘Gisteren heb je je niet gemeld,’ zei hij zonder op te kijken. Ik zei niets, wachtte tot hij zou vragen waarom, maar hij bleef maar typen. Zijn grote gezicht ging van het toetsenbord naar het scherm. Daarna smeet hij het groene papiertje door het raampje naar me toe met de woorden ‘Wacht daar.’ Ik keek achterom, terwijl ik wist dat hij naar een hoek in de gang had gewezen. Ik deed een paar stappen richting de hoek en bleef daar staan. Ik keek naar hem, om te zien wat hij precies bedoelde en of ik op de plek stond waar hij me wilde hebben. Toen hij weer verderging met de computer, bleef ik stil staan. Ik vroeg me af wat de straf zou zijn, maar begreep niet waarom hij mij in de hoek liet wachten en me niet direct over de straf vertelde.

Pas later ontdekte ik dat Nederlanders respect hebben voor regels. Een criminele Nederlander volgt meer regels dan een advocaat in Irak. De wet in Nederland bevat vele soorten straf voor als iemand de regels niet naleeft, maar ook die zijn niet genoeg. Daarom bedachten sommige ambtenaren van sommige OC’s en AZC’s de straf: ‘in de hoek staan’. Dat zeiden ze als de asielzoeker volgens de ambtenaar een fout had gemaakt. Dan werd hem gezegd in de hoek te wachten.

Ik stond daar in de hoek. Een paar keer pakte hij de telefoon en belde, ik dacht misschien om iemand mij te laten ophalen en naar een cel te brengen, waarover ik had gehoord en dat maakte mij onrustig. Ondertussen keek ik naar de man en de klok die achter hem hing. De tijd ging steeds langzamer. Andere asielzoekers meldden zich een voor een. De man achter het raam typte, keek naar het scherm, noteerde iets met een pen, belde. Ik keek naar hem, zodat als hij naar mij zou kijken, ik meteen kon reageren, maar mijn kant keek hij niet op. Ik durfde hem niet te vragen wat ik moest doen.

Wat ik had ervaren, op Schiphol, in het OC en later, was dat Nederlanders tijdens hun werk hun agressie verstoppen achter een officieel soort respect. Als je die grens oversteekt met respectloos gedrag, moet je respecteren dat Nederlanders in officiële wilde beesten veranderen, die gesteund worden door andere officiële wilde beesten. Hoe lager het niveau van de officiële wilde beesten in het systeem, hoe groter de agressie. De ambtenaren hebben macht en de mogelijkheid aan hun agressie uiting te geven op verschillende manieren. Macht met het toetsenbord, macht met de mond, of macht met de handen. Als een Nederlandse ambtenaar zijn geduld verliest, kan die iemands leven in een hel veranderen.

Precies om vijf uur, dat kon ik zien op de klok in zijn kantoor, stond de ambtenaar die mij in de hoek had gezet op en voor het eerst in dat uur keek hij mij aan, streng en rechtstreeks, alsof hij wilde zeggen dat hij mij niet vergeten was en dat ik nu precies deed wat hij wilde. Hij deed het licht uit en liep weg. Ik bleef maar staan, terwijl ik zijn voetstappen hoorde wegsterven. Ik dacht dat hij terug zou komen, maar hij kwam niet terug. Ik wilde weg, maar ik durfde niet, want dan zou hij toch hebben gezegd dat dat mocht? Toen hij het licht in het kantoortje had uitgedaan kon ik de klok niet meer zien. Nu wist ik niet meer hoe snel of langzaam de tijd verliep. Hoe langer mijn wachten daar duurde, hoe dieper de gang zich in mijn geheugen prentte. Nu, na al die jaren, wacht ik eigenlijk soms nog steeds daar in die gang. Mijn knieën begonnen te trillen en ik kreeg dorst, maar ik bleef staan, tot iemand van de nachtdienst van de receptie langskwam op zijn ronde en mij zag staan.

'Je mag hier niet staan na vijf uur,' zei hij.

'Kan ik dan gaan?' zei ik luid en keek in de camera zodat ze morgen konden horen dat ik dat had gevraagd.

'Begreep je me niet?' zei de man geïrriteerd. 'Ja, je kan gaan. JE. MAG. HIER. NIET. STAAN.' Ik draaide me om en liep met stijve knieën naar mijn bed, waar ik kreunend op ging liggen. Niet alleen mijn rug, maar ook mijn geest had pijn. Het was acht uur.

13

'Gefeliciteerd, Semmier,' zei Sara met een glimlach. 'Je staat op de lijst voor een AZC.' Ze legde uit dat dat betekende dat de IND er niet aan twijfelde dat ik een Irakees was en dat ik hoop kon hebben op een verblijfsvergunning. 'Breng de twee dekens, drie lakens, de handdoek, het kussen en de kussensloop terug naar het magazijn en kom dan hier terug met het inleverbewijs.' Ik knipte het laken niet doormidden. De Surinamer die in het magazijn werkte, deed niet moeilijk als een asielzoeker een deken of een handdoek verloren had. Hij begroette mij in zijn kantoortje met zijn witte glimlach. Ik legde de twee dekens, twee lakens, de handdoek, het kussen en de kussensloop op de balie, en hij gooide ze in een grote container achter hem.

'Waar is het derde laken?'

'Ik heb het opgegeten,' zei ik. Hij lachte zo hard dat hij bijna achterover viel met stoel en al.

'Grappig, man,' grinnikte hij. 'Je gaat vandaag weg?'

'Naar een AZC.'

'Beter dan Afghanistan, toch?'

'Ik kom uit Irak.'

'En zeker beter dan Irak.' Hij gaf mij het inleverbewijs, liep vanachter de balie naar me toe en omhelsde mij ten afscheid.

'Geef mij advies,' zei ik hem.

'Eet niet te veel lakens. Straks krijg je nog darmproblemen.'

In mijn kamer gooide ik de spulletjes die ik had in een Aldi-tas en verliet OC Haarlem zonder afscheid van iemand te nemen of om te kijken. Ik liep in mijn eerste Nederlandse lente naar het station langs de takken die bevroren waren geweest en nu in bloei stonden. Voor ik station Haarlem inliep, hoorde ik iemand achter mij mijn naam roepen.

'Wacht even! We gaan naar hetzelfde AZC!' Ik draaide me om en zag Kadhem. Dat irriteerde mij meer dan een extra tas.

'Kun je niet alleen gaan dan?' vroeg ik hem.

'Man, wat denk jij? Jij verdwaalt als je alleen gaat. Ga mee, dat is beter voor jou, hoor.'

'Maar ik stop in Amsterdam om Van Gogh te zien.'

'Wie?'

'Van Gogh.'

'Wie is dat? Ook een asielzoeker?'

'En ook een schilder,' knikte ik.

'Ach, ben je gek. Ga mee naar dat AZC. Straks komen we aan als de sociale dienst al dicht is en dan hebben we geen slaapplek.'

Door Kadhem stelde ik mijn ontmoeting met Van Gogh negen jaar uit. We gingen naar het asielzoekerscentrum, waar we om drie uur aankwamen. En daar begint mijn eigenlijke verhaal, dat – mijn excuus daarvoor – dertien hoofdstukken lang op zich liet wachten.

Het AZC was een groot gebouw. Men zei dat het ooit een gevangenis was geweest, daarna een ziekenhuis, en dat het vervolgens jarenlang leeg stond tot het werd omgebouwd tot een asielzoekerscentrum. Men zei ook, maar of dat klopt weet ik niet zeker, dat het een politieschool was geweest. De muren waren dik, de gangen nauw en lang en ze leken op tunnels. Het gebouw had twee ingangen, een deur aan de achterkant, die open was tot acht uur 's avonds en een deur aan de voorkant, die vierentwintig uur per dag open was.

In het gebouw werd je verrast door de geur. Een geur die ik nooit had geroken en die ik nooit zal vergeten. En hier gebeurde iets wat je nergens anders ter wereld kan zien, tenminste niet zo duidelijk en zolang: het wachten. Als je het wachten zou kunnen ruiken, dan was het de geur van wachten die in het AZC hing. Er woonden zo'n vijfhonderd mensen. De samenstelling veranderde soms maandelijks, soms wekelijks. Mensen kwamen en gingen. Sommigen verdwenen, anderen verschenen. En allemaal wachtten ze.

Als je het gebouw binnenging, kwam je eerst langs de receptie. Er was een balie in het eerste halletje dat je betrad, die dag en nacht werd bemand door twee receptionisten. Door twee grote glazen klapdeuren ging je daarna de eerste gang in. Er was een gang naar rechts met een aantal kantoren. Een ervan was het kantoor van de vreemdelingenpolitie. Dat was het engste kantoor. Er werkten politieagenten die optraden als er problemen waren. Daarna kwam het kantoor van de sociale dienst van het COA, het grootste kantoor. Achter elk bureau daar zat een sociaal medewerker. Op een werkdag waren er minimaal vier aanwezig, vaak vijf. Zij probeerden alles in goede banen te leiden, probeerden alle mensen te helpen voor zover dat ging, bemiddelden bij problemen en organiseerden activiteiten. Om vijf uur sloten de meeste kantoren en na acht uur 's avonds sloot ook dat van de sociale dienst.

Als je van de receptie naar links ging, zag je een klein kamertje waarop de letters VVN stonden, Vereniging VluchtelingenWerk Nederland. Dat kantoortje was op werkdagen open tot twaalf uur 's middags. Er werkten een betaalde medewerker en een vrijwilliger. In dat kamertje lagen de dossiers van de asielzoekers. Zij bereidden de asielzoekers voor op de gehoren die waren afgenomen en de rechtszaken die daarop volgden. Ze probeerden de juridische kant van de zaak uit te leggen en daar ondersteuning bij te bieden. Daar hadden ze altijd hetzelfde probleem, met de asielzoekers die er kwamen vragen hoelang ze nog moesten wachten. Het antwoord was altijd: 'Dat weten wij niet. Dat ligt bij de IND.' Het enige dat ze konden doen was de advocaat bellen en vragen naar nieuws.

Ik kwam de receptie binnen. Kadhem volgde mij. Ik overhandigde mijn papieren aan de receptionist en hij de zijne. Dat gaf de indruk dat we bij elkaar hoorden.

'Zijn jullie familie?' vroeg de man.

'Nee. We hebben samen gereisd omdat hij geen Engels spreekt,' zei ik. De receptionist keek nogmaals naar de papieren, pleegde een telefoontje en na een paar minuten kwam een medewerkster van de sociale dienst ons halen. Ze gaf ons een hand en stelde zichzelf voor. Haar naam was Lilly Vanderhaeghe. Ze was een beetje mollig en had een vrolijk gezicht vol sproeten.

'Kom mee,' zei ze met haar luide stem. Ze had in plaats van in een AZC bij de opera kunnen werken. Als kind was ze vast afschuwelijk geweest voor haar ouders door het volume van haar stem.

Ik liep achter haar aan en Kadhem achter mij, naar het kantoor van de sociale dienst. Daar kregen we allebei twee dekens, drie lakens, een handdoek, een kussen en een kussensloop, waarvoor we tekenden. Lilly Vanderhaeghe liep met mij naar mijn nieuwe slaapplek, een kamer met vier bedden. Ik hoorde dat ik twee kamergenoten had en dat de vierde als straf door de vreemdelingenpolitie naar een gesloten centrum was gebracht. Niemand wist of hij terug zou komen en wanneer. Ze klopte eerst op de kamerdeur en toen niemand reageerde, deed ze de deur open.

‘Dit is jouw bed, Semmier,’ zei ze. Ik ging op de bedrand zitten in kamer 0139. Oranje 139.

In dat AZC waren er drie afdelingen, die elk bestonden uit drie verdiepingen en genoemd waren naar een kleur. Bij afdeling geel kregen de kamernummers een G als toevoeging, bij afdeling blauw een B en mijn kamer bevond zich dus in oranje. De muren van die drie afdelingen hadden diezelfde kleur. Om eerlijk te zijn, na negen jaar lopen door een oranje gang, wachtend achter een oranje deur, kijkend naar de verre koude wereld buiten door oranje raamkozijnen, word ik nu misselijk van de kleur oranje.

Voor ik het vergeet, nu ik over de kleur oranje vertel, herinner ik me dat we eens gratis oranje T-shirts kregen. Ik weet niet hoe die shirts in het AZC waren gekomen of wie ze had gebracht, maar een tafel in de gang lag vol oranje T-shirts, waar asielzoekers omheen stonden en naar hun maat zochten. Een oude Iraakse vrouw pakte er een en vroeg de Nederlandse man die erbij stond om te controleren dat iedereen niet meer dan één T-shirt nam. Ze vroeg hem vervolgens of hij ook andere kleuren had.

‘Zwart of grijs? Ik ben te oud voor zo’n felle kleur.’

‘Vind je het niet mooi?’ vroeg de man glimlachend.

‘Ik weet het niet, maar kijk nu naar de gang. Die lijkt gevuld met sinaasappels.’ De vrouw had niet door dat oranje de nationale kleur van Nederland is en dat de T-shirts niet werden weggegeven als kledingstukken, maar als kleur.

Maar daar zat ik dus. Op de bedrand in kamer 0139. Ik keek naar de muren, het raam en de bomen achter het raam. Het uitzicht dat ik negen jaar lang zou zien. Dag na dag. Week na week. Maand na maand. Jaar na jaar.

Vanaf het moment dat ik het AZC binnenging, zag ik gezichten met een uitdrukking die ik niet eerder had gezien. Niet tijdens de vier oorlogen die ik in mijn leven zag en niet in al die landen waar ik doorheen reisde tijdens mijn vlucht, voordat ik naar Europa kwam. Iets wat niet leek op zwaar verdriet, niet op een dodelijke ziekte of op afschuwelijke angst. Iets wat nergens op lijkt. Pas na jaren begreep ik wat het was: het wachten. Mensen wachtten daar soms jarenlang. Sommigen tien jaar, of vijf, of acht. In dat AZC was het langste wachten van iemand meer dan zestien jaar.

14

Die eerste dag in dat vreemd ruikende gebouw, de plek waar ik voorlopig zou wonen maar waar het nu nog vreemd voelde en zeker niet eigen, liep ik kamer 0139 uit en hoorde op de gang iets moois. Het gaf mij een goed gevoel. Djamaal, een Irakees met wie ik later bevriend zou raken, liep in de gang blij te springen met zijn handen in de lucht.

'Goed nieuws van de IND?' vroeg ik hem.

'Nee,' zei hij, 'Van de buik van mijn vrouw!' Hij was getrouwd met de Tunesische Nadjaat. In dat eerste uur dat ik in het AZC was, werd hun zoon Milaad geboren. Dat voelde als een goed teken. Ik feliciteerde Djamaal en nam me voor om voor dat nieuwe leventje een cadeau te kopen van het eerste weekgeld dat ik kreeg.

Nog diezelfde avond veranderde een kort gesprek in diezelfde gang dat hoopvolle gevoel. Als 's avonds van alle medewerkers alleen de receptionisten nog aanwezig waren in het gebouw, begonnen er mensen uit de verschillende kamers te komen. Het was alsof ze zich verstopt hadden of onzichtbaar waren geweest. Mensen van wie je niet wist waarom ze niet eerder overdag in de gangen verschenen. Zo iemand van een jaar of vijftig sprak mij in het Engels aan, aan het einde van de gang.

'Sinds wanneer ben je hier?' vroeg hij.

'Net, een paar uurtjes,' zei ik.

'Ga weg, slaap niet hier! Ga! Straks kun je dat niet meer. Begrijp je mij. STRAKS KAN DAT ECHT NIET!' riep hij en keek me met wijd open ogen aan.

'Waarom niet?' vroeg ik hem.

'Gewoon!' zei hij boos, alsof ik hem beledigde.

'Zeg tegen hem wat je een paar weken geleden zei tegen wie-was-dat-ook-alweer,' zei een andere man, ongeveer net zo oud, die naast hem stond.

'Hoe kan ik nou weten wat ik een paar weken geleden zei. Godverdomme. Ik weet niet eens wat ik gisteravond zei. Godverdomme.'

'Weet je nog wat je zei over een vogel, een kooi, het bos, al die onzin?' zei de ander om hem te helpen het zich te herinneren.

'O ja, dat. Ik weet het nog.' Hij keek mij strak aan, zijn oogleden knepen wat samen en ik dacht even dat hij het weer vergeten was, maar toen begon hij te praten, eerst zacht, maar zijn stem werd steeds luider.

'Nu ben je als een vrije vogel die net in een kooi is gestapt. Ga nu meteen weg. Nu kun je nog vliegen, terug naar je leven. Maar als je in deze kooi blijft, sterven je vleugels af. Kan je nooit meer zonder deze kooi. BEGRIJP JE MIJ? Je zal bang zijn dat de katten buiten deze kooi je zullen opeten.' Hij bleef me aankijken.

'Maar ik heb geen leven buiten de vogelkooi om naar terug te keren,' zei ik tegen de man. Hij keek boos naar de ander.

'Kijk nou wat we hier hebben. Godverdomme.' Hij draaide zich in mijn richting. 'En nu wil je met mij discussiëren hier, hè?' Ineens werd hij nog bozer. 'Je wilt vechten, hè? Godver. Kom, vecht dan.'

'Waarom schreeuw je zo?' zei de andere man. 'Hij is net aangekomen en je praat met hem over mussen, kooien en vogels. Wat een onzin.'

'Onzin? En nu is het ineens onzin? Jij vroeg mij het verhaal te vertellen, toch? Zo ben je nou altijd. Al jarenlang,' zei hij . Ze begonnen een heftige discussie en waren duidelijk allebei boos op elkaar.

Ik greep mijn kans en liep verder. Misschien was Sara in het OC iets te enthousiast geweest met haar felicitaties toen ik naar het AZC kon, dacht ik.

Na mijn aankomst wilde ik naar buiten gaan om iets te eten, maar werd bij de receptie aangesproken.

'Jij komt uit Irak, hè. Kom hier,' riep de receptionist. 'Spreek je Nederlands? Of Engels?' Bij de balie stond een vrouw. Door haar zwarte kleren wist ik meteen dat ze uit het zuiden van Irak kwam. Ze had een stapel geopende en ongeopende brieven in haar hand. De receptionist vroeg me de vrouw te vertellen dat de IND vandaag geen brief naar haar had gestuurd. Het 'Vandaag Geen Brief' articuleerde hij duidelijk, terwijl hij haar naar keek, omdat hij wist dat zij wist wat dat betekende.

'De IND, wat is dat?' vroeg ze. Ik vertaalde haar vraag voor de receptionist. Hij zei dat ik tegen haar moest zeggen dat hij dat alleen vorig jaar al meer dan vijftig keer had uitgelegd, maar toen ik dat vertaalde, bleef ze stil, alsof ze niets had gehoord. Alsof de receptionist over en met iemand anders sprak. Ze begon weer te praten, met een stem waarvan ik toen nog niet wist dat ze altijd zo sprak. Ik dacht dat ze het zo zielig mogelijk zei, om medelijden op te wekken, maar zo bleek ze simpelweg te praten.

'En jij, kun jij me uitleggen wat de IND is?' vroeg ze mij in het Arabisch. Ik begon het haar uit te leggen in mijn zuidelijke dialect, tot de receptionist ineens ontplofte. Hij had de hoorn van de telefoon in zijn hand en schreeuwde naar ons.

‘Hé, hé, hé.’ Hij zei het alsof hij het zat was dat ik een fout voor de zoveelste keer herhaalde.

‘Wat?’ vroeg ik oprecht verbaasd.

‘Als jullie met elkaar willen praten, daar graag.’ Hij zwaaide naar de gang buiten het halletje waar de receptie zich bevond. ‘Niet bij de receptie, ja. Hier is het niet toegestaan voor asielzoekers met elkaar te praten.’ Ik excuseerde mij, we liepen het halletje uit en ik vertelde de vrouw wat ik wist over de IND. Zij ging terug het AZC in en ik liep naar buiten. Dat was mijn eerste aanvaring met het systeem in het AZC, waar ik ongewild onderdeel van was geworden.

De naam van deze vrouw was Zainab en ze was van middelbare leeftijd. Ze was nooit naar school geweest en was analfabeet. Ze kwam uit een dorp in de buurt van an-Nasiriyya, in het zuiden van Irak. De hele familie van Zainab was aan het einde van de Golfoorlog, toen Amerika zich terugtrok uit het zuiden van Irak en Saddam Hoessein hier genadeloos terugsloeg, de grens met Iran over gevlucht. Haar familie kwam in 1994 in Canada aan. Ze was een simpele vrouw. Ze had haar leven doorgebracht in haar dorp nabij an-Nasiriyya. De enige drie reizen die ze ooit had gemaakt, waren die naar Nadjaf om het graf van imam Ali te bezoeken, naar Karbala voor het graf van imam Hoessein en zijn broer imam Abbas, en naar Samara, voor de graven van imam Ali al-Hadi en Hassan al-Askari. Ze was gebleven zoals ze was toen ze nog in haar dorp bij an-Nasiriyya woonde, waar ze geboren was en waar ze na lange tijd gestorven zou zijn als het leven normaal gelopen was, zonder de oorlogen van Saddam Hoessein.

Ze was in 1982 getrouwd met haar neef, die vermoord werd in de oorlog tussen Irak en Iran. Ze hertrouwde niet en trok het zwart nooit meer uit. Haar gezicht leek altijd klaar om te huilen. Altijd dacht ik dat ze net klaar was met huilen of zo meteen zou beginnen. Het was onmogelijk haar te beledigen, haar iets te leren of haar bang te maken. Haar familie regelde voor haar voor vijfduizend Amerikaanse dollar een vals visum voor Canada en omdat er geen directe vluchtmogelijkheid was vanaf Damascus, kozen ze voor een overstap op Schiphol. Dit op aanraden van de visumverkoper, die zei – en hij had gelijk – dat de andere mogelijkheid via Istanboel geen goed idee was, omdat het beter was te reizen via een land waar asiel kan worden aangevraagd. Zo werd een ticket Damascus – Schiphol – Quebec gekocht. Het eerste deel van de reis verliep prima, maar omdat Zainab nog niet goed kon overstappen van bus naar bus, raakte ze de weg en zichzelf kwijt op Schiphol en vertrok haar vliegtuig een uur later zonder haar naar Canada. Toen ze een nieuw ticket wilde kopen, werd haar gevraagd in welk land ze het visum van de Canadese ambassade had gekregen.

'De Canadese ambassade? Daar ben ik nooit geweest,' zei ze. Zo ontdekten ze dat haar visum vals was. Haar naar Irak terugsturen kon niet omdat het Iraakse paspoort dat ze had ook vals was en zij als vluchteling werd gezien. Daarom kwam ze terecht in een OC en later in het AZC. Toen ik later keer op keer haar gehoor voor haar vertaalde, corrigeerde ze wat ik voorlas. Niet omdat de IND het verkeerd genoteerd had, maar omdat ze zich andere details herinnerde. Ze zei telkens: 'Heb ik dat gezegd?' Of: 'Staat dat er echt?' En soms zei ze: 'Nu weet ik waarom ik geen verblijfsvergunning krijg.' Beide gehoren gingen zo goed als helemaal over hoe ze aan het valse paspoort en het valse visum gekomen was en hoe het kon dat ze niet was doorgereisd naar Quebec, omdat ze niet geloofden dat iemand zich zo kon vergissen. Toch heeft ze nooit een IND-ambtenaar de schuld gegeven voor haar elf jaar wachten op een verblijfsvergunning in het AZC, of zelfs maar de smokkelaars en de visumhandelaren. Ook die mensen, zo zei ze, hadden geld nodig voor hun gezinnen. Ze beschuldigde altijd alleen haar eigen geheugen.

Vóór tien uur 's ochtends kon je haar vinden in de gang bij de deur van de sociale dienst. Daar stond ze met de verslagen van haar eerste en tweede gehoor en de brieven van het ministerie van Justitie en de IND in haar handen en keek door de glazen muren. Ze durfde het kantoor niet binnen te gaan, omdat de medewerkers haar jarenlang en honderden keren hadden verteld dat er geen nieuws voor haar was. En dat ze, als er nieuws was, naar haar kamer B24 zouden komen. Ze bleef er staan tot een van de medewerkers naar buiten kwam en haar aankeek, of geïrriteerd was dat ze daar stond, en haar zei dat er geen nieuws was vandaag. Dan kon ze weer terug naar haar leven in die gangen.

Ze liep naar de Aldi, waar alle asielzoekers hun boodschappen deden, omdat het geld dat we kregen nauwelijks genoeg was voor drie dagen als je naar andere supermarkten ging, bracht haar boodschappen naar haar kamer en wachtte daarna achter de glazen klapdeuren bij het halletje van de receptie tot om twaalf uur de post kwam. Dan stond ze in de gang te kijken hoe de post op de balie werd gelegd en als ze zag dat de receptionist de stapel post oppakte, ging ze zachtjes de hal binnen en keek hoe de enveloppen in verschillende kleuren en maten werden gelezen en gesorteerd. Als de receptionist zijn hoofd optilde om haar aan te kijken, zei hij: 'Vandaag ook niet.' Dan wist ze dat ze ook vandaag niets zou horen van het ministerie van Justitie of de IND en ging naar de keuken. Als het daar druk was, wachtte ze tot de drukte voorbij was. Dan nam ze haar pannen, messen en snijplank uit haar kamer en zette die met haar boodschappen op een klein stukje van het lange ijzeren aanrecht van de keuken. Ze kookte voor haarzelf en een paar andere asielzoekers, van wie ik er een werd.

Op een dag ging ik met haar naar een tweedehandswinkel, waar ze een Brother-naaimachine en een stofschaar kocht. Ze kreeg er nog wat naaigerei gratis bij. Daarna begon ze de kleren die asielzoekers kochten bij de kringloopwinkel in te korten, te verlengen of in te nemen. Ook als ze knopen of een rits kocht, vroeg ze geen geld. Het enige geld dat ze na veel aandringen aannam, was het geld om te eten uit haar pannen. Ik gaf haar het bankpasje dat ik van de sociale dienst had gekregen, zodat ze al het geld eraf kon halen voor mijn eten, dat ik elke dag bij haar at. Op een dag vroeg ik haar of ze het geld opnam. Ze zei dat ze de pincode vergeten was en toen ik naar de bank ging, zag ik dat ze niets had gepind. Daarom begon ik elke woensdag, als het geld binnenkwam, te pinnen en gaf haar het bedrag dat ik wekelijks kreeg – als ik het me goed herinner 86 gulden en later 45 euro.

Op een dag kwam Pieter Oomen, een van de medewerkers van de sociale dienst en een moeilijke man, naar Zainab toe. Pieter gaf je altijd het gevoel dat hij druk was met miljoenen dingen tegelijkertijd die hij allemaal tegelijkertijd wilde oplossen. Daarom was hij soms lief en aardig en behulpzaam en soms een tiran. Hij dacht dat Zainab het eten verkocht aan de asielzoekers en dat ze zwart bijverdiende met de naaimachine. We vertelden hem dat ze dat vrijwillig en gratis deed. Haar pannen afnemen kon niet, maar hij nam wel haar naaimachine mee. Wij stonden in de gang en konden hem er niet van overtuigen dat ze van ons geen cent kreeg voor de kleren die ze vermaakte. Hij trok de stekker uit het stopcontact en pakte de naaimachine op, met de broek waar ze mee bezig was er nog in. Ze keek naar hem alsof ze hem zelf had gevraagd de naaimachine mee te nemen om die te repareren of ik weet niet wat, aardig en stil. Toen hij weg was, nam ze plaats in de gang bij de sociale dienst en keek door de glazen muren naar zijn bureau. Ze stond er elke dag. Van haar gezicht straalde iets af waardoor het leek of ze blij was dat ze iets te doen had en als we haar vroegen wat ze daar deed, zei ze altijd enthousiast: 'Ik wacht op mijn naaimachine.' Hoe vaak Pieter ook tegen haar zei, in het Engels, Nederlands en via een vertaler in het Arabisch, dat ze niet zwart mocht werken in het AZC en hoe vaak ze ook knikte dat ze dat begreep en accepteerde, waarna ze naar haar kamer ging, toch zag hij haar daar elke dag weer staan wachten op haar naaimachine. Tot de dag dat ik haar door de gang zag lopen met de naaimachine en de broek er nog in, met voor het eerst en het laatst een glimlach op haar gezicht.

'Ik heb hem terug,' zei ze. 'Als je een broek wil laten inkorten of verlengen, dan kan dat vanaf vandaag weer.'

15

Mijn eerste nacht in het AZC. Tot de eerste merel begon te zingen sliep ik niet. Het was alsof het AZC een verre wereld was waarin ik landde met een enorme jetlag. Met het verschil dat de jetlag van het reizen met een vliegtuig na een paar dagen voorbij is, maar de jetlag van het AZC tot nu duurt.

Stel je een gebouw voor met vijfhonderd mensen erin. Sommige mensen zijn te moe of te gek geworden van het lange wachten. Zo'n gebouw verandert vanbinnen in een enorm graf, waarin de tijd van een paar honderd mensen begraven ligt. Later sliep ik niet langer dan een of twee uur achter elkaar om dan weer wakker te worden, want er was iets in mijn lichaam wat in dat gebouw altijd wakker bleef. Het ergste waren de gangen, waarin de hele tijd mensen wanhopig ronddwaalden, alsof ze verplicht in een inrichting waren opgenomen. Vooral na tien uur 's avonds. Van dat beetje wakker worden en beetje slapen begon ik suf te worden als ik sliep en suf als ik wakker was. Zoiets als wat je ziet in de gezichten die je bij de deur van een koffieshop aantreft.

Ik deelde kamer 0139 met twee asielzoekers. Foeaad kwam uit Jemen en zat vijf jaar in het AZC, Walid zat dertien jaar in procedure en kwam uit Palestina. Die twee spraken soms over 'de Vierde,' van wie het bed nog steeds leeg was. Op dat moment was hij al bijna twee maanden weg en niemand wist waar hij nu was en hoelang hij weg zou blijven. De Vierde was zeven jaar in procedure, hoorde ik van mijn kamergenoten. Foeaad,

Walid en ik spraken allen Arabisch. Meestal deelden asielzoekers uit dezelfde landen een kamer in het AZC. Vrouwen of meisjes werden nooit bij mannen op een kamer gezet. Er waren sowieso nauwelijks meisjes of vrouwen alleen.

Het eerste gesprek tussen Foeaad en Walid dat ik die avond hoorde en dat ik de komende jaren keer op keer zou horen, ging eerst over de verblijfsvergunning waarop het wachten te lang duurde, daarna over de andere bewoners van het AZC, dan over hun families, over asielzoekers die ze de afgelopen jaren hadden gekend en vooral over asielzoekers die gek waren geworden of zelfmoord hadden gepleegd. Wat mij verbaasde was dat ze hard lachten als ze spraken over asielzoekers die gek waren geworden, alsof ze moppen tapten. Over asielzoekers die een mislukte zelfmoordpoging hadden gedaan spraken ze met weinig respect. Ze zeiden meestal dat zij dat gedaan hadden om de aandacht van de IND te trekken, die dan misschien de procedure korter maakte. Maar als ze spraken over asielzoekers die zelfmoord hadden gepleegd, en het was gelukt, spraken ze zacht, serieus en kort.

'Zijn er asielzoekers die zelfmoord plegen?' vroeg ik.

'Zeker. Tijdens de eerste vijf jaar procedure denken ze nauwelijks aan zelfmoord, maar daarna wel.' Walid stopte met praten, telde even. 'Ik zit nu in mijn dertiende jaar. Dus al acht jaar geldig voor zelfmoord.' Hij lachte hard. Foeaad ook.

'Ik nog maar net,' zei Foeaad, waarop ze begonnen te praten over een asielzoeker uit Iran die een jaar geleden zelfmoord pleegde.

'Niemand kon zich voorstellen dat juist hij een einde aan zijn leven zou maken,' zei Foeaad. 'Hij was zo positief en optimistisch. Alle kinderen waren gek op hem, want van de helft van zijn eetgeld kocht hij snoepjes voor hen, maar op een dag kreeg hij een brief van de IND dat hij binnen achtentwintig dagen terug zou worden gestuurd naar Iran en...'

'Dat was een brief van het ministerie van Justitie, niet van de IND. Het ministerie van Justitie stuurt zulke brieven,' zei Walid.

'Nee, van de IND, hoor. Ik weet het zeker. Jij bent misschien al dertien jaar hier, maar ik ben beter in Nederlands.' Hij stond op, trok een lade van onder zijn bed vandaan en haalde er een dikke stapel papieren uit, die door een elastiekje bij elkaar gehouden werd. In plaats van het bewijs tevoorschijn te halen, begon hij de honderden papieren te bekijken die hij van het ministerie van Justitie, de IND, zijn advocaat en zijn familie had gekregen. Walid pakte uit de lade onder zijn bed ook een dossier, dat twee keer zo dik was als dat van Foeaad. Zo leerde ik hoe dik een dossier is van iemand die vijf jaar in Nederland is en hoe dik dat van iemand is die dertien jaar in Nederland is. Een paar maanden later kon ik aan de dikte van het dossier zien hoeveel jaar iemand in procedure zat. Na een tijd kon ik zelfs het aantal maanden goed inschatten. Zachtjes stond ik op. Ik liet hun niet merken dat ik geïrriteerd was, ging naar de gang en snelde naar de receptie, alsof de deur daar elke seconde dicht kon gaan en ik vast zou zitten.

In dat gebouw heerste een somberheid die door de gezelligheid van een grote, vrolijke stad niet verdreven kan worden. Ik liep door de deur naar buiten en alsof ik ontsnapt was uit een cel liep ik snel tot de straat waarvan ik had gehoord dat die in het kleine stadscentrum uitkwam. Ik hoopte er snel aan te komen om in de drukte te verdwijnen. Na een tijdje vroeg ik een oude man naar het centrum, en hij antwoordde mij in het Engels.

'Je bent nu in het centrum.' Ik keek om me heen en zag een paar winkeltjes die dicht waren. Ja, ik had andere sombere plekken gezien in mijn leven, maar nooit iets zo somber als een klein stadje in Nederland. Daar voel je dat de tijd lang stil heeft gestaan. Door ramen zie je bejaarde eenzame mensen zitten onder zacht bejaard licht naast een bejaarde hond. Een eenzaamheid eenzamer dan alle eenzaamheid. Alleen kachels en ketels geven er warmte, van een gezicht kun je daar geen gram warmte verwachten. Ik liep van het centrum naar de zee. Daar keek ik naar de golven. Och, ik denk dat wie de zee begrijpt nooit een psychiater nodig heeft. Die eindeloze golven en die verre horizon. De zee is de enige zichtbare eeuwigheid op aarde. Daar ademde ik diep in. De zeelucht, duizenden kilometers lang gewassen met blauw, vrijheid en zeilen, kwam mijn longen binnen.

Toen in 1991 tijdens de oorlog in Bagdad alles hel was in de hemel en op de aarde, zag ik een vader die tijdens de bombardementen probeerde zijn bange kind van een jaar of vijf te overtuigen dat wat hij zag vuurwerk was. In plaats van zijn kindje gerust te stellen, stelde hij eigenlijk mij gerust. Je manier van denken is in moeilijke situaties soms het enige gat waardoor je aan de realiteit kan ontsnappen. Vanaf die dag denk ik tijdens moeilijke situaties aan die vader, aan dat trillende kind, aan die sidderende grond en gebroken ramen en verander ik in mijn hoofd wat er in mijn leven speelt. Op het strand sloot ik mijn ogen, rook de zeelucht en veranderde het AZC in een gratis hostel. Ik begon weer wat lucht te krijgen en voelde me beter toen ik terugliep naar het AZC om er mijn eerste nacht door te brengen.

Vanaf die dag zat ik, als het mogelijk was, dagelijks op diezelfde plek op het strand.

16

In het AZC was er in elke gang een keuken. De asielzoekers kwamen uit alle windstreken, daarom rook het in het AZC niet echt lekker, net als naast een afzuigkap van een goedkoop restaurant. Je rook ui, knoflook en verbrande olie. Hoe vaak ook de receptiemedewerkers de ramen in de keukens openden, de geur bleef er hangen en kroop van de keukens naar de gangen en daarna de kamers in. Best knap dat het mij dat eerste jaar lukte het AZC in een gratis hostel te veranderen en niet in een keuken. Maar ach, hoe mooi was het geweest als ik een grot had gehad, of een gat in de grond, waar ik alleen kon zijn. Ik weet niet hoe en waarom, maar ik geloof dat als mannen een kamer moeten delen met andere mannen, die plek een gevangenis is.

Die eerste nacht was vreselijk. Ik had gewild dat ik geen mensenlichaam had maar een apparaatje was en dat ik op een knopje kon drukken om van de wereld te verdwijnen. In het OC was het niet zo'n probleem om de kamer te delen, omdat ik wist dat dat tijdelijk was, maximaal drie maanden, en dat zou gauw voorbij zijn, maar in het AZC zou ik die kamer misschien jarenlang moeten delen en zou ik jarenlang dezelfde gesprekken moeten horen, hetzelfde gezeur en hetzelfde gesnurk. Daarom zat ik die avond in de keuken en pakte een boek dat een Iraakse asielzoeker in het OC had achtergelaten. Het was een boek over martelingen in Iraakse gevangenissen. Misschien wilde die asielzoeker het gebruiken als bewijs dat de situatie in Irak niet goed was en dat hij een verblijfsvergunning verdiende. Nu gebruikte ik het om mijn eerste lange nacht in het AZC te verkorten. Het boek stond vol verhalen van mensen die in de gevangenissen van Saddam Hoessein hadden gezeten. Hoewel de informatie voor mij niet nieuw was, las ik het pagina voor pagina. Elke keer als ik verderging met lezen werd het AZC voor mij niet een gratis hostel, maar een vijfsterrenhotel. Ik bedacht dat ik gelukkig mocht zijn dat ik een schone kamer deelde met twee mannen in plaats van een celletje vol staande mannen, die niet kunnen liggen om te slapen, omdat daar geen plek voor is, die maar een keer per dag naar de wc mogen en soms zelfs dat niet.

Opeens stond er een grote blanke man in de keuken met een portofoon in zijn hand. Hij zag mij in een hoek op de grond zitten en zei iets in het Nederlands wat ik niet begreep. Daarna ging hij weg. Even later kwam hij terug, stond wijdbeens in de deuropening en keek dit keer met een boos gezicht naar mij. Hij zei weer iets wat ik niet begreep, deed het licht uit terwijl ik daar zat met het boek in mijn hand en ging weer weg. Ik begreep er niets van, sloot het boek in het donker, ging de keuken uit en zag John, een van de Afrikaanse asielzoekers, in de gang zitten.

'I don't speak Dutch. Do you maybe know what he said?' vroeg ik hem.

'Hij zei dat hij net had gezegd dat je het licht uit moest doen en in de gang moest gaan lezen.'

'Wat maakt het uit?' vroeg ik.

'Misschien kost het geld? Die receptionist is *a son of a bitch*. Zo doet hij altijd. De andere receptionisten niet. Maar nu kun je in de keuken gaan zitten met het licht aan, want het komende uur komt er niemand controleren. Ze lopen elk uur een rondje,' zei hij. Ik zat liever in de gang dan dat die chagrijnige grote man weer naar mij zou kijken met zijn boze gezicht. Ik opende het boek opnieuw, maar met elke zin die ik las, was het alsof hij het licht uitdeed en ik raakte geïrriteerd. Ik sloot het boek en zag een vrouw lopen. Als ik niet de gang had ingekeken had ik niet gemerkt dat zij passeerde. Zo'n gezicht had ik niet eerder gezien. Zo bleek. Ze zag eruit alsof ze slaapwandelde. Ze had een lege fles in haar hand, ging naar de wc-ruimte voor de vrouwen en kwam terug met een fles vol water. Mijn God, wat een lijk, dacht ik toen.

Uiteindelijk kon ik niet meer verder lezen en liep door de gangen van het AZC. Overal stonden, liepen of zaten mensen die niet konden slapen. Mensen die ik overdag de komende jaren nauwelijks zou zien, maar die pas als het AZC stil werd in de gang verschenen. Die avond ontdekte ik dat de gele afdeling alleen voor gezinnen met kinderen was en zag verder alle keukens, nooduitgangen en schimmen van het AZC tot ik buiten vogelgezang hoorde. Ik opende een raam en hoorde het duidelijker. Terwijl het nog donker was. Nooit heb ik een vogel zo in het donker horen zingen. De nachtlucht kwam binnen. Vermoeid liep ik naar 0139 en opende zachtjes de deur.

'Dat is waar,' hoorde ik Walid zeggen.

'Wat is waar?' vroeg ik zacht, maar ik kreeg geen antwoord. Hij sprak in zijn slaap. Ik ging in bed liggen en meteen viel ik in slaap en hoorde vlak daarna, alsof ik slechts een paar minuten had liggen slapen, Walid en Foeaad praten. Precies zoals de avond ervoor, eerst over de verblijfsvergunning waarop het wachten te lang duurde, daarna over de andere bewoners van het AZC, over hun families, asielzoekers die ze de afgelopen jaren hadden gekend en asielzoekers die gek geworden waren of zelfmoord hadden gepleegd. Zo eindigde mijn eerste nacht in het AZC, een nacht die honderden en honderden keren herhaald zou worden en mij zou veranderen.

Ik kwam 's ochtends 0139 uit en liep de oranje gang in. De gang leek op een rivier, waar eerst de stilte gestroomd had en nu opeens mensen stroomden. Ik hoorde kinderen rennen en schreeuwen en mensen praten of roepen, alsof het gebouw was veranderd in een markt of school. Het leven was er al vroeg begonnen. Ik herinner me nog dat ik me die eerste dag afvroeg wat ik nu moest doen. Ik liep naar de keuken en zag daar dat elke asielzoeker zijn eigen kookgerei had. Een man uit Soedan adviseerde mij naar de tweedehandswinkel te gaan. Ik kocht er een fluitketel, die sinds de Eerste Wereldoorlog zeker veel thee had gezet en die een geluid maakte dat leek op de sirenes in Bagdad tijdens de Golfoorlog, een pan van rond de Tweede Wereldoorlog, een koekenpan uit de periode van de Koude Oorlog en een kopje en een lepeltje. Al die verschillende generaties spullen bij elkaar kostten nog geen vijf gulden. Bij de Aldi kocht ik mijn eerste suiker, zout, thee en eieren. Ik ging terug naar het AZC en langzaamaan begon ik te ontdekken hoe het leven er daar uitzag. Ik leerde mensen kennen op een manier die ik niet eerder meemaakte. Hoe raar het leven in een AZC is, hoe bizar het is om mensen daar te leren kennen: je gaat je kamer uit, staat in de gang en hoeft geen kennis met de mensen te maken, want je bent meteen een van hen.

Ik bakte een eitje toen Kadhem de keuken binnenkwam, die ook op de oranje afdeling een kamer had. Wij waren als Laurel en Hardy, met één verschil: dat wij allebei dun waren. Ik had – en heb nog steeds – de lengte van 186 centimeter en ik woog 76 kilo. Kadhem haalde nauwelijks mijn schouder en was dunner. Hij was als een kat, verscheen stilletjes voor of achter mij en verdween als een muis. En dat was erg irritant, als je jarenlang in hetzelfde gebouw woont.

17

Hoe ik het leven in een AZC moet uitleggen, weet ik niet. Je zou het kunnen vergelijken met de Titanic, alleen vaart dit leven op een zee van wachten op een antwoord van de IND op de asielaanvraag. Alle asielzoekers zijn ijsbergen, waarvan je niet kunt zien hoe groot het blok onder water is. Sommige asielzoekers zijn gaten in de romp en velen zijn gevaarlijke stormen. Af en toe laten ze het schip zinken. Dan wordt de politie gebeld, die de Titanic weer naar boven hijst.

Soms vergeet ik dat ik dit verhaal vertel aan mensen die geen asielzoeker zijn en niet weten hoe het AZC eruitziet. Laat ik daarom even wat meer in detail vertellen hoe het er was. Het AZC waar ik verbleef bestond, zoals ik al eerder vertelde, uit de afdelingen geel, blauw en oranje en het laatste deel dat ze erbij klusten, omdat de stroom asielzoekers om steeds meer en grotere AZC's vroeg, was groen, waarvan de kamernummers voorafgegaan werden door GR. Elk deel had naast de kamers een grote gezamenlijke keuken, een doucheruimte voor vrouwen en een andere voor mannen en een ruimte voor de wasmachines. Families woonden in geel, in blauw verbleven doorgaans alleen asielzoekers die er langer dan zes jaar woonden, en de rest zat in oranje of groen. Op de begane grond was een soos, waar je bij een bar koffie of thee kon drinken voor twintig cent, en waar je chips en chocoladerepen kon kopen. Je kon er biljarten of kaarten. Ook was er op de begane grond, tegenover het kantoor van het activiteitenteam, dat filmavonden, bingomiddagen of voetbaltoernooitjes organiseerde, een crècheruimte, waar vrijwilligers werkten.

In het AZC begon de dag niet als de haan kraait (volgens mij mogen hanen in Nederland niet te veel lawaai maken), en ook niet als de zon opkomt (want daarvoor is het in dit land te vaak grijs). In dit gebouw begon de dag als de post aankwam bij de receptie. Dan liepen vijfhonderd asielzoekers heen en weer naar de receptie om te kijken of de IND of het ministerie van Justitie hun die dag een brief had gestuurd. Alle asielzoekers wachtten op post, ook de kinderen, omdat ze hun ouders er elk uur en soms elke minuut over hoorden praten. Alle dagen. Behalve op zondag, want dan kwam er geen post.

Elke asielzoeker deed het anders. Sommigen liepen nonchalant langs de receptie om een blik te werpen op de receptionisten in de hoop dat ze geroepen zouden worden. Asielzoekers die bang waren dat de receptionisten niet wisten wie ze waren, zeiden elke dag hun naam en dat irriteerde de receptionisten.

'Ik heet Habieb.'

'Dat weten we.'

Anderen liepen elk uur langs en vroegen de receptionisten: 'Post?' en als er nee geschud werd, liepen ze weer verder om een uur later weer langs te lopen of bleven ze een tijd staan om zeker te weten dat ze niet over het hoofd werden gezien. Als ze wisten dat er geen post was die dag, dan wachtten de asielzoekers op de post van morgen. Omdat er op zondag geen post kwam, haatten alle asielzoekers die ik ken zondagen, ook ik, nu nog steeds. Zelfs op zondag waren er asielzoekers die naar de receptie gingen om naar de post te vragen. Alsof zonder die vraag de dag niet kon beginnen. In een AZC hoorde je de receptiemedewerkers vaak zeggen: 'Het is zondag.' Niet 'het is zondag en op zondag komt er geen post,' want dat hadden ze niet al dagen- of wekenlang gezegd, maar al jarenlang. Voor de meeste asielzoekers begon de dag met het vragen naar de post, voor sommigen *was* het hun dag. En voor Abdoelsalaam was het zijn leven.

De lastigste asielzoeker voor de receptionisten, en ook voor de andere asielzoekers trouwens, was deze Abdoelsalaam uit Jemen. Hij heeft zestien jaar lang dagelijks om zijn post gevraagd. Hij was vijfentwintig toen hij in Nederland aankwam en werd eenenveertig in mijn laatste jaar in het AZC, nog steeds wachtend op een brief van de IND. Je kon elke asielzoeker vragen hoelang Abdoelsalaam in Nederland was. Een asielzoeker die tien jaar in het AZC was, zei dan dat Abdoelsalaam tien jaar in het AZC woonde, een asielzoeker die er een jaar woonde, zei dat Abdoelsalaam een jaartje in het AZC verbleef en een asielzoeker die drie jaar verbleef in het AZC, zou zeggen dat hij er drie jaar woonde. Elke asielzoeker telde de tijd van Abdoelsalaams verblijf in het AZC vanaf het moment dat ze hem voor het eerst zagen.

Ik weet nog dat ik op een dag echt van Abdoelsalaam zelf wilde weten hoelang hij in het AZC woonde.

'Tja, hoelang woont Abdoelsalaam eigenlijk in het kamp?' beantwoordde hij mijn vraag. Veel asielzoekers spraken over het kamp als ze het over het AZC hadden. Na even denken zei hij dat de datum van zijn aankomst in het tweede gehoor stond. Ik vroeg hem naar de datum, waarop hij naar zijn kamer in blauw ging en terugkwam met een zwarte afvalzak vol papieren. Hij gooide de zak voor mijn voeten. 'Hier, de datum dat ik hier gekomen ben, zit in deze zak.' Hij leek ook nieuwsgierig geworden naar hoelang hij eigenlijk in het AZC was, opende de zak en begon dossiers en mappen met papieren eruit te halen en te bekijken. Hij opende brieven, zakjes gevuld met papieren, enveloppen en nog meer brieven, van de IND, van advocaten. Er zaten bonnetjes tussen van dingen die hij had gekocht en Aldi-bonnetjes. Na een minuut of twintig zei ik dat ik wel naar zijn kamer zou komen om rustig uit te zoeken hoelang hij er was, maar dat deed ik niet. Want het bleek een wanhopige zak.

Abdoelsalaam was de asielzoeker die het meest bezig was met wachten, niet op een verblijfsvergunning, maar op een brief. Hij klaagde vaak dat de IND hem vast vergeten was, omdat hij de afgelopen drie jaar geen enkele brief had gekregen. Zelfs geen vertrekbrief, die de IND regelmatig rondstuurde, een standaardbrief, waarin stond dat er van de asielzoeker werd verwacht het land binnen achtentwintig dagen te verlaten, waar ik er meerdere van heb gekregen.

Abdoelsalaam was niet zozeer bang dat hij zou worden teruggestuurd naar Jemen, maar dat een IND-ambtenaar een fout had gemaakt en zijn naam uit de computer had verwijderd en dat ze bij de IND niet wisten dat hij nog wachtte. Hoe vaak de medewerkers van de sociale dienst, de receptionisten en de VVN-vrijwilligers ook tegen hem zeiden dat dat niet zo was, elke keer vroeg hij weer waarom hij dan nog geen brief van hen had gekregen. Als je Abdoelsalaam tegenkwam in de gangen van het AZC, waar hij dagen- en nachtenlang doorheen zweefde als een schim, was de eerste vraag die hij stelde of het zondag was vandaag. Sommige kinderen riepen van ver in de gang als ze hem zagen: 'Zondag! Zondag!' en renden dan snel weg. De manier waarop Abdoelsalaam sprak, was irritant, vooral voor Nederlanders. Tot nu toe heb ik nog nooit iemand ontmoet die Nederlanders zo kon irriteren als Abdoelsalaam, maar jammer genoeg had hij dit zelf niet door.

Eenmaal wakker geworden haastte hij zich altijd naar de receptie, alsof de post teruggestuurd zou worden als hij er niet op tijd was. Daar vroeg hij druk gebarend of er post was en voegde er voor de zekerheid aan toe dat hij Abdoelsalaam heette. Als ze hem antwoordden dat de post nog niet gekomen was, opende hij zijn ogen wijd en zei de paar Nederlandse zinnen die hij had geleerd in al die jaren dat hij in het AZC was.

'Geen post vandaag? Mijn naam Abdoelsalaam. Waarom geen post? Vandaag geen zondag, toch?' De receptionist – het maakte niet uit wie – raakte geïrriteerd en zei altijd precies hetzelfde tegen Abdoelsalaam, omdat hij slechts een paar zinnen begreep, waarvan je geen woord mocht veranderen, want dan begreep Abdoelsalaam het niet meer.

'Nee. Het is vandaag geen zondag. De post komt, maar is er nu nog niet,' herhaalde de receptionist langzaam, elk woord duidelijk uitgesproken, zodat Abdoelsalaam het kon begrijpen.

'Maar waarom geen post vandaag? Dat is niet eerlijk. Ik wacht. En vandaag is geen zondag en geen post.'

'Zeker. Vandaag is het geen zondag, Abdoelsalaam. De post komt wel vandaag. Zeker voor vijf uur. Misschien eerder. De post komt vandaag, maar is er nu nog niet.'

'Aha,' zuchtte Abdoelsalaam en hij draaide zich om, om vervolgens elk uur na te vragen of de post er nu al wel was.

Ik herinner me dat ik een keer 's nachts niet kon slapen en in de gang van oranje bij de deur van 0139 zat en Abdoelsalaam zag aankomen. Hij stopte voor mij.

'Heb ik tegen jou gezegd dat ik na een halfuurtje terug zou komen, of tegen iemand anders?'

'Iemand anders.'

'Niet tegen jou, dus?'

'Nee, niet tegen mij.'

'Weet jij met wie ik een halfuur geleden praatte? Weet je waar, in geel, oranje of blauw?'

'Waar wat?'

'Ik zei tegen iemand dat ik na een halfuurtje terug zou komen en dat was jij niet. Je was er niet bij en je hebt het niet gehoord. Weet je echt niet tegen wie ik dat zei en waar?' vroeg hij weer.

'Nee, ik weet het niet.'

'Jij weet het niet. Dan vraag ik het iemand anders, maar jij weet het niet, hè?'

'Nee, ik weet het niet.' Abdoelsalaam liep weg en toen hij verdween ging ik snel mijn kamer in, omdat ik bang was dat hij een rondje zou lopen, hij mij weer zou zien en me hetzelfde zou vragen.

Abdoelsalaam en vierhonderdnegenennegentig andere asielzoekers wachtten op de belangrijkste gebeurtenis van de dag: de post. Als die er niet was, dan dwaalden de asielzoekers door de gangen, alsof ze in een transithal waren waarvandaan je niet mocht vertrekken. Sommigen gingen boodschappen doen, anderen stiekem op zoek naar zwart werk. Sommigen gingen in de rij staan bij het melden of probeerden te vissen of te lezen, maar buiten het AZC lopen vonden de asielzoekers niet leuk. Al snel kwam je er als asielzoeker achter dat de meeste Nederlanders terughoudend naar je keken. Zelfs ik, die redelijk goed Engels sprak en daarna snel de Nederlandse taal leerde, een beetje gitaar speelde, van concerten en literatuur hield, gereisd had en dingen meegemaakt, werd de eerste jaren nooit in het huis van een Nederlander uitgenodigd. Ook ik voelde me in het AZC prettiger dan op de Nederlandse straat. Tenminste, in een AZC dat in een klein stadje staat. In een grote stad kun je op straat opgaan in de menigte. Daarom hoopten asielzoekers altijd om overgeplaatst te worden naar een AZC in een grote stad. Je kon niet kiezen waar je woonde. Alleen als je ergens een familielid had, kon je aangeven naar welk AZC je wilde. Een verzoek tot overplaatsing naar een ander centrum kon je doen, dan werd dat genoteerd, maar in de praktijk werd dat bijna nooit gehonoreerd en als je bijvoorbeeld het melden één keer zonder reden oversloeg, dat wil zeggen, zonder reden die geldig bevonden werd door de ambtenaren bij wie je je moest melden – en met bevestiging van de sociale dienst of de medische opvang, dan werd gezegd dat de gewenste overplaatsing nu nog langer op zich zou laten wachten. Tenminste, zo ging dat in ons AZC.

Het melden bleef een verplichting en een vernedering. Want hoe vaak stonden wij niet in de rij zonder dat er iets gebeurde. We konden zacht met elkaar praten, maar verder was je overgeleverd aan de snelheid waarmee de desbetreffende ambtenaar zijn werk wilde doen en of er 'dringendere zaken' waren, zoals het overleggen met een collega of koffie halen; belangrijker was dat dan dat de mensen in de rij verder konden met hun bezigheden. Soms kreeg ik het gevoel dat het melden een manier was om de asielzoekers te leren luisteren en hun mond te doen houden, omdat de ambtenaren achter de balie met een lange rij voor zich rustig een tijdje met elkaar konden praten of op hun stoelen draaiden zonder aandacht aan ons te besteden. Ik ging me vaak melden met Talib, over wie ik je later meer zal vertellen, want die kon alles, zelfs het eeuwige wachten, veranderen in een lach.

In het AZC bevonden zich ook een school en een bibliotheek. De bibliotheek was een open ruimte van tien tot vijf uur, behalve in het weekend. Daar zat Mieke, en ik denk dat zij er vrijwillig werkte, want we zagen haar niet tussen twaalf en één uur bij de dagelijkse vergadering van de sociale dienst als we door de gang liepen. Ze had wel een kamer, op de eerste verdieping aan het einde van de gang. Als je een röntgenfoto van haar borstkas zou maken, zou je geen hart zien, maar een kilo goud. Er was geen asielzoeker die niet van Mieke hield. Er waren in de bibliotheek slechts drie Nederlandse woordenboeken. De asielzoekers kwamen er vaak, om boeken te lenen of kranten in allerlei talen te lezen aan de grote stamtafel, maar ook om met Mieke een afspraak te maken met de advocaat, of om een manier te zoeken om een afspraak met een specialist in het ziekenhuis te krijgen, wat normaal gezien alleen mogelijk was als een asielzoeker bijna doodging.

Zoals ik al eerder zei vertelde de medische dienst in een OC aan zieken dat je meer kans had op grotere ingrepen of duurdere medicatie in een AZC, en zeiden ze in het AZC dat de verzekering het niet dekte, of pas als je een verblijfsvergunning had. Ik wilde graag naar een specialist of fysiotherapeut voor de pijn in mijn rug, maar ik kon de medische dienst er niet van overtuigen dat dit echt noodzakelijk was. De laatste keer dat ik het vroeg, zei de medewerkster chagrijnig: 'Je hoeft niet terug te komen voor hetzelfde probleem. Wie heeft er geen pijn in zijn rug? Ik heb het ook!' En ze gaf mij paracetamol.

De school in het AZC was ook een open ruimte waar iedereen binnen mocht komen, van hoe laat en wanneer hij wilde tot hoe laat en wanneer hij wilde. Daarom was het er bijna altijd leeg. Een vrijwilligster met de naam Albertina gaf er Nederlandse les. Asielzoekers onder de achttien jaar mochten naar een echte school, buiten het AZC. Was je ouder dan achttien, dan mocht dat niet en kon je naar Albertina. Vaak zag je Albertina met haar grijze haren los en in een van haar gekleurde jurken, die beter bij een meisje van zestien pasten dan bij een vrouw van zeventig, door de gangen lopen met allerlei soorten chocolade om de asielzoekers ervan te overtuigen dat de Nederlandse taal belangrijker was dan een verblijfsvergunning. Ik had de kans om zeven chocolaatjes van haar te eten, dus ik volgde zeker zeven lessen.

Tijdens die lessen gebeurde het regelmatig dat iemand in de gang voorbijliep. Dan zag hij door het raam dat er een doos met chocolade op de tafel stond en dat de leerlingen met elkaar spraken en chocola aten. Bij binnenkomst was de eerste vraag van Albertina: 'Ben jij een nieuwe leerling?' Ze sprak de woorden een voor een uit. Bij 'jij' drukte ze haar vinger in de borst van de asielzoeker om hem te laten weten dat het woord jij 'jij' betekende, en bij het woord nieuwe haalde ze iets uit haar tas. Daar haalde ze dan bijvoorbeeld twee slippers uit. Een die helemaal versleten was en een met bloemetjes, nog in de verpakking. Dan zei ze: 'Nieuwe slipper,' en hield die in de verpakking omhoog. De asielzoekers kauwden op de chocola, keken verbaasd naar elkaar en herhaalden wat ze zei. 'Nieuwe slipper!' Daarna pakte ze de oude slipper en zei: 'Oude slipper.' De asielzoekers namen weer een hap chocola en zeiden in koor: 'Oude slipper.' Aan het eind van de les wisten de asielzoekers welke soort chocola ze hadden gegeten en hoeveel en verder niet echt wat voor soort les ze hadden gehad. Degene die nu een nieuwe en een oude slipper had, wist wel dat hij slippers had gekregen.

Terug naar de les; ik weet nog dat Albertina een keer 'ik' op het bord schreef. Ik dacht dat dat een goed begin was om Nederlands te leren. Ze begon het woord 'ik' heel langzaam voor te lezen en wees daarbij naar zichzelf en naar het woord. Ze schreef 'jij' eronder en wees naar een van ons. Daarna schreef ze 'wij', kwam tussen ons in staan, liet ons staan en dan zei ze 'wij' op een soort spirituele meditatieachtige toon. Terwijl ze de woorden 'jij', 'ik' en 'wij' zei, bewoog ze haar handen en ademde ze diep in en uit, alsof ze geen Nederlandse les gaf maar yoga voor bejaarden. De volgende chocola (les, bedoel ik) vroeg ze weer of er nieuwe leerlingen waren. Dit keer pakte ze een gebruikte spons en een nog in plastic verpakte en legde weer uit wat 'oud' en 'nieuw' betekenden. Een vrouwelijke asielzoeker begon uit te leggen dat ze net een spons nodig had en daarna herhaalde Albertina de vorige les.

Ook tijdens de les was er soms sprake van grappige spraakverwarring. 'Man' werd door de asielzoekers begrepen als 'maan' of andersom, en 'schip' als 'schaap'. Maar het leukste misverstand was bij de uitleg van het woord 'gastvrij'.

'Ik ben gastvrij,' zei Albertina en wees naar zichzelf. Niemand begreep precies wat ze bedoelde, Albertina bleef op zichzelf wijzen en streelde over haar dikke buik, alsof ze net lekker gegeten had.

'Gas?' vroeg een van de asielzoekers, kauwend op de chocola.

'Vrij,' riep een ander.

'Albertina gasvrij?' zei Esmat, een van de leerlingen, in het Arabisch. 'Ze heeft scheten genoeg in haar buik om een fietsband mee op te pompen.' Iedereen lachte.

'En jij?' vroeg Albertina, die dacht dat hij haar uitleg begrepen had, aan Esmat. 'Ben jij gastvrij?'

'Ikke gasvrij? Mevrouw Albertina, sinds ik wonen in kamp ik als varken niet bewegen. Alleen eten wachten. Eten wachten. Ikke niet gasvrij. Gas genoeg om sociale dienst opblazen.'

Zo heb ik de eerste les zeven keren gevolgd met zeven verschillende soorten chocola.

Naar een echte school gaan of officiële taallessen nemen

mochten de volwassen asielzoekers niet. Ik heb, op de lessen van Sanne Bouma en de zeven lessen van Albertina na, mezelf de taal aangeleerd met woordenboeken en gesprekken met Nederlanders, al verliepen die niet altijd gladjes, maar daarover later meer.

Soms gaf het UAF, de stichting voor vluchtelingenstudenten, asielzoekers de kans te studeren of hun diploma uit hun vaderland op gelijk niveau te halen, maar daarvoor was er een wachtlijst. Je kon je bij de VVN op de wachtlijst laten zetten, want studeren bij Albertina maakte de asielzoekers wel dikker, maar je leerde er weinig meer dan 'jij', 'ik', 'wij' en 'nieuw'. Ik ging ook naar de VVN, niet vaak, slechts een paar honderd keer, en had mijn naam op de lijst van het UAF laten zetten. De eerste zeven jaar bewoog mijn naam niet op de lijst. Ik weet niet of die lijst echt bestond of alleen in het hoofd van Wim, een betaalde kracht, want hij zat ook bij de dagelijkse vergadering van de sociale dienst tussen twaalf en een.

De VVN kon ook contact voor je opnemen met het Rode Kruis, voor als je familieleden wilde vinden van wie je niet wist waar ze waren. Belangrijk was dat in hun kantoor alle dossiers van de asielzoekers lagen, van iedereen het eerste en het tweede gehoor. Als de VVN een andere advocaat voor je wilde vinden, stuurden ze dat dossier op naar die advocaat. Een van de vrijwilligers daar, Tamara, zou een goede vriendin van mij worden.

18

Op een dag gebeurde er iets wat jarenlang het mooiste was wat er gebeurde in het AZC. In onze gang kwam Jelena, een Russisch meisje te wonen. Ze was bloedmooi. Ze leek op Julie Christie in *Doctor Zhivago*. Ze kwam plotseling, als een bliksem. Meteen veranderde het AZC in het allersjiekste paleis ter wereld. Haar schoonheid verzachtte alles in een seconde. Ik stond in de keuken vlak bij de gang en wachtte tot zij de douche weer uitkwam. Ik had haar als een blonde bliksemschicht met een toilettas in de vrouwendouche zien verdwijnen, toen ik een irritante stem achter me mijn naam hoorde roepen.

'Ze is mooi, hè?' Ik wilde Kadhem niet laten zien dat ik stiekem naar de vrouwendouche keek, want dat was niet respectvol en zeer onaardig.

'Ja, ze is mooi,' zei ik schouderophalend.

'Erg mooi?' vroeg hij.

'Erg mooi.' Het voelde alsof de vrouw in mijn keel geduwd was en ik haar of moest doorslikken of uitspugen, ik kreeg het benauwd. Jelena leek op een snelkookpan, de laatste fles water in de woestijn, op de tandarts in het weekend of een kurkentrekker in een bos. Een bevrijding. Haar bestaan in het AZC maakte alles mooi. Haar schoonheid was Russisch, haar gezicht rond, haar lippen dik en rood en ze had blonde krullen. Alle asielzoekers waren verbaasd: hoe was zij ontsnapt aan de pooiers, loverboys en meisjeshandelaren die om de OC's in Nederland hingen? Alle mannen en jongens in het AZC liepen achter haar aan. Er werden vele verhalen om haar heen bedacht. Een daarvan was dat ze een besmettelijke seksueel overdraagbare aandoening had of dat ze met iedereen die haar twintig gulden gaf naar bed ging of dat ze de vriendin was van de grootste hasjsmokkelaar in Rotterdam. Veel asielzoekers beweerden dat zij in haar kamer waren geweest. Ze sprak Engels met een Russisch accent en herhaalde Engelse woorden, die ik grappig vond, zoals *incredible*. Soms kwamen de Engelse lettergrepen als een puzzel uit haar mond en moest je ze bij elkaar zoeken om te begrijpen wat ze bedoelde: '*I want hap-penis deep in my geart and I need credit for that.*'

Iedereen had respect voor haar als ze aanwezig was. Dan was ze de machtigste, de mooiste, de heiligste, de liefste. Maar als ze afwezig was, was ze een smerig hoertje. En niet alleen asielzoekers respecteerden haar, ook de Nederlanders die in het AZC werkten. Ze behandelden haar nooit als een asielzoeker. Met mijn eigen ogen zag ik een man van de vreemdelingenpolitie naar haar glimlachen en haar groeten. Hij stond even stil om met haar te kletsen. En dat was anders absoluut onmogelijk in het AZC. Ze opende de deur van haar kamer tussen halfnegen en halftien om naar buiten te komen met een gezicht met de slaap er nog in. Gelukkig was haar kamer 0124 tegenover de keuken. Daarom bakte ik tussen halfnegen en halftien eieren of maakte ik thee om haar in haar zebrapyjama naar de douche te zien lopen met haar toilettas in haar hand. Met de tijd moest ik het gasfornuis bij de deur en niet te ver de keuken in steeds vroeger reserveren, want steeds meer asielzoekers gingen eieren bakken en thee maken tussen halfnegen en halftien 's ochtends.

'Je wacht op haar, hè?' zei Kadhem. 'Je moet de omelet omdraaien, anders brandt hij aan, zoals jij vanbinnen door dat Russische schatje.' Ik knikte, terwijl ik de omelet omdraaide. 'Jij wacht op haar. Zainab wacht op de ambtenaar van de IND die haar dossier heeft. Iedereen wacht,' zei hij met een trotse stem, alsof hij niet bij het wachten hoorde.

'En jij, waar wacht jij op?' vroeg ik hem.

'Geld van mijn broer in Dubai om de beste advocaat in te huren. Ik zal die verblijfsvergunning krijgen en hier weggaan en jij zal bij mij komen wonen, man. Niet alleen jij, Semmier, maar ook die Russische van kamer O124 en die Afrikaanse met het beste kontje ooit in kamer B80 en die Roemeense met de lekkerste tieten van G31, de Tsjetsjeense met de lekkerste... lekkerste... mooiste ogen van B27, de Chinese met de gladste benen van G43 en de Iraanse, ach, die Iraanse in G50, ach. Jammer genoeg kunnen we die Afghaanse van B65 niet meenemen, anders slacht haar broer ons af.' Hij noemde alle jonge vrouwen met hun kamernummers een voor een op.

'Als je alle vrouwen mee naar huis neemt, heb je een heel asielzoekerscentrum nodig, en een crèche ernaast,' zei ik tegen hem. Hij lachte hard. Als hij lachte werd hij meteen kleiner, want dan liep zijn trots leeg.

19

Kadhem wachtte dus op geld. Om duidelijk te maken waarom, moet je eerst weten dat er in Nederland twee soorten asielzoekers zijn: rijke en arme. Rijke asielzoekers kunnen een advocaat betalen. De arme kunnen dat niet.

Elke asielzoeker in Nederland krijgt een pro-Deo-advocaat. Zijn eerste en tweede gehoor en de documenten over zijn verhaal worden naar die advocaat gestuurd. Maar in de praktijk ziet de asielzoeker hem zelden. Sommigen vroegen zich zelfs af of ze wel een advocaat hadden, omdat ze hem maar zo kort zagen. Een asielzoeker die goed was in Engels of Nederlands kon wat langer met zijn advocaat spreken.

De pro-Deo-advocaat was eigenlijk meer een soort postbode, die de brieven van de IND doorstuurde of in een kort gesprek toelichtte. Als de asielzoeker nieuwe documenten had, bijvoorbeeld om aan te tonen dat zijn broer in de gevangenis had gezeten onder het regime van zijn thuisland, dan werden die papieren door de advocaat gekopieerd. Eén kopie hield hij in zijn dossier, een andere werd naar de IND gestuurd. Soms hoefde de asielzoeker het papier alleen maar af te geven aan de secretaresse en zag hij zijn advocaat helemaal niet. De advocaat op zijn beurt stuurde de ontvangstbevestiging van de IND met de post door naar de asielzoeker. Enzovoort.

Nu weet je dat het zo gaat, maar om het te begrijpen, moet je een asielzoeker zijn. Voor Kadhem was geld voor een advocaat zijn hoop om snel het AZC te kunnen verlaten en een leven in Nederland te kunnen opbouwen.

Ik zal eerst vertellen over mijn eigen ervaring met advocaten. Toen ik naar het AZC werd gestuurd, kreeg ik de naam van een advocaat. Ze stuurden hem de verslagen van mijn eerste en tweede gehoor, en gaven mij zijn adres en telefoonnummer. Ik belde vaak naar dat nummer, maar elke keer zei de mevrouw aan de telefoon dat hij in de rechtbank zat of met een klant bezig was. Ik kocht een telefoonkaart van tien gulden en belde het kantoor. Als ik de secretaresse vertelde wie ik was en wat ik wilde, zei ze 'wacht even'. Ik bleef aan de lijn en hoopte dat de tien gulden niet van de kaart verdwenen waren voordat ze weer terug was. Ik staarde naar het schermpje waarop ik kon zien hoeveel geld er nog op mijn kaart stond. De guldentjes smolten weg en het 'even' van die mevrouw werd gevolgd door nog een 'even'. Daarna zei ze 'bedankt voor het wachten' en vertelde mij dat ik niet met de advocaat aan de lijn kon praten en dat een afspraak maken op korte termijn niet zou lukken, want hij had het druk. Ik kreeg het verzoek later terug te bellen. Ik bleef telefoonkaarten kopen en bellen, tot ik uiteindelijk een afspraak kreeg voor over tweeënhalve maand. Eventueel kon ik tussentijds bellen om te vragen of er een gaatje in zijn agenda was ontstaan. Later ontdekte ik dat ik een Hollander met een Hollandse naam moest laten bellen voor een afspraak. Jammer genoeg kan ik niet uitleggen waarom het zo werkt. Misschien durft een Hollander tegen een andere Hollander niet gemeen te zijn, of weet hij dat een Hollander zijn wetten, taal en land kent en weet wat wel en niet mag.

Er zijn wel asielzoekers die tevreden zijn met de toegewezen advocaat. Zij hebben een briljante, menselijke advocaat getroffen die asielzaken volgt en de asielzoekers brieven stuurt en hen wil spreken, maar die advocaten zitten door de mond-tot-mondreclame onder de asielzoekers zo vol dat ze vaak wachtlijsten van vier of vijf jaar hebben. Als arme asielzoeker kun je daarom meestal niet anders dan genoegen nemen met wie je krijgt.

Bij een rijke asielzoeker die kan betalen voor een advocaat, is het verhaal totaal anders. De advocaat neemt het eerste en het tweede gehoor door met de asielzoeker met een officiële tolk, die uit hetzelfde land komt en hetzelfde dialect spreekt. Als de tolk bij het eerste gehoor iemand was uit een ander land, kan de advocaat de IND daarop pakken en zeggen dat er vele misverstanden waren tussen de tolk en de asielzoeker.

Bij mijn eerste gehoor kwam de tolk uit Egypte. Hij begreep het Iraakse dialect nauwelijks en was niet goed in klassiek Arabisch, wellicht omdat hij al lang in Nederland was. Het kostte mij veel tijd en moeite om hem mij goed te laten begrijpen. Als ik Engelse woorden tegen hem uitsprak, zei de mevrouw van de IND dat ze wilde dat ik sprak in mijn moedertaal en ze vroeg mij altijd als ik een Engels woord gebruikte waarom ik Engels sprak, of ik misschien niet echt uit Irak kwam? Ze legde de schuld van mijn gebruik van het Engels bij mij, niet bij de tolk.

Als ik mijn gehoor teruglees, zie ik zo veel grappige misverstanden. Ik had bijvoorbeeld verteld dat ik een keer met een herder-smokkelaar ergens over de grens was gevlucht. In het gehoor stond dat ik de herder was. In plaats van dat ik gesmokkeld werd door een schapenherder, was ik een herder die schapen smokkelde. Erg grappig, maar het kost je jaren in een AZC.

Toen ik jaren later een andere advocaat kreeg, bleek dat

mijn eerste advocaat de vele fouten uit mijn eerste en tweede gehoor niet had aangekaart. En toen zeiden ze dat het te laat was, helaas. Een betaalde advocaat zal elke zin uit de gehoren laten vertalen. De asielzoeker kan zeggen of wat er staat klopt of niet. Ik ken een verhaal van een asielzoeker die tienduizend gulden betaalde aan een advocaat, die bij elk stuk wat zijn verhaal zwakker maakte, noteerde dat de Marokkaanse tolk zijn Iraakse cliënt niet goed had begrepen.

De slimste advocaat over wie ik hoorde was die van een asielzoeker die Mandaeër was. De Mandaeërs zijn een volk uit Irak: naast Koerden en Arabieren zijn er daar vele kleine volkeren. De Mandaeërs zijn meestal juweliers en hebben veel geld, ook in Nederland, op de Zwarte Markt in Beverwijk bijvoorbeeld zie je ze zitten met het goud om zich heen. Deze Mandaeër was met een Schengenvisum voor toerisme in zijn officiële Iraakse paspoort van Jordanië naar Nederland gekomen. Dan is het in principe onmogelijk om asiel aan te vragen. Maar deze man kon een advocaat betalen en die vertelde hem dat er misschien toch een mogelijkheid was. Hij zou moeten zeggen dat het Iraakse paspoort niet van hem was, en dat iemand anders dat visum had gehaald. Als de IND dat bij de Nederlandse ambassade in Jordanië zou checken, zouden ze erachter komen dat het niet klopte. De hoop was een haartje. Zou de ambtenaar een breed onderzoek doen en meteen ontdekken dat hij zelf dat visum had aangevraagd, of niet? Het wonder gebeurde, want waarschijnlijk heeft de IND gelezen dat het paspoort vals was, dat voor waarheid aangenomen en verder gelezen. De Mandaeër kreeg uiteindelijk politiek asiel. Je zult zeggen dat dat onmogelijk is. Jammer genoeg kan ik zijn naam hier niet opschrijven, want ik wil niet iemands leven vernietigen om één zin geloofwaardig te maken.

Terug naar het verhaal dat ik wil vertellen: de betaalde advocaat corrigeert de eerste gehoren, en als het verhaal hier en daar niet klopt of aangedikt moet worden, haalt hij nieuwe informatie boven tafel en zegt dat de asielzoeker dat niet had gezegd in het eerste gehoor, omdat hij zich niet veilig voelde of psychisch niet in orde was. Zulke technieken gebruikten advocaten die er geld voor kregen en daarom wachtte Kadhem op geld van zijn broer in Dubai. Hij wilde een bedrag tussen de zes- en tienduizend gulden, zoals hij had gehoord van andere asielzoekers, dan kon hij zeker een goede advocaat inhuren en had hij snel een politieke of humanitaire verblijfsvergunning in Nederland. Jammer dat dit soort details het verhaal saaier maken, anders zou ik er nog uren over kunnen vertellen. Bijvoorbeeld over de asielzoeker die in de gang op en neer liep, wachtend tot zijn zus verkocht wat ze aan huwelijksgoud had, om geld naar hem op te sturen. Of een ander, die wachtte op hulp van een oom die al twintig jaar in Amerika woonde. Het grappigste dat ik hoorde was over een asielzoeker die niemand kende en uit een arme familie kwam. Hij wachtte tot de mooie dochter van een advocaat verliefd op hem werd. Dan zou haar vader hem gratis bijstaan.

Ach, hoe zacht is Nederland voor de asielzoeker die kan betalen. Gooi benzine in een auto en de motor draait maar door. Honderden kilometers. Met meer benzine duizenden kilometers. Je gooit geld in het systeem dat Nederland is en de menselijkheid van het systeem draait maar door tot je alles kunt bewijzen.

Ik herinner me Edhem, een asielzoeker die eigenlijk uit Jordanië kwam, maar als Irakees asiel aanvroeg, omdat hij als Jordaniër geen asiel zou krijgen. Hij betaalde zevenenhalfduizend gulden voor een advocaat die de IND ervan kon overtuigen dat hij Irakees was, maar met een Jordaans accent sprak omdat hij aan de grens met Jordanië woonde in een dorp, waarvan de naam verzonnen was, op een plek waar alleen maar zand was en nooit een dorp was geweest. Hij vertelde mij zijn verhaal, nadat hij me een aantal keer informatie had gevraagd over Irak. Omdat hij geïnteresseerd was, zo zei hij eerst, maar toen hij me na een tijdje vertrouwde vertelde hij dat hij die informatie nodig had om zijn verhaal geloofwaardiger te maken. Na twee jaar en drie maanden kreeg hij politiek asiel. Hij vroeg mij of ik een dikke portemonnee had, dan kon hij mij het adres geven van zijn advocaat, maar mijn portemonnee was toen, net als nu, nog dunner dan Gandhi.

Sommige situaties vergeet ik nooit, en terwijl ze klein zijn, doen ze pijn in mijn geheugen. Ik herinner me dat ik op een dag een afspraak had met mijn advocaat, nadat ik een Hollander liet bellen. Bij het kantoor, waarvoor ik een dagkaart kreeg van het AZC om er met de trein naartoe te reizen, liet de secretaresse mij mijn dossier zien. Als ik nieuwe documenten had, kon ik die naar hen opsturen, zei ze en gaf mij het kaartje van het kantoor. Terwijl ik daar was en er gekomen was omdat ik het adres uit mijn hoofd kende.

Ik vroeg haar of ik mijn advocaat kon zien, ik had een afspraak met hem. Maar ze zei dat hij niet op kantoor was en dat ik een nieuwe afspraak moest maken om hem in eigen persoon te zien. Ik zei dat het moeilijk was de sociale dienst van het AZC te overtuigen mij nog een dagkaart te geven. Ze reageerde chagrijnig.

'U kunt toch ook een beetje zelf betalen? U heeft een gratis plek om te slapen, eten en drinken en een schone wc. Gratis ziekenfondsverzekering én een gratis advocaat. Dan zou u wel zelf naar uw advocaat kunnen komen, toch? Er zijn hier mensen die hard werken om alles voor u te kunnen betalen.'

De vrouw schreeuwde niet. Nee, ze zei het op zachte toon. Ik voelde ijskoud zweet over mijn gezicht kruipen. Ik hoopte dat ze niet zag wat de invloed van haar woorden op mij was. Ze ging verder, dit keer niet tegen mij, maar in het algemeen. 'Asielzoekers betalen duizenden dollars aan smokkelaars om hiernaartoe te komen en als het niet lukt, betalen ze nog een keer en nog een keer. Ze wachten in hotels hier en hotels daar, kopen voor duizenden guldens valse paspoorten en visa, maar eenmaal hier kunnen ze niet een paar gulden betalen om hun advocaat te zien.' De telefoon rinkelde, ze nam de hoorn op en begon te praten. Ik stond daar en concentreerde me op mijn knieën, zodat ze stevig bleven en ik niet in dat kantoor neer zou vallen. Ik raakte mijn voorhoofd aan en voelde hoe nat mijn gezicht was. Ik zag dat zij vriendelijk glimlachte en toen ze het gesprek had afgerond, excuseerde ze zich, met dit keer een rustige stem, niet streng. 'Sorry voor de onderbreking. U kunt zeker een nieuwe afspraak maken,' zei ze. Normaal gesproken zijn Nederlanders diplomaten op hun werk, maar deze vrouw was anders. Ze kon met een enorme kracht, duidelijkheid en gelijkmatigheid in haar woorden via een mond van vierenhalve centimeter breed een klap geven waar een Olympisch bokser nog een puntje aan kon zuigen. Ik heb haar daarna nooit meer gestoord met een telefoontje.

20

De Russische Jelena had dus een kamertje voor zich alleen. Als ze wakker werd, tussen halfnegen en halftien, kwam ze haar kamer uit, maar alleen als het op de gang stil was. Ze luisterde ongetwijfeld eerst goed aan haar deur of er niemand in de gang was. Als het stil was, kwam ze snel naar buiten, deed vlug de deur van haar kamer dicht, draaide die op slot en liep richting de vrouwendouche. Ze keek niet vooruit, maar naar de muur, tot ze door de deur van de douches verdween. Door die manier van lopen leek ze op een bang knaagdier. Alsof ze niet gezien mocht worden, alsof iemand als zij geen douche of wc nodig heeft. Als ze gekleed en opgemaakt door de gangen liep, was haar manier van lopen en kijken totaal anders. Dan liep ze rechtop en keek naar voren, met haar kin een beetje omhoog. Dan leek ze op een mannequin, met één verschil: Jelena was mooier, want ze was niet te dun en niet te dik. Ze was precies wat haar lichaam nodig had om een wonder te zijn.

Ze ergerde zich in het begin het meest aan John, over wie ik nu eerst zal vertellen. John, de Afrikaanse asielzoeker die me had geholpen toen ik in de keuken wilde lezen, had altijd dagkaarten te koop, waarmee je op een bepaalde dag gebruik kon maken van al het openbaar vervoer. Asielzoekers kregen die als ze een afspraak hadden met hun advocaat, of naar een ander centrum werden overgeplaatst, of om andere redenen, die niet duidelijk omschreven waren en afhankelijk waren van de persoon die het vroeg of aan wie het gevraagd werd. De prijs voor zo'n kaart bij John hing af van de periode dat de dagkaart nog geldig was. De goedkoopste waren kaarten die alleen die dag nog gebruikt konden worden tot de laatste trein en de laatste bus.

John probeerde met alle vrouwen binnen en buiten het AZC iets te beginnen. Als hij een vrouw had, noemde hij haar een goede vriendin. Als hij haar niet had, noemde hij haar een smerige hoer. Ook de vrouwen van de sociale dienst en de receptie ontkwamen niet aan zijn versierpogingen. Als je met hem sprak, antwoordde hij op elke vraag met '*Everything is the same*'. Hoelang hij ook in het AZC verbleef, '*everything*' bleef '*the same*'. John had veel contact met Nederlanders buiten het AZC. Meestal waren ze verslaafd aan hasj of alcohol. Hij had de raarste manier van koken die ik in die negen jaar zag. Hij nam zijn pannetje leeg mee naar de keuken op het drukste uur, nam van die een beetje aardappel, van de ander wat ui, van hem een stukje vlees, en van haar wat tomatenpuree en nog een scheut olie van links of rechts. Daarna zette hij het op het vuur en vroeg een van de asielzoekers om het vuur eronder uit te doen wanneer die de keuken zou verlaten. Later kwam hij met een lepel, opende zijn pannetje en at eruit. Soms liet hij de pan leeg staan en vond haar de volgende dag schoongemaakt terug, of het eten erin verrotte en dan stonk de hele keuken, of het was gevuld met meer eten. Daarom zeurde John nooit over zijn leven in het AZC. Hij noemde de anderen nooit asielzoekers, maar '*brothers and sisters*' als hij dronken of stoned was en '*sons of bitches*' als hij nuchter was.

Als je me vraagt waar hij precies vandaan komt, kan ik het je niet zeggen, want hij gebruikte zelf het woord Afrika alsof dat hele continent zijn vaderland was.

John was de eerste asielzoeker die ontdekte dat Jelena goed luisterde voordat ze de gang in ging. Daarom stond hij stil voor haar deur, zonder luid te praten, wat hij normaal altijd deed. Dat was moeilijk voor hem, maar hij deed het wel, met een gespannen gezicht. Daardoor leek hij nog bozer. Als ze naar buiten kwam, viel hij haar bijna aan en begon met haar te praten. Iedereen kon zien dat ze dat vervelend vond, behalve John. Vooral als hij voor haar kamerdeur ging staan en er tegenaan leunde, zodat de deur helemaal openging en de asielzoekers die langsliepen naar binnen konden kijken. Wie hem zo in de deuropening zou zien staan, zou denken dat hij iets met haar had en dat was wat hij wilde. Hij wilde alle mannen in het AZC duidelijk maken dat ze bezet was. Door hem. Na een tijdje gebeurde dat ook. Iedereen dacht dat ze iets met hem had. Soms zag ik dat ze haar benen kruiste, omdat ze nodig moest plassen, maar hij bleef haar maar bezetten en met haar praten. Dat duurde tot de keer dat ik uit mijn kamer kwam en hem net uit haar kamer zag komen. Het was duidelijk dat hij deze keer niet wilde dat iemand het zag.

Een paar dagen later stond ik in de keuken eieren te bakken in de hoop Jelena te zien, toen John de keuken binnenkwam.

'Ze is een hoer,' zei hij tegen mij.

'Wie? Iemand van de sociale dienst?'

'Nee, die hoer in 0124.' Zonder dat ik hem ernaar vroeg, vertelde hij dat hij haar twintig gulden had gegeven en niet had gekregen wat ze hadden afgesproken. John liet haar vanaf dat moment met rust, maar na hem volgden elke keer andere mannen. Eigenlijk begreep ik goed waarom veel asielzoekers haar wilden. In dat gebouw vol gekte en wachten was dat meisje een bliksem van schoonheid, waardoor elke asielzoeker getroffen wilde worden. Zelfs de kinderen werden vrolijk als ze haar zagen, want ze zag er niet uit als een asielzoeker. Vanaf de eerste keer dat ik haar in de gang zag, werd die gang mooi, net als haar kamer en de kamer waarin ik sliep. Zelfs het gesnurk van mijn kamergenoten werd dan een Mozartsonate en de saaie, eindeloze gesprekken over verblijfsvergunningen en andere asielzoekers werden interessant en steeds zachter. Als ik op bed lag, dacht ik aan de afstand tussen mijn bed en het hare in kamer 0124, die maximaal tien meter was. Dan sloot ik mijn ogen en hoorde niets meer, voelde niets meer en droomde dat ik als ijs smolt en van mijn bed stroomde, onder onze deur door, zachtjes, zodat geen asielzoeker op mij zou trappen in de gang, onder haar deur door, tot ik bij haar bed weer in een mens veranderde.

Op een dag liep ik mijn kamer uit rond elf uur 's avonds om naar zee te gaan voor ik ging slapen, zoals mijn gewoonte was geworden. Opeens opende ze haar deur. Daar stond ze. Ze droeg een bril die ik niet eerder had gezien en glimlachte naar mij.

'Je gaat elke avond rond deze tijd weg,' zei ze. Ik was verbaasd. Het was de eerste keer dat ze met mij praatte, ik had niet echt kennis met haar gemaakt en nu wist ze dat ik elke avond rond die tijd wegging.

'Hoe weet je dat?' vroeg ik haar.

'Ik weet dat. Je loopt als een bejaarde man en je schoenen maken veel geluid.' Ze lachte om me te laten weten dat het een grap was en geen kritiek.

'Jij hebt lelijke oren, maar ze werken goed,' zei ik.

'Echt?' Ze raakte haar oren aan.

'Ja, echt,' zei ik. Een Afghaanse asielzoeker die elke nacht in de gangen dwaalde, kwam langs en keek met een angstig gezicht om zich heen, alsof hij geesten zag of op geesten joeg.

‘Waar ga je elke avond heen?’

‘Naar de zee,’ zei ik.

‘Kan ik meelopen?’ vroeg ze en wachtte mijn antwoord niet af. ‘Geef me vijf minuutjes.’ Ze deed de deur dicht, ik hoorde dat ze het slot dichtdraaide en ik bleef in de gang staan.

‘Hoeveel vroeg ze?’ vroeg John fluisterend toen hij even later voorbij kwam.

‘Veel.’

‘Veertig?’

‘Meer.’

‘Hoeveel?’

‘Vijf minuten,’ zei ik en hij lachte.

‘Ze pijpt heerlijk,’ fluisterde hij. ‘Succes man.’ Hij klopte op mijn schouder en ging.

Ik bleef wachten. Elke minuut voelde ik me vreemder, misselijk van spanning, onzekerheid en zo veel geluk. Daarna begon ik een soort angst te voelen, terwijl ik naar haar oranje kamerdeur keek, alsof ze als een heks tevoorschijn zou komen. Maar na een halfuur opende de deur en kwam ze prachtig gekleed de gang in, klaar om naar een feest te gaan. Ze had haar gezicht met zachte make-up bedekt. Ik kende al haar kleren en pyjama’s, maar dit keer droeg ze een jurk die ik haar nog nooit had zien dragen.

‘Sorry dat ik laat ben, maar ik heb mijn gezicht even gewassen,’ zei ze en glimlachte.

‘Laat komen in een AZC is als een scheet in een bubbelbad,’ zei ik en lachte hard, maar ze begreep mijn grap niet. We liepen van de trap van de oranje afdeling naar de begane grond, langs de gesloten sociale dienst en het kantoor van de vreemdelingenpolitie. Langs de receptie gingen we naar buiten. Het was een opluchting, alsof ik er voor de laatste keer naar buiten ging.

'Wacht even! Wacht,' klonk het ineens achter ons, zo luid dat er ineens vijftig lichten achter vijftig ramen aangingen en er vijftig asielzoekers naar buiten keken. Ik draaide me om en zag Kadhem naar me toe rennen. Hij stopte misschien twintig meter achter ons en wenkte me. Ik gebaarde verontschuldigend naar Jelena, liep naar hem toe en hij duwde stiekem twintig gulden in mijn hand.

'Misschien heb je dat nodig,' zei hij zacht, draaide zich om en liep weg. Ik liep naar haar terug.

'Waarom wenkte hij jou?'

'Ik weet het niet, als je wilt vraag ik het hem morgen.'

'Niet belangrijk,' zei ze. 'Wat gaf hij aan jou?'

'Condooms.'

'Ach, hij denkt ook dat ik...' Ze zuchtte en leek geïrriteerd en ik voelde dat wat ik had gezegd geen goede grap was.

We liepen naar zee, zij naast mij. Ze probeerde haar voeten goed neer te zetten met de hakken onder haar schoenen.

'Kijk naar de ramen in Nederland. Groot en mooi. En je kan alles erdoor zien,' zei ze, terwijl ze stiekem met haar hand wees.

'Wil je in Nederland wonen?' vroeg ik haar.

'Misschien,' zei ze en zette een paar stapjes. 'Ik denk van niet,' vervolgde ze en na nog een paar voetstappen stilte: 'Ik weet het niet... En jij?'

'Ik wacht op een paspoort en dan vlieg ik naar Indonesië,' zei ik. 'Naar Makassar.'

'Nederlanders zijn heel beleefd,' zei ze, misschien om me te laten weten dat wat ik wilde niet interessant was voor haar. 'Ze zijn lief en veilig, maar hun manier van kleden stelt niets voor. Heb je weleens goed naar de medewerkers van de sociale dienst gekeken, en naar die bij de medische zorg en de IND? Altijd dragen ze hetzelfde. Wat erg, toch? Afschuwelijk.' Hoe meer ze sprak, hoe gelukkiger ze leek.

‘Hoe vind je het leven in het AZC?’ vroeg ik haar.

‘Goed, maar ik weet niet of ik er meer dan een jaar kan blijven.’ Weer een paar voetstappen stilte. ‘Een jaar, ja. Langer niet. En jij?’

‘Ik weet het niet,’ zei ik. ‘De anderen tellen jaren. Ik tel uren. De tijd gaat zo langzaam.’ Ik sprak over het AZC van voordat zij er was en bedacht dat ik beter niet kon vertellen hoe het AZC was veranderd toen zij er verscheen.

We kwamen bij de zee. Ze bleef er staan en staarde naar een lichtje op een ver schip. Ik keek naar haar.

‘*Incredible*,’ zei ze en ademde diep in. Haar hele gezicht ademde mee. ‘*Incredible*,’ herhaalde ze. ‘Stel je voor dat de deur van het AZC op slot zat en niemand naar buiten mocht. Dan zouden alle asielzoekers aan de zee denken, maar nu doet niemand dat, behalve jij. Je bent slim.’

‘Ja, ja, ik ben heel slim en heel intellectueel, denk ik,’ zei ik tegen haar en ontplofte van het lachen, want ze zei het woord slim op een manier waaruit bleek dat ze er daarvoor zeker aan twijfelde of ik slim was, of iemand in het AZC überhaupt slim kon zijn.

‘Ik denk ook dat jij belangrijk bent,’ zei ze en voor ik kon zeggen dat ik inderdaad belangrijk was, vroeg ze of ik iemand had gedood.

‘Nog niet,’ zei ik en lachte nog harder. Twee oude mensen met een oude hond liepen langs en keken verbaasd op van mijn harde lach.

‘Sommige mannen voelen zich schuldig als ze iemand gedood hebben en dan gaan ze elke avond naar de zee, of naar de kerk, of ze voeren de vogels,’ zei ze en keek me aan met twijfel in haar grote blauwe ogen. ‘Mensen in het AZC zijn raar,’ zei ze, alsof zij en ik er niet net vandaan waren gekomen.

‘Ik kan je uitnodigen om iets te drinken,’ zei ik.

'In je kamer? Met nog drie mannen erbij?' vroeg ze glimlachend.

'Nee, in de kroeg.'

We dronken thee in een van de cafeetjes en na een uurtje liepen we terug naar het AZC. Dat uurtje sprak ze zacht over die paar mensen aan de bar, hun kleding, de meubels van de kroeg, de glazen en de barkeeper en vooral over een vrouw met tatoeages die er aan de bar hing. Na jaren herinner ik me dat uurtje als een gezellig uur. Ik zat met de schoonheid van de wereld iets warms te drinken. Dat uur was het mooiste na jaren van vluchten, valse paspoorten, smokkelen, vreemdelingenpolities, douanes, grenzen waarvan het oversteken soms jaren duurde en celletjes hier en daar. Een rilling liep over mijn rug, maar een fijne, de fijnste na rillingen van angst om gepakt te worden of omdat je gepakt bent. Of rillen van de kou tot je de cel uit kan, of rillen omdat je niet weet waar je heen wordt gestuurd nadat je bent gepakt.

Vlak voordat we bij het AZC kwamen, fietste een asielzoeker snel langs ons. Net voor ons maakte hij een scherpe bocht door de poort en smeet de fiets neer op het plein voor het AZC. Daarna sprintte hij weg en liet de fiets achter. Achter ons rende een hijgende Nederlandse man het plein op. Hij pakte de fiets op en liep ermee naar de receptie. Toen wij ook daarlangs liepen, riep receptionist Tobias ons.

'Stop!' We hielden stil en hij wees naar mij.

'Hij?' vroeg hij de man van de fiets, die mij onderzoekend aankeek.

'Ik weet het niet echt, het was donker en… Hij fietste heel snel en…' Hij krabde op zijn hoofd. Jelena en ik keken naar de receptionist en naar de man.

'Jij kan gaan,' zei Tobias tegen Jelena en zij snelde de gang in, zonder ook maar naar mij te kijken of iets te zeggen.

'En jij, wacht daar.' Hij wees naar een hoek.

'Sorry, maar waarom? Wat is er gebeurd?' vroeg ik.

'Wacht daar even en wees een beetje stil.' Hij zuchtte en klonk uitgeput, alsof ik urenlang ruzie met hem had staan maken omdat ik niet in de hoek wilde wachten. Tobias keek op een lijst met nummers die aan de muur hing en toetste een telefoonnummer in. Ik keek vragend naar de man van de fiets. Hij haalde zijn schouders op en hield zijn handen in de lucht ten teken dat hij ook geen antwoord had op mijn vraag. Niet veel later reed er een politieauto met twee agenten voor. Ik hoorde het verhaal. Een asielzoeker had de fiets van die man gepakt, omdat die niet op slot stond en was er snel op weggereden. De man, die zijn fiets niet op slot had gezet, omdat hij achter een schutting met een vriend aan het praten was, riep hem achterna dat hij de fiets niet mocht stelen en rende achter hem aan.

'Hij?' vroeg een van de agenten en wees naar mij.

'Ik heb de fiets niet gestolen,' zei ik tegen de agent.

'U hoeft niet te praten, alleen als ik u iets vraag,' zei de agent.

'Ik weet het niet precies,' zei de man. 'Het was donker en die asielzoeker fietste snel.' De agent schreef in een boekje de informatie over de Hollandse man en gebood mij daarna mee te komen. Ik liep mee naar buiten. Bij de auto vroeg hij me mijn handen naar achteren te doen. Met kleine plastic bandjes bond hij ze vast, opende het achterportier en drukte met zijn hand mijn hoofd naar beneden zodat ik het niet zou stoten. Ineens zat ik achterin de auto en reden we weg. Ik had kunnen zeggen dat ze niet de juiste hadden, kunnen schreeuwen of tegenstribbelen, maar het zou niets hebben uitgemaakt. Dat was me allang duidelijk. Na ongeveer twintig minuten kwamen we aan bij een leeg politiebureau, op één medewerker na, die achter glas voor een computer zat. Ik liep achter een van de agenten aan, die mij beval hem te volgen. Hij stopte bij een cel, en zei dat ik daar naar binnen moest.

'Mag ik naar de wc, alsjeblieft?' vroeg ik, maar ik kreeg geen antwoord. Ik ging de cel in en hoorde de deur dichtgaan. Pas toen ik zijn voetstappen niet meer hoorde, draaide ik me om. Hij had geen woord gezegd. Niet waarom hij me naar de cel bracht of hoelang ik daar moest blijven. Hij had niet eens gekeken naar wat ik in mijn broekzakken had, niets. Na een tijd was ik klaar heel Irak in te ruilen voor vijf minuten wc. In mijn binnenkant zat een halve liter urine als een bom die op ontploffen stond.

Zo eindigde mijn eerste date in het AZC, niet in het bed van een bloedmooie Russische, maar in een cel. Een paar uur daarvoor had ik alleen schoonheid in mijn gedachten, nu kon ik nergens anders aan denken dan aan een wc om mijn blaas te legen. Ik ontdekte een camera, waarin ik begon te vragen of ik kon plassen en liet de plastic bandjes zien die nog om mijn handen zaten. Uiteindelijk kwam een vrouwelijke agent de bandjes losmaken en leidde ze me naar de wc. Met wat er al gebeurd was met die halve liter urine zal ik je niet vermoeien.

De volgende dag liet de politie mij gaan. Niemand vroeg mij naar de fiets, wie ik was of wat ik had gedaan. Buiten het politiebureau liep ik snel door de stille Nederlandse straten, langs het gras dat alle kleuren had, behalve groen en onder de hemel, die niets anders leek te kennen dan zwart en grijs. Bij het melden in het AZC vroegen ze me niet waarom ik te laat was. Allemaal wisten ze dat ik de nacht in een cel had doorgebracht.

In 0139 gekomen, was ik leeg. Geestelijk en lichamelijk.

'Hé, Semmier, klopt het wat ik hoorde?' vroeg Kadhem mij die avond. Ik stond voor mijn piepende waterkoker.

'Wat hoorde je?'

'Dat de politie je meegenomen heeft, omdat jij...'

'Omdat ik wat?'

'Laat maar,' zei hij. Het was duidelijk dat in zijn keel woorden zaten die niet uit hem wilden ontsnappen. Later ontdekte ik dat de asielzoekers begonnen te roddelen over dat de politie mij had meegenomen, omdat ik het lichaam van Jelena in het centrum van de stad had willen verkopen. Liever een fietsendief dan een pooier, dacht ik. Het verhaal groeide maar door, tot iedereen dacht dat ik Jelena aan een Hollander had willen verkopen en hij boos naar de receptie was gekomen om te klagen.

Uiteindelijk bleek Djabir de asielzoeker te zijn die de fiets gestolen had die avond. Djabir was een professionele fietsendief, die goede dure fietsen stal en ze binnen een uurtje in zijn kamer, waar fietsen eigenlijk niet in mochten (hij smokkelde ze door de achterdeur naar binnen), zo veranderde dat de vorige eigenaar ze niet zou terug herkennen. De asielzoekers noemden hem de Fietsenvisagist. Hij vijlde de nummers uit het staal en verkocht ze bij de deur van een van de koffieshops in de stad voor veertig gulden.

En nu zal ik vertellen over iets afschuwelijks wat er gebeurde. Of beter breng ik je eerst even naar het zuiden van Irak, naar de Eufraat en de dadelpalmen, want het is zonde voor een autochtoon als jij om heel lang in een AZC te blijven, toch?

21

Mijn leven in Irak? Ik zal je een belangrijk moment vertellen. Het moment dat ik kennismaakte met de oorlog. Tijdens mijn kinderjaren werd er veel gezegd over de oorlog in het noorden en de soldaten die er naartoe gingen, maar dat was geen oorlog voor mij. Het waren verhalen. De echte oorlog leerde ik kennen op een middag. De oorlog met Iran was al begonnen, in 1980, maar was nog ver weg, aan de grens. Olie en benzine waren moeilijk verkrijgbaar en er ontstonden rijen bij de benzinepompen. Ik stond met mijn vader in de rij en zag dat er soldaten bij de pomp stonden, die ervoor moesten zorgen dat er geen onrust ontstond onder de lange rijen wachtenden. Ze droegen machinegeweren en kabels die in Irak niet alleen voor elektriciteit werden gebruikt, maar ook om de woede van soldaten een uitweg te geven.

De soldaten keken nauwlettend naar de mensen in de rij. Een man zeurde hardop dat hij zolang moest wachten voor een paar liter benzine, waarop hij door een soldaat uit de rij getrokken werd. Snel omringden alle soldaten hem en begonnen hem te slaan met hun kabels. Een afschuwelijke stilte daalde neer. Het duurde misschien een paar minuutjes, dat kringetje van soldaten om die man heen. Toen ze van hem weg stapten, was hij rood geworden. Hij bewoog niet. De soldaten lieten hem liggen en begonnen weer van een afstandje naar de rij te kijken, alsof er niets gebeurd was. Mijn hand lag in de hand van mijn vader. Ik herinner me dat zijn hand begon te trillen, en toen hij dat voelde, liet hij mij los en begon zacht mijn hoofd te aaien. Hij bracht me naar de andere kant van de rij, zodat ik die bloederige man op de grond niet hoefde te zien.

'Is hij dood?' vroeg ik mijn vader. Hij boog voorover naar mijn oor, misschien meer om mij te laten weten dat ik stil moest zijn dan om mij te antwoorden.

'Niet dood. Ze hebben hem niet neergeschoten,' fluisterde hij. Stiekem keek ik naar de man.

'Hij beweegt niet,' zei ik zacht. Mijn vader boog weer naar mijn oor en gaf mij een antwoord dat ik nooit zal vergeten.

'Omdat hij geen ontbijt gehad heeft.' Ik keek hem aan. Zijn gezicht was bleek en hij zweette. Ook ik werd bang, want het was de eerste keer in mijn leven dat ik mijn vader bang zag.

Toen we aan de beurt waren en benzine in een jerrycan hadden gekocht, liep mijn vader richting de auto en ik volgde hem. Hij leek meer opgelucht dat hij weg kon lopen van de pomp dan blij dat hij benzine had gekocht. Ik zag dat de man nog op de grond lag en dat vliegen zijn bloed bedekten.

'De pompbediende zei dat ze de ambulance hadden gebeld en dat die onderweg is om hem naar het ziekenhuis te brengen,' zei mijn vader tegen mij terwijl we naar huis reden.

Die middag verloor ik mijn onschuld. Ik leerde iets belangrijks, namelijk dat de oorlog alles in een seconde kan veranderen, de aarde, de hemel, de mens, de vogels, de insecten, de muren, de bomen, de benzinepompen en mijn vader.

Niet lang daarna begonnen de sirenes te loeien, wekenlang, maandenlang. Ze vulden de lucht van Bagdad met hun geschreeuw. Wij woonden in Bagdad. Onze hond mocht natuurlijk niet in huis komen, maar als de sirenes begonnen te loeien, er Iraanse raketten op Bagdad vielen, de grond trilde en het glas van de ramen brak, rende hij van angst naar binnen. Daarna had mijn moeder daar meer last van dan van de raketten die vielen of de sirenes. Ze waste alle tapijten en kussens met water, alles waarvan ze dacht dat de hond het had aangeraakt. Toen de hond steeds vaker het huis in vluchtte, veranderde mijn moeder de regels. Ze besloot dat ze elke keer als de hond naar binnen ging één lakentje of dekentje zou wassen en toen ze daarna moe werd van de vele raketten en keren dat de hond naar binnenging, begon ze ons te vragen, terwijl ze net met eigen ogen had gezien dat hij binnen was: 'Is de hond binnen geweest?' Wij antwoordden haar dan in koor: 'Nee hoor.'

De oorlog heeft haar eigen grappen. Ik weet nog dat de hond in een hoek lag te trillen, omdat er net een raket was gevallen. Mijn jongste broer riep naar mijn moeder: 'Hij is niet binnengekomen!' Waarop mijn moeder vroeg: 'De raket of de hond?'

Mijn kennismaking met de oorlog duurt tot nu toe. Maar nu zal ik je niet verder vertellen over Irak, anders wordt het mij te veel. Om eerlijk te zijn is het pijnlijk om erover te vertellen. Ik zal je de reden vertellen dat ik uit Irak vluchtte, want dat heeft te maken met mijn verblijf in Nederland.

Toen ik vluchtte had Irak achttien miljoen inwoners. Daarom had ik achttien miljoen redenen om te vluchten, want elke Irakees was een reden – ikzelf inclusief.

Een andere reden is dat ik na mijn studie civiele techniek aan de universiteit in Erbil het leger in moest en dat wilde ik niet. Ik wilde niet naar de oorlog en dan in de lucht of in het donker moeten schieten, en voor altijd vrezen dat ik aan de andere kant misschien iemand gedood had. Die verantwoordelijkheid was mij te groot. Dat gevoel was de reden dat ik niet het leger in ging en zeven jaar later in een AZC terechtkwam.

Ik herinner me nog mijn vlucht uit Irak. Alles was gevaarlijk, zelfs je naam. Ik had geen paspoort, dat kreeg je in de tijd van Saddam Hoessein in Irak alleen als je verschillende documenten kon laten zien. Een document van het leger om te tonen dat je je dienstplicht vervuld had, een van de geheime dienst dat je 'goed' was, een van de wijk waarin je woonde dat je een nette bewoner was en een document van de Baathpartij dat je een betrouwbaar lid was. Elk document verkrijgen was een lang verhaal. Ik ben bijvoorbeeld nooit lid geweest van de Baathpartij. Een document krijgen waarin stond dat ik een betrouwbaar lid was zonder dat daadwerkelijk te zijn was zeker mogelijk, maar kostte veel geld. Om mijn familie niet in gevaar te brengen als ik gepakt zou worden, kocht ik een vals document met een andere naam, zodat ze er niet achter konden komen wie ik was.

In de tijd van Saddam Hoessein was het vreselijk chaotisch. Het gebeurde dat je opgepakt werd, naar de gevangenis werd gestuurd en daar jarenlang bleef zonder dat iemand vroeg waarom je daar was. Veel mensen gaven later een andere reden voor hun verblijf in de gevangenis. Bijvoorbeeld dat ze toen ze opgepakt werden geen identiteitskaart bij zich hadden en werden vrijgelaten, terwijl ze tijdens hun vlucht uit het land waren gesnapt, wat als landverraad werd gezien en waar een zware straf op stond.

Nadat ik het document met de valse naam in bezit had gekregen, ging ik op zoek naar geld, maar hoe ik daaraan kon komen, wist ik niet. Mijn familie kon duizend dollar voor mij regelen: dat is een verhaal apart, die duizend dollar. In die tijd was dat net zoveel als honderdduizend euro voor een Nederlandse postbode. Veel families bewaarden een beetje goud om te gebruiken als een kind wilde trouwen of als spaarpotje voor moeilijke tijden. Mijn moeder verkocht haar goud, dat ze had gekregen als bruidsschat en dat wat ze had geërfd van haar moeder, die het ook als bruidsschat gekregen had.

Toen ik die tien Amerikaanse papiertjes aannam en vasthield, dacht ik dat ze mijn trap waren naar de vrijheid, naar de grote wereld, waar ik altijd over las en hoorde. Nog steeds klinkt het woord dollar speciaal in mijn oren. Magisch. Want dat woord heeft mij uit vele situaties gered in Thailand, in Vietnam, in Hongkong en in Laos. Elke dag haalde ik die tien papiertjes uit een lade. Ik telde ze en keek ernaar. Dan dacht ik dat ik met een ervan naar Turkije gesmokkeld kon worden, met een volgend papiertje naar Griekenland kon gaan, met het volgende per schip als verstekeling naar Italië en van daar met een ander briefje naar Berlijn of Parijs. Zo dacht ik. Ik wist toen niet dat het anders zou lopen en dat ik met stoffige kleren in een straatje in Jordanië zou eindigen zonder een cent op zak, want smokkelaars vormen een wereld op zich, waarmee ik toen nog geen ervaring had.

Een vriend van mij vond voor mij, na mijn vele mislukte pogingen om Turkije in te komen, een smokkelaar naar Jordanië. Die smokkelaar wilde weten hoeveel geld ik had. De vriend had gezegd dat ik tweehonderdvijftig dollar had. De afspraak was dat ik de smokkelaar tweehonderd dollar zou betalen, zodat ik dan nog vijftig dollar had om in Jordanië de eerste dagen te overleven. Maar die smokkelaar was slim. Hij geloofde niet dat ik maar tweehonderdvijftig dollar had. Ik reisde naar zijn stad in de buurt van de grens en ontmoette hem. De afspraak was dat hij mij diezelfde nacht de grens over zou smokkelen, maar ik bleef in zijn huis met zijn moeder en familie zitten wachten. Dat duurde een paar dagen, tot hij op een dag tegen mij zei dat hij mij niet voor tweehonderd dollar, maar voor honderdvijftig dollar de grens over zou smokkelen. Ik zou hem voor vertrek vijftig dollar moeten betalen en in Jordanië de rest. Zo kwam hij erachter dat ik geen briefjes van vijftig dollar had en dat het dus niet kon kloppen dat ik maar tweehonderdvijftig dollar had. Hij liet me nog meer dagen wachten. De ene keer zei hij dat iemand van de Baathpartij wist dat ik bij hem ondergedoken zat en dat diegene honderd dollar zwijggeld wilde. Ik betaalde. Daarna zei hij dat de politie wist waar ik was en dat ze honderd dollar wilde. Ik betaalde. Zijn moeder, zijn broertje of zijn vader verzekerde me elke keer dat het waar was, met bleek gezicht. Daarna wist iemand van de geheime dienst het en ik betaalde honderd dollar. Door angst, weinig ervaring en stommiteit, was ik zo stom dat ik mezelf niet afvroeg waarom al die agenten en leden van de Baathpartij slechts één prijs hadden om niets tegen mij te doen: honderd dollar. Niemand vroeg vijftig of honderdvijftig dollar en zo bleef ik elke keer langer in dat arme huis. Op een dag vroeg hij mij honderd dollar, dit keer om een van de buren zijn mond dicht te laten houden, maar ik vertelde hem dat ik geen cent meer had. Na een uurtje kwam hij terug en zei angstig dat de politie morgen zeker langs zou komen. Toen het donker werd, nam ik afscheid van zijn oude moeder en broertje, die alleen thuis waren, en ging het huis uit. Ik vroeg mensen waar ik het beste heen kon gaan, tot ik bij een verlaten station kwam, hopend om daar een vrachtwagen, bus of auto te vinden die me naar Bagdad kon brengen. Nog geen twee uur nadat ik zijn huis verliet, kwam de smokkelaar bang naar het station.

'Wat doe jij hier? Ben je gek! Ze zullen je zien,' zei hij.

'Maar iedereen weet het toch van mij? De politie, de Baathpartij, het leger, de geheime dienst en...' zei ik.

'Kom mee,' siste hij. Het was duidelijk dat hij geen tijd had om te discussiëren en zo verdwenen wij uit het licht op dat station en slopen we terug naar zijn huis. Zijn lot was verbonden met het mijne, als hij niet bang was geweest dat mijn arrestatie ertoe zou leiden dat de politie hem zou oppakken voor mensensmokkel, had hij mij na mijn laatste dollars niet gevolgd.

Diezelfde avond zat ik tussen zo'n veertig schapen in een vrachtwagen op een snelweg richting Jordanië vol controleposten. Het was het laatste dat ik had verwacht. Ik dacht dat de smokkelaar speciale onbekende wegen had en had nooit bedacht dat een smokkelaar de snelweg kon gebruiken. Nu kan ik je verzekeren dat schapen een sterk gevoel voor angst hebben, want ik probeerde me tussen hen te verstoppen, maar zij kropen elke keer naar de andere kant van de vrachtwagen. Ik kroop naar ze toe om tussen hen te verdwijnen, maar zij kropen weg van mij. Toen de vrachtwagen stopte, klopte mijn hart in mijn keel van angst, want dit was vast een controlepost. Ik had gewild dat ik een schaap was. Ik zat op mijn knieën in de hoek, achterin de vrachtwagen en verwachtte elke seconde dat de soldaten kwamen en me meteen zouden zien. In een afschuwelijk moment, dat ik nooit zal vergeten, scheen een zaklamp in mijn gezicht. Ik bevroor van angst, maar ik hoorde de stem van de smokkelaar boven de ronkende motor van de vrachtwagen roepen.

'Waarom verstop je je niet tussen de schapen?'

'Waarom vraag je dat aan mij? Vraag het aan de schapen! Of moet ik ze honderd dollar betalen?' Ik weet niet zeker of ik dat toen zei of dat ik het later verzonnen heb om het verhaal iets grappiger te maken, maar ik herinner me zeker wat de smokkelaar zei. Dat maakte mijn vlucht makkelijker, niet alleen in die vrachtwagen, maar ook de zeven jaar erna, tot ik op die koude februaridag op Schiphol landde.

'Laat de schapen niet voelen dat je bang bent!' Ik weet niet waarom hij de vrachtwagen had gestopt en was komen kijken, maar wat hij zei klopte, want vanaf dat moment lag ik op mijn rug op de bodem van de vrachtwagen en probeerde rustig te ademen, wat op een gegeven moment lukte. Elke keer dat ik meer lucht mijn longen induwde, trilde ik minder. Ik schoof langzaam richting de schapen, tot ik ze zou kunnen aanraken en duwde mezelf zachtjes tussen hen in, tot ik in een hoek belandde. Daar bleef ik zitten en probeerde me op mezelf te stapelen en alles in dat hoekje te stoppen. Ik dacht er niet aan waarom ik daar was, hoe ik er was gekomen en waar ik heen ging, want dan zou ik weer gaan trillen van angst en zou ik de schapen bang maken. Nog steeds sluit ik in moeilijke situaties mijn ogen en ga terug naar die vrachtwagen. Ik in de ene hoek, de schapen in de andere. En dan herhaal ik wat de smokkelaar tegen me zei op die snelweg: 'Laat de schapen niet voelen dat je bang bent!' Zo word ik rustiger.

Elke keer als de vrachtwagen langzamer begon te rijden, werd mijn angst weer groter en renden de schapen weg van mij. Dan gooide ik mijn angst weer weg om me tussen hen te kunnen verstoppen. Vele grenzen heb ik daarna overgestoken, maar geen was zoals de grens tussen Irak en Jordanië. Als men de grens van zijn eigen land slechts kan oversteken tussen schapen, dan is dat land zeker een kooi.

En toen was ik uit de kooi. Ruikend naar schaap. Het eerste wat mij opviel was dat er niet overal foto's hingen van koning Hoessein bin Talaal van Jordanië. Het was niet nodig naar de kentekenplaten van auto's of aanwijsborden te kijken om te weten dat ik in Jordanië was. Zonder de foto's van Saddam Hoessein was dat meteen duidelijk. Na die lange, afschuwelijke tocht stond ik bij de snelweg naar Amman met lege zakken. Toen de angst mij niet meer beet, begon de honger dat te doen, maar honger is zeker beter te verdragen dan angst. Ik liep wat naar hier, zat wat daar, liep nog wat verder, verstopte me hier, verscheen daar en kwam aan bij een groentemarkt. Stiekem begon ik de overrijpe groente en het fruit in mijn zak te steken om later op te kunnen eten. Een oude vrouw, die een klein groentekraampje had, zag wat ik deed en riep mij. Ze gaf mij een zak met groente en een stuk brood. Voor ik de markt verliet, at ik het fruit en groente uit de zak lopend op. Op een begraafplaats ging ik liggen en viel in een diepe slaap. Ik bleef tussen de graven liggen tot de zon onderging, ging terug naar het kraampje van de oude vrouw en hielp haar alles binnen te halen. Ze gaf mij nog een zak en vroeg mij waar ik zou slapen.

'Op de begraafplaats,' zei ik en liep weg. Ze riep me terug en gaf mij een fles water. Ik ging weer naar de begraafplaats, zat tussen de graven en begon te eten. In die tijd had ik slechts één probleem: mijn leven. Want ik wist niet wat ik moest doen. Waar ik heen kon gaan. Ik kende niemand in Jordanië, behalve de koning, maar jammer genoeg kende ik die niet persoonlijk.

Slapen tussen de doden gaf mij rust. Eerlijk gezegd, daar, liggend op mijn rug, voelde ik de aarde en het was hard, en mijn lichaam was zo moe dat ik die eerste avond buiten Irak wilde dat een van de graven zich zou openen, ik er binnen zou gaan, de aarde boven mij zich zou sluiten en ik zou verdwijnen van deze wereld. Zo wanhopig en machteloos was ik. Ik sliep lang en diep, want in het huis van die smokkelaar had ik niet goed kunnen slapen door de angst en de bleke gezichten van de familie. Ik werd wakker van de oproep voor het ochtendgebed en liep richting de moskee. Daar waste ik mijn gezicht en zat daar. Na het gebed kwam iemand naar mij toe, praatte even met mij, stopte snel iets in mijn broekzak en zo had ik geld genoeg om verder te reizen. Voor twee uur 's middags was ik in Amman op het al-Haisamiyyaplein.

22

Van dat plein spring ik meteen met je naar de stad az-Zarka ten noorden van Amman, waar ik na een paar weken zwerven in een bakkerij ging werken. Van drie uur 's ochtends tot negen uur 's avonds werkte ik in de bakruimte, waar ik ook sliep. Het was er een sauna, want de hele dag brandde het vuur om Arabische broden te bakken. 's Avonds, nadat ik de winkel had afgesloten, sliep ik daar en zweette ik, met een grote fles water naast mij om elk uur leeg te drinken. Misschien was dat niet het ergste, want het wemelde er van de muizen, die soms tussen je kleren kropen of over je heen renden. Ontelbaar veel. Ik kreeg een halve dollar per dag, vijftien dollar per maand. Het kostte minimaal drieduizend dollar om naar Tsjechië gesmokkeld te worden, als het de eerste keer al meteen goed ging. Voor een complete smokkel naar Duitsland, want Tsjechië gaf in die tijd geen asiel, had je zeker vierduizend dollar nodig. Ik wilde wel sparen, maar van elke twintig of vijftig dollar die ik bij elkaar had, kocht ik medicijnen of ik stuurde het geld naar Irak, want daar was in die dagen door de blokkade die de Amerikanen Irak destijds hadden opgelegd niets, behalve honger, ziekte en Saddam Hoessein.

Na een paar maanden kreeg ik meer ervaring in de bakkerij. Ik was nu degene die het brood moest opstapelen en de bakkerij schoon moest maken. Ik begon om zes uur 's ochtends te werken en kreeg een dollar per dag. De bakkerij was van een officier uit het leger, dat was gunstig voor mij, want hij beschermde me toen ik tot twee keer toe als illegaal in Jordanië gepakt werd, en praatte me vrij. Zijn moeder en vader kwamen regelmatig kijken of alles goed verliep in de bakkerij. Zijn moeder zag niets met haar rechteroog en zijn vader zag niets met zijn linkeroog (jammer dat als ik dat vertel mensen altijd denken dat het een grap is). 's Ochtends kwam de moeder langs, dan veegde ik al het afval naar de rechterkant, zodat ze het niet zag. Na halfeen bezemde ik het afval naar de linkerkant, voor als haar man kwam kijken of alles in orde was. Ik gaf ook gratis privélessen wiskunde, natuurkunde, scheikunde en Engels aan twee zussen van de eigenaar en een van zijn kinderen.

In die periode ontmoette ik een oude vriend van de universiteit in Erbil. Met hem en twee andere studenten had ik drie jaar lang een appartement gedeeld. Hij was met een officieel paspoort naar Jordanië gekomen. Ik begon mijn opgespaarde geld bij hem onder te brengen, want dat leek me veiliger. Toen ik na drie jaar geld genoeg had gespaard om uit Jordanië te ontsnappen, ging hij er met mijn geld vandoor. Ik had inmiddels met hem en twee andere Irakezen een kamer gehuurd in een oud huis vol landgenoten. Toen ik terugkwam van de bakkerij was hij verdwenen, met het geld waarvoor ik drie jaar had gewerkt. Nog steeds vraag ik me af hoe ik zo stom kon zijn hem als vriend te zien.

De volgende dag sleepte ik me naar de bakkerij, waarvan ik had gedacht dat ik er niet lang meer hoefde te werken. Na een paar straten zakte ik van ellende in elkaar op de stoep. Een Jordaanse jongeman, die Ibrahiem heette, kwam naast me zitten en vroeg of ik duizelig was. Ik vertelde hem wat er gebeurd was en hij glimlachte en zei dat ik me geen zorgen hoefde te maken. Hij bracht mij naar de kantoorboekhandel van zijn vader waar hij af en toe hielp en zette thee voor me.

Ach, hoe prachtig dat sommige mensen je steunen als je niemand bent en niets hebt. Ibrahiem was een lantaarn die licht gaf aan iedereen die hij kende. Hij werd een goede vriend.

Na een paar maanden vertelde hij me dat hij naar Sint-Maarten zou gaan, waar de route naar Amerika van de smokkelaars die hij kende begon. Hij zou me een brief sturen. Zo nam ik afscheid van hem en na een maand of drie kwam iemand de bakkerij in, die naar mij vroeg. Hij gaf mij een gesloten envelop van Ibrahiem en vertelde dat die nu in Amerika was. Hij wilde graag dat ik de envelop opende waar hij bij was. We liepen naar een theehuis op de hoek. Ik opende de envelop. Er zat een videoband in en een briefje.

'Op deze band vliegen veel vogels. Jij bent een van hen. Ibrahiem.' Ik wist meteen wat hij bedoelde. Ik keek niet naar wat er op de videoband stond, maar naar wat erin zat. Een vals gestolen Nederlands paspoort. De foto van een blonde, vrolijk kijkende jongen zat vast met twee ijzeren ringen en de stempel op de foto was niet van gewone inkt, maar had reliëf. Ik bladerde door het paspoort. Het gaf mij een nieuwe droom. 'Er zit nog een envelopje in,' zei de man die de band had gebracht. Ik opende het envelopje en vond tweehonderd dollar met een bericht van Ibrahiem: 'Om de foto te laten veranderen.'

Nu had ik een ander probleem. Hoe kon ik reizen met dat paspoort, waarin geen entree naar Jordanië stond? Ik begon in Amman aan andere Irakezen te vragen hoe dat soort dingen in zijn werk gaan en ontdekte zo hoe Irakezen met een vervalst Europees paspoort uit Jordanië reizen. Ze kochten een Iraaks paspoort van iemand die officieel naar Jordanië was gekomen. Ze verwisselden de foto in dat paspoort met die van henzelf en vlogen ermee het land uit, met het vervalste Europese paspoort in de tas. Met natuurlijk het risico dat de douane zou controleren op welke naam het ticket stond. Ik besloot naar Bangkok te vliegen, omdat de Thaise ambassade in Amman, naast die van Libië en Jemen, een van de weinige was die visa verleenden aan Irakezen. Na het verkrijgen van het visum in mijn valse Iraakse paspoort dat ik had aangeschaft, liep ik van reisbureau naar reisbureau om een zo goedkoop mogelijk vliegticket te bemachtigen.

Daar stond ik dan een maand later, op mijn ticket een valse Iraakse naam, in mijn hand een gestolen Nederlands paspoort, in mijn hart de angst voor de Iraakse grens, in de rij voor de douane op het vliegveld van Bangkok. Het Iraakse paspoort had ik in een prullenbak op het vliegveld achtergelaten. Er waren veel douanebeambten. Ik koos er een die op dat moment gaapte en hoopte dat hij me vanuit zijn slaap toegang tot het land zou verlenen. Langzaam bewoog de rij zich richting de balie. Ik werd steeds nerveuzer. Jammer genoeg waren er op dat vliegveld geen schapen om me achter te verstoppen. Wel zei ik in mijn hoofd het zinnetje van de smokkelaar duizendmaal op: *Laat de schapen niet voelen dat je bang bent...* Toen ik bijna aan de beurt was, ontdekte ik dat ik een stomme, dodelijke fout had gemaakt. In het vliegtuig hadden ze ons een migratieformulier gegeven, en ik had het ingevuld met de gegevens uit het valse Iraakse paspoort, in plaats van het valse Nederlandse paspoort. Hoe stom! Het was onmogelijk om uit de rij weg te lopen. Bovendien hadden we het papiertje in het vliegtuig gekregen van de stewardessen en zou ik hier geen nieuw exemplaar kunnen krijgen. Mijn knieën begonnen te knikken, en nu, terwijl ik dit schrijf, trillen ze weer. Ik wist niet hoelang ik nog zou kunnen staan. Ik zag dat de beambte mij aankeek en verwachtte dat ik een stap naar voren zou zetten. Ik zei het zinnetje van de smokkelaar in mijn hoofd op en liep naar voren.

'Your passport, please,' zei hij in Thais Engels. Ik legde het paspoort op de balie met het ticket en het migratieformulier. *Laat de schapen niet voelen dat je bang bent…* De man bladerde door het paspoort en keek af en toe naar mij. *Laat de schapen niet voelen dat je bang bent…* Ik verwachtte dat hij elk moment de politie zou roepen als hij zag wat voor soort papieren hij van mij gekregen had. Hij keek me twee of drie keer aan. Het voelde alsof de tijd stopte. Daarna gebeurde het wonder, dat zich als vertraagd voor mij afspeelde. Hij nam de stempel, drukte die in het stempelkussen en daarna twee keer op het migratieformulier, aan de bovenkant en onderaan. Hij scheurde het langs de voorgestanste rand doormidden, legde de ene helft in het paspoort en gooide de andere helft nonchalant in een bakje naast hem. Hij stempelde het paspoort en gaf het aan mij terug met een kleine glimlach. Ik nam het paspoort aan, knikte en liep verder, vol ongeloof dat dit zojuist was gebeurd. Ik verdween zo snel mogelijk tussen de reizigers en liep door de menigte het vliegveld af. De lucht in Bangkok was vochtig en warm. Ik haalde diep adem, alsof ik niet net in Thailand was geland, maar in de hemel.

Ik vertel je dit nu, zoveel jaren later, maar na al die jaren voel ik nog de angst van die situatie als ik eraan terugdenk. Mensen die geboren worden met goede paspoorten zullen nooit weten hoe scherp de tanden van deze wereld zijn en hoe hard als ze bijten. De tanden van deze wereld: politieagenten, de vreemdelingenpolitie, douanebeambten, receptionisten van goedkope hostels. De worm en de vogel bewegen zich beide probleemloos voort op de aarde, maar de mens zonder paspoort…

Ik heb je heel kort verteld over Irak en Jordanië, terwijl het een lang verhaal is. Maar als ik nog meer details vertel, wordt mijn leven van nu nog moeilijker, mijn slaap korter, mijn zenuwen onrustiger en het lezen van pagina's waarvan de inkt mijn slaap was, lijkt me niet prettig. Ik zal er zeker nog af en toe over vertellen, maar slechts hier en daar, want dat is minder moeilijk. Zure medicijnen moeten als druppeltjes geslikt worden. Maar onthoud dat ik nu net buiten het vliegveld van Bangkok sta. Eerst zal ik met je teruggaan naar het AZC.

23

In een gebouw als het AZC, waar zo veel mensen wonen, ontmoet je zomaar allerlei types, van wie er nog velen zullen voorbijkomen in komende hoofdstukken. Maar nu vertel ik je over een Iraakse man met zijn vrouw, zijn dochter van dertien en zijn zoon van vijftien jaar oud. Die man woonde in geel. Als ik hem zag was hij altijd in pak, met stropdas en glimmende schoenen. Hij liep kaarsrecht. Ik dacht eerst dat hij een tolk of een advocaat was, maar Kadhem vertelde mij dat hij ook een asielzoeker was. Omdat zijn Engels goed was, had hij nooit een andere asielzoeker nodig om te vertalen, dus in het begin wist niemand iets over hem. Hij bleef een mysterie. Hij maakte geen contact met andere asielzoekers. Zijn vrouw was twee vrouwen. Als ze met haar man was, was ze ook netjes gekleed, maar als hij buiten het AZC was, droeg ze slippers en gedroeg ze zich losser. Dan sprak ze met iedereen met en zonder reden en lachte ze ook.

Op een dag was ik bij de sociale dienst om voor iemand te vertalen, toen opeens die man binnenkwam. Meteen zag ik dat hij de medewerkers van de sociale dienst heel veel respect inboezemde. De medewerkster met wie hij een afspraak had, was aan het bellen en toen ze hem zag, hield ze even haar hand over de hoorn van de telefoon, glimlachte naar hem en zei iets, wat mijn oren bijna niet konden geloven: 'Sorry, maar ik moet dit telefoontje even afmaken.' Hij glimlachte naar haar en zei dat hij in de gang zou wachten. Dat een medewerker zo beleefd met een asielzoeker praatte en zich excuseerde, dat had ik nog nooit meegemaakt.

'Nee, nee, ga maar naar uw afdeling. Ik kom wel naar u toe als ik klaar ben,' zei ze. Hij bedankte haar glimlachend en liep weg. Zo kwam ik erachter waarom ik hem nooit in de gang bij de sociale dienst zag wachten. Ik verwonderde me zo ontzettend over de manier waarop de medewerkster van de sociale dienst met hem praatte. Het leek eerder op hoe een bankier met een klant spreekt dan een medewerker van de sociale dienst met een asielzoeker.

Wat ook erg verbazingwekkend was, voor alle asielzoekers, was dat hij een tweede, aparte kamer op de gele afdeling kreeg, voor zijn zoon en dochter. Dat gebeurde nooit met een andere familie in de negen jaar die ik er doorbracht. Families met een of twee kinderen kregen één kamer. Een familie met drie kinderen kreeg één grotere kamer. Families met meer dan drie kinderen kregen een nog grotere kamer. Een familie met twee kamers, dat kwam niet voor. Ik weet nog dat een Armeens stel met een kind ging scheiden. De man werd gevraagd of hij in dezelfde kamer als zijn ex-vrouw wilde blijven of een kamer met drie andere mannen wilde. Hij bleef nog liever op de kamer met zijn ex-vrouw en kind dan met drie andere mannen te moeten slapen en begon stiekem de kamer van drie Chinezen te huren (ik zal je later nog vertellen over die drie Chinezen, die een kamer in oranje hadden. Dat is een verhaal apart).

De mysterieuze Irakees begon vragen op te roepen bij de anderen. Wie was hij? Hoe verkreeg hij dat respect? Veel asielzoekers verwachtten dat hij politiek asiel zou krijgen voor het jaar om was. Op een dag kwam er een nieuwe Iraakse asielzoeker in het AZC wonen, Ridha uit de stad as-Samawa. Na een dag of drie begon hij aan iedereen die Arabisch sprak te vertellen dat die man een generaal was uit Tikrit, een van de steden met de meest trouwe aanhang van Saddam Hoessein. Ridha vertelde dat hij de generaal met eigen ogen in 1991 mannen met hun handen op de rug met een pistool had zien executeren. Hij vroeg vele asielzoekers om met hem mee te gaan naar de sociale dienst om het te vertellen, maar niemand wilde mee. Ridha herhaalde in alle gangen en alle kamers dat die generaal niet in het AZC thuishoorde, maar in de gevangenis. Op een dag werd er op de deur van 0139 geklopt. Het was Ridha. Hij zei dat hij een vertaler nodig had. Ik had mijn pyjama nog aan en vroeg of hij even kon wachten, zodat ik mijn broek aan kon trekken, maar hij had grote haast, dus ik trok mijn slippers aan en volgde hem naar het kantoor. Ridha's gezicht en zijn hele lichaam beefden van emotie.

'Ik wil een klacht indienen tegen het varken in geel,' zei hij.

'Varken? In geel?' vroeg ik, terwijl ik hem volgde naar de sociale dienst.

'Een smerig varken. In kamer G19. Ik bedoel generaal Abdoel Galik al-Tikriti. Dat smerige varken dacht dat hij kon ontsnappen aan zijn straf en dat hij in Europa een nieuw leven kon beginnen, maar God stuurde mij hierheen als getuige tegen hem.' We liepen de trappen af, Ridha snel voorop. Anneke Hamelinck, de medewerkster die dit spreekuur dienst had, vroeg ons om te wachten in de gang tot ze ons zou roepen. Ik keek in de gang naar Ridha's gezicht, dat trilde van spanning. 'Nu weet ik waarom ik nooit ben gepakt tijdens mijn vlucht, waarom ik nooit ben bestolen en berooid achtergelaten door smokkelaars, vanaf het moment dat ik van huis vluchtte tot hier. God beschermde mij en liet mij van mijn huis naar Nederland reizen met maar vijfhonderd dollar op zak. Honderd dollar om naar Diyarbakir te komen, weer honderd dollar van Diyarbakir naar Ankara, honderdvijftig dollar van Ankara naar Griekenland, nog eens honderdvijftig dollar van Griekenland naar Italië en tot slot met een Poolse vrachtwagen gratis van Italië naar Nederland. Ik vroeg me af wie mij beschermde, een engel of een duivel? Maar nu weet ik dat God wilde dat ik hier aan zou komen, zodat die generaal zijn verdiende loon krijgt.'

Ridha praatte en ik zweeg. Ik wist niet of wat hij zei over de generaal waar was of niet. Ik dacht eerder dat hij professor of ambassadeur was geweest en bovendien, zelfs als hij generaal was, vond ik zijn kinderen en vrouw zo aardig.

Maar Ridha zei: 'Kun je het je voorstellen, die ongewapende man in G19 gedroeg zich in 1991 in as-Samawa als God. Hij besliste over wie leefde en wie stierf. Toen het leger de steden een voor een terugnam voor Saddam Hoessein en de opstanden tegen Hoessein neergeslagen waren, zaten wij achter getraliede ramen, met honderden. Die generaal kwam 's ochtends met soldaten binnen. Hij wees iemand aan, die de soldaten vastpakten, en nog iemand en nog iemand. Hij stopte met wijzen of hij ging door. Daarna beval hij de soldaten de aangewezen mannen ter plekke dood te schieten. Ze lieten de lijken bij ons achter.' Ridha praatte en hoe meer hij zei, hoe geloofwaardiger zijn verhaal werd, en hoe neerslachtiger Ridha werd. Hij kreeg tranen in zijn ogen. Een Bosnische vrouw die naast ons stond met haar kind, ging een paar meter verderop staan. Anneke riep ons naar binnen en we liepen naar haar tafel.

Anneke Hamelinck was een vrouw die zeker de zestig naderde. Zij was degene bij de sociale dienst die de meeste ervaring met asielzoekers had. Ze deed altijd chagrijnig, niet alleen naar de asielzoekers, maar ook naar haar collega's, naar de politieagenten en naar zichzelf. Gelukkig ken ik haar privéleven niet, maar ik kan je hier verzekeren dat al die jaren dat ze met asielzoekers werkte, haar lichamelijk en geestelijk hebben opgebroken. Ze kon op de meest onofficiële manier spreken, want ze zei bijvoorbeeld: 'Doe niet zo zielig,' of 'Waarom lieg je nu?' of 'Wil je dat ik de vreemdelingenpolitie bel of doe je normaal?' Zij is degene die mij het woord gadverdamme leerde. Voor de asielzoekers was Anneke niet lastig, want ze strafte niet meteen, maar ze dreigde wel altijd dat ze zou straffen. Ze zei vaak dat zij de prullenbak was van alle vluchtelingen in Europa, want ze had niet voor een kwart of de helft ander dan Hollands bloed, maar allerlei kleine procentjes. Vijf procent Chinees, tien procent Surinaams, nog wat Tsjechisch en Macedonisch en tien procent Duits, die haar hooikoorts veroorzaakte (in mei zei ze altijd dat haar tien procent Duitse bloed haar lichaam nu beheerste en dan was ze nog chagrijniger). Haar laatste tien procent was onbekend. Ze zei weleens dat je het DNA van vijf miljard mensen zou moeten afnemen om erachter te komen waar die tien procent vandaan kwam. Uiteindelijk was ze in elk geval niet heel erg typisch Nederlands. Normaal gesproken hanteren die op hun werk te allen tijde de regel 'regels zijn regels,' Anneke maakte soms een uitzondering, als ze vond dat de situatie dat toeliet of als ze je graag mocht.

'Jij,' zei ze en keek naar Ridha. 'Waarom zie je er zo boos uit?' Ze wist niet dat hij net nog had gehuild.

'Vertel haar wat ik net tegen jou zei, in de gang,' zei Ridha tegen mij.

'Nee, jij praat en ik vertaal.'

'Moet ik het nu weer herhalen?' Ridha leek nog chagrijniger dan Anneke.

'Dit is jouw verhaal. Je vertelt het zelf en ik vertaal. Wil je dat of niet?' zei ik, nu ook chagrijnig.

‘Luister,’ riep Anneke hard. ‘Hebben jullie een probleem met elkaar?’

‘Nee,’ zei ik.

‘Nou dan. Ik heb geen tijd om naar geruzie en onzin te luisteren. Ga maar weg,’ zei ze en wees naar de deur.

‘Ikku komen hierrrr prraten voorrrr die hond in die G19,’ zei Ridha in het Nederlands. Anneke had zo veel ervaring met het Nederlands van asielzoekers dat ze niet begreep wat iemand zei, maar wat hij probeerde te zeggen. Als het nodig was dook ze, vraag me niet hoe, in iemands hersenen en las daar direct zijn gedachten. Soms deed ze juist net alsof ze niets verstond, waarom weet ik niet.

‘Hond? Is er een hond in G19?’ zei ze nu.

‘Hij bedoelt niet een hond, maar een varken, maar misschien weet hij het woord varken niet in het Nederlands.’

‘Ja, varken. Ikku willen praten met u overrrr varken die in G19 wonen.’

‘Varken, hond, konijn... Het is verboden hier dieren te houden,’ zei Anneke.

‘Wat is *moedjzi* in het Nederlands?’ vroeg Ridha mij.

‘Crimineel,’ zei ik.

‘Hij is...’ en keek mij nog eens aan.

‘Een crimineel,’ zei ik.

‘Crimineel! Crimineel! Vieze varken! Varken!’ schreeuwde hij en daarna in het Arabisch: ‘Weg met Nederland dat kamers geeft aan criminelen in geel!’ Ridha schreeuwde en schreeuwde, tot Anneke harder schreeuwde dan hij.

‘En nu stil. Mond houden!’ Ze leek hem te willen verslinden. Meteen deed Ridha zijn mond dicht en keek verbaasd. Opeens stond hij niet meer tegenover een vrouw, maar een tijgerin. Ze keek naar mij en vroeg me te vertellen wat er aan de hand was. Ik herhaalde wat Ridha mij had verteld in de gang, want het was onmogelijk om zonder misverstand te vertalen voor Ridha. Daarna keek Anneke Ridha aan. Ze vroeg Ridha naar zijn W-document, het vreemdelingenidentiteitsbewijs. Hij overhandigde het aan haar.

'Jullie kunnen gaan,' zei ze.

'En mijn W-document?'

'Dat krijg je later terug.'

Dit was tijdens het spreekuur van de sociale dienst tussen acht en negen, waar je zonder afspraak naartoe kon gaan, en nog diezelfde dag stond Ridha's tas klaar om naar een ander AZC te gaan.

'Hebben ze je W-document teruggegeven?' vroeg ik hem.

'Ja, en een dagkaart,' zei hij. Ik liep met hem naar het station. Hij praatte en ik luisterde. Dit keer ging het niet over generaal Abdoel Galik al-Tikriti, maar over de Hollanders. Hij praatte over wat er gebeurd was bij de sociale dienst, alsof ik daar niet samen met hem was geweest.

'Kun je je voorstellen wat voor klootzakken de Hollanders zijn? Ik zeg tegen hen dat er een varken woont in G19 en ze zeggen tegen mij dat ik respect moet leren hebben en een andere asielzoeker geen varken mag noemen. Ik zeg tegen hen dat er een crimineel in G19 zit en ze zeggen dat je een andere asielzoeker geen crimineel mag noemen. Ik zeg dat hij een generaal was voor Saddam Hoessein en nu in G19 woont en ze zeggen dat je geen informatie over andere asielzoekers mag geven, alleen over jezelf.'

Ridha verdween, maar het verhaal dat hij verteld had, werd via Kadhem doorverteld aan ieder die het wilde horen.

24

Het verhaal over de generaal laat mij me nogmaals realiseren hoe oneerlijk de dingen soms verlopen bij asielprocedures. Ja, de generaal was ook een mens en hij had een vrouw en kinderen die niets konden doen aan zijn keuzes en verleden, maar toch. Het is niet altijd eerlijk. En ik was niet de enige die dat dacht.

Toen Ridha vertrokken was, bleef generaal Abdoel Galik al-Tikriti maar door mijn hoofd spoken. Was wat Ridha had verteld echt gebeurd? Het maakte mij nieuwsgierig naar hem. Ik vroeg de zoon van de generaal eens naar de naam van zijn familie.

'Al-Hassan,' antwoordde hij. Dat was de officiële achternaam die de generaal aan zijn kinderen had doorgegeven. Ik vroeg ze waar in Irak ze oorspronkelijk vandaan kwamen. 'Uit Tikrit.' Dan klopte de bijnaam al-Tikriti, want in Irak worden de mensen als ze niet in de stad wonen waar ze vandaan komen vaak naar hun stad van oorsprong vernoemd. Zo'n bijnaam werd soms uiteindelijk meer gebruikt dan de officiële achternaam.

Bij een van de vertaalsessies bij de VVN had ik inmiddels Tamara ontmoet, een vrijwilligster van een jaar of vierentwintig. Ze werkte er elke woensdag. Normaal gesproken waren de vrijwilligers daar oudere gepensioneerden. Dat er zo'n jong meisje werkte was bijzonder. Tamara sprak perfect Engels. Aan de ene kant was ze iemand die alles durfde, zelfs de asielzoekers in hun kamer bezoeken, aan de andere kant was ze teruggetrokken en stil. Als je haar ontmoette in het AZC was ze open en sociaal, klaar om je te helpen als mens of om iets te drinken in je kamer, maar zag je haar in het centrum van de stad, dan was ze meteen iemand anders. Gesloten. Meestal negeerde ze asielzoekers op straat en wendde haar hoofd af, zodat zij ze niet hoefde te groeten. Ik vroeg haar eens of ze zich schaamde om buiten het AZC met asielzoekers te praten.

'Waarom vraag je dat?' was haar antwoord.

'Omdat je hier vrolijk bent, maar buiten het kamp doe je alsof je ons niet kent.'

'Dat komt omdat ik ook een asielzoeker ben. Hier voel ik me thuis,' zei ze. 'Maar buiten dit gebouw niet.' Toen haar poetische antwoord mij niet helemaal overtuigde, nodigde ze mij uit om buiten een wandeling te maken, waarna er nog vele zouden volgen.

Als ik met haar sprak, corrigeerde ze mijn Engels en leerde ze mij Nederlandse woorden. Tamara was als een schatkist voor mij, met een schat erin die kon praten en mij dingen uitlegde tijdens die donkere, verwarrende dagen. Ze noemde de medewerkers van de sociale dienst 'de hondentrainers' en de vreemdelingenpolitie 'de blauwe beesten'. Het belangrijkste was dat Tamara voor mij een spiegel was waarin ik kon zien wat er in het AZC menselijk was en wat onmenselijk. Het ergste wat de medewerkers in het AZC deden vond ik namelijk niet te vergelijken met wat er in Irak met de Irakezen gebeurde tijdens het regime van Saddam Hoessein. Het leek me dat alles, zelfs wat de vreemdelingenpolitie deed, nodig was om die vijfhonderd mensen in het AZC onder controle te houden. Vijfhonderd mensen met verschillende talen, religies, normen en waarden en achtergronden. Maar Tamara vergeleek de omgang van de politie met de asielzoekers met hoe de politie het aanpakte bij de Nederlanders buiten. Als ik haar vertelde dat de vreemdelingenpolitie een miljoen keer beter was dan de politie in Irak, werd ze meteen boos. Dan stopte ze met lopen, keek mij recht in mijn ogen en begon te schreeuwen.

'Doe niet zo stom! Dat is echt een belachelijke vergelijking!'

'Waarom?'

'Omdat jij een mens bent, Semmier. En de Nederlanders ook. De politie heeft geleerd om mensen gelijk te behandelen, Nederlanders, asielzoekers, illegalen. Toch?'

Haar gezicht blies zich op.

'Geloof me, Tamara, ik krijg hier in het AZC meer respect dan in Irak,' zei ik.

'Als je zo denkt, ben je een echte asielzoeker.'

'Nou, dat ben ik ook.'

'Dan kun je later nergens in Europa wonen, want in dat gebouw behandelen ze je als een wilde hond die ze moeten temmen. Als je dat niet ziet, wordt je leven buiten het AZC onmogelijk.'

'Ben je altijd zo negatief?'

'Dat ben ik geworden sinds ik vrijwilliger in het AZC ben. Kijk, ik ben hier geboren en opgegroeid en had nooit last van alle regeltjes. Maar sinds ik in het AZC kom, weet ik dat het systeem onmenselijk kan zijn.'

'Wat vind je dan onmenselijk in het kamp?'

'Moet je nagaan, jarenlang ergens wonen zonder eigen kamer of eigen douche. Dat is in gevangenissen nog beter geregeld. Geen recht op vakantie, geen mogelijkheid een hond of een kat te hebben. Niet eens mogen werken en je eigen geld verdienen.'

Zo verliepen onze eerste gesprekken tijdens de wandelingen buiten het AZC. Tamara nodigde mij nooit uit bij haar thuis, terwijl ze mij op mijn kamer veel bezocht. Ze accepteerde ook nooit dat ik haar trakteerde in een bar of kroeg.

Ik vertaalde eens voor een oude Iraakse vrouw bij de VVN, voor wie de ziekenfondsverzekering de operatie niet vergoedde die ze nodig had vanwege een vernauwde slagader. Ze hoopte dat de VVN kon helpen bij het vinden van een organisatie die de kosten voor de operatie kon betalen. Terwijl ik vertaalde liet ik mijn ogen over alle lades gaan, waarin de dossiers van alle asielzoekers zaten en dacht aan Abdoel Galik al-Tikriti. Een paar dagen later zag ik Tamara het AZC uit lopen en liep een eindje met haar op. Ik vertelde haar het verhaal van die man als bloederige generaal, dat door Ridha in de gangen was verkondigd, waarna Abdoel Galik al-Tikriti niet alleen door de medewerkers van de sociale dienst en de vreemdelingenpolitie, maar ook door de asielzoekers zelf ineens meer gerespecteerd werd. Er was één persoon die minder respect voor hem kreeg en dat was Kadhem.

Aan Tamara vroeg ik of zij misschien het dossier van Abdoel Galik al-Tikriti kon bekijken om te checken of hij inderdaad een generaal was. Zij vertelde dat dat verboden was. Haar stem klonk streng toen ze zei dat zij in het AZC werkte om asielzoekers te helpen, niet om ze te bespioneren. Ik zei tegen haar dat als Ridha gelijk had, die man geen asielzoeker was, maar een oorlogsmisdadiger. Zij zweeg en liep verder.

Een paar dagen later vertelde ze mij dat ze me bij de dijk wilde zien om drie uur die middag. Daar opende ze haar tas en gaf mij een stapel gekopieerde papieren.

'Lees dit en vertel het aan niemand,' zei ze. Ik bladerde de papieren nog staande door. Het was het dossier van Abdoel Galik al-Tikriti.

'Is hij een generaal?' vroeg ik haar.

'Ja, in het Iraakse leger,' zei ze. Ze vertelde dat hij uit Tikrit kwam, had gestudeerd in de Sovjet-Unie en daarna in het leger van Saddam Hoessein snel carrière had gemaakt. Ik bleef wezenloos door de papieren bladeren zonder precies te begrijpen wat er allemaal stond. Even later vroeg ze me het dossier terug, draaide zich om en ging.

Een eeuwige hoofdpijn werd de generaal voor mij in het AZC. Nu geloofde ik alles wat Ridha over hem had verteld. Wat ik van mezelf niet begreep was dat ik zo veel last kon hebben van deze ongewapende generaal in het AZC, terwijl ik in Irak duizenden soldaten had gezien en honderden generaals. Om iets met dit gevoel te doen, ging ik net als Ridha naar de sociale dienst. Deze keer niet naar Anneke, maar naar Mark Douwes. Hij was een van de makkelijkste medewerkers.

'Ik heb informatie over de bewoner van G19,' zei ik. 'Hij was generaal in het Iraakse leger. Ik ken een asielzoeker die ooggetuige was van zijn moorden.' Mark keek mij aan.

'Bedoel je meneer A. al-Hassan uit kamer G19?'

'Ja, die.' Mark draaide zich naar zijn computer en vroeg mij de naam van de asielzoeker die getuige was. Daarna stond hij op en vroeg mij hem te volgen naar een aparte ruimte.

'Luister, Semmier,' zei hij, nadat hij me had uitgenodigd achter de tafel plaats te nemen. 'Het is belangrijk te weten dat een asielzoeker in Nederland slechts verantwoordelijk is voor zichzelf en alleen voor zijn eigen vluchtverhaal. Geen asielzoeker in Nederland heeft het recht zijn neus te steken in het verhaal van een andere asielzoeker.'

'Maar deze man is een oorlogsmisdadiger, die heeft helemaal geen rechten, niet in een AZC of waar dan ook.'

'Jij noch ik zijn degenen die daarover beslissen. Dat doen de IND en het ministerie van Justitie. Zij gaan over meneer A. al-Hassan in kamer G19.'

'Kun je mij misschien naar een ander centrum overplaatsen? Ik kan niet met een oorlogsmisdadiger in hetzelfde gebouw verblijven,' zei ik en deed mijn best de woorden te laten klinken als een beleefde vraag en niet als een uitdaging.

'Dat ga ik niet doen,' zei Mark. 'Je kan je naam op de lijst bijschrijven en dan kan je over een jaar of drie vast overgeplaatst worden.' Hij zag aan mij dat ik dat niet genoeg vond. 'Maar je bent niet verplicht hier te blijven. Je kunt zelf beslissen om weg te gaan,' vervolgde hij.

'Graag. Mag ik dan mijn vingerafdrukken terug uit de IND-computer om asiel aan te kunnen vragen in een ander land?'

'Zoals je weet kan dat niet,' zei hij en stond op. 'Ik hoop dat er geen problemen ontstaan tussen jou en de bewoner van G19?' Het was geen vraag, maar een mededeling en daarmee eindigde mijn gesprek met Mark.

Ik veroorzaakte geen problemen met A. al-Hassan, maar Kadhem wel. Ridha had Kadhem in de korte tijd dat hij in het AZC had verbleven opgeblazen met zijn boosheid. Toen Ridha vertrok, nam Kadhem zijn woede over. In het begin zei hij: 'Voordat die trut Anneke hem naar een ander kamp stuurde, vertelde Ridha mij...' Dan beschreef hij het verdriet en de boosheid van Ridha. Er was geen Arabisch-sprekende asielzoeker die dat niet van Kadhem hoorde en daarna begon Kadhem met het kleine beetje Engels en Nederlands dat hij kende over de generaal te vertellen in de gangen van oranje, blauw en geel. Niet alleen aan de asielzoekers, maar ook aan de vrijwilligers van de soos, de fietsenwerkplaats en de bibliotheek. Na een tijdje vertelde Kadhem als hij het over de generaal had niet meer dat Ridha boos en verdrietig was geweest, maar werd hij zelf boos en verdrietig. 'Ik heb het met eigen ogen gezien,' begon hij uiteindelijk zijn verhaal. Toen iedereen in het AZC Kadhem gehoord had, behalve de generaal zelf, begon het probleem tussen de generaal en Kadhem, dat meer het probleem was van Kadhem dan van de generaal.

Overal in het AZC zat Kadhem op de uitkijk of hij de generaal zag zonder zijn vrouw en kinderen. Als hij hem in het oog kreeg, begon hij scheldwoorden uit te spuwen of te sissen en te roepen. De generaal reageerde nooit en deed alsof hij niets hoorde. Sommige asielzoekers probeerden Kadhem te doen stoppen, maar dan herhaalde Kadhem meteen wat hij van Ridha had gehoord. In zijn verhalen had de generaal steeds meer slachtoffers gemaakt, tot alle oorlogen, rampen en woede in Irak door die generaal in ons AZC waren veroorzaakt.

Op een dag stond ik in de rij om me te melden bij de vreemdelingenpolitie. Kadhem stond voor mij.

'Kijk eens wie daar aankomt. De moordenaar,' zei Kadhem met luide stem in het Arabisch. Ik draaide me om en zag de generaal achter ons gaan staan in de rij. Hij was alleen. Nooit meldde hij zich met zijn vrouw of kinderen samen. De generaal moest hebben gehoord wat Kadhem zei, maar hij reageerde niet, alsof het niet over hem ging. 'In Irak hebben ze ons leven tot een hel gemaakt. Nu zijn we gevlucht en komen ze hier om van ons leven weer een hel te maken,' zei Kadhem boos, terwijl hij recht in het gezicht van de generaal keek, die druk was met de papieren in zijn handen en niets leek te horen. 'De crimineel, de generaal. Hij staat hier rustig en doet alsof hij niets hoort en niets begrijpt, omdat zijn Saddam Hoessein niet hier is, de klootzak,' zei Kadhem in het Iraakse dialect. Hij begon steeds harder te praten. Hoe stiller en rustiger de generaal werd, hoe geïrriteerder Kadhem raakte.

'U,' zei de agent achter de balie ineens en wees naar Kadhem. Kadhem drukte zijn twee duimen vragend op zijn eigen borst.

‘Ik?’ vroeg hij verbaasd.

‘Ja, u,’ zei de agent. ‘Praat niet zo luid.’ De agent draaide zich om, om met iemand anders te praten en Kadhem ging verder, zo hard dat de generaal het wel, maar de agent het niet kon horen.

‘Ik? Heb ik iets gezegd? De generaal van Saddam Hoessein heeft gepraat. Ik heb niets gezegd.’ Hij praatte maar verder en herhaalde allerlei smerige woorden die niet in het Nederlands vertaald kunnen worden met hetzelfde effect, maar die de laagste woorden zijn waarmee je iemand op straat mee kan beledigen.

‘U daar,’ riep de agent van achter het raam. Kadhem keek hem boos aan. ‘In de hoek.’ Kadhem was op dat moment zo boos dat geen hoek in Nederland of in de hele wereld hem bang kon maken.

‘No hoek, meneer,’ riep Kadhem. ‘Hij generaal hoek zitten moeten,’ riep hij hardop en wees naar de generaal. ‘Moordenaar! Moordenaar!’

Twee agenten kwamen de hal in. Ze bevalen Kadhem met zijn gezicht naar de muur te gaan staan, maar hij begon te schreeuwen. ‘De moordenaar! De moordenaar hoek zitten generaal moordenaar. Hoek generaal moordenaar Saddam hoek Hoessein.’ Een van de agenten pakte Kadhem vast en worstelde hem tegen de grond. Uit zijn neus druppelde bloed. Zijn handen werden naar achteren getrokken en hij werd op de grond gedrukt, terwijl de andere agent zijn handen op zijn rug boeide. En wij stonden in de rij en keken vanuit onze ooghoeken naar de politie. Kadhem werd overeind getrokken, maar wilde niet gaan staan, dus werd hij door de gang naar buiten gesleurd.

Na het melden liep ik elke keer naar de kamer van Kadhem om te kijken of hij al terug was, maar hij verscheen pas een paar dagen later, 's ochtends vroeg. De paar dagen bij de vreemdelingenpolitie leken hem te hebben getemd, want hij sprak een tijdje geen woord meer over de generaal. Het allerverdrietigste dat ik hoorde tijdens die negen jaar in dat gebouw, is wat Kadhem op een regenachtige dag tegen me zei. We zaten voor het raam van de oranje gang en keken naar het grijs buiten.

'Kun je je voorstellen,' zei hij, en hij keek mij aan alsof hij lang had nagedacht over wat hij wilde zeggen. 'Ik respecteer Saddam Hoessein nu meer.'

'Waarom?'

'Wie voor hem werkt, is sterk. Ook hier.' Die simpele logica was pijnlijk. Vooral omdat de woorden de keel van Kadhem verwondden terwijl ze er als verroeste spijkers uitkwamen. We staarden weer naar buiten en na een korte stilte zei hij opeens, alsof hij spijt had dat hij iets goeds over Saddam Hoessein had gezegd: 'Maar misschien weten de Nederlanders niet dat Abdoel Galik al-Tikriti een generaal is.'

'Ze weten het wel,' fluisterde ik.

'Hoe weet jij dat ze het weten?' Het vraagteken lag meer in zijn ogen dan in zijn woorden.

'Ik heb een kopie van zijn eerste gehoor ingezien,' zei ik.

'Gestolen?'

'Ongeveer.'

'De klootzakken. Ze weten het.' Meteen had ik er spijt van dat ik het hem had verteld.

25

Het AZC begon intussen steeds zwaarder op mijn schouders te drukken. Je zal misschien zeggen: maar de deur van het AZC stond open. Ga naar buiten, fiets rondjes en kom er alleen om te slapen. Maar zo was het niet. Het AZC werd mijn wereld. En ja, de deur stond vierentwintig uur per dag open, maar al gauw ontdekte ik, net als alle asielzoekers, dat het leven buiten het AZC moeilijk is. Als je op de verkeerde plek bent op het verkeerde moment, dan is de asielzoeker altijd de schuldige.

Ik weet nog dat ik eens langs een kanaaltje wandelde, over een weggetje, omzoomd door bomen. Ik zag een smal paadje en sloeg af. Ik had niet gezien dat het paadje naar een woonboot leidde. Ineens verscheen er een man met een woedend gezicht. Hij begon te schreeuwen en drukte zijn wijsvinger in mijn borst. 'Wat doe jij hier?' Ik had veel ruzies gezien, vooral in Irak, en die begonnen altijd met praten, en verhardden dan naar roepen, naar schreeuwen, naar duwen en daarna naar slaan. Maar deze man was meteen doorgeschoten naar het einde van dit proces, want hij praatte, riep, schreeuwde en duwde tegelijkertijd met zijn wijsvinger in mijn borst, vanuit het niets. Dat verraste mij. Ik wist niet hoe ik moest reageren. Ik wist ook niet hoe en waarom hij in een seconde zo opgeladen kon zijn. Hij duwde een paar keer hard met zijn vinger in mijn borst en ik wist niet of ik moest wegrennen, blijven staan of hem slaan. Ik zette een paar stappen naar achteren, tot ik weer op het weggetje stond. Daar stopte hij met duwen. Blijkbaar was ik buiten zijn woedezone. Een vrouw kwam aanrennen uit de woonboot en ging tussen mij en hem in staan, alsof we aan het boksen waren. Ze hield haar handen voor mij omhoog en maakte gebaren om mij tot kalmte te manen, zo van 'het is oké,' terwijl ze dat eigenlijk bij de andere man moest doen. Ze trok de man naar binnen en ik bleef daar staan, want ik dacht dat weggaan het bewijs zou zijn dat ik iets verkeerd had gedaan. En wie weet zou de man, als de vrouw hem gekalmeerd had, naar mij toe komen om zich te excuseren of uit te leggen waarom hij zo had gereageerd. Maar toen verscheen er een andere man en hij vertelde dat ik privéterrein had betreden.

'Dat wist ik niet,' zei ik.

'Dat hebben ze jullie niet verteld in het centrum? Dan weet je het nu,' zei hij. Weer was ik verbaasd, maar nu vroeg ik me af hoe hij wist dat ik uit het AZC kwam. 'En nu wegwezen, anders bel ik de politie.' Ik ging, maar elke keer als ik daarna langs dat kanaaltje liep en de woonboot passeerde, die was omringd door bomen, bloemen en zingende vogels, was ik weer verbaasd dat zo'n woede daarin kon wonen.

Een paar weken daarna liep ik over de vrijdagmarkt, toen ik een stem van ver hoorde roepen. 'Grijp hem!' Meteen werd ik vastgepakt door een Nederlander, en even later stonden er drie mannen om mij heen. Ik bleef staan, en ook andere mensen bleven nieuwsgierig staan kijken. 'Blijf staan,' zei een van de mannen dreigend, terwijl ik al stilstond en geen aanstalten maakte om weg te gaan, maar de man bleef dit met een bewegende wijsvinger herhalen tot er een man in wit schort verscheen.

'Niet die,' zei hij, waarop de handen mij meteen loslieten, de mannen wegliepen en iedereen weer verderging, zonder excuses te maken of mij nog aan te kijken.

Gebeurtenissen als deze zijn er ontelbaar veel. Jarenlang heb ik ze meegemaakt. Ik herinner me dat achter het AZC een alcoholist woonde met zijn hond. De asielzoekerskinderen irriteerden hem als ze achter het kamp speelden en lawaai maakten. Soms gooiden ze een voetbal zijn kant op of een steen, en elke keer als hij geïrriteerd was door hen, liep hij naar de deur van het AZC en maakte ruzie met wie hij daar aantrof. Ook ik zat op een dag op het pleintje bij de voordeur, toen de alcoholist naar mij toe kwam, druk gebarend en schreeuwend naar mij in het Engels en Nederlands. De asielzoekerskinderen riepen van ver: 'Gek! Gek!' En hij schreeuwde harder en harder, niet naar hen, maar naar mij. Ik stond op van het bankje en liep naar binnen, maar hij bleef achter mij aan lopen en roepen, ook toen ik door de voordeur naar binnen ging. Bij de receptie wees hij naar mij en riep naar receptionist Barry: 'Hij! Hij!' Barry vroeg mij te wachten en ik bleef staan naast de alcoholist, die stil geworden was. Barry belde de sociale dienst en na een minuut of twee kwam Yvon de Rijke.

'Wat is er aan de hand?' vroeg ze mij en de alcoholist.

'Hij roept "Gek, gek!" En nu roepen alle kinderen het ook. Dat kan toch niet?' Het kon niet zo zijn dat Yvon hem geloofde, want de hele receptie rook naar alcohol, vooral als hij zijn mond open deed. Ze nam ons apart in een kantoortje en begon met de alcoholist te praten. Misschien een kwartier. Daarna keek ze naar mij en zei me te wachten. Ze bracht de gekalmeerde alcoholist terug naar de receptie, kwam weer naar mij toe en probeerde mij nog serieuzer aan te kijken.

'Je weet dat het verboden is mensen buiten het AZC lastig te vallen?' zei ze.

'Ik was niet buiten het AZC, ik zat op het plein.'

'Daar is dat ook niet toegestaan.'

'Hij is een alcoholist,' zei ik en ik wilde zeggen dat hij vast dronken was en agressief door de alcohol en dat ik niets had gedaan, maar ze liet mij niet uitpraten.

'Kijk,' zei ze zacht en begrijpend. 'Nederland is niet zoals Iran.'

'Ik kom uit Irak.'

'Dan is het hier niet zoals in Irak.' Ze raakte iets meer geïrriteerd. 'Hier is vrijheid. Mensen mogen hier dronken zijn wanneer ze willen. Ik heb toch geen tijd voor zulke problemen?' Ze keek op haar horloge. 'Rustig aan de volgende keer,' zei ze en wees naar de deur.

Vanaf die dag zat ik niet meer op het plein bij de voordeur.

Dergelijke voorvallen lieten mij en veel asielzoekers de wereld binnen het AZC prefereren boven de wereld erbuiten. Daarom kon je op een zonnige dag honderden asielzoekers in het gebouw zien of op het plein. Je zal jezelf afvragen waarom ze niet naar buiten gaan, een rondje wandelen, naar de speeltuin lopen, naar het centrum van de stad, naar het strand? Ze zijn toch geen kippen in een kippenhok?

Bij elk probleem buiten het AZC waar de asielzoeker bij betrokken is, is hij de schuldige. Altijd. Ongeacht het soort probleem of wie het begon. Altijd moet de asielzoeker zich aanpassen aan de buitenwereld, gehoorzaam zijn en onderdanig, of nog liever, onzichtbaar.

Met de vrijwilligers in het AZC verliep het contact vaak het soepelst. Met Greet en Jan Jaap die achter de bar in de soos stonden, Freek die de bingo regelde, Mieke uit de bibliotheek, Margriet en Thea in de naairuimte, Sien, Melvin en Rita die activiteiten voor de kinderen organiseerden. Maar zij kwamen en gingen en dat contact speelde zich alleen af binnen de muren van het AZC.

Ik zal je voorstellen aan een aantal medewerkers van de sociale dienst. Anneke Hamelinck ken je al, en Mark Douwes en Lilly Vanderhaeghe, die na mijn komst al snel een andere baan vond. Patrick Schepenmaker, Annelies Vos, Dorine Janssen, en ook meneer Van 't Zijde, Edwin Bunskoek en Ruth Bleeker ga je nog tegenkomen. En dan werkten er een Somalische vrouw die Sagal Abdi heette en een Turkse man met de naam Aydin Yilmaz. Ik zal je een beetje over hen vertellen. Ik hoorde dat de familie van Sagal Abdi ooit naar Nederland was gekomen om asiel aan te vragen. Daarom had zij een idee van hoe asielzoekers dachten en deden. Ze was eind twintig. Ze was lang en haar bovenlichaam was dun en haar onderlichaam dik, wat je het gevoel gaf dat haar bovenste helft vele dingen deed, en haar onderste helft stilstond. Als ze liep, leek het alsof er een kind op haar rug hing dat haar rug naar beneden dwong en haar billen omhoog. Ze had grote witte tanden en haar bovenlip was dun en haar onderlip heel dik. Daardoor kon ze haar mond niet goed dichthouden, en leek het alsof ze glimlachte als ze rustig was, of aan het bijten was als ze boos was. Toen ze voor het eerst naar het AZC kwam, woonden er geen Somalische asielzoekers. Toch begonnen de asielzoekers te roddelen dat Sagal een racist was en alleen asielzoekers uit Somalië hielp. Hun gaf ze dagkaarten, en voor hen belde ze de advocaat en de IND. Daarna, toen er geen Somaliërs in het AZC bleken te wonen, zeiden ze dat ze alleen de Afrikanen hielp, omdat ze zwart waren zoals zij. Toen kwamen er een paar Somaliërs, maar zij haatten Sagal. Een Somalische man zei tegen mij dat ze een trut was. Dat ze vergeten was dat ze Somalische was en een Hollandse geworden was, want ze behandelde iedereen hetzelfde, ook haar landgenoten.

Mijn ervaring met haar, als ik naar haar toe ging om te vertalen voor anderen, was dat ze heel praktisch was, meer dan de Hollanders. Ze wist wanneer een asielzoeker loog en wanneer niet. Misschien haatten de asielzoekers haar daarom. Vooral omdat ze altijd herhaalde dat een asielzoeker *gewoon* moest doen, niet hoefde te acteren, te overdrijven of zielig te doen. Wat Sagal irriteerde, was dat de asielzoekers liever naar een Nederlander gingen en haar ontliepen.

Dat irriteerde ook Aydin Yilmaz. Aydin was vijfenveertig of vijftig, hij was kort, had een vierkant gezicht en een Osmaanse snor. Hij was al kaal. Hij was altijd lief en warm, vooral tegen de vrouwen en meisjes in het AZC. Hij herhaalde tegen de asielzoekers dat alles goed zou komen. De asielzoekers zeiden over hem dat hij alleen de Koerden uit Turkije hielp, omdat zij Turks spraken. De Koerden uit Turkije zeiden dat hij een racist was, want hij was een echte Turk en hij haatte Koerden. Maar Aydin was niet zo. Hij probeerde iedereen te helpen. Toen ik hem beter leerde kennen, kreeg ik het idee dat hij er zelfs rekening mee hield dat hij met Hollanders samenwerkte, want als er een Nederlandse collega in de buurt was, was zijn taal scherp, kort en direct. Maar als er geen Hollander in de buurt was, dan was zijn taal vol medelijden, warmte en begrip.

Bij de sociale dienst kon je terecht voor alle vragen en problemen, maar echt helpen deden ze zelden. Want 'dat kan niet,' 'dat mag niet' of 'regels zijn regels'. Elke asielzoeker kreeg een van de medewerkers als contactpersoon toegewezen. Die kwam soms op bezoek om te vragen of alles goed ging en of ze iets konden betekenen. Degenen die een strenge medewerker hadden getroffen, zoals meneer Van 't Zijde was, probeerden het vaak toch bij een ander. En voor alle medewerkers waren de asielzoekers hun werk. Niets meer en niets minder.

26

Binnen de muren van het AZC leefden meer dan vijfhonderd persoonlijkheden die al die tijd dat ik er woonde bleven of kwamen en gingen. Een aantal van hen zal ik nooit vergeten.

Fatima bijvoorbeeld, een Syrische vrouw, zo dik dat ze eruitzag als een Japanse sumoworstelaar met hoofddoek. Ze had twee zonen en een dochter. De dochter ging niet naar school, dus die was ouder dan achttien. Haar zonen waren veertien en twaalf. Door haar enorme gewicht liep Fatima moeilijk. Als ze haar rechterbeen optilde, leek ze naar links te vallen, en als ze haar linkerbeen optilde, helde ze gevaarlijk over naar rechts en zou je dekking zoeken als je aan haar rechterkant liep. Een stap verder kreeg je het gevoel dat je haar moest ondersteunen, voordat ze naar voren zou vallen. Ze geloofde, ik weet niet waarom, dat alle Nederlanders die in het AZC werkten verblijfsvergunningen konden afgeven, niet alleen de IND en het ministerie van Justitie. Ze was een simpele vrouw, was analfabeet en had geen idee van de wereld een paar honderd meter verderop. Hoezeer anderen, waaronder ik, haar ook duidelijk probeerden te maken hoe het zat en wie de verblijfsvergunningen afgaf, ze geloofde ons niet. Of ze wilde het niet geloven.

Fatima was een geweldige kok. Ze bakte koekjes en taarten, ze kookte Syrische, Libanese, Iraakse, Egyptische en Palestijnse gerechten en specialiteiten. Je hoefde slechts de naam van een gerecht te noemen en dan zei zij: ‘Pak pen en papier.’ En vervolgens: ‘Schrijf op’ en daarna dicteerde ze de boodschappenlijst voor dat gerecht en de winkel waar de ingrediënten het goedkoopst te vinden waren. Nadat je boodschappen had gedaan, bracht ze uren in de keuken door en kwam ze met het resultaat naar je kamer: een gevulde pan en een glimlach. Ze overhandigde de pan met de woorden dat ze hoopte dat je het lekker zou vinden en dat ze het nog eens voor je zou klaarmaken als dat zo was. Ze vroeg er geen geld voor, maar had zeker veel plezier.

Na de dagelijkse vergadering van de sociale dienst tussen twaalf en één uur stond ze vaak in de gang voor de glazen deur van het kantoor met een bord vol lekkere hapjes. De medewerkers weigerden haar hapjes niet, want dat was erg moeilijk. Ook als ze haar zeiden dat ze geen tijd hadden voor hapjes hielp dat niet, want ze hoorde wat ze wilde horen en niet wat er gezegd werd. Ik weet nog dat ze een keer het kantoor van de sociale dienst binnenkwam met een groot bord vol hapjes met vlees, gekookt met kruiden en een beetje groente. Ze begon ze aan de medewerkers uit te delen.

'Ik eet geen vlees,' zei Mark Douwes tegen haar. 'Ik ben vegetariër.'

'Maar waarom eet je geen vlees? Omdat ik het niet goed gekookt heb?' zei ze met het zieligste stemmetje dat ze had.

'Ik ben vegetariër,' zei Mark. Hij keek naar mij en vroeg mij haar in het Arabisch te vertellen wat vegetariër zijn inhield.

'Hij is *nabati*,' zei ik, het Arabische woord voor vegetariër.

'*Nabati*? Wat betekent dat?'

'Hij eet geen vlees.'

'Oh, hij is *nabati*,' zei ze teleurgesteld. 'Meneer Mark is *nabati*.' Daarna zette ze het bord op zijn tafel. 'Maar mijnheer Mark, waarom eet je het vlees dat ik kookte niet? Omdat je *nabati* bent of omdat ik niet goed gekookt heb?'

'Je kookt heel lekker, maaaaaaar… Ik ben ve-ge-ta-riër. Ik. Eet. Geen. Schaaaapen.'

'Maar meneer Mark, dit geen schaap, dit lam,' zei ze.

'Ik eet ook geen lam.'

'Maar meneer Mark. Jij zeggen jij eten geen schaap net. Waarom nu eten geen lam? Ik kook niet lekker?' Mark probeerde niet langer voor de zoveelste keer duidelijk te maken wat vegetariër zijn inhield, want hij moest weg. Omdat hij het vlees ook niet wilde aanraken, pakte hij een zakdoekje, pakte er een hapje mee op en haastte zich naar buiten. Meteen verscheen er een brede glimlach op het dikke gezicht van Fatima en ze zei tegen Anneke dat ze de beste kok ter wereld was, die zelfs vegetariërs van het vlees dat zij klaarmaakte liet eten. Zo maakte ze haar rondjes langs de medewerkers van de sociale dienst, de vreemdelingenpolitie, de receptie en de vrijwilligers.

Na haar rondje zag ik haar moeizaam lopen door de blauwe gang. Ik gaf haar mijn hand omdat ze bijna omviel en leidde haar naar haar kamer. Ze zag er verdrietig uit. Ik dacht dat haar asielaanvraag was afgewezen, maar dat was niet zo.

'Mark,' zuchtte ze teleurgesteld. Zo kwam ik erachter dat Mark het hapje dat hij met een zakdoekje had opgepakt in de gang in de prullenbak had gegooid. Akram, een Iraanse vrouw, had haar dat verteld. Ze was naar de prullenbak gelopen, had erin gekeken en had daar het hapje zien liggen. Fatima was ontroostbaar en als ze die week geen klusje had gekregen als cateraar, was ze er misschien nooit overheen gekomen.

Soms vroegen vrijwilligers en zelfs medewerkers Fatima stiekem om hapjes te maken voor feestjes. Dan kon ze wat extra geld verdienen, ook al mocht dat volgens de regels in het AZC niet. En ook al vertelde ze aan iedereen, zelfs aan de medewerkers van de sociale dienst, dat ze werkte, nooit trad iemand tegen haar op. De mensen deden alsof ze niets hoorden. Dat gaf Fatima veel energie en maakte haar trots.

Ik weet nog dat iemand haar eens probeerde te vertellen dat het eigenlijk verboden was voor haar als asielzoeker in Nederland te werken. Ze hield mij aan in de gang van de sociale dienst.

'Ze zeggen dat ik zwart werk heb,' zei ze en keek mij vragend aan. 'Heeft werk in Nederland een kleur?'

'Werk heeft geen kleur, maar het zit zo: met een verblijfsvergunning heb je het recht om te werken. Dat werk is wit. Zonder verblijfsvergunning heb je geen recht om te werken en als je dan werkt, heet het zwart werk.'

'Heeft werk kleur dan?' herhaalde ze. 'In Syrië heeft werk geen kleur.'

'Hier heeft het werk kleur,' zei ik en wilde het gesprek beëindigen, want ik hoopte Jelena tegen te komen op het voorplein en soms duurden gesprekken met Fatima erg lang en hurkte ze neer waar ze stond, omdat ze niet langer kon staan.

'Ach, in Syrië zoeken we dag en nacht naar werk en kunnen we het niet vinden. Maar de Hollanders zijn slim, zij hebben het gevonden en zwart en wit geverfd. Maar waarom toch alleen zwart en wit?' zei ze. Ze bedoelde het niet als grap, maar meende wat ze zei. Ik wist niet hoe ik haar antwoord moest geven, maar wel dat ik nu moest ontsnappen, voor ze door haar knieën ging en begon over haar vele ziektes en de tot dan toe zeven jaren in het AZC zonder antwoord te krijgen op haar asielaanvraag.

Maar denk niet dat Fatima dom is. Want zij maakte van alle Nederlanders in het AZC mensen die aardig voor haar waren. Ze glimlachten stuk voor stuk, vroegen haar allemaal hoe het met haar was en hoopten samen met haar dat ze een verblijfsvergunning zou krijgen. Zulke scherpe ogen als die van haar zag ik niet meer. Ze kon aan een paprika zien hoe heet die was, zag aan de schil van de watermeloen hoe rood die vanbinnen was en van het geld dat we per week kregen (en dat was niet veel), kon zij makkelijk rondkomen.

27

En dan was er Fettah. Hij kwam naar het AZC toen ik al daar was. Zijn hoofd was half kaal en met zijn wijd open ogen leek hij op iemand die in een enge scène in een horrorfilm speelde. Altijd was hij bang om iets verkeerd te doen en de Nederlanders boos te maken. Hij was bang voor elke Nederlander, zelfs voor de vrijwilligers. Buiten het AZC werd hij nog onrustiger als hij op de stoep voor of achter een Nederlander liep en dat irriteerde de mensen om hem heen. Bij een zebrapad bijvoorbeeld stopten de auto's voor hem, maar Fettah gebaarde de auto's dat ze niet voor hem hoefden te wachten, dat hij tijd had, dat zij best eerst mochten. En dat irriteerde de autobestuurders. Als hij in het AZC voelde dat er een Nederlander achter hem liep, drukte Fettah meteen zijn rug tegen de muur en liet die persoon langs, om hem te laten zien dat hij voor hem aan de kant ging. Het spijt me voor de vergelijking, maar hij leek meer een slaaf of een hond dan een mens. Ik hoorde van anderen dat hij een tijd in een gesloten centrum had gezeten. Sommigen zeiden een paar dagen, anderen een paar weken en er waren er die beweerden dat het maanden waren geweest. Asielzoekers die uit een gesloten centrum terugkwamen, waren of heel agressief, of heel stil, of heel bang. Waren ze zo geworden in het gesloten centrum of waren ze daarom erheen gestuurd? De waarheid zal wel in het midden liggen en per persoon verschillen. Maar mijn persoonlijke mening is dat de asielzoekers uit een gesloten centrum nooit normaal waren, en Fettah was de vreemdste. Soms werden degenen die terugkeerden na een tijdje weer normaal, maar bij Fettah werd het erger.

De eerste keer dat ik hem sprak stonden we samen in de GGD-bus die van elke asielzoeker een longfoto maakte om te controleren of je geen tbc had. Normaal gesproken werd dat in een van de eerste dagen gedaan, maar bij mij vond het onderzoek later plaats. In de bus stond ook Fettah.

'Ze hebben al eens een longfoto van mij gemaakt,' zei hij onrustig. 'Ik weet niet waarom ik nu nog een keer moet. Hebben ze van jou ook al eerder een foto gemaakt?'

'Nee, nog niet.'

'Maar dat moet, hè, in de eerste dagen al,' zei hij schichtig. 'Ik hoop dat ze niet denken dat je de vorige keer gevlucht bent voor de foto. Dan zit je in de problemen.' Ik haalde mijn schouders op.

'Ben jij in een gesloten centrum geweest?' vroeg ik hem.

'Wanneer?'

'Voor je in ons kamp kwam.'

'Ja,' zei hij en pakte het formulier uit zijn broekzak dat we in de bus moesten afgeven.

'Hoelang ben je daar geweest?' vroeg ik, maar hij deed alsof hij het niet hoorde en keek gespannen naar de papieren in zijn handen. Later hoorde ik van een van zijn kamergenoten dat hij 's nachts vaak schreeuwend wakker werd, waarbij hij riep dat hij uit het gesloten centrum weg wilde.

Ik herinner me dat ik Fettah tegenkwam op het station. Hij had een afspraak met zijn advocaat en had de dag ervoor een dagkaart gekregen om naar hem toe te gaan. Die nacht had het flink gesneeuwd en er lag zo veel sneeuw dat de treinen niet meer reden. Fettah stond trillend op het perron, ik dacht van de kou, maar hij kwam onrustig naar me toe.

'Ik heb om twintig over drie een afspraak en de treinen rijden niet en ze gaven mij een dagkaart, maar de treinen rijden niet. En ik ben hier, op het station, echt, ik ben hier, maar de treinen rijden niet.'

'Ja, ik zie dat je op het station bent, Fettah,' zei ik. Met trillende handen pakte hij de papieren met het adres van de advocaat, de dagkaart, de brief met de datum van de afspraak en begon mij te vertellen dat hij nu niet naar de advocaat kon en dat hij niet wist of de advocaat dat wist of niet, dat hij echt op het station was en dat de treinen echt niet reden. Hij wist niet wat hij moest doen. Zijn wereld leek compleet ingestort.

'Ga naar de sociaal, man,' zei ik geruststellend tegen hem. 'Geef hun de dagkaart terug.'

'En de advocaat? Wat doe ik met hem?'

'Vraag de VVN of ze hem bellen om te zeggen dat je vandaag echt niet kan komen?'

'Tegen de advocaat? Wat zeg ik hem dan?'

'De sneeuw.'

'O. Ja. De sneeuw. Alles komt door de sneeuw. Ach.' Hij haalde opgelucht adem, maar schoot meteen terug in zijn angstige houding.

'Maar wat als er niemand bij de VVN is?'

'Vraag dan de sociaal.'

'En als ze dat niet doen?'

'Dan ga je morgen naar de VVN en dan bellen ze je advocaat morgen om te vertellen dat je vandaag niet kon komen door de sneeuw.'

'En nu, wat doe ik nu?'

'Naar de sociaal.' Dat stompzinnige zinnetje was Fettahs redding. Hij rende meteen het station uit. De mensen die stonden te wachten keken verbaasd naar hem, vooral toen hij een paar keer uitgleed in de sneeuw, snel opstond en verder rende om op tijd bij de sociale dienst te zijn.

Dat was Fettah. Hij durfde de receptie zelfs niet te vragen of er een brief voor hem was. Als hij langs de receptie kwam, probeerde hij zich onzichtbaar te maken. Een of twee keer zag ik Fettah in de gang staan voor de deur naar het halletje met de receptie. Toen hij mij zag, liep hij meteen met me mee, alsof de receptionisten gevaarlijke dieren waren en hem zouden verslinden als hij er alleen langsliep. Als het kon, ging hij altijd door de achterdeur het AZC binnen.

Het duurde niet lang of Fettah was beroemd in het AZC. Hij werd zelfs als voorbeeld gebruikt. 'De Nederlanders zullen nooit tevreden zijn, zelfs niet als je Fettah bent,' zeiden ze tegen elkaar. Of: 'Die klote-Hollanders willen geen gewone mensen in het kamp, alleen maar mensen als Fettah.' Of: 'De IND is dodelijk, kijk maar naar Fettah van kamer 008.'

Ach, je hoefde maar een minuutje achter Fettah in de rij te staan tijdens het melden en je kon zien hoe bang hij was. Hij stond als een standbeeld en durfde zelfs niet zijn hoofd naar links of rechts te draaien. Ook niet als we in de rij stonden en er niemand achter de computer zat.

28

Wie ik niet zal vergeten, maar ook zeker niet mis, is Said uit Mosoel in Irak. Veel asielzoekers zeiden dat hij spioneerde en de directeur van het AZC, de sociale dienst en de IND alles vertelde wat hij wist. Ik wist zeker dat hij dat niet deed in opdracht van de Nederlanders, maar vrijwillig, omdat dat was wat hij deed. Hij vertelde gewoon graag wat hij zag, hoorde en wist. Said was zeker nog geen dertig. Hij kamde zijn haren altijd in een kuif naar boven en sprak naast Arabisch ook Engels en Nederlands. In die tijd kende ik het internet nog niet, maar nu kan ik je zeggen dat hij de Google van het AZC was. Hij wist alles, wilde alles weten en was klaar om alles door te vertellen. Of hij dat deed om aandacht te krijgen of omdat zijn geest vergiftigd was, dat weet ik niet. Said zal je alleen kunnen begrijpen als je een Irakees bent, want in Irak wonen veel van dat soort mensen, goed gevormd door Saddam Hoessein. Mijn excuses dat ik nu een mop moet vertellen om de nieuwe Iraakse geest te laten zien, die Saddam Hoessein creëerde tussen 1968 en 2003 om de Irakezen tegen elkaar op te zetten en elkaar alles te misgunnen: Twee Irakezen kregen de doodstraf. Ze vroegen de eerste Irakees wat zijn laatste wens was. 'Ik wil mijn moeder zien voor ik sterf,' zei hij. Daarna vroegen ze de tweede Irakees naar zijn laatste wens en hij zei: 'Mijn laatste wens is dat hij zijn moeder niet ziet.' Als je deze mop begrijpt, begrijp je de helft van de problemen in Irak.

Als je hem niet goed kende, kwam Said over als een leuk mens. Hij kon het vinden met alle asielzoekers van alle nationaliteiten. Omdat hij open was, en door zijn slijmerigheid, leek hij goed bij iedereen te passen. Ook de Nederlanders in het AZC waren altijd heel vriendelijk tegen hem en ze leken hem anders dan anderen te behandelen. Maar juist daarom dachten alle asielzoekers dat hij hen bespioneerde.

Bewoners zagen Said regelmatig uit het kantoor van de directeur stappen, waar verder nooit een asielzoeker kwam. Ik zag hem zitten kletsen met de sociale dienst, maar dat deden andere asielzoekers die goed Engels of Nederlands spraken ook. In het begin was er altijd twijfel over wat voor band Said precies had met de Nederlanders, maar nadat Serdar besloot zijn lippen aan elkaar te naaien, verdween die twijfel en werd ieders vermoeden bevestigd.

Serdar was een Koerdische asielzoeker die tijdens zijn dertiende jaar in het AZC zijn lippen dichtnaaide. Hij had daar zeker hulp bij gehad, maar slechts een paar asielzoekers wisten dat Arshad dat had gedaan. Serdar zelf kon het niet meer vertellen. De situatie was lastig voor de medewerkers in het AZC, want toen de sociale dienst de vreemdelingenpolitie belde en die naar Serdars kamer gingen, zagen ze verbaasd dat er een vrouw zat, die als bezoeker van iemand anders het AZC was binnengekomen. Nu kon de vreemdelingenpolitie niets meer doen, want deze vrouw bleek journalist. Ze liet hun het papiertje zien dat Serdar haar had gegeven. Er stond in het handschrift van Serdar in het Nederlands op dat hij zijn lippen had dichtgenaaid om te sterven van de honger, omdat dat beter was dan nog langer te wachten dan de dertien jaar die hij er al op had zitten. De journaliste moest het AZC verlaten, maar bij de poort stond ook al een televisieploeg, die niet naar binnen gelaten werd. Zo druppelde het verhaal van Serdar naar de media en konden de sociale dienst, de IND en de vreemdelingenpolitie niets tegen hem doen. Serdar had het goed geregeld. Het was een harde klap voor de vreemdelingenpolitie.

Die dag hoorde ik Said zeggen dat het onmogelijk was dat hij zijn lippen zelf vast had genaaid. Hij vertelde aan iedereen dat Arshad op zoek was geweest naar een kleine naald om zijn overhemd te naaien. Hooguit een uur later werd Arshad bij de sociale dienst geroepen en daarna hoorden wij dat hij straf had gekregen: een maand lang werd zijn W-document ingehouden en kreeg hij geen weekgeld.

De op elkaar genaaide lippen van Serdar zal ik nooit vergeten. Het zag er afschuwelijk uit en dat vonden ook de kinderen in het AZC. Eerst kwamen ze dichterbij en staarden vol verbazing naar zijn vastgenaaide lippen, maar toen zijn lippen opzwollen en zijn aangezicht veranderde, durfden ze niet langer door de gangen van de oranje afdeling te rennen, uit angst Serdar tegen te komen. Als ze hem ergens aan zagen komen, vluchtten ze weg of schoten een kamer in.

Dorine Janssen van de sociale dienst, zijn contactpersoon, kwam regelmatig naar zijn kamer en bleef daar dan lang om met hem in gesprek te komen. En hoewel Serdar de Nederlandse taal goed beheerste, vroeg Dorine dit keer een van de andere Koerden haar woorden in het Koerdisch te vertalen, en aan mij om naar het Arabisch te vertalen, dat hij ook vloeiend sprak.

'Ik denk dat het niet verstandig is je lippen dichtgenaaid te houden,' zei Dorine met een aardige stem vol medelijden. Haar gezicht leek de pijn van de draad door de lippen te weerspiegelen toen ze die woorden uitsprak. Serdar schreef iets op een briefje in het Arabisch en gaf het aan mij. Uit zijn blik begreep ik dat hij wilde dat ik het oplas, alsof hij het voor mij had opgeschreven. Ik liet mijn ogen op het briefje vallen en wilde niet meteen weer naar Serdar kijken, om Dorine mijn reactie niet te laten zien. Zij keek ook op het briefje en zag dat er iets in het Arabisch stond. Ze vroeg mij wat.

'Dertien jaar lang naaiden jullie mijn lippen vast in dit gebouw en dat was geen probleem. Nu heb ik het zelf gedaan en willen jullie dat niet. Waarom?' vertaalde ik. Daarna schreef Serdar op het papier dat hij zijn lippen alleen zou losmaken als de IND antwoord zou geven op zijn asielaanvraag, en dat bij gedwongen verwijdering van de draad door de vreemdelingenpolitie zijn Nederlandse vrienden buiten het AZC contact zouden opnemen met de media. Hij pakte uit de lade onder zijn bed een krant en overhandigde die aan Dorine. Er stond een artikeltje in met een foto van zijn gehavende gezicht. Dorine keek naar de foto, zette een serieuze blik op, stond op en ging weg.

Kort daarop begon in plaats van iemand van de sociale dienst een vrouw van de medische dienst langs te komen, Thea. Zij kwam altijd met een weegschaal onder haar arm om hem te wegen. Wat Thea verwarde, was dat Serdar niet lichter werd, terwijl hij via zijn mond toch geen voedsel tot zich kon nemen. Toen ze hem daarnaar vroeg, kreeg ze geen antwoord op een briefje, maar vanaf dat moment weigerde hij nog langer op de weegschaal te gaan staan. Na niet al te lange tijd begonnen de asielzoekers te roddelen over het geheim dat Said over Serdar verspreidde, dat hij een van de Koerdische asielzoekers kleine rietjes had zien kopen en dat die rietjes zeker werden gebruikt om Serdar tussen zijn lippen door soep te laten drinken. Said was behoedzaam in de manier waarop hij het rondvertelde, want hij wist hoe gewelddadig Serdar kon zijn als hij boos was. Hij had zeker al een paar vechtpartijen met hem gezien.

Na een paar dagen kwam er een man met stropdas en aktetas met een tolk bij Serdar: iemand van de IND. Hij interviewde Serdar meer dan twee uur in zijn kamer via briefjes, omdat Serdar weigerde ergens anders heen te gaan. Na dat bezoek van de IND was Serdar eindelijk bereid om naar het ziekenhuis te gaan, maar hij vertelde niemand waarom. Rond vier uur kwam een ambulance voorrijden. Wat ons allemaal verbaasde, was dat Serdar ook al zijn spullen meenam naar het ziekenhuis. Later hoorden we dat hij van het ziekenhuis waar de draden uit zijn lippen werden verwijderd naar een ander AZC werd gebracht en we zagen hem nooit meer terug. Van Arshad, zijn goede vriend, hoorde ik dat hij pas bereid was geweest naar het ziekenhuis te gaan toen de ambtenaar van de IND hem verteld had dat hij humanitair asiel had gekregen.

29

Kadhem vertelde in die tijd aan iedereen in het AZC dat de Hollanders daar en het ministerie van Justitie en de IND wisten dat de bewoner van G19 een generaal was, en dat de generaal hun dat zelf had verteld tijdens zijn eerste en tweede gehoor. Op een dag hoorde ik Said in de soos zeggen dat hij graag zou willen weten hoe Kadhem daarachter was gekomen. Een Tunesische jongeman van nog geen dertig die Kais heette, en die goed omging met Said, vertelde hem dat hij niet als een vrouw moest roddelen en dat hij het Kadhem zelf moest vragen als hij dat wilde weten.

'Ik heb het hem gevraagd en hij zei dat het geheim is,' zei Said. Dat geheim maakte Said onrustig, en mij ook. Ik hoopte dat hij er niet achterkwam hoe dit geheim bij Kadhem terechtgekomen was. Daarom begon ik minder met Tamara te praten en als ik haar toevallig tegenkwam, keek ik goed om me heen om zeker te weten dat Said niet in de buurt was, zodat hij geen verbinding kon leggen tussen Tamara en de dossiers in de lades van de VVN en de verbinding tussen mij en Kadhem en die tussen Tamara en mij.

Zo iemand was Said. Hij liep in de gangen van het AZC als een waakhond met gespitste oren. Wat hij ook zag of hoorde, vooral dat waarvan de asielzoekers niet wilden dat de Nederlanders het wisten, hij vertelde het door als een ouwehoer. En hij was er goed in, want hij begreep de Nederlanders goed. Hij wist dat de beste manier om met hen om te gaan was hun alles op een gewone manier te vertellen, alsof hij het niet voor hen deed of voor hen werkte, maar gewoon met hen kletste.

Waren de Hollanders blij met wat Said vertelde? Dat weet ik niet, maar de asielzoekers waren verbaasd hoe het kon dat Said tot nu toe nog geen kamer voor zich alleen had en net als de anderen met drie mannen in een kamer woonde, omdat men ervan uitging dat je dat kreeg als je slijmde en de Hollanders een plezier deed, zoals de zaken vaak gingen in de landen van herkomst. Op een dag vroeg Kais hem daarnaar.

'Waarom gaven jouw Hollandse vrienden jou geen kamer alleen?' Said lachte en leek blij, alsof alleen al het 'jouw Hollandse vrienden' hem meer macht gaf.

'Ik heb ze er niet om gevraagd, want ze zijn te druk,' zei hij.

'Dat is niet waar, lul. Je hebt het niet gevraagd, omdat je weet dat ze het je niet geven.'

Said lachte harder. 'Ten eerste moet je weten dat we niet in Irak zijn, waar je om iets voor elkaar te krijgen moet slijmen. Ten tweede moet je weten hoe lief, aardig en behulpzaam de Hollanders zijn als je ze goed begrijpt. Weet wat ze kunnen en mogen en vraag niet meer dan dat.' Daarna haalde hij een telefoonkaart uit zijn zak. 'Kopen?' vroeg hij. 'Een kaart van tien gulden. Kost vandaag maar vijf.' Said kreeg die telefoonkaarten van twee Somalische broers, die deze illegale kaarten verkochten. Het waren oude kaarten die door een Turkse jongen met een auto met Duits kenteken werden opgehaald en in Duitsland opnieuw opgeladen om ze goedkoop door te verkopen. Said kreeg ze van die twee broers gratis, zodat hij zijn mond hield, en Said verkocht ze stiekem weer door.

De sterkste band had Said met de medewerker van de sociale dienst Edwin Bunskoek. Die was eind dertig en zat vaak in het kantoor met Said of in de soos om iets te drinken. Hij was de meest enge medewerker voor de asielzoekers. Zonder uitzondering vonden ze hem eng, alsof hij een IND-medewerker of politieagent was. Waarom ze dat dachten?

Edwin luisterde heel goed naar elke asielzoeker die bij hem kwam met een probleem. Hij wilde alles begrijpen. Waarom? Hoe? Wanneer? Wie? Al die kleine details vroeg hij en hij noteerde ondertussen de antwoorden in een notitieboekje dat hij altijd bij zich had. Daarom vonden de asielzoekers hem eng, ik ook. Bij hem konden we niet onze drie wapens gebruiken: zielig doen, overdrijven en liegen. Omdat asielzoekers om iets gedaan te krijgen altijd dramatiseerden, vroeg Edwin steeds weer naar alle kleine details. Hij zei dan altijd dat ze later terug moesten komen, na een uurtje of na een dag. En dan vroeg hij nogmaals naar het probleem. Bij de tweede keer liet hij de asielzoeker praten, en als er iets niet klopte, pakte hij zijn boekje, opende het en sprak: 'Maar de vorige keer zei je...' Als ze niet met precies hetzelfde probleem kwamen en er ook maar iets veranderd of aangedikt was, constateerde hij dat ze hadden gelogen. Dan was het einde verhaal en kregen ze niets gedaan.

Op een dag was Nader uit Libië het AZC zat. Hij wilde een dagkaart krijgen om naar Rotterdam te gaan om daar een vriend te bezoeken. Een vriend bezoeken was geen goede reden om een dagkaart te krijgen. Als dat wel een goede reden was, waren er per dag vijfhonderd dagkaarten nodig en was het AZC leeg. Dus verzon Nader een verhaal. Zijn vriend in Rotterdam had zijn linkerbeen gebroken door een brommerongeluk, zo zei hij tegen Edwin. Nader praatte, ik vertaalde en Edwin schreef. Ik zag dat hij niet alles woord voor woord opschreef, maar alleen steekwoorden noteerde, zoals brommer en linkerbeen. Hij liet Nader praten en mij vertalen en vroeg Nader om om kwart over een, na de vergadering van de sociale dienst, terug te komen. Tussen dat vroege moment op de ochtend en kwart over een 's middags werd ik gek van Nader. Hij volgde mij als mijn schaduw en vroeg mij wat hij ook alweer verzonnen had om de dagkaart te krijgen. Wat was het voor ongeluk geweest, welk lichaamsdeel was er gebroken en hoe laat was het ook weer gebeurd? Elke keer werd Nader zenuwachtiger en banger voor Edwin, alsof die hem om kwart over een zou verslinden. Toen de tijd naderde, zei Nader tegen mij: 'Verdomme, ik ga liever lopend naar Rotterdam dan dat ik op deze manier een dagkaart van die klootzak aftroggel.'

Bij de afspraak met Edwin keek ik naar het bleke gezicht van die sterke Nader, normaal gesproken een harde man, opgegroeid in de woestijn, veel gevochten, en nu was hij zenuwachtig omdat Edwin misschien zou ontdekken dat hij iets verzonnen had.

'Ik neem aan dat je een dagkaart wilt,' zei Edwin. 'Wat was ook alweer de reden?' De lippen van Nader trilden, terwijl hij antwoord probeerde te geven zonder zichzelf tegen te spreken. Dat het een brommer was en een linkerbeen, niet een linkerarm of rechterbeen. Dat de vriend in Rotterdam woonde, niet in Vlissingen of Alkmaar. Elke keer keek Edwin controlerend in zijn rode boekje. Tot het moment dat Edwin de dagkaart uit de lade haalde, wist ook ik niet of hij doorhad dat Nader alles verzonnen had.

Edwin glimlachte nooit en zag er ook nooit chagrijnig uit. De uitdrukking op zijn gezicht kon je niet boos noemen, of vrolijk of verdrietig of verbaasd. Een gezicht zonder gezicht, als ik dat zo kan zeggen. Edwin had één zwakke plek: zwarte vrouwen. Bij zwarte vrouwen, mooie zwarte vrouwen, uiteraard, pakte hij nooit zijn notitieboekje. Met name bij een

Afrikaanse vrouw, ik weet niet meer uit welk land ze kwam, die Kristi heette. Ze was een jaar of drieëntwintig als ze niet sprak, maar als ze praatte, was ze een tijdloze vulkaan, of een aardbeving. Ze had een zoon, die ouder was dan vijf, want hij moest naar school. Als Edwin Kristi zag, veranderde hij op slag. Hij kreeg een ander gezicht. Als ik me niet vergis, glimlachte hij zelfs. Edwin was zo'n vijfentwintig centimeter langer dan Kristi. Als hij naast haar stond, moest hij naar beneden kijken. Kristi praatte altijd luid en kon niet fluisteren, en omdat Edwins oren ruim dertig centimeter hoger zaten dan haar mond, schreeuwde ze. Als je weet dat je haar bij een verschil van drie centimeter hoogte tussen haar mond en de oren van haar gespreksgenoot al kon horen terwijl jij in oranje stond en zij in geel, dan kun je je voorstellen hoe het klonk als ze het verschil in hoogte met Edwin probeerde te overbruggen.

Vaak hoorde ik de asielzoekers roddelen dat Edwin Kristi in haar kamer bezocht. Toen Said haar op een dag vroeg of dat waar was, zei ze: 'Nee, want de medewerkers mogen geen relatie hebben met een bewoner.' Ook ik hoorde haar en meteen wist iedereen hoe de vork in de steel zat, zonder dat ze er verder iets over zei. Ze wilde natuurlijk zeggen dat ze iets met Edwin had, maar dat dat 'onder ons' moest blijven, alleen waren haar stem en Saids oren niet echt een goede combinatie voor zo'n geheim.

Op een dag liep ik met Said en een paar andere asielzoekers van het stadscentrum terug naar het AZC toen achter ons Kristi's boze stem klonk: 'Klootzakken!' We draaiden ons om en zagen haar staan met gevulde tassen aan haar linker- en rechterkant op de grond. Ze was boos dat we haar niet hielpen, dus pakten we haar zware tassen op, terwijl zij voor ons uit liep als een tijgerin. Vervolgens konden we onze ogen niet afhouden van haar Afrikaanse, naar boven gerichte kont en maakten er zachtjes opmerkingen over. Waarop ze zich omdraaide en boos zei: 'Kijk niet zo naar mijn kont!' Wij konden niet meer lopen van het lachen en vielen op de grond, tot ze ons beval op te staan omdat ze snel naar het AZC wilde om haar boodschappen naar de kamer te brengen voor ze haar zoon van school zou halen.

'Vind jij Nederlandse mannen lekker?' vroeg Said haar.

'Je bedoelt Nederlandse penissen zeker,' zei ze.

'Ja, Nederlandse penissen, die van Edwin bijvoorbeeld.'

'Klootzak, je wilt weten of ik met hem neuk. Maar luister goed, varken: Als je naar de directeur gaat om te vertellen dat Edwin soms naar mijn kamer komt, duw ik mijn vingers in jouw smerige kont, heb je dat gehoord!' Tranen sprongen weer in onze ogen van het lachen en zo liepen we proestend achter haar aan.

Zo was Kristi, voor niemand bang, niet voor zichzelf, niet voor anderen. Ze praatte met iedereen alsof ze ruzie met je had gehad, ruzie zou gaan maken of nog ruzie had. Haar provocerende manier van praten klonk als bevelen. Terwijl iedereen wist dat Edwin tijd in haar kamer doorbracht, schaamde ze zich er niet voor en was ze niet bang. Said was de eerste die de roddel over hen verspreidde door het AZC, terwijl het niet raar was dat een medewerker van de sociale dienst in een kamer kwam, dat gebeurde vaker. Ze bezochten asielzoekers die ziek waren of moe, of gewoon om te kletsen omdat ze hen lang niet hadden gezien, omdat ze lang geen problemen hadden gehad. Maar Said had een punt. Zijn conclusie was dat Edwin naar de kamer van Kristi ging om iets anders met haar te doen dan praten, want hij ging alleen als haar kind op school was.

Op een dag vroeg een asielzoeker die Haroen heette aan

Edwin een dagkaart om een vriend in Tilburg te bezoeken, bij wie een nier verwijderd was. Edwin noteerde het. Een paar maanden later vroeg Haroen wederom een dagkaart voor een bezoek aan een vriend in Tilburg bij wie een nier verwijderd was. Edwin noteerde het. Toen Haroen weer wat later aan Edwin een dagkaart vroeg om een vriend uit Tilburg te bezoeken bij wie een nier verwijderd was, vroeg hij Haroen naar de naam van de vriend. Hij noemde dezelfde naam als eerder. Edwin weigerde hem een dagkaart te geven.

'Waarom?' vroeg Haroen, die gewend was geraakt aan de dagkaarten van Edwin.

'Omdat het niet waar is wat jij zegt.'

'Niet waar? Hoezo?'

'Ik neem aan dat jouw vriend in Tilburg twee nieren had en niet drie.' Hij pakte zijn notitieboekje en liet Haroen zien op welke datum de eerste en welke de tweede nier was verwijderd. Zo begon een heftige ruzie tussen Haroen en Edwin, zo belde Edwin de vreemdelingenpolitie en zo werd Haroen naar een cel gebracht om af te koelen.

Na een paar dagen verscheen Haroen weer in het AZC, stil en teruggetrokken. De gemoederen tussen Haroen en Edwin leken getemperd, maar dat was schijn, want Haroen strafte hard, en die straf zou Edwin vele orgasmes kosten.

Haroen ging met een paar andere asielzoekers urenlang in de gang bij de kamer van Kristi staan als haar zoon op school was. Ik stond een keer bij hen zonder te weten wat er aan de hand was en zag Edwin met zijn portofoon door de gang lopen. Haroen keek hem uitdagend in de ogen en in plaats van te kloppen op de kamerdeur van Kristi, wat ik hem eerder vaak had zien doen, liep hij verder.

Op een dag was Haroen aan het biljarten in de soos toen een ander hem iets in zijn oor fluisterde. Meteen smeet hij de biljartstok neer en rende de soos uit. Ik vroeg zijn vriend wat hij in het oor van Haroen had gefluisterd.

'Ik vertelde dat Edwin richting geel liep.'

De asielzoekers maakten het verhaal bij het doorvertellen steeds langer en grappiger. Ze zeiden bijvoorbeeld dat Haroen in de gang stond met een condoom in de hand, anderen zeiden dat hij twee slipjes had gekocht bij de Zeeman en die omhoog hield, of een beha uit de kringloopwinkel. John zei zelfs dat hij Haroen voor de deur van Kristi grote borsten van pure chocolade smakelijk op had zien peuzelen, terwijl Edwin er langs liep. Ikzelf hoorde Haroen in de soos trots zeggen dat Edwin niet naar de kamer van Kristi durfde, omdat hij bang voor hem was.

Het betekende voor zover ik kon zien al snel het einde van de relatie tussen Edwin en Kristi.

30

Zoals ik je al vertelde, leek de manier waarop Kristi sprak op boksen. Ze herhaalde vaak de woorden *fuck* of *fucking* of *ass* als ze Engels sprak. In het Nederlands waren de woorden kut, gadverdamme en klootzak favoriet. Kristi begon meestal in het Nederlands te praten, maar als haar kennis van de Nederlandse taal ophield, ging ze verder in het Engels. Ze vatte dan in het Engels eerst kort samen wat ze net in het Nederlands had verteld. Kristi was de enige vrouw in al die jaren die naar de douches rende in haar ondergoed, alsof het AZC haar huis was. En in de zomer was ze absoluut een van de weinigen die naar het strand ging, samen met Jelena, om in bikini te zwemmen of te zonnen. Ze was misschien de enige vrouw die geloofde dat het AZC niet alleen een plek was om te wachten of om gek te worden, maar ook om te leven. Bij het melden kreeg ze het voor elkaar om een stilstaande rij in beweging te laten komen.

Eens stonden we in de rij, en zoals altijd praatte de agent achter het raampje met een andere agent – sorry voor de herhaling, maar die situatie, of iets wat erop leek, kwam vaker voor. Kristi kwam aanlopen als een zwarte tijgerin en sloot heel even aan achteraan in de rij. Toen ze merkte dat die niet bewoog, sprak ze de asielzoeker voor haar aan, alsof het zijn schuld was dat de rij stilstond.

'Waarom sta je zo stil? Waarom beweeg je niet?' Degene voor haar wees naar de persoon voor hem in de rij.

'En jij dan? Waarom beweeg jij niet? Ik wil me snel melden,' riep ze naar de volgende. Hij wees stil en voorzichtig met zijn vinger naar de asielzoeker die voor hem stond. Dat was ik.

'Zeg, hoelang sta jij al in die fucking rij?'

'Al meer dan twintig minuten,' zei ik met mijn lippen en zonder mijn stembanden te gebruiken, zodat de agent achter het raampje mij niet zou horen en mijn middag 'in de hoek' zou eindigen of in de cel, als ik weigerde in de hoek te gaan staan.

'Meer dan twintig minuten?' zei ze hardop. Ik gebaarde haar dat ze voor mij mocht staan en ook de asielzoeker voor haar vroeg haar voor te gaan en zo ging het met elke persoon waar ze achter stond. In minder dan dertig seconden stond ze vooraan bij het raampje.

'Meneer! Meneer!' riep ze. De agent draaide zich naar het raampje om te kijken wie hem riep. Toen hij haar recht aankeek, schreeuwde ze. 'Ik wil melden. Ik sta in deze fucking rij meer dan twintig minuten. En bovendien ben ik ongesteld en ik heb hoofdpijn. En ik heb een kind dat ik uit school moet halen en ik moet voor hem boodschappen doen en koken. Ik ben druk, niet zoals jij, altijd maar hier zitten achter die fucking computer.' Toen ze besefte dat ze meer bezig was met het zoeken naar woorden in het Nederlands dan met boos zijn, werd ze nog bozer en begon ze in het Engels.

'I wonna sign. I have a child. I have my period. And the money I get from this fucking country is not enough to buy him and me food. And the other children in school make fun of him because I cannot buy him normal clothes. I cannot even buy maandverband. If I stand here any longer, blood will start dripping on the floor and that is not healthy. Is it?' Haar luide stem vulde niet alleen het kantoor van de agent, maar ook de gang en het hele AZC. De agent pakte haar W-document en meldde haar en de dode rij kwam tot leven. Zo was Kristi. Denk niet

dat zij chagrijnig was. Nee. Zo was ze gewoon. Geen systeem op aarde kon haar temmen.

Op een zomerdag liep ik door de gang van geel en hoorde haar roepen.

'Hé, hé, Irakees, kom binnen.' Alleen haar hoofd en haar hand staken uit de deur van haar kamer. Ik liep naar haar toe, maar vlak voor haar deur durfde ik niet meer naar binnen. Kristi droeg alleen een geel bikinibroekje. Haar naakte borsten in haar kamer maakten mij zenuwachtig. Ik was niet voorbereid op zo'n situatie. Dit was geel, de afdeling waar families verbleven. Normaal gesproken hoorde je daar huilende kinderen of pannengekletter. Mijn hoofd was in haar kamer en mijn lichaam in de gang en zij keek naar een doos vol bikini's op de grond.

'Kom binnen. Ben je bang dat ik je ga neuken, ofzo?' zei ze. Ik stapte naar binnen en liet de deur op een kier, alsof ik anders niet zou kunnen ontsnappen. Ze pakte het gele bovenstukje waarnaar ze zocht in de doos, deed het om en keek in een spiegel, die ik zelf voor haar naar haar kamer had gedragen toen ze die in de tweedehandswinkel had gekocht.

'Mooi?' vroeg ze draaiend voor de spiegel. 'Wel mooi. Maar hij doet me denken aan dat geel in this fucking building. Ach, vanaf het moment dat ik in this fucking building woon, haat ik this fucking geel.' Ze trok de gele bikini uit, ik keek de andere kant op en toen ik me weer omdraaide had ze een oranje bikini aan uit de doos die ze voor drie gulden in de kringloopwinkel had gekocht. 'Wat denk je, is deze mooier?' zei ze zonder naar mij te kijken. Ik keek naar haar lichaam en voelde dat in mij een vuur begon te branden. Zo dadelijk zou er rook uit mijn neusgaten komen.

'In die oranje bikini word je nooit lelijker, Kristi. Want ik heb, sinds ik op de oranje afdeling van dit gebouw woon, een hekel aan alles wat oranje is, zelfs aan voetbal en sinaasappels. Vandaar mijn vitamine-C-tekort.' Ze lachte hard en begon weer voor de spiegel met haar lichaam te draaien. Zonder dat ik dat wilde, fantaseerde ik dat ze voor mij poseerde en niet voor de spiegel. Opeens wendde ze zich naar mij en riep met een woedend gezicht: 'Wat doe jij eigenlijk hier? In mijn kamer? Ik kleed mij om en heb een beetje privacy nodig en jij komt hier zomaar binnen! You really are a fucking asielzoeker!'

'Jij riep mij,' probeerde ik. 'Ik liep op de gang en jij riep mij.'

'Ik riep jou?'

'Ik weet niet waarom, maar jij riep mij, ja.'

'Maar waarom ben jij hier zonder te weten waarom ik je riep? Waarom vroeg je mij niet op de gang waarom ik je riep en wat ik van jou wilde? Waarom snelde je meteen een kamer in van een alleenstaande vrouw die zich omkleedt? En bovendien, jij woont op de oranje afdeling van this fucking building. Wat doe je in geel?!'

'Ik weet het niet meer,' zei ik en keek naar haar mooie lichaam, dat totaal niet paste bij haar woedende gezicht.

'En nu?' zei ze, ineens met een dramatische stem, alsof ik van haar leven na twintig jaar mislukt huwelijk een ondraaglijke hel had gemaakt. 'En nu... Pleaeaeaease, get out. En stoor mij niet meer. Dat ik in this fucking building woon, betekent niet dat iedereen zomaar binnen mag komen terwijl ik naakt ben.' Ik greep mijn kans en ging ervandoor. Ik was bang dat ze mij zou gaan slaan of zou gaan schreeuwen en dat alle asielzoekers erbij zouden komen.

Weer in de gele gang trokken twee gevoelens aan mijn beide oren, die er pijn van deden. Ik wilde mezelf bovenop haar gooien en met haar vrijen, en ik wilde voor haar wegrennen en haar nooit meer zien. Ik zette een paar stappen, toen ze mij weer riep. Ik antwoordde niet. Ze rende achter mij aan in haar oranje bikini, greep mij bij de hand, trok mij snel terug naar de kamer en sloot de deur. Ik stond op ontploffen en dacht dat ze met mij wilde vrijen en dat ik het niet door had gehad, door de manier waarop ze de deur dichtdeed. En omdat haar blik van woedend was veranderd in schattig, naïef en afhankelijk, besloot ik dat ik duizend ton durf had. Nu alleen nog een laatste grammetje om haar aan te raken, te zoenen of haar op de grond te gooien en met haar te vrijen. Voordat ik dat grammetje lef bijeengeschraapt had, zei ze met lieve stem dat ze al wist waarom ze mij geroepen had.

'Kun jij alsjeblieft mijn zoon uit school halen, en dan naar de douches op het strand brengen?'

'Jawel, maar mag dat van de school?'

'Zeg gewoon dat je zijn vader bent.'

'Dat kan niet, zijn vader is duidelijk ook zwart.'

'Je hebt gelijk,' zei ze en gaf me haar W-document. 'Neem dit mee voor de juf en zeg dat ik met een gebroken arm in bed lig.'

'En wat als die juf jou de volgende dag op het strand ziet liggen slapen in je oranje bikini?'

'Die Hollanders zijn gek,' zei ze. 'Gek en stom. Ik heb die juf vaak in de stad gezien en ze herkent mij niet eens en groet me niet.' Ik ging met haar W-document naar school en bracht Jimmy naar de douches op het strand.

Jimmy is ook een verhaal. Iedereen vond hem een agressief kind, ook ik, de enige die dat niet vond, was Kristi. Ze zei altijd dat hij niet agressief was, maar gewoon gezond en dat hij energie had, omdat hij leefde en niet dood was zoals de andere kinderen. Maar Jimmy bewees op het strand die middag dat hij wel agressief was en niet alleen een beetje energie te veel had. Hij bezette vijftig vierkante meter strand, viel alle kinderen aan en pakte hun alles af. Maakte drie of vier zandkastelen kapot en liet zeker vier kinderen huilen. En dat alles gebeurde in het eerste kwartiertje op het strand, terwijl Kristi op haar rug lag op de witte handdoek van het AZC, zonder er aandacht aan te besteden. Ik zag dat de Nederlanders op het strand meestal de problemen ontliepen in plaats van ze op te lossen.

'Jouw zoon voert daar een paar oorlogen,' zei ik tegen Kristi.

'Hij heeft veel energie, die moet hij een beetje kwijt. Anders slaapt hij niet goed,' zei ze, zonder haar hoofd op te tillen om te kijken naar Jimmy. Ze bewoog alleen haar lippen en ze fronste, omdat ze lag te slapen of bijna sliep en ik haar wekte met mijn vraag.

'Ga naar hem toe, speel met hem, zwem met hem. Dan verliest hij een beetje energie,' zei ik tegen haar.

'Doe jij dat maar,' beval ze.

'Ik heb geen zwembroek bij me.'

'Ga naar de tweedehands. Koop er een voor vijftig cent en kom terug om met hem te zwemmen. Ik heb er voor drie gulden een doos vol bikini's gekocht. Alles is daar goedkoop.' Op dat moment kwam een Nederlandse vrouw met een huilend kind aan de hand naar Kristi toe. Het was duidelijk hoe ze de verbinding had gelegd tussen Jimmy en Kristi, want Kristi was de enige zwarte vrouw op het strand.

'Sorry, is dat uw kind?' vroeg de Nederlandse vrouw.

'Wat?' zei Kristi zonder haar ogen te openen.

'Sorry,' zei de Nederlandse vrouw alsof ze in verlegenheid was gebracht. 'Uw kind heeft het waterpistool van Robert afgepakt en Robert wil zijn waterpistool graag terug.' Kristi opende haar ogen en tilde haar hoofd op. Ze riep hard naar Jimmy, die kwam aangerend met het waterpistool in zijn hand. Toen Robert het waterpistool in de hand van Jimmy zag, begon hij weer te huilen en Kristi begon in haar eigen taal tegen Jimmy te schreeuwen. De Nederlandse vrouw schrok van de woede in haar stem en draaide haar hoofd weg van het boze gezicht van Kristi en het boze gezicht van Jimmy. Robert huilde nu nog harder. Kristi schreeuwde steeds harder en Jimmy kwam nu dichter naar haar toe, dit keer bang. Ze greep hem bij zijn oor en begon van tussen haar tanden te praten. Daarna sloeg ze hem hard in zijn gezicht, waar Robert en zijn moeder harder van schrokken dan Jimmy zelf. Robert verdween achter de benen van zijn moeder, hij dacht vast dat hij de volgende was die geslagen zou worden.

'Het hoeft niet terug, dat waterpistool,' stamelde de moeder van Robert.

'Hoeft niet? Waarom kwam je dan hiernaartoe? En waarom wilde jouw zoon niet met mijn zoon spelen? Omdat hij zwart is? Wij zijn mensen. Als jij hem nu niet leert om met mijn zoon te spelen, wordt hij later een racist en komt hij in een asielzoekerscentrum werken en van ons leven een hel maken. Wij zijn ook mensen.' Kristi schreeuwde en schreeuwde en de Nederlandse vrouw deinsde terug, zich afvragend waar dit over ging, want het enige dat ze wilde was dat haar zoontje zijn waterpistool terugkreeg. 'Wij zijn ook mensen. Ja, we komen uit Afrika, maar wij zijn ook mensen. Hier. Je waterpistool,' zei Kristi, trok het pistool uit Jimmy's handen en gooide het voor Robert en zijn moeder op het zand. De moeder bukte voorzichtig, pakte het op en liep snel terug naar haar handdoek. Ik zag dat ze haar spullen bij elkaar pakte en richting de parkeerplaats liep. Er was geen uur voorbij of het hele strand was van Kristi en Jimmy alleen.

Terug bij het AZC begon Kristi te vertellen over wat er was gebeurd op het strand. Eerst bij de receptie, daarna bij de sociale dienst, de VVN en de vrijwilligers. Ik hoorde zelfs dat ze tegen de caissières van de Aldi verkondigde dat het misschien beter was dat er een bord op het strand werd opgehangen met 'Verboden voor asielzoekers,' of beter: 'Verboden voor zwarte mensen'. Ze vertelde alles op zo'n emotionele en overtuigende manier, dat ik bijna begon te twijfelen aan wat ik op het strand had gezien en gehoord.

31

Kristi slaagde erin van mij een vader te maken. Eerst vroeg ze mij om af en toe Jimmy van school op te halen, dat af en toe werd regelmatig en dat regelmatig ging al snel over in vaak. Ze wilde niet alleen dat ik Jimmy van school haalde, maar ook dat ik daar zou zeggen dat ik zijn vader was. Als ik haar vertelde dat dat niet kon, omdat de juf mij niet zou geloven, wist ik haar voor even te overtuigen, maar kort daarop vroeg ze mij weer om te zeggen dat ik Jimmy's vader was. Nederlanders keken volgens haar niet naar de kleur van een kind, en er waren genoeg blonde Hollanders die met een pikzwart kind rondliepen. Jimmy zelf leek geen behoefte aan een vader te hebben. Als hij de keuze had, zou hij ook liever zonder moeder zijn. Maar Kristi bleef smeken.

'Pleaeaeaease, kun jij Jimmy uit school halen? Ik ben erg moe.' Ik deed het, omdat ik het leuk vond iets buiten het AZC te doen te hebben. Het duurde niet lang tot ze mij begon te bevelen Jimmy op te halen. Een keer zag ze mij uit 0139 komen met een toilettas in mijn hand.

'Hé Irakees,' schreeuwde ze boos. 'Geen douche nu! Ga eerst het kind halen en douche daarna maar.'

Eens vroeg ze Jimmy, toen ze ons zag terugkomen van de school, of hij mij 'papa' had genoemd bij de schooldeur. Toen hij dat ontkende, gaf ze hem een klap en schreeuwde tegen hem.

'Luister! Bij de schooldeur roep je vanaf nu: "Papa, papa" en dan ren je snel naar hem toe. Duidelijk?' Later vertelde ik

Jimmy dat hij dat niet hoefde te doen, maar dat hij tegen Kristi kon zeggen dat hij het wel had gedaan. Liegen tegen zijn moeder was beter dan een klap krijgen, of tegen zichzelf liegen. Zo werd ik de vader van Jimmy. Langzaamaan begon ik te ontdekken waarom. Een kind op een Nederlandse school betekent veel gezeik en ik werd door Kristi op de school afgestuurd als er iets met Jimmy was.

De juf van Jimmy zien was niet erg, het was zelfs geweldig. Juf Nanda was erg mooi. Regelmatig zat ik alleen met haar in de klas en dan praatte ze een kwartier over Jimmy. Ik keek naar haar mooie ogen en hoe ze met haar handen haar pony ervoor wegstreek. Wat ik van haar kon zien was al zo heerlijk, hoe lekker was dan dat wat ik niet kon zien, dacht ik. Ik dacht ook dat Jimmy nu hij op een Nederlandse school zat een groot probleem had, want nu zat hij klem tussen een Afrikaanse moeder die van hem een Afrikaanse man wilde maken en een Hollandse juf die van hem een Nederlander wilde maken. Straks was hij geen Afrikaan en geen Nederlander meer. Wat zou Jimmy worden? Dat maakte zelfs mij in de war, maar ik hoopte dat Jimmy veel problemen bleef maken, zodat ik vele kwartiertjes met juf Nanda kon doorbrengen.

Juf Nanda praatte serieus over Jimmy, met verantwoordelijkheid en zorg. Door de schoonheid van juf Nanda begon ik zelf aan Kristi te vragen of ik Jimmy niet van school mocht halen. Ik was bereid niet alleen Jimmy's vader maar ook zijn moeder te zijn, als ik juf Nanda maar kon zien.

Kristi wilde alleen dat Jimmy geen problemen maakte als hij bij haar in de buurt was. Voor juf Nanda was het van belang dat Jimmy helemaal geen problemen maakte, en zij geloofde dat de beste oplossing was om Jimmy te proberen te begrijpen, hem zelfvertrouwen te geven, naar hem te luisteren en over alles met hem te discussiëren. Over wat hij wilde en wat hij niet wilde. Over wat mag en wat niet mag. Over wat hij kan en wat hij niet kan. Over wat hij leuk vindt en wat niet. Na elk kwartiertje met Nanda kreeg ik meer medelijden met de geest van Jimmy op school en het lichaam van Jimmy in het AZC. Als de school uit was, kwam Nanda naar mij toe en zei: 'Jimmy heeft het vandaag goed gedaan.' Of: 'Jimmy heeft vandaag een prachtig schilderij gemaakt.' Soms zei ze: 'Jimmy was vandaag in de war.' Of: 'Jimmy was wat moe.' Of: 'Jimmy had vandaag geen zin om te leren.' Voor iemand die net begonnen was met Nederlands spreken, waren sommige uitdrukkingen moeilijk te begrijpen. Zoals: 'Jimmy zat vandaag niet lekker in zijn vel.'

Ik snapte niet precies wat dat betekende en probeerde er een grapje van te maken. 'Hoe ver zat zijn kont van zijn vel? Millimeters, centimeters of een paar meter?' vroeg ik haar. Nanda lachte haar prachtige witte tanden bloot en streek haar pony uit haar gezicht.

'Wat ben je ook een grapjas,' zei ze. Het was beter een grappige man te zijn dan te begrijpen wat ze bedoelde.

Die middag bij de receptie zag ik receptionist Barry, een lieve man.

'Zeg Barry, zit jij eigenlijk lekker in je vel?' vroeg ik hem.

'Nee, aan deze receptie nooit.'

'Mag ik je kont zien, alsjeblieft?' Hij draaide zich lachend om en legde mij vervolgens uit wat het betekende.

Juf Nanda vertelde mij dat ze Jimmy regelmatig apart nam om met hem te praten, om hem te leren luisteren en op een dag zei ze glimlachend dat hij eindelijk als hij boos was, ging staan zoals iedereen in de klas en zei: 'Ik ben Jimmy, ik ben boos.' Ze vertelde ook dat Jimmy de kinderen in de klas niet meer kneep of sloeg en was gestopt ze te bijten. Hoe tevredener Nanda over Jimmy was, hoe meer zorgen Kristi zich maakte.

Op een dag zei ze bezorgd tegen mij dat het niet goed ging met Jimmy.

'Ik heb hem al een week geen tik gegeven.' Na een maand of zeven vertelde Nanda mij dat het haar laatste werkweek was, en dat Hans de klas van Jimmy zou overnemen. Toen ik haar vroeg of ik haar kon uitnodigen voor een kopje thee, glimlachte ze.

'Dat is geen goed idee, want je hebt een prachtige vrouw en een prachtig kind.'

Ik vond het vriendelijk van de Nederlandse ouders op het schoolplein dat ze niet vroegen hoe het kon dat mijn zoon pikzwart was. Maar het waren de afspraakjes met deze onvergetelijke vrouw die mij lieten voelen dat Nederland meer dan alleen het AZC is.

32

Op een dag zag ik Nadjaat de buggy naar de receptie duwen. Ik staarde naar Milaad, haar zoon die was geboren op de dag dat ik in het AZC kwam. Nu lag hij niet meer, maar zat in de buggy.

'Wat is hij groot, hij kan al zitten,' zei ik met een brok in mijn keel. Zij dacht dat ik over haar kind praatte, in plaats van over mijn eigen wachten.

'Hoe oud is hij nu?' vroeg ik haar, omdat ik wilde weten hoelang ik er nu eigenlijk al zat.

'Wil je weten wanneer hij jarig is om een cadeautje voor hem te kopen?' zei ze in haar Tunesische Arabisch. Ik staarde naar dat jongetje dat zijn handen bewoog en glimlachte. 'Over drie weken en een dag wordt hij een jaar,' zei ze en liep verder omdat het begon te regenen. Ik bleef staan. Ik was dus al bijna een jaar in dit gebouw, zonder iets te horen van de IND of het ministerie van Justitie. Het begon mij te verslinden. Ik moest er weg.

'Waarom sta je in de regen, Semmier? Zal ik shampoo voor je halen?' grapte Said, die snel naar de receptie liep. Ik liep achter hem aan.

Vanaf nu weet ik niet goed hoe ik moet vertellen wat er met mij gebeurde. Het was alsof ik maanden had geslapen en nu wakker werd in een wereld die ik niet kende. Ik keek verbaasd om me heen. Alsof je rondjes om je as draait, ineens stopt met draaien, en je hoofd nog steeds lijkt te draaien en wil ontsnappen van je stilstaande lichaam. Alsof je twintig jaar met iemand samen bent en opeens voelt dat je die twintig jaar niet hebt geleefd en dat je geen uur langer met die persoon in één kamer kan zijn.

De kleine Milaad was het beeld van mijn wachten. Het was alsof ik mijn wachten voor mij zag. Alsof ik het in de ogen keek.

Ik zag Zainab, de Iraakse vrouw die met haar naaimachine onze kleren verstelde, staan in haar zwarte kleren en receptionist Wouter probeerde haar uit te leggen dat er voor haar vandaag geen post was. Daarna legde hij haar nog eens uit wat IND betekende en zij herhaalde met haar zielige stem: 'Wat? Wat? Wat?' Ik liep naar binnen en zag Fettah lopen in de gang. Opeens gooide hij zich tegen de muur van de gang om ruimte te maken voor Albertina en zij glimlachte vriendelijk en zei: 'Dat hoeft niet, deze gang is voor iedereen, hoor.' Ik liep verder en zag Fatima met haar zware voetstappen en een bord vol hapjes uit het kantoor van de sociale dienst komen en naar de vreemdelingenpolitie gaan, en daarna naar de receptie en naar de Nederlandse vrijwilligers om haar hapjes te laten proeven en misschien een verblijfsvergunning te krijgen. Bij 0139 stak ik moeizaam de sleutel in het slot. Daar zag ik mijn kamergenoot Walid liggen op zijn rug met alleen een broek aan. Zijn buik was een behaarde heuvel. Ik ging op mijn bed liggen en wilde dat het bed afdaalde van de oranje afdeling tot diep in de aarde.

'Ben je ziek?' vroeg Walid.

'Ik weet het niet,' zei ik. 'Misschien wel.' Ik zweette en mijn lichaam stond in brand.

'Je ziet bleek. Ik haal paracetamol voor je bij de receptie.' Walid trok een overhemd en zijn slippers aan en kwam terug met een glas water en twee paracetamol. Ik slikte het en legde een handdoek over mijn gezicht. Ik hoorde een onbekende stem roepen.

'Wil je nog een paracetamol?' Het leek de Vierde te zijn. Was hij terug van het gesloten centrum?

'Nee,' zei ik.

'Wat?' hoorde ik Walid vragen. Ik trok de handdoek van mijn gezicht en zag Walid naast mijn bed staan. 'Praat je in je slaap?' Ik legde de handdoek terug en viel in slaap. Ik droomde. Mijn broer en ik zaten op onze ezels en reden onder de dadelpalmen naar school. Niet om er les te krijgen, maar om de as van de school aan te stampen, want we hadden het gebouwtje de dag ervoor in brand gestoken.

Want zo ging het vroeger bij ons in het dorp. Bewoners hadden onze school gebouwd van riet, klei en dadelpalmblad. Tijdens de lessen zaten we op een tapijt van dadelpalmbladeren. Het schoolbord was hoog en lang, de leraar gebruikte de bovenste helft, de onderste helft liet hij op de grond steunen. Mijn broer en ik zaten in het eerste jaar, wat ook het laatste jaar was, want de school bestond uit die ene hut waar je alles leerde van de andere leerlingen en niets van de leraar.

Maar nu was het oogsttijd en zoals elk jaar waren het bord en het bladertapijt uit de school gehaald en was de school in brand gestoken door leerlingen en ouders. Dat was begonnen nadat de regering de leerplicht had ingevoerd, ook tijdens oogsttijd. De dorpsbewoners hadden problemen met die nieuwe regel. Door de school voor de oogsttijd in brand te steken, konden de kinderen alsnog de hele dag meehelpen op het land, want nu konden ze gewoonweg niet naar school. Na de oogsttijd werd de school in een middag door iedereen samen weer opgebouwd.

De ezels van mijn broer en mij wisten de weg door de dadelpalmen en wij verheugden ons erop een laagje as te zien op de plek van onze school. Uit de dadelpalmen gekomen zagen we de heuvel waar de school normaal gesproken stond. De leraar, die nieuw was dat jaar, stond er met een paar leerlingen en vaders bij.

'Maak je geen zorgen,' zei een vader tegen de leraar. 'Na de oogst bouwen we het weer op.'

'Maar de kinderen zullen veel lessen missen,' zei de leraar bezorgd.

'Maar niet hun verstand,' zei een andere vader. 'Alles komt goed.'

'Gelukkig zaten er geen kinderen binnen.'

'Wat denk jij nou? De school vliegt niet in brand als de kinderen erin zitten! Zelfs het schoolbord en tapijt halen we eruit.'

'Gebeurt dit vaker?'

De vaders keken elkaar verbaasd aan.

'Natuurlijk, elk jaar.'

'Waarom?'

'Vanwege de oogst. Alleen dan,' zei een vader.

Mijn broer en ik keerden onze ezels om en verdwenen tussen de dadels. De zon scheen hoog aan de hemel, overal zongen vogels en het zuivere water uit de Eufraat stroomde en zong tegelijk.

Ik ontwaakte uit een diepe slaap. Ik zweette. Het was zes uur 's middags.

'Je praatte in je slaap,' zei Walid.

'Wat heb ik gezegd?'

'Het enige woord dat ik kon verstaan was ezel,' zei hij. Ik wilde gaan zitten, maar mijn spieren zaten op slot. Ik sloot mijn ogen, viel opnieuw in slaap en werd om tien uur weer wakker. Ik ging naar de receptie, nam weer twee paracetamol en ijsbeerde door de gangen tussen de schimmen van het AZC. Ik probeerde mezelf ervan te overtuigen dat ik niet gek aan het worden was, maar gewoon grieperig.

'Hier blijf ik niet,' zei ik tegen mezelf. Het idee van vertrek stroomde mijn hoofd in als frisse lucht in een gesloten cel. Als het verblijf in Holland zo moeilijk was, zou het vertrek des te makkelijker zijn.

33

Ik probeerde tevergeefs mijn advocaat te bereiken om hem te vragen of hij mij kon helpen uit Nederland te vertrekken. Ik vroeg Albertina hem te bellen. Zij kreeg hem wel te pakken en zei dat hij had gezegd dat het zijn werk was mij te helpen om in Nederland te kunnen blijven, maar dat vertrekken een ander verhaal was. Ik ging naar de sociale dienst en praatte met Anneke, want zij was degene met de meeste ervaring. Zij vertelde dat teruggaan naar Irak de enige mogelijkheid was. Daarna zei ze mij dat ze me wel een dagkaart kon geven om mij gratis naar de Nederlandse grens te brengen, omdat ze me stiekem best wilde helpen. Ze adviseerde mij naar de VVN te gaan. Daar vertelde Wim mij dat het onmogelijk was mijn vingerafdrukken uit de computers van de IND te verwijderen. Naar Irak gaan was wel mogelijk, je zou dan een vliegticket van de Nederlandse staat krijgen.

Bij de IND zeiden ze dat ik niet direct naar hen toe mocht komen, maar eerst mijn advocaat moest bellen, of eerst naar de sociale dienst of naar de VVN moest gaan. Zo kwam ik weer terug bij de sociale dienst, dit keer bij Annelies Vos. Annelies zei dat ze nog niet zolang met asielzoekers werkte en dat het beter was het aan Anneke te vragen en dus kwam ik weer bij Anneke. Zij zei dat ik haar dat twee maanden geleden al had gevraagd en dat ik niet elke keer bij haar moest komen met dezelfde vraag. Ik kon beter naar de VVN gaan of naar de IND of naar mijn advocaat of misschien naar de Verenigde Naties, de VN. Het woord VN was een nieuw woord in dat gesloten cirkeltje waar ik al meer dan twee maanden als een hamster in ronddraaide. Ik leerde van Albertina dat er in het Nederlands een spreekwoord voor is: van het kastje naar de muur gestuurd worden.

'Ben jij de kast of de muur?' vroeg ik Anneke, die mij met een zacht duwtje en een glimlach naar de VVN dirigeerde. Bij de VVN, waar Wim altijd aanwezig was en Tamara die keer ook, vroeg ik Tamara of ze de Verenigde Naties voor mij kon bellen om mijn vingerafdrukken terug te krijgen van de IND. Tamara zei dat dat wel kon, maar dat ze betwijfelde of die me verder konden helpen, omdat de VN bezig is met miljoenen vluchtelingen die zelfs geen tent, deken of stuk brood hebben. Mijn probleem was eigenlijk meer een luxeprobleem.

'Ik weet dat ze zeggen dat Nederland een van de beste landen ter wereld is voor asielzoekers,' zei ik.

'Uiteraard,' zei Wim, die meeluisterde, glimlachend.

'Mag ik wat vragen?' zei Tamara. Ik knikte. 'Je bent nog niet zolang in Nederland. Waarom wil je weg?'

'Om dat zo te houden,' zei ik.

Op weg terug naar 0139 voelde ik dat ik opnieuw mijn geest moest opladen om in dit gebouw te kunnen blijven. Even later stond ik onder de douche. Ik sloot mijn ogen en draaide de koude kraan open. Het water viel op me als zwepen van kou.

'Aaaah,' schreeuwde ik hard.

'Is het water te koud?' riep iemand.

'Niet het water, Nederland,' riep ik terug. Een kwartier later stond ik in de rij om me te melden.

34

Voor ik verder kan gaan met dit verhaal, moet ik nog iets belangrijks vertellen. Een AZC is namelijk één groot misverstand tussen de asielzoekers onderling en tussen de asielzoekers en de Nederlanders die er werken.

Bijvoorbeeld: contact hebben met Nederlanders buiten het AZC bleek onmogelijk voor de asielzoekers, omdat ze de taal zelden goed genoeg spraken om contact te leggen. Daarom leren de asielzoekers de Nederlanders hun eigen taal: 'het Asielzoekers'. Wat voor taal dat is? Het klinkt als een paar woorden Nederlands met een paar woorden Engels, die worden samengeraapt en door de grammatica van de moedertaal van de asielzoeker gehusseld. Russisch, Arabisch, Roemeens, Perzisch, Koerdisch, Portugees, Turks, Somalisch, noem maar op. Wil een asielzoeker zeggen dat hij een oude man op het gras had zien zitten, dan zal je hem niet begrijpen als je het Asielzoekers niet beheerst. Dan begrijp je bijvoorbeeld 'oud gras met een man zitten op het grijze haar.' Of 'oud gras zag een man zitten'. Of 'het zitten op een oude man is gras.' Eigenlijk kun je, na een weekje door een AZC te hebben gelopen, noterend wat je hoorde, een dichtbundel met moderne poëzie vullen. Communiceren met een asielzoeker is heel makkelijk, als je niet probeert te begrijpen wat hij zegt, maar wat hij probeert te zeggen. Daarom hoop ik dat het niet erg is als ik soms vertel wat asielzoekers zeggen in hun originele Asielzoekers.

Daarnaast moet ik je nog vertellen dat de meeste asielzoekers – ik durf niet te zeggen allemaal – toneelspelen. Doordat alle smokkelaars over Nederland vertellen dat IND-ambtenaren het eerste en tweede gehoor ingewikkelder maken voor hoogopgeleide mensen, het krijgen van een verblijfsvergunning dan ook moeilijker is, en ze allereerst naar iemands studie vragen, denken veel asielzoekers dat ze beter af zijn als ze vertellen dat ze niet gestudeerd hebben.

Daarom zeggen hoogopgeleide asielzoekers op advies van de mensensmokkelaars dat ze slechts vijf of zes jaar van hun leven op school hebben gezeten, in de hoop dat de weg naar de verblijfsvergunning korter en makkelijker zal zijn. Meestal zeggen ze dat ze arbeiders waren, of boeren, behalve een enkele asielzoeker die zijn verhaal kan bewijzen en versterken met officiële papieren, of asielzoekers die dit niet weten.

Ik ken een professor aan de universiteit van Bagdad die bij zijn asielaanvraag vertelde dat hij portier was van de universiteit. Hij had dat verzonnen omdat hij de universiteit van Bagdad heel goed kende en hij elke dag door die deur naar binnen was gelopen. Zeggen dat hij professor was, zou zijn interview te ingewikkeld hebben gemaakt, maar voor een portier zou het verslag slechts een of twee A4'tjes beslaan.

Toen ik die professor vertelde dat ik tegen de IND had gezegd dat ik civiel ingenieur was, zei hij jammerend: 'Dan heeft de IND veel twijfel over jou.' En dat bleek te kloppen. Want mijn eerste en tweede gehoor waren zeker twintig keer langer dan die van hem. Ons waren dezelfde vragen gesteld, daar lag het niet aan, maar bij mij werden er allerlei belemmeringen opgeworpen en zijstraten gekozen. Alsof een ingenieur alles moest weten, van de seconde dat hij vluchtte tot hij daar bij de IND zat, maar een portier bij de deur van de universiteit van Bagdad niet.

Wat lastig was voor de Nederlanders die in het AZC werkten, en grappig voor de bewoners van het AZC, was dat veel asielzoekers dus een toneelstukje opvoerden. Als iemand tegen de IND had gezegd dat hij gemarteld was in zijn land en dat hij daar psychische problemen aan had overgehouden, hield de asielzoeker dat vol in het AZC, ook als het niet waar was. Met een Nederlander in de buurt, ook een vrijwilliger, deed hij of hij gek was, maar onder ons deed hij normaal. Vaak zag je in het AZC een asielzoeker om zich heen kijken en veranderen als er een Nederlander naar hem toe liep. Als iemand tegen de IND had gezegd dat hij heel erg bang was voor de geheime dienst in zijn land en dat hij soms midden in de nacht angstig en bezweet wakker werd, speelde hij dat hij midden in de nacht wakker werd. Na verloop van tijd worden asielzoekers wat ze spelen.

In die tijd was de situatie van de asielzoekers uit Syrië het meest wanhopig, want de situatie in Syrië was toen niet erg slecht en niet erg goed, het was iets precies in het midden, en zo was ook de situatie van de Syriërs met de IND en het ministerie van Justitie. Syrische christenen waren in het voordeel, want zij kregen hulp van kerken, die advocaten voor ze zochten en ze naar ziekenhuizen stuurden. Syriërs die geen christenen waren, bleven jaren in het ongewisse, zonder iets te horen van de IND tot er iets gebeurde waardoor ze opeens de dossiers opnam en de asielaanvraag beantwoordde, zoals dat het geval was bij Serdar, de man met de dichtgenaaide lippen over wie ik eerder vertelde.

Er was een Syrische asielzoeker die Zoehair heette. Hij had de IND verteld dat de geheime dienst in Syrië hem als marteling had gedwongen met zijn hoofd tegen de muur te bonken en dat hij nog steeds de geheime dienst in zijn hoofd hoorde schreeuwen dat hij met zijn hoofd tegen de muur moest bonken. Je kunt je niet voorstellen hoe vaak Zoehair met zijn hoofd tegen de muren van het AZC bonkte. In het begin deed hij dat alleen in zijn kamer, maar zijn kamergenoten vertelden hem dat hij dat niet daar moest doen want dat stoorde hen en zij zouden toch niet naar de sociale dienst gaan om te vertellen dat hij het allemaal maar speelde.

Ze zeiden dat hij het beter kon doen in de gang van de sociale dienst. Zoehair vertelde zijn kamergenoten dat hij echt de stemmen van de Syrische geheime dienst hoorde, maar ze geloofden hem niet. Na een tijdje begon hij zijn hoofd tegen de muur te beuken in de gang bij zijn kamer, daarna bij de muur van de keuken en een keertje tegen de glazen muur bij de sociale dienst. Anneke kwam boos naar hem toe en zei dat hij best met zijn hoofd tegen een muur mocht bonken, maar niet tegen de glazen muur van de sociale dienst. Ik kan je in alle eerlijkheid niet vertellen waarom Zoehair dat deed. Persoonlijk denk ik dat hij zijn verhaal bij de IND geloofwaardiger wilde maken, of zichzelf wilde overtuigen.

Zo herinner ik me ook nog Nabiel uit Irak. Hij had de IND in zijn eerste en tweede gehoor verteld dat hij op zijn hoofd geslagen was en sindsdien verschrikkelijke hoofdpijn had. Als er Nederlanders bij waren, begon hij te kreunen van de pijn. Hij vroeg de receptie niet of er post was, maar om paracetamol. En hij liep de deur van de medische dienst plat. Soms gooide hij, terwijl wij het konden zien, de paracetamol in de prullenbak, maar als er een Nederlander bij was, pakte hij een flesje water uit zijn binnenzak, drukte een tabletje uit de verpakking en nam een paracetamolletje in. Na een paar maanden begon Nabiel echt hoofdpijn te krijgen, en begon hij de paracetamol ook te slikken als er geen Nederlander bij was. Omdat je elke acht uur twee paracetamol kon krijgen van de receptie, vroeg hij mij een keer paracetamol te halen op mijn naam. Toen ik hem zei dat ik geen zin had om naar de receptie te lopen om paracetamol te krijgen zodat hij die weer kon weggooien, vertelde hij dat hij echt hoofdpijn had.

35

De beste acteur van het AZC was Baback. Hij beheerste ook het Asielzoekers als geen ander. Hij was een Iraniër die asiel aanvroeg als Irakees. Ik weet niet hoe hij in hemelsnaam de IND ervan had overtuigd dat hij Irakees was, aangezien hij geen woord Arabisch sprak, laat staan Iraaks dialect. Het is voor mij nog altijd een raadsel hoe hij dat voor elkaar heeft gekregen, want het eerste wat de IND normaal gesproken wil weten is of iemand het dialect van het land spreekt waaruit hij zegt te komen. Ook Tamara kon mij zijn geheim niet vertellen.

Ik vroeg Baback ernaar, maar hij zei dat hij in het eerste gehoor geen woord had gezegd en de IND in de war had achtergelaten, omdat ze niet wisten hoe ze hem moesten interviewen. Ze stuurden hem naar het OC nadat hij een tijdje in een celletje op Schiphol had gezeten. Dat 'tijdje' was in de verhalen van Baback de ene keer een paar uur, de andere keer meerdere dagen, en soms weken of maanden. In het OC nam de IND hem het eerste en tweede gehoor af en kwam hij in de asielprocedure als Irakees. Dat was gunstig: met Saddam Hoessein aan de macht werden Irakezen sneller naar een AZC gestuurd dan Iraniërs.

Voor Baback was het AZC al een soort verblijfsvergunning. En binnen het AZC was Baback misschien wel de grootste grap ooit. Ik zal een poging doen om hem te beschrijven.

Baback was niet lang, ongeveer een meter vijfenzestig. Hij was dun en had grijs haar. Aan de voorkant van zijn hoofd begon hij kaal te worden. In de acht jaar dat hij in het AZC verbleef, leerde hij naast een beetje Nederlands ook een paar woorden Arabisch, een paar woorden Engels, en ook wat Tsjetsjeens, Chinees, Roemeens, Russisch, Frans en Portugees. Die mix werd de taal waarin hij met iedereen communiceerde. Met Iraanse en Afghaanse mensen sprak hij vloeiend Perzisch. Dan was zijn gezicht anders, rustiger, alsof het Perzisch zijn gelaatsspieren pauze gaf. De Iraniërs zeiden dat hij hoewel hij hun taal sprak geen Iraniër was en de Afghanen zeiden dat hij geen Afghaan was. Omdat hij asiel had aangevraagd als Irakees en ik uit Irak kwam, was het belangrijk voor Baback dat de Nederlanders in het AZC zagen dat wij met elkaar spraken, zodat ze geloofden dat hij een Irakees was. Hij was ervan overtuigd, net als veel andere asielzoekers, dat de Nederlanders die in het AZC werkten, ook de vrijwilligers, rapportages over de asielzoekers naar de IND en het ministerie van Justitie stuurden. Altijd moest ik naar Baback luisteren en dan deed ik maar alsof ik begreep wat hij zei en knikte ik, terwijl hij in zijn onbegrijpelijke taaltje praatte. Wat er gebeurde was het tegenovergestelde van wat Baback wilde, want in plaats van Baback te vragen of hij uit Irak kwam, vroegen de Nederlanders in het AZC mij of ik ook Perzisch sprak.

In het begin, zo hoorde ik, deelde Baback net als iedereen een kamer met drie andere mannen. Maar hij kreeg algauw een kamer voor hem alleen, toen hij de sociale dienst ervan had overtuigd dat hij echt gek was. Zijn gekte – en ik weet niet of dat echt was of dat andere asielzoekers het hebben verzonnen – was de enige verklaring voor waarom hij een kamer alleen had. Het verhaal ging dat Baback dacht dat hij drie personen was. In het begin geloofden de Nederlanders hem niet, maar de drie mannen in zijn kamer konden niet met hem leven, want 's nachts sprong hij van bed naar bed, terwijl hij schreeuwde: 'Hij ontsnapt, hij laat mij achter en gaat op de vlucht!' Als de kamerbewoners het licht aandeden en Baback vroegen wie er ontsnapt was, zei hij: 'De tweede Baback' of 'De derde Baback'. Soms werd hij 's nachts huilend wakker en als ze hem vroegen waarom, zei hij: 'Nu zijn ze allemaal weg, Baback de eerste, Baback de tweede en Baback de derde. Ze zijn er niet meer.' Hij kreeg een kamer alleen met één bed, maar omdat hij vreesde dat de Nederlanders dachten dat hij een toneelstuk speelde, begon hij door de gangen van het AZC te rennen en te roepen: 'Baback, kom terug! Baback, kom hier, alsjeblieft!' En toen de asielzoekers daarover klaagden en de sociale dienst hem vroeg waarom hij dat deed, vertelde hij dat Baback de tweede en Baback de derde geen bed in de kamer hadden en daarom dag en nacht door de gangen liepen, op zoek naar een bed. Nam hij ze bij de hand om ze naar de kamer te brengen, dan renden ze van hem weg. Zo kreeg Baback een kamer voor hem alleen met drie bedden. Ik was nieuwsgierig geworden na dat verhaal. Nu wilde ik niet net alsof doen dat ik hem begreep, maar hem echt begrijpen. En als er geen Nederlanders in de buurt waren, van wie hij bang was dat ze zouden doorgeven dat hij met mij, een Irakees, in een andere taal dan Arabisch sprak, begonnen we met elkaar in het Asielzoekers te praten. Ik vroeg Baback eens of hij echt drie Babacks was. Zijn antwoord leek meer op een toneelstuk: 'Weet je, Semmier, ik zweer het je op God, nee, nee, niet God, op Allah, ik hier jarenlang. Drie jaar geleden ik hier zes jaar. Zes en drie is negen. Ik hier nu negen jaar, nee, niet negen, Mohammed Salem hier zeven jaar en ik langer dan hij, ik hier acht jaar. In dit kamp. Baback acht jaren in AZC. Baback, ik, geen antwoord van IND. En geen antwoord van ministerie van Justitie. En geen antwoord van Anneke, want Anneke zegt: Baback, geen dagkaart, Baback heeft fiets. Baback, ga fietsen naar Amsterdam, Baback, ga fietsen naar Maastricht, Baback, ga fietsen naar Utrecht, Baback, geen dagkaart voor Baback. Baback kan brommer rijden. En brommer niet voor Baback, want die brommer van John van oranje.'

Precies zo klonk het antwoord van Baback op mijn vraag. Toen hij zag dat ik een beetje in de war raakte en de vraag die ik aan hem gesteld vergeten was, vroeg hij meteen of ik voor vijf gulden een wortelsapcentrifuge wilde kopen. 'Jij draagt bril. Ogen niet goed. Wortelsapmaker kopen voor vijf gulden, ogen sterker en sterker. Dan ik verkopen jouw bril voor vijftien gulden.' Zo kreeg ik, in plaats van een antwoord op mijn vraag, een sapcentrifuge, met de afspraak dat ik hem vijf weken lang elke week een gulden zou betalen. Hij noteerde dat in een boekje en ging verder.

Op een dag zag hij mij richting het AZC lopen en vroeg mijn hulp. Bij een prullenbak stond een oude televisie. Hij vroeg mij hem te helpen die naar het AZC te dragen. De televisie was zwaar.

'Deze tv kost bij de tweedehands zeker veertig gulden,' zei hij – ik vertaal zijn Asielzoekers vanaf hier naar goed Nederlands, dat leest vast prettiger – hij herhaalde dat de tv veertig gulden waard was, terwijl we die naar het AZC droegen. Toen we een andere asielzoeker zagen, riep Baback dat hij die tv net voor veertig gulden bij de kringloopwinkel had gekocht, maar dat hij spijt had gekregen, omdat hij die veertig gulden harder nodig had dan de tv. Onderweg naar de achterdeur verkocht Baback de tv, voor zeven gulden. Niet veel later zag ik hem lopen.

'Ha, Baback, je ziet er verdrietig uit, wat is er aan de hand? Slecht nieuws van de IND?'

'Ach, laat Baback met rust. Vandaag was een slechte dag. Ik kocht een tv voor veertig gulden en verkocht die even later voor zeven gulden. Twintig gulden verlies.'

'Als dat waar is, Baback, heb je geen twintig gulden verloren, maar drieëndertig,' zei ik.

'Nog erger,' zei hij en hij keek nog sipper. Ik barstte uit in lachen, terwijl ik naar zijn toneelstukje keek.

'Baback, je hebt die tv niet gekocht, je hebt hem gevonden bij de prullenbak en ik heb je geholpen die naar het AZC te dragen.'

'Ach, man,' zei hij en hij klopte mij op mijn schouder. 'Het was een zwaar ding, hoor.'

Baback verkocht ook telefoonkaarten, als hulpje van de twee Somalische broers. Op een dag zag hij dat ik linzensoep aan het maken was en nieuwsgierig naar de deur van Jelena's kamer keek, die mij negeerde sinds ze mij had achtergelaten bij de receptie als vermeende fietsendief. Misschien had ze begrepen dat ze destijds niet weg had moeten lopen, omdat ik haar nodig had als getuige. Baback glimlachte ondeugend en ik dacht dat hij me zou vragen of ik haar leuk vond, maar hij vroeg mij iets anders.

'Wat is je schoenmaat?'

'Toen ik niet in Nederland woonde vierenveertig, maar hier heb ik elke dag een andere maat, dan weer vierenveertig, dan weer vijfenveertig.' Baback opende zijn ogen wijd en keek naar Jelena, die uit haar kamer kwam met haar toilettas.

'Verandert de maat van je voet?' vroeg Baback verbaasd.

'Alleen in Nederland,' zei ik.

'Hoezo? Zetten ze uit?'

'Op een koude dag draag ik extra sokken. Dan heb ik een

grotere maat schoenen nodig, op een ijskoude dag zelfs maat zesenveertig.' Een paar dagen later kwam hij bij me met een nieuwe linkerschoen, maat vierenveertig, de prijssticker zat er nog in. Hij zei dat ik, als ik iets met Jelena wilde, deze schoenen moest dragen. Ik vroeg hem naar de prijs.

'Maakt niet uit, man. We zijn toch broers. Zoveel als je hebt.'

'Ik heb een half pak eieren, een blik sardientjes, bijna over datum, en een kwart pot jam. Dat is wat ik heb.'

'En guldens?'

'Vier. Waarvan ik er deze week een aan jou moet betalen voor de sapcentrifuge die het niet doet, en nog een voor vorige week en volgende week de laatste.'

'Geen probleem, broer, die sapmaker is gratis voor jou. Omdat we broers zijn, en je broer hoef je niet te betalen voor wortelsap. Maar voor vijftien gulden krijg je deze schoenen, die in de winkel honderdtachtig gulden kosten. Kijk, hier.' Ik zag dat op de prijssticker honderdtachtig gulden stond. Ik kocht de linkerschoen voor vijftien gulden. De rechterschoen zou volgen, maar die kwam niet na een uurtje, zoals Baback had gezegd, en ook niet een dag later. Elke keer vroeg ik hem ernaar en dan zei hij: 'Morgen.' Pas later begreep ik waarom ik de schoenen nooit zou dragen. Er was een asielzoeker die schoenen stal en Baback verkocht ze voor hem in het AZC. De dief had de linkerschoen gestolen, die op een schap buiten voor de winkel lag, omdat de winkeleigenaar kennelijk dacht dat niemand alleen een linkerschoen zou stelen als de rechter nog binnen in de winkel lag. De dief dacht dat de rechterschoen de volgende dag wel buiten zou liggen om te stelen. Dat gebeurde ook, behalve dat de rechterschoen een andere kleur en een andere maat had. In welke taal Baback mij ook probeerde te overtuigen een bruine schoen maat eenenveertig te dragen naast de zwarte linkerschoen maat vierenveertig, het lukte niet. Met de kleur had ik geen probleem, want ik was een asielzoeker en niemand zou mijn schoenen belangrijk vinden, maar ik kon mijn rechtervoet niet overhalen drie maten kleiner te worden.

Baback was iemand die zijn leven overal kon opbouwen. Ook in een AZC. Het was verboden voor asielzoekers om te werken. Er was alleen schoonmaakwerk in het AZC zelf, voor vijfentwintig gulden per week, waarvoor lange wachtlijsten waren, want iedereen wilde dat wel. Maar Baback stond boven de wet en hij kon het wachten in het AZC veranderen in leven, tot hij op een dag het pad van meneer Van 't Zijde kruiste.

36

In de tijd dat ik druk was mijn vingerafdrukken terug te krijgen om uit Nederland te kunnen vertrekken, was ik optimistisch. Soms vergat ik dat ik in een AZC woonde, in een land dat Nederland heette en dat ik gevlucht was uit een land dat Irak heette, geregeerd door een man die Saddam Hoessein heette. Maar als ik meneer Van 't Zijde zag, dan voelde ik alles weer. Hij had iets militairs over zich, iets wat mannen die bij de Iraakse geheime dienst werkten ook hadden. Iets onbestendigs. Als hij door de gangen liep, bemoeide hij zich met iedereen. 'Niet zo hard praten,' 'blokkeer toch niet de gang', 'ben je nu iets illegaals aan het verkopen?' Als ik hem tegenkwam, kropen meteen de muren op me af. Hij gaf me een beklemmend gevoel, ook als hij niets deed. Het leek alsof het de baan van meneer Van 't Zijde was om vijf dagen per week van negen tot vijf mijn leven in het AZC onmogelijk maken.

De medewerkers van de sociale dienst gebruikten taal om de problemen met of tussen asielzoekers op te lossen. Ze voerden korte gesprekken of lange gesprekken. Als het niet lukte ze zo op te lossen, probeerden ze het met een dagkaart. Als het dan nog niet was opgelost, deden ze hun best om het probleem niet te laten groeien. De vreemdelingenpolitie werd niet meteen gebeld, alleen als er geen andere oplossing meer was, meestal als een asielzoeker agressief werd of in het kantoor begon te schreeuwen.

Meneer Van 't Zijde zat anders in elkaar. Hij was de enige

medewerker van de sociale dienst die door de asielzoekers werd beschouwd als een agent van de vreemdelingenpolitie, terwijl hij er best vriendelijk uitzag. Ik vroeg mezelf vaak af waarom hij in het AZC werkte. De asielzoekers noemden de medewerkers van de sociale dienst eerst meneer of mevrouw, daarna meneer Edwin of mevrouw Dorine, en daarna alleen bij de voornaam. Maar meneer Van 't Zijde bleef altijd meneer Van 't Zijde. We kenden zijn voornaam niet. Hij noemde mij ook altijd meneer en ik wist niet waarom, want dat klonk voor mij als een soort status die niet bij asielzoekers paste. Ook sprak meneer Van 't Zijde mij altijd aan met 'u' en dat voelde niet als respectvol, maar als een manier om duidelijk te maken hoe ik met hem moest praten.

En ook Baback kreeg dus met meneer Van 't Zijde te maken. Baback ging op vrijdag en zaterdag altijd naar de markt. Hij haalde het fruit en de groente op die tegen sluitingstijd werden weggegooid, haalde het rotte fruit eruit en pelde de gehavende bladen sla af. Sommige verkopers gaven hem ook groente die net niet moest worden weggegooid, omdat hij hun duidelijk maakte dat hij in het AZC woonde en hij niet genoeg geld kreeg om verse groente te kopen. Baback maakte alles heel netjes en goed schoon en hij verkocht de groente en fruit daarna in zijn kamer. Toen begonnen er fruitvliegjes te vliegen in de gang waar de kamer van Baback zich bevond. De medewerkers in het AZC konden er niet achter komen waar die vliegjes vandaan kwamen en er begon een ruzie tussen een Afrikaans gezin en een Tsjetsjeens gezin naast hem, want de Tsjetsjenen zeiden dat de vliegen door de Afrikanen in de kamer naast Baback kwamen en de Afrikanen voelden zich gediscrimineerd en vielen de Tsjetsjenen aan met al het keukengerei en pannen die ze konden vinden. De ruzie hield weer op, maar de fruitvliegjes bleven. Van de gang van Baback vlogen ze naar de andere gangen.

Op een dag klopte meneer Van 't Zijde bij Baback aan. Andere asielzoekers grapten dat hij zeker een fruitvliegje van het kantoor van de sociale dienst had gevolgd om erachter te komen waar die toch vandaan kwam. Baback opende de deur en daarbinnen zag meneer Van 't Zijde dozen vol groente staan, papiertjes met prijzen erop, een oude weegschaal en stapels plastic tasjes. Wat nog ontbrak, was een kassa.

Daarna verdwenen eerst de groente van Baback en zijn weegschaal uit het AZC, en toen de fruitvliegjes en het conflict tussen Afrika en Tsjetsjenië. Meneer Van 't Zijde wilde Baback duidelijk maken dat het verboden was groente te verkopen in het AZC, maar Baback begon te huilen, met dikke tranen. In plaats van blij te zijn dat meneer Van 't Zijde niet de vreemdelingenpolitie had gebeld, en alleen de weegschaal en de groente had meegenomen, klaagde Baback dagenlang dat hij in het AZC geen recht had om fruit te eten en geen recht had op een verblijfsvergunning en geen recht had om een weegschaal in zijn kamer te hebben.

Niet lang daarna zag Baback mij in de gang, hij pakte mijn hand en sleepte me mee. Ik dacht dat hij me mee naar zijn kamer zou nemen, omdat hij een slipper, broek of oude radio wilde verkopen, maar hij trok me mee naar de sociale dienst. Hij wilde naar Maastricht en dat was heel ver. En hij wilde twee dagkaarten, een om heen te gaan en een om terug te keren, omdat dat niet op dezelfde dag kon. Hij wilde een dagkaart voor de heenweg met datum, en een dagkaart om terug te keren zonder datum. En hij wilde van Annelies Vos, medewerkster sociale dienst, een papier krijgen dat hij zich om persoonlijke redenen voor ten minste vier dagen niet kon melden.

'Annelies Vos, heel, heel, heel goed,' zei hij tegen mij en ik begreep wat hij wilde zeggen: 'Luister, Annelies Vos is nu bij de sociale dienst, niet een van die andere klootzakken. Ik wil haar iets vragen, want zij is makkelijker dan de anderen.'

Daarna zei hij: 'Hier Baback… Maastricht daaaaar…' Ik begreep: 'Ik wil graag naar Maastricht en dat is een eind weg.'

'Dagkaart goed… Baback goed… Dagkaart niet goed… Baback niet goed…' Ik begreep: 'Ik heb echt een dagkaart nodig om naar Maastricht te gaan.'

'Maastricht heel heel daar… Een dagkaart daar… Twee dagkaart hier…' vervolgde hij, terwijl hij me voorttrok naar het kantoor. Hij bedoelde: 'Ik wil twee dagkaarten, een om naar Maastricht te gaan, maar omdat dat te ver is om dezelfde dag terug te keren, wil ik een tweede dagkaart voor de terugreis de volgende dag.'

'Baback Maastricht, Baback goed. Baback Maastricht, Baback eten drinken slapen, eten drinken slapen, eten drinken slapen, eten drinken slapen, eten drinken slapen.' Dus: 'Ik heb een dagkaart nodig om naar Maastricht te gaan, maar ik weet niet hoelang ik daar blijf.' Ik vroeg hem om te herhalen wat hij net zei, en telde hoe vaak hij 'eten drinken slapen' zei. In het Asielzoekers betekende dat een hele dag, want de enige manier om een dag in het AZC te kunnen tellen was met eten drinken slapen. Baback herhaalde het, hij wilde er minstens vier dagen blijven.

'Annelies heel heel heel goed. IND heel heel niet goed. Vreemdelingpolitie heel heel heel niet goed.' Hij wilde van Annelies dus ook een papier dat hij zich niet hoefde te melden.

Om Annelies Vos te beschrijven moet ik zeggen dat ze niet alleen in *mijn* hart was, maar in het hart van alle asielzoekers in het AZC. Een woordenboek is nog niet genoeg om haar mooie hart te beschrijven, maar twee woorden dekken enigszins de lading: behulpzaam mens. Ze was rond de vijfentwintig jaar oud en ze werkte met plezier. Ze was misschien een maand of acht in ons AZC. Ze keek ons glimlachend aan.

'Wat kan ik voor jullie doen?' zei ze en richtte zich tot Baback. 'Vertel.'

'Annelies Vos heel heel goed. Baback heel heel niet goed.'

'Waarom gaat het niet goed met Baback?' vroeg Annelies en ze keek naar Baback, die naar mij keek, maar ik zei niets, want Annelies keek naar Baback en ze verwachtte van hem een antwoord.

'Maastricht,' zei hij en keek mij aan om te herhalen wat hij mij had verteld.

'Maastricht?' vroeg Annelies Vos. Babacks blik in mijn richting werd steeds nerveuzer.

'IND, Maastricht, daar hier, Baback dagkaart. Vreemdelingpolitie, IND,' zei hij en bleef mij aankijken. Toen Annelies naar mij keek om te begrijpen wat hij zei, vertelde ik wat hij wilde. Bij elke zin knikte Baback, alsof hij wilde zeggen dat dit precies was wat hij wilde zeggen. Toen hij zag dat het gezicht van Annelies niet veranderde en ze stil bleef, begon hij zijn stem te veranderen. Hij begon zelfs te huilen. Annelies gebaarde mij naar buiten te gaan, zodat zij even alleen met Baback kon praten. Ze kende Baback niet goed en ze dacht dat hij in verlegenheid gebracht zou worden als ik zag dat hij huilde. Een halfuurtje later zag ik Baback in de soos. Hij nam mij mee naar de gang.

'Ik heb twee dagkaarten zonder datum. Wil je er een kopen?' Hij keek om zich heen, om er zeker van te zijn dat niemand van de sociale dienst hem zou zien. 'Allebei zonder datum. Eén voor twintig gulden, twee voor dertig gulden.'

'En hoe ga jij dan naar Maastricht?'

‘Maastricht?’ vroeg hij verbaasd. ‘Wat moet ik daar, ik ken er niemand.’

‘Maar je zei tegen Annelies Vos dat je die dagkaarten wilde om naar Maastricht te gaan.’

‘Aha, nu begrijp ik je vraag,’ zei hij. ‘Ik zei Maastricht, zodat ze wist dat ik niet snel terug zou kunnen komen. Zo kon ik twee dagkaarten krijgen én hoef ik me niet te melden.’

‘En waar ben je de komende dagen dan? Je blijft niet in het kamp, toch? Anders ziet Annelies jou en dan klopt je verhaal niet.’ Baback lachte hard.

‘Als Annelies mij ziet, zal ik zeggen dat ik niet de eerste Baback ben, maar de tweede of de derde.’ Hij lachte harder, de tranen die dit keer uit zijn ogen rolden waren wel oprecht, maar dan van het lachen.

‘Meneer Van ’t Zijde nam de weegschaal en de groente en de zakken. Ik nam de dagkaarten.’ Hij draaide zich om en liep lachend naar de soos, op zoek naar klanten om zijn dagkaarten te verkopen.

Ik bleef daar staan en dacht aan de manier waarop de hersenen van Baback werkten. Hierdoor zou hij zijn hele leven probleemloos in het AZC kunnen blijven wonen.

37

Ik zag receptionist Tobias richting de voordeur rennen, asielzoekers renden achter hem aan. Deuren begonnen open te gaan, meer asielzoekers renden naar buiten, sommigen dachten dat er brand was, anderen renden omdat ze hoorden dat anderen renden. Ook ik rende richting de receptie en ging naar buiten. Daar zag ik in een van de raamkozijnen van de derde verdieping een man staan.

Ik had hem nooit eerder gezien. Niet bij het melden, niet bij de sociale dienst, niet in de gangen. Alsof hij zich in zijn kamer verstopt had en er nog nooit uit was gekomen.

'Hij springt uit het raam,' riep een kind. Ik keek weer naar de man die in het kozijn stond, het met zijn handen vastgreep en rustig naar boven keek. Hij wilde niet springen, maar wegvliegen.

Iedereen keek naar het raam van kamer B51. Het halve AZC, de hele sociale dienst, de receptionisten en de vreemdelingenpolitie. Mensen die over straat liepen keken door het hoge hek. Een politieauto arriveerde op het plein, drie agenten stapten uit en spraken met de sociale dienst. Kort daarop kwam een tweede politiewagen met twee agenten erin aangereden.

'Hij zal zichzelf niet naar beneden gooien,' hoorde ik een asielzoeker zeggen. 'Dit deed hij al eerder en toen de politie zijn kamer binnenkwam, liet hij zich wegvoeren.'

Ik keek naar de man daarboven in zijn zwarte joggingbroek en witte T-shirt. Het leek alsof hij er lang zou blijven staan. Toen Yvon de Rijke van de sociale dienst het AZC in liep met de drie agenten, werd het stil. Het duurde nog een minuut of zeven en toen sprong de man. Er klonk een harde schreeuw. Ik weet niet of het de springende man was die schreeuwde of iemand anders. Daarna een klap op de grond. We renden allemaal naar hem toe en stonden in een kring om hem heen. Hij lag op zijn buik en met zijn gezicht naar één kant op de grond. Ik keek naar boven. Yvon en de drie agenten keken uit het raam naar beneden.

In de jaren dat ik in het AZC woonde, pleegden acht asielzoekers zelfmoord. Dit was de zwaarste voor mij, want het was de eerste en het gebeurde voor mijn ogen. Voor de vrouwen en kinderen die op het voorplein stonden, was het misschien nog heftiger. Nooit vergeet ik de stilte die het AZC erna vulde. Een afschuwelijke stilte, alsof niets, zelfs schoenen in de gang, nog geluid kon maken. Zelfs geen kraan, die iemand vergat dicht te doen. Dagenlang hoorde je geen kind lachen, geen vrouw roepen, geen man schreeuwen.

Iedereen was verbaasd dat de man, die Dagel bleek te heten en uit Irak kwam, echt was gesprongen. Hij zat nog geen vier jaar in de procedure. Normaal gesproken begonnen asielzoekers zelfmoord te plegen na het vijfde of zesde jaar. Al een hele tijd voordat Dagel sprong, kwam hij zijn kamer niet meer uit, alleen voor de douche of de wc. Hij deed niets. Hij meldde zich niet meer. Hij deed geen boodschappen meer. Meneer Van 't Zijde, die als contactpersoon aan hem gekoppeld was, kwam vaak bij hem in B51 en maakte dan de afspraak dat hij naar de sociale dienst zou komen om te vertellen waarom hij zich niet meldde. Maar Dagel kwam niet. Meneer Van 't Zijde ging dan weer naar B51, dit keer met een andere vertaler, om zeker te weten dat hij het begreep, dat hij naar de sociale dienst moest komen om de reden te vertellen dat hij zich niet meldde, zoals de anderen. Dagel verscheen weer niet. Daarna pakte meneer Van 't Zijde hem zijn bankpasje af waar het weekgeld op werd gestort, maakte een nieuwe afspraak en vertelde Dagel dat zijn W-document zou worden ingenomen als hij niet naar de sociale dienst kwam en dat hij bij de afspraak zijn bankpasje terug zou krijgen. Maar Dagel kwam niet en zo nam meneer Van 't Zijde ook Dagels W-document in en beval hem nu mee te komen, anders zou hij de vreemdelingenpolitie bellen. Toen Dagel weer niet kwam, belde meneer Van 't Zijde de vreemdelingenpolitie. Voordat die in het AZC aankwam, stapte Dagel voor het eerst in het kozijn van B51 en keek naar boven. Kort daarop werd hij naar binnen getrokken en met zijn handen geboeid op zijn rug afgevoerd. Een paar weken later kwam Dagel terug uit het gesloten centrum. Vanaf dat moment stond hij al voor acht uur 's ochtends voor de balie om zich te melden, zodat hij altijd de eerste was.

Ik was nieuwsgierig naar Dagel, die ik pas voor het eerst zag toen hij sprong. Ik liep een paar dagen later van oranje naar blauw, en ging naar B51. Alle spullen waren weggehaald en iemand was de muren wit aan het verven, hoewel ze er al wit en schoon uitzagen. De drie mannen met wie Dagel de kamer deelde, waren bij de sociale dienst geroepen, waar ze werd verteld dat ze het recht hadden zich een maand lang niet te melden en dat ze daarna overgeplaatst konden worden naar een ander AZC, of naar een andere kamer. Er werd gezegd dat ze twee dagkaarten per week kregen in die maand. Ik wilde met een van hen praten over Dagel, maar niemand zag hen nog. Nadat B51 overgeschilderd was, bleven de deuren en ramen een paar dagen openstaan, en daarna bleef de kamer een maand dicht. Vervolgens werd deze gevuld met nieuwe asielzoekers.

Toen ik Dagel zag springen, voelde ik dat ik te lang in het AZC was gebleven en dat ik zo snel mogelijk het gebouw moest verlaten. Ik was geschrokken, want in Irak, met al die oorlogen, pijn, woede en angst was ik nog nooit iemand tegengekomen die aan zelfmoord dacht, ik had zelfs nooit gehoord dat iemand dat overwoog. Maar hier, in een gebouw met een open deur, een gebouw omringd door gras, gooide een man zichzelf uit het raam van de derde verdieping.

Mijn excuses dat ik over zo veel verschillende asielzoekers vertel. Maar hun verhalen in dat AZC zijn onlosmakelijk verbonden aan het mijne. Elk verhaal van hen is mijn verhaal. Wij zijn als de wet van de communicerende vaten. Heb ik het over hen, dan heb ik het over mezelf.

De enige die mijn verblijf nog wat had kunnen verzachten was Jelena, maar zij ontliep mij sinds de avond dat de politie mij als fietsendief in de cel opsloot. Misschien omdat ze zo snel weg was gelopen, terwijl ze voor mij had kunnen getuigen dat ik niet buiten het AZC was geweest om een fiets te stelen, maar om de zee te zien. Nu was dit mooie meisje in kamer 124 op de oranje afdeling het bewijs dat het AZC sterker was dan de schoonheid. In het begin was Jelena als een levende zon, die licht, warmte en leven aan de gangen van het AZC gaf, maar met de tijd in het AZC ontkwam ook Jelena niet aan de onzekerheid van het eeuwige wachten en werd ze een lamp, die de IND aan en uit kon zetten.

Ik vond het jammer dat ze mij ontliep, maar om dat te voorkomen, begon ik haar te ontlopen en weg te kijken als ze eraan kwam. Op een dag kwam ze de keuken in en koos het gasfornuis tegenover mij.

'He Semmier, waarom doe je steeds alsof je me niet ziet?'

vroeg ze boos. 'Schaam je je omdat de politie dacht dat je een fiets had gestolen? Je hebt het niet gedaan, toch?' Ze droeg haar bril en dat maakte haar ouder. Ik was blij met haar toenadering. Op een dag stond ik in de keuken toen zij water kwam opzetten voor thee. Ze zag er niet goed uit. Ze wilde me in haar Russische Engels en Russische Nederlands uitleggen waar ze last van had.

'*Do you know*, de ziekte die jou maakt *in love with the double-you-c*?' Ik dacht dat er een psychische ziekte was die ik niet kende, die mensen verliefd liet worden op de wc en dat zij die nu had.

'Nee, ken ik niet,' zei ik enigszins geschrokken.

'Zeker wel, jij hebt het ook gehad,' zei ze en rende naar de wc. Teruggekomen ging ze verder. 'De ziekte die zorgt dat je de wc nodig hebt. Elke vijf minuten. Nee, korter,' zei ze, rende weer naar de wc en kwam terug.

'Diarree,' zei ik tegen haar.

'*Yes*, dat zei ik, die maakt dat je *in love* bent met de wc.' Ik begon haar sap en fruit te brengen. Tot ze niet meer voor me open deed.

'Geen fruit meer,' zei ze van achter de dichte deur.

'Geen diarree meer?' vroeg ik haar.

'Nee, wacht even...'

'Wat ben je aan het doen?' riep ik toen het stil bleef.

'Ik zoek een zin op in dit boek... Hier, ik heb het: "Ik vind fruit niet lekker."'

38

De Vierde, de afwezige bewoner van 0139, die even was teruggekomen uit het gesloten centrum, was na tien dagen alweer meegenomen door de vreemdelingenpolitie, zonder dat ik kans had gezien met hem te praten. Men zei dat hij weer naar een gesloten centrum was gebracht of dat hij naar de rechtbank was gestuurd en een gewone celstraf van twee maanden uitzat. In elk geval verscheen hij na twee maanden opnieuw in het AZC.

Hij sliep niet in 0139, maar pakte wat van zijn spullen in een kleine tas. En toen ging hij er opnieuw vandoor. Na twee weken bracht de politie hem weer terug. Nu werd er gezegd dat hij op straat als dakloze was opgepakt.

Onze Vierde heette Aziz, kwam uit Irak en had aan de verhalen te horen de meeste tijd in Nederland in een gesloten centrum doorgebracht. Nu hij eenmaal terug was, was het enige dat hij deed op zijn bed liggen en naar het plafond staren. Hij veranderde onze kamer in een cel. Als ik in de kamer was, zag ik hem slechts liggend, of ijsberend tussen het raam en de deur, of door het raam kijkend, alsof hij nog jaren moest zitten voor hij naar buiten kon. Als het weer in Nederland mooi was geweest, had ik 0139 geen seconde gedeeld met die Vierde. Liever had ik in het park of op het strand geslapen. De Vierde kon nauwelijks ademen. Hij hoestte alsmaar. Dan was het alsof niet alleen zijn ogen uit zijn hoofd zouden rollen, maar zijn hele gezicht op de grond terecht zou komen. Hij haatte niet alleen de Nederlanders, maar alles wat daarbij hoorde, de taal, honden en katten, Nederlandse muizen en hamsters, en de kleur van de deur, het oranje, maakte hem gek. Op een dag opende hij woedend het raam. Hij smeet zijn slipper naar een merel, omdat die zong, en siste tussen zijn tanden: 'klote Hollandse vogel.'

Als ik thee maakte, zette ik ook voor hem en ik betaalde Zainab extra, zodat ze ook eten voor hem zou maken. Hij dronk en at wat ik hem gaf, alsof het mijn plicht was. Een bedankje kon er niet af. Soms zei hij iets. Meestal nadat hij Ventolin had gebruikt en het fluitje in zijn keel verdwenen was.

'Het is die klote-Hollanders gelukt om mij gek te maken. Smokkelaars, Saddam Hoessein, soldaten, geheime dienst, oorlog. Niets deed mij iets, maar hier... Die smerige Hollanders maakten mij gek.' Hij pakte zijn hoofd vast. 'Ik weet niet hoe, maar het is ze gelukt.'

'Je bent niet gek, je bent alleen maar boos,' zei ik eens tegen hem.

'Denk je echt dat ik niet gek ben?'

'Ja, echt.' Hij werd stil en staarde naar de muur.

'Eigenlijk ben ik niet gek. Waarom zou ik eigenlijk gek zijn? Ik ben toch zeker niet gek.' Hij zweeg weer, ging op de rand van het bed zitten en keek mij aan. 'Maar weet je, als ik een Hollander zie, wil ik zijn hoofd grijpen en zijn nek omdraaien tot ik knak hoor,' zei hij met wijd geopende ogen.

'Heb je met Nederlanders gewoond?' vroeg ik hem.

'Dat vraag je zodat ik nee kan zeggen. En dan zeg je dat er in elk volk goede en slechte mensen zijn. En dat ik eerst tussen de Hollanders daarbuiten moet leven om ze goed te leren kennen. Dat ze ook zo aardig en behulpzaam en vredig kunnen zijn. Maar...' zei hij en balde zijn vuist. 'Je moet weten dat het Hollandse volk het enige volk is dat helemaal slecht is. Zelfs de Hollandse hond is slecht. Nergens zag ik zulke onderdanige honden als hier,' zei hij. Hij begon te hoesten en ik zei niets, om hem niet nog bozer te maken. Maar hij ging door. 'Stel je voor, Semmier... Elf jaar wachten. Cellen. Gesloten centra. Meneer, dat kan niet. Meneer, dat mag niet. Meneer, dat mag niet. Meneer, dat kan niet...' Hij stond op en begon te ijsberen door de kamer. 'Ik ontsnapte naar België en ze brachten mij terug. Ik vluchtte naar Duitsland en ze brachten mij terug. Denemarken, Zweden, Noorwegen, de hel... Ik vlucht weg en ze brengen mij hier terug. En van hier sturen ze mij naar een gesloten centrum en daar zeg ik: "Meneer, alsjeblieft, stuur mij naar het AZC. Ik ben geen crimineel." En dan zeggen die klootzakken: "U bent niet hier omdat u crimineel bent, maar omdat wij moeten controleren waarom u naar een ander land ging. Voor asiel, of voor iets anders." En ik zeg: "Meneer, en wanneer gaat u die check doen?" En de meneer zegt: "Dat weet ik niet." En ik vraag: "Wie weet dat dan wel?" "De IND," zegt hij dan en ik vraag om contact met hen op te nemen, maar dat mag niet. Ik blijf een dag, twee dagen, een week, twee weken. Een maand, twee maanden. Kijk,' hij trok zijn mouw omhoog en ik zag een litteken van een grote wond.

'Steekwond?' vroeg ik hem.

'Kijk goed. Dit is geen mes.' Ik keek aandachtiger, maar ik wist het niet. 'Gebeten.'

'Gebeten? Hebben de Hollanders je in dat gesloten centrum gebeten?'

'Niet zij, ikzelf.' Zijn blik werd woedender en zijn lippen begonnen te trillen.

'Hollanders bijten niet. Slaan niet. Spugen niet. Dat kunnen ze niet. Het enige dat ze kunnen is je gek maken.'

'Waarom heb je jezelf dan gebeten?'

'Toen ik terug was gestuurd uit Denemarken, zetten die Hollanders mij in een gesloten centrum. Er was een gang met cellen aan twee kanten. Allemaal leeg. De agent vroeg of ik meteen wilde douchen of morgen. Ik vroeg of ik alsjeblieft in de gang kon slapen in plaats van in de cel, omdat ik toch de enige was. De agent zei me te gaan douchen, hij zou kijken. Hij gaf mij een handdoek en ik nam een douche.' Terwijl de Vierde vertelde, popten zijn ogen steeds verder uit zijn hoofd, werden de hoestbuien tussendoor steeds heftiger en ijsbeerde hij steeds meer stampvoetend. Hij vertelde dat hij tot het eind van de dienst van die agent in de gang mocht blijven, tot tien uur. 'Ik bleef in de gang en keek op de klok die er hing. Ik keek naar de cellen. Ik keek naar de klok en naar de cellen. Ik dacht dat ik gek zou worden. Ik begon te bijten en te bijten tot ik bloed proefde op mijn lippen.' De Vierde stopte bij de deur van 0139 en schopte er met zijn blote voet hard tegenaan, alsof die op slot zat en hij die probeerde te openen om te ontsnappen. Hij schopte harder en harder. Ik kon hem niet stoppen, pas toen zijn voet pijn deed hield hij ermee op.

Toen de deur openging, stonden daar meneer Van 't Zijde en Patrick Schepenmaker in de gang met een bange blik.

'Meneer Al Wendi, kunt u meekomen?' zei meneer Van 't Zijde.

'Ik ben geen meneer en ik ben geen hond die met jou meeloopt, klootzak. Ga weg, anders smijt ik je door het raam.' Patrick Schepenmaker zei iets in de portofoon en nog geen kwartier later lag de Vierde op de grond met drie agenten bovenop zich. Een had zijn voeten vast, een zijn handen, een zat op zijn rug. Ze trokken hem naar buiten en hij verdween weer. Patrick Schepenmaker kwam terug met een schoonmaakster en vroeg haar het bloed op de deur en de gangvloer tot aan de receptie weg te vegen. Patrick Schepenmaker controleerde daarna onze kamer op bloedsporen, zag dat achter de deur op de grond nog bloed lag, en riep de schoonmaakster weer. Hij zag op het tafeltje een wegwerpfototoestel. Hij boog zich voorover en nam het mee.

'Sorry, meneer, dat is van mij,' zei ik, maar hij ging naar buiten zonder mij een antwoord te geven. Het fototoestel had ik gekocht bij de supermarkt en ik had op een zonnige dag gewacht om foto's te maken, om mijn familie te laten zien waar ik was. En nu wachtte ik op geld om ze af te kunnen drukken, maar Patrick Schepenmaker nam het toestel mee met die zomerdag erin. Ik liep hem achterna en maakte hem duidelijk dat ik het bloed op de grond en de deur niet gefotografeerd had en de camera terug wilde. Ik vertelde dat hij de film kon laten ontwikkelen en kijken of er foto's op stonden waar hij problemen mee had.

'Luister,' zei hij. 'Ik zeg het nog één keer, want ik heb niet de tijd om het steeds te herhalen. Het is verboden om foto's te maken van andere asielzoekers, behalve met hun toestemming.' En hij wees naar de deur van de sociale dienst.

39

De gang was weer schoon en stil. Ik zag Jelena naast haar kamer staan. Ze droeg een bril. Ze zag dat mijn kamerdeur open was, zodat de vloer kon drogen, en kwam voorzichtig dichterbij.

'Heb je met die man gevochten?' vroeg ze. Ze zei 'die man' omdat ze de naam van de Vierde niet kende.

'Niet ik, maar de deur,' zei ik.

'Ik denk dat zijn probleem met de Nederlanders groter is dan hun probleem met hem. Tjonge, als hij zo vecht met een deur, dan is hij echt gek,' zei ze, terwijl ze nieuwsgierig een blik in onze kamer wierp. 'Kom je nog steeds weleens bij de zee?' vroeg ze ineens.

'Niet meer,' zei ik. 'Sinds ik officieel een fietsendief ben.' Het was bedoeld als grap, maar ze draaide zich geïrriteerd om en ging terug naar haar kamer. Toen de waterketel in de keuken floot, liep ze naar de keuken.

'En wanneer ga je naar zee, dan?' vroeg ze, alsof ik had gezegd dat ik iedere dag naar zee ging.

'Na de thee,' zei ik.

'Ik ga mee,' zei ze. Na de thee liep ik van het terrein af en zag haar bij de poort op een bankje zitten. Ik liep langs, ze riep me te wachten en liep met me mee.

'Hoe heet die gek in jullie kamer?' vroeg ze. Ik was verbaasd dat ze nog steeds aan hem dacht.

'Aziz,' zei ik.

'Aziz,' herhaalde ze. 'Aziz. Heb je gezien hoe sterk hij is? Drie agenten, twee van de sociale dienst en allemaal waren ze bang voor hem. Zag je het bloed uit zijn voet stromen?' Ik knikte. 'Zag je die drie agenten? Ze waren groter dan... Hoe heet hij?'

'Aziz.'

'Dan Aziz. Drie keer zo groot misschien en allemaal bang voor hem. *Incredible.*' Een paar stappen later vroeg ze door, ondanks het feit dat ze zag dat ik er niet meer over wilde praten. 'Is hij echt gek? Of doet hij alsof om een verblijfsvergunning te krijgen?'

'Weet ik niet.'

'Maar hij is gek,' zei ze. Ze wilde hem in haar hoofd prenten als gek, in plaats van sterk.

'Ik zag hem een keer zijn slipper naar een vogel gooien,' zei ze. 'En vandaag sloeg hij met de deur. Hij is gek, hoor.' Ze liep en keek naar de huizen aan beide zijden van de straat.

'Het leven in het kamp begint onmogelijk te worden voor mij. De vier Russische boeken die ik bezit, heb ik nu al zo vaak gelezen. Eens dacht ik: ik ga naar een hostel, maar dat was te duur en bovendien vroegen ze naar mijn identiteitskaart. Bij het zien van mijn W-document, bekeek de receptionist argwanend de voor- en achterkant en hij riep er iemand bij om te vragen wat het was.'

We waren al bij de zee aangekomen, zonder dat ik het had gemerkt.

Een paar weken later vertelde Jelena in de keuken glimlachend dat ze een vriend had. Een Hollander met de naam Maarten. Eigenlijk lag de klemtoon van haar hart meer op het woord Hollander dan op Maarten. Het was alsof ze eindelijk een verblijfsvergunning had gekregen. Ik was in die tijd druk bezig te ontsnappen uit Nederland. Van Jelena probeerde ik een verre mooie herinnering te maken, terwijl zij mij in het AZC bleef opzoeken om me te vertellen over Maarten, een magere blonde jongen van ruim twee meter lang. Ze begon bij hem te slapen en na een tijdje kwam ze alleen nog voor het melden. Soms bracht Maarten haar naar het AZC, soms kwam ze alleen. In haar portemonnee had ze zijn pasfoto, die ze aan iedereen liet zien. Alle asielzoekers keken naar Maartens foto als naar een verblijfsvergunning voor Jelena.

Ik herinner me de eerste keer dat ik Maarten in het echt zag. We stonden in de rij om ons te melden en zoals ik al vaker vertelde, stond de rij weer stil. Jelena sloot achter in de rij aan. Af en toe keek ze op het horloge dat Maarten voor haar had gekocht. Opeens verscheen de echte Maarten.

'Goeiemorgen,' zei hij tegen ons in de rij. 'Ik dacht dat je al klaar was,' zei hij tegen haar. Zij zei dat ze al die tijd in de rij had gestaan. We keken hoe Maarten naar het raampje van het loket liep, tot zijn hoofd bij het raampje kwam. Hij vroeg de agent of Jelena zich kon melden. De agent, op wie wij al zeker meer dan twintig minuten stonden te wachten, glimlachte.

'Wacht even,' zei hij, en riep de eerste asielzoeker in de rij bij zich, die zich snel meldde. Daarna waren wij aan de beurt. Binnen twee minuutjes had ook Jelena zich gemeld. Vol trots liep ze het AZC uit met Maarten, hand in hand.

Kort daarop vertelde ze me dat ik in haar kamer kon slapen als ik alleen wilde zijn.

'Al mijn spullen zitten in de kast. Die zit op slot.'

Het was prachtig om na een lange, lange tijd alleen te kunnen slapen, zonder snurken, nachtmerries en geadem van anderen, want sinds ik op Schiphol was geland, had dat niet meer gekund, behalve in een cel. Ik was gelukkig. Ik draaide in mijn bed zo vaak als ik wilde. Ik zat zoals ik wilde. Ik keek naar de muren, ze waren alleen om mij heen, en juist daarom waren ze even mijn privébezit en niet mijn gevangenis.

Na een paar dagen vroeg Said mij hoeveel ik Jelena betaalde om in haar kamer te mogen slapen. Hoe hij wist dat ik daar sliep weet ik niet, want ik sloop laat op de avond stiekem naar haar kamer, zodat niemand mij zag. Een paar dagen daarna vertelde meneer Van 't Zijde mij dat het verboden was in een andere kamer te slapen, en dat zei hij ook tegen Jelena. Zo genoot ik niet langer dan een paar dagen van haar bed. Het bed van Jelena had het AZC zonder Jelena net zo fijn gemaakt als met.

40

De hoop om in een ander land dan Nederland asiel aan te vragen ontstond toen drie asielzoekers, twee broers en iemand die zij kenden, naar Duitsland waren gegaan. De derde, Kawan, werd teruggestuurd toen ze via zijn vingerafdrukken ontdekten dat hij al eerder asiel had aangevraagd in Nederland, de twee broers niet. De reden daarvoor was volgens Kawan dat ze hun vingerafdrukken hadden verhard door cement op hun vingertoppen te laten drogen en het er daarna af te trekken. De twee broers hadden het geluk dat de computer daarom niet ontdekte dat ze al eerder in Nederland waren geweest. Kawan had de pech dat ze het bij hem wel ontdekten. Omdat ik civiel ingenieur was en cement tot mijn studie en werk behoord had, wist ik dat het kon kloppen, want cement kan de huid zeker veranderen, of in elk geval tijdelijk harder maken. Dan was het moeilijker voor de instanties om een goede afdruk te maken en was de kans aanwezig dat er niet werd ontdekt dat de asielzoeker in een ander land asiel had aangevraagd. Cement werd mijn hoop om uit Nederland te vertrekken.

Vanaf dat moment werd de tijd in het AZC weer draaglijk. Ik sprak verschillende asielzoekers die vanuit Nederland naar andere landen waren gegaan maar waren teruggestuurd toen hun vingerafdrukken werden genomen, en kreeg zo een duidelijk beeld van waar ik naartoe wilde gaan. Londen zou de beste keuze zijn, omdat vandaaruit nauwelijks asielzoekers werden teruggestuurd. Ook hoorde ik dat een asielzoeker daar snel mocht werken en zichzelf kon onderhouden, nog voor hij een verblijfsvergunning had. Bovendien sprak ik Engels. Maar in Londen komen was ingewikkeld, want je moest of vliegen, en daarvoor had je een paspoort nodig, of via zee reizen, en dan had je een smokkelaar nodig, of met de bus en dan had je zonder paspoort heel veel geluk nodig. Ik zette een kruis door Londen en ging de andere keuzes langs: Oslo, Stockholm en Berlijn. Over Noorwegen en Zweden had ik vooral afschuwelijke dingen gehoord over de sneeuw en het duister: als je er op straat spuwt, kon je je spuug over de grond horen rollen. Daarheen reizen kon alleen als je een perfect paspoort had met identiteitskaart of bankpasje met dezelfde naam, of een betrouwbare smokkelaar. Het probleem met smokkelaars binnen Europa is dat zij zelf geen risico nemen door mee te reizen. Het enige dat ze doen is valse paspoorten laten maken, en die zijn duur. Dus bleef Duitsland over. Om daarheen te gaan hoefde ik alleen informatie te vergaren over de grens, tweehonderd gulden aan contant geld op zak te hebben voor de reis en een handvol cement aan te maken. Ik verkocht mijn gitaar voor veertig gulden. Nog honderdzestig te gaan.

De tijd dat ik bezig was die honderdzestig gulden te verdienen was mooi. De hoop in mij was sterker dan de IND en het ministerie van Justitie. Terwijl ik door de gangen van het AZC liep, dacht ik: nog even en dan ben ik hier weg. Dan sla ik de pagina Nederland om en blader nooit meer terug.

Ik kocht de kleinst mogelijke zak cement, nam er een handje uit en gooide de rest in een afvalcontainer. Ik mengde een beetje in een pan met warm water en stak mijn handen erin, zodat mijn vingerafdrukken zouden veranderen. Elke dag een paar keer. De huid begon te veranderen. Ik stempelde mijn vingerafdrukken met een stempelkussen om te kijken hoe ze eruitzagen, en ondanks mijn gebrek aan ervaring met vingerafdrukken lezen, kon ik zien dat er iets gebeurde. De lijnen werden dikker, en de pijn van de uitgedroogde huid sterker.

Na lang denken en rondvragen wist ik dat het het beste voor mij was om naar Duitsland te gaan via Enschede. Vanaf daar reden treinen naar Duitsland, waar ik asiel zou kunnen aanvragen. De aanvraag daar zou, naar wat ik van anderen had gehoord, veel sneller en serieuzer verlopen dan in Nederland.

Voor ik ging, besloot ik om afscheid te nemen van Tamara, Kadhem en Zainab, maar toen ik van Kadhem afscheid wilde nemen, zei hij dat hij mij vaarwel zou zeggen vanuit Enschede. De volgende dag verbaasde hij mij met zijn weekendtas.

'Een tas?' zei ik.

'Man, het is vreselijk hier. Ik ga naar Duitsland via Enschede.' Hij haastte zich door de gang en riep van over zijn schouder naar mij. 'Kom mee, als je daar zo blijft staan, missen we zeker de trein. Duitsland is ver, hoor.' Ik snelde naar hem toe, zodat niet iedereen in het AZC zou horen waar wij heen wilden gaan, en haalde hem in. Hij keek omhoog naar mij. 'Al die tijd hier heb ik zitten wachten, om je niet alleen te laten, hoor. En nu gaan we samen naar Duitsland. Geweldig, man. Da-haag, sociaal,' riep hij en zwaaide toen we langs de glazen muur liepen. 'Da-haag vreemdelingenkont,' zei hij toen we langs de balie liepen. 'Dag gang, dag receptie.' Buiten haalde hij diep adem. 'Ach man, hoe hebben we hier al die tijd kunnen zitten? Man, man, man. Net de kont van Saddam Hoessein.'

'Maar luister eens,' zei ik. 'Ik wil niet dat je meegaat.'

'Niet zo treuzelen, man, anders vertrekt de trein zonder ons.' We liepen richting het station. 'Waarom wil je eigenlijk niet dat ik meega?'

‘Omdat ik niet weet waar ik heen ga en wat ik moet doen. Weet je wat... Blijf hier en ik stuur je een brief als ik daar ben. Dan leg ik je alles uit.’

‘Maar ik heb van iedereen afscheid genomen, ik kan niet nu naar het kamp teruggaan, man. Ik heb tegen iedereen gezegd dat ik naar Duitsland ging en dat het de laatste keer was dat ik ze zag.’ Een halfuur later zaten we in de trein.

In Enschede kochten we een internationaal ticket en stapten in de trein naar Duitsland. Nog geen paar minuten nadat de trein Duitsland was binnengereden, zag ik twee agenten het treinstel waarin wij zaten binnenkomen. Een keek naar de rechterbankjes, de ander naar de linker. Ik waarschuwde Kadhem.

‘Maak je geen zorgen, het zijn conducteurs. Ze controleren de kaartjes,’ zei hij.

‘Denk je dat conducteurs in Duitsland kaartjes controleren met pistolen en handboeien? Het is politie.’ Kadhem keek even.

‘Oh, je hebt gelijk. Het is politie, man. En jij zei tegen mij: Kom, we gaan naar Duitsland! Zonder te weten dat ze ook de treinen doorzoeken... We hadden kunnen gaan lopen, man. Er liggen toch geen mijnen langs de grens,’ zei hij geërgerd. Dit keer irriteerde hij mij niet, want ik dacht aan wat er zou gebeuren als we gepakt werden.

‘Zeg tegen hem dat we naar Amsterdam wilden gaan en dat we de verkeerde trein genomen hebben,’ zei Kadhem.

‘Ben je gek, man? Hebben we dan ook het verkeerde ticket gekocht?’

Een halte verder stopte de trein en stapten wij uit met de twee agenten. We namen de eerstvolgende trein terug met de twee agenten, waarna in Enschede twee Nederlandse agenten ons stonden op te wachten.

'Op reis zonder paspoort?' zei een van hen. 'Waarom?'

'We hebben geen paspoort,' zei ik.

'Asielzoekers?' We moesten het wel bevestigen en werden meegenomen naar een politiebureau. Alles wat we bij ons hadden werd gekopieerd. Ze zeiden dat we geluk hadden dat we meteen gepakt waren, anders was het ingewikkeld geworden. Nu konden ze ons vrijlaten, zodat we zelf terug konden gaan naar het AZC. Een van de agenten bracht ons met de auto naar het station van Enschede.

'Kijk, daar komt de internationale trein net aan. Daarin wordt bijna altijd gecontroleerd. Maar die andere is de stoptrein naar Duitsland. Die stopt in elk dorp. Veel succes.' Hij zette ons af, keerde zijn auto om en reed weg.

Kadhem en ik keken hem na en elkaar aan. We geloofden niet wat er net was gebeurd, maar een uurtje later zaten we in de trein die hij had aangewezen. De trein vertrok en maakte elke tien minuten of minder een korte stop. In het begin stapten er vooral Hollanders uit en in. Na een tijdje begonnen er Duitsers in te stappen, dachten we. Maar als ze niet spraken, wisten we dat niet zeker. We keken uit het raam, maar zagen alleen bomen tot we langs een autoweg reden en we zagen dat de nummerborden van de auto's wit waren met zwarte letters. Nederland hadden we achter ons gelaten. De trein reed maar door. De Nederlandse politieagent veranderde bij elk station een beetje tot hij een engel was geworden, zonder pistool, maar met vleugels.

'Kijk, Duitsland! En zonder smokkelaar. Geweldig, toch?' riep Kadhem lachend. 'Misschien kunnen we werken als smokkelaar. Toch?' Hij lachte hard.

Ik staarde door het raam. Nederland had mij drie dingen geleerd: niet meer respect hebben voor Europa dan voorzichtigheid. Een nette leugen is beter dan de rommelige waarheid. En ik wist nu het verschil tussen een omafiets en een vrouwenfiets.

De Duitse trein stopte en trok op, stopte en trok op en wij wachtten tot hij op een groot station zou stoppen. Bij elk groter station besloten we te wachten op een nog groter. Maar ineens kwamen er weer twee agenten op ons af.

'Gooi je ticket onder je stoel,' zei ik tegen Kadhem en deed hetzelfde. Kadhem doorzocht zijn zakken, bewoog zijn handen overal en tikte op zijn hele lijf, alsof hij overal zakken had, alsof het ticket van zak naar zak kon springen.

'Waar is dat klotekaartje…' siste hij en zag niet dat de twee Duitse agenten al voor ons stonden en naar hem keken.

'Mogen we jullie tassen zien?' vroeg een van hen in het Engels. Ik dacht dat ze misschien alleen op drugs kwamen controleren. Ik knikte. 'Eerst graag paspoort of identiteitskaart,' zeiden ze. Toen ze doorhadden dat wij dat niet hadden, moesten we op het volgende station uitstappen en doorzochten ze alsnog onze tassen en onszelf. Van top tot teen en van teen tot top, van rechts naar links en links naar rechts. De Duitse politie zou een cursus moeten volgen, waarin ze het verschil leren tussen boksen en fouilleren.

'Wanneer zijn jullie vertrokken uit Enschede?' vroeg een van de agenten.

'We komen niet uit Enschede, maar uit Kopenhagen,' zei ik.

'Denemarken?'

'Ja, Denemarken, en we waren onderweg naar Enschede om daar asiel aan te vragen, maar we besloten dat morgen te doen. Daarom namen we de trein terug en we wilden naar een grote stad op zoek naar een goedkoop hostel.'

'Reizen jullie samen?'

'Ja.'

'Maar op zijn kaartje,' zei de andere agent en wees naar Kadhem, 'staat dat hij wel uit Enschede komt.' Hij liet het kaartje zien dat hij in Kadhems zak gevonden had.

'Wat zegt hij?' vroeg Kadhem in het Arabisch.

'Hou je mond,' zei ik tegen hem.

'Meneer, we willen terug naar Denemarken. We willen Duitsland alleen maar doorkruisen. We willen hier niets.'

'Dat mag niet zonder paspoort.' Daarna namen de agenten ons mee in de sneltrein naar Enschede. Op het perron in Enschede stonden geen agenten. De twee Duitsers zwaaiden en namen de trein terug. Wij stonden op het lege perron en besloten eerst een shoarmatent te zoeken voor een broodje en daarna te bedenken welke smoes we konden bedenken, omdat we ons die dag niet hadden gemeld.

41

Kadhem en ik waren rond middernacht weer bij het AZC. Moeizaam liep ik van de receptie naar 0139. Ik had gedacht dat ik dat gebouw nooit meer zou zien en hier was ik weer terug, nog voor er vierentwintig uur verstreken waren. Ik liep langs het meldloket en bedacht me dat ik er morgen weer moest staan, met een goede smoes.

Om negen uur de volgende ochtend stonden Kadhem en ik bij Anneke Hamelinck tijdens het spreekuur van de sociale dienst. Anneke wist dat wij naar Duitsland waren gegaan, misschien via Said, en glimlachte daarom toen ze ons binnen zag komen.

'Zo snel alweer teruggebracht?' vroeg ze. 'Of miste je ons?'

'Teruggestuurd,' zei ik, blij dat Anneke er was, want zij was ondanks haar humeurigheid als het erop aankwam soepeler dan de meeste andere medewerkers. 'Kun je misschien iets voor ons doen?'

'Jullie naar Duitsland smokkelen?' grapte ze. Maar mijn gevoel voor humor werd overschaduwd door de IND en de vreemdelingenpolitie.

'We hebben ons gisteren niet gemeld en we hebben jouw hulp nodig. Misschien kun je naar hen toe gaan en ze vertellen...' Ik wist niet wat ik verder moest zeggen.

'Zijn jullie van plan om weer naar Duitsland te gaan?' vroeg ze.

'Ik wel, ze hebben geen vingerafdrukken genomen, dus ik ga zeker nog een keer.'

‘En hij?’ vroeg ze en wees naar Kadhem. Ik vertaalde en hij knikte.

‘Voor het melden van gisteren zal ik mijn best doen.’ Zo hadden wij geen problemen bij het melden die dag.

Ik ging zitten in de soos en dacht aan manieren om in Duitsland te komen. Said kwam met de sleutel van het probleem. Hij kende een bewoner die was teruggestuurd nadat hij een paar maanden in Duitsland was geweest. Die zou weten hoe ik erheen kon gaan. Ik liep achter Said aan, die niet precies wist wat het kamernummer van de man was. Hij klopte op allerlei deuren, oranje en blauwe en toen we hem vonden, vertelde hij mij, nog in pyjama bij de deur, hoe ik probleemloos Duitsland in kon komen.

We zouden naar Enschede moeten gaan, naar een koffieshop bij de grens, waar veel Duitsers komen. Sommigen kwamen van net over de grens, maar anderen, met auto’s, kwamen van verder en die moest je vragen of je mee kon rijden. Het enige dat we moesten doen was in de koffieshop theedrinken en kletsen met een van de Duitsers met auto en vragen om een lift.

Ik ging met Kadhem terug naar Anneke en we vroegen haar twee dagkaarten. Hoe meer regels de sociale dienst had, hoe meer uitzonderingen er waren als dat nodig was. En wanneer dat nodig was, was niet altijd duidelijk, maar toen Anneke wist dat we met de trein naar de grens wilden, twijfelde ze geen moment. Ze overhandigde de dagkaarten.

‘Veel succes, en ik hoop jullie nooit meer te zien,’ zei ze glimlachend en gaf ons een hand. De volgende dag zaten we in een koffieshop bij de grens, waar we vanaf het treinstation een taxi naartoe hadden genomen. We dronken thee, en inderdaad, de meeste klanten waren Duitsers, die hierheen kwamen om marihuana te roken. Wij sprongen van tafel naar tafel en ik kletste met Duitsers die Nederlands of Engels konden. Ik merkte dat een koffieshop de beste plek is om praatjes met mensen te maken, want meestal is de geest er hoger dan het lichaam. Iedereen die ik sprak, woonde niet ver van de grens, in kleine dorpjes. Toen Kadhem even naar buiten ging voor frisse lucht, kwam hij al snel haastig terug en vertelde dat de Duitser die onze smokkelaar zou worden gearriveerd was. Een magere man met leren kleding was uit een bordeauxrode Volkswagen Passat met een Duits nummerbord gestapt. Kadhem had gezien hoe hij de achterdeur opende en een grote zwarte hond liet uitstappen. Hij liep met hem naar een boom en daar plaste de hond tegenaan. Na een korte wandeling bond hij de hond vast voor de deur van de koffieshop en ging er naar binnen. Door de hoeveelheid die de hond plaste, wisten we dat die lang in de auto had gezeten en dat was een goed teken.

We gingen de koffieshop weer in en gingen bij deze man aan tafel zitten, waar hij een grote joint draaide. Zijn Engels was goed. Toen ik hem vroeg hoe dat kwam, vertelde hij dat hij die taal had geleerd tijdens zijn vele reizen naar Zuidoost-Azië. Zo spraken wij over Thailand, over Khao San Road, de straat waar alle westerse toeristen in Bangkok sliepen, aten en souvenirs kochten, over het Friendly Guesthouse, waar ik ook was geweest. Twee uur later zaten we bij hem in de auto naar Duitsland.

Het mooie aan hem was dat hij ons niet vroeg wat we gingen doen, maar waar we naartoe wilden. Ik keek naar hem, glimlachte.

'Een stad ver van de grens.'

'Problemen met de politie?' vroeg hij.

'Niet hier, problemen met de politie in Irak,' zei ik.

'Ik zal jullie helpen,' zei hij en vroeg niet verder. Na een minuut of twintig zei hij dat Nederland al achter ons lag. De auto reed door en wij luisterden naar de countrymuziek die hij opzette. Langs een van de wegen stopte hij.

'Ik kan jullie nu naar een station brengen, waar alleen op kaartjes wordt gecontroleerd tot Berlijn. Maar misschien is het beter als jullie bij mij overnachten, dan breng ik jullie voor de zekerheid morgen verder.' Ik vertaalde voor Kadhem wat de man had gezegd en zo verbleven we een nacht in een vrijstaand Duits huis in een dorpje. Hij bestudeerde het spoorboekje en zei dat we het beste de volgende ochtend om halfzes klaar konden staan, dan zou hij ons zo ver mogelijk weg brengen. Hij noemde steden op en wij knikten bij alle namen, die we niet kenden en niet konden onthouden. Zijn koelkast zat vol en hij vulde onze magen met brood, jam en kaas en daarna zaten we op een zwarte leren bank in dat huis, dat leek op een mooie begraafplaats van muziek. Overal cassettebandjes, elpees, cd's, cd-spelers, recorders, kabels, elektrische gitaren en microfoons. Altijd denk ik met een warm gevoel terug aan dat huis. Bij sommige huizen krijg je bij binnenkomst meteen warmte in je hart. Zo was het daar. In de loop van de avond kwam een vrouw thuis die er net zo uitzag als hij, mager en in leren kleding, maar dan met twee borsten en een gezicht zonder haar. We sliepen in twee kamers vol spullen van hun twee kinderen die al het huis uit waren. Om vijf uur 's ochtends wekte de man ons met een klop op de deur. Er was koffie, thee, brood en kaas. Daarna reed de man ons over dorpsweggetjes, autowegen en snelwegen. Hij reed en reed tot we in een grote stad kwamen. Hij stopte bij talloze stoplichten, tot we een groot station bereikten met duizenden mensen om ons heen. Daar zou de politie ons niet snel controleren of zelfs willen weten waar we vandaan kwamen of waar we heen gingen.

'Good luck,' zei de man, zwaaide ten afscheid en reed weg. Wij keken de Duitse bordeauxrode auto na en stapten in de stampvolle trein.

Daarna stapten we op een nog groter en drukker station uit. Dit station leek op de transithal van een vliegveld. Hier begonnen we om ons heen te kijken, zoekend naar een asielzoeker. Hoe die eruitziet? Zijn kleren horen niet bij een soort mode en een bepaalde periode, maar bestaan uit alle modes en alle periodes door elkaar. Zie je een man met schoenen uit de jaren tachtig, een overhemd uit de tijd van de hippies, een trainingsbroek uit de tijd van de gabberhouse? Dan is het een asielzoeker. Sterker nog, zijn haarstijl verraadt de lengte van zijn verblijf. Heeft hij een Elvis Presley-kuif, dan is hij nog niet zolang asielzoeker, heeft hij haar als Mick Jagger, dan is hij uitgeprocedeerd en lijkt zijn haardos meer op die van Vader Abraham, dan is hij al meer dan vijftien jaar in procedure. Wij hielden een Irakees aan. Eerst wilden we weten wat de naam van deze stad was, en zijn antwoord bevestigde dat hij een asielzoeker was.

'Naam van deze stad? Dat weet ik niet. Maar jullie zijn in West-Duitsland.' We keken bezorgd naar de asielzoeker, die Sjabaan heette. West-Duitsland klonk alsof de trein terug was gegaan in de tijd waarin de Berlijnse Muur nog overeind stond, maar Sjabaan maakte ons duidelijk dat asielzoekers liever in West- dan in Oost-Duitsland asiel aanvragen, want dat was volgens hem 'miljoenen keren beter.'

Zo ontdekten wij dat voor asielzoekers de Berlijnse Muur nog niet gevallen was.

Sjabaan kocht buiten het station een broodje shoarma voor ons bij een Turks restaurant en twee kaartjes voor de tram.

'Na een kwartiertje zijn we bij het *Heim*,' zei hij.

Het Heim was Duits voor een kamp, een AZC. Bij de deur

van het Heim was een kantoortje en ik vertelde de man daar dat wij asiel wilden aanvragen. Hij zei dat het vandaag te laat was en dat we een dag moesten wachten voor de officiële procedure. We dachten dat we op straat moesten slapen, maar hij zei ons hem te volgen en nam ons mee naar een magazijn. Hij opende de deur en vertelde dat we mochten kiezen wat we nodig hadden voor de overnachting. Er waren dekens, handdoeken, lakens, kussens, shampoo, tandenborstels, tubes tandpasta. Kadhem en ik namen van alles wat, alsof we voor een lopend buffet stonden. Daar zagen we het eerste verschil tussen Duitsland en Nederland. We konden pakken wat we nodig hadden, en niet wat een formulier aangaf wat nodig zou moeten zijn. Het tweede verschil: we hoefden vervolgens geen handtekening te zetten. We werden naar een meerpersoonskamer gebracht, waar al een Russische man sliep en we konden eten krijgen in het restaurant van het Heim.

'Het is gelukt,' dacht ik, toen ik met een dienblad bij het buffet stond. De dame schepte voor mij op en vroeg: 'Genoeg?'

'Meer,' zei ik. Het derde verschil tussen Nederland en Duitsland. In OC Haarlem was er ooit een Palestijn naar binnen gesmokkeld, die na een paar nachten verder zou reizen. Toen ik extra eten vroeg, zodat hij ook wat kon krijgen, zei de man die opschepte: 'Nee, dat is genoeg.'

De volgende dag moesten we onze namen opgeven, werden onze vingerafdrukken genomen en foto's gemaakt. De komende dagen zouden er interviews worden afgenomen en een paar dagen later zat ik met een tolk naast mij en een computer voor mij, waarachter een Duitser zat, in een kantoor.

'Is uw echte naam Malik Amien?' vroeg hij.

'Ja,' zei ik.

'Heeft u ooit asiel aangevraagd in een ander land voor u naar Duitsland kwam?'

'Nee.'

'Weet u dat zeker?'

'Ja.'

'Kunt u even hier komen?' De man schoof een stoel naast hem naar zich toe en de tolk zei dat hij wilde dat ik naast hem achter de computer kwam zitten. In het begin begreep ik niet waarom, maar de tolk herhaalde wat hij wilde en ik ging naast de man zitten. Op het scherm van de computer zag ik de foto die van mij genomen was op Schiphol.

'U hebt in 1998 asiel aangevraagd in Nederland,' zei de man. Ik staarde naar het scherm en daarna naar het gezicht van de man. Het was niet het gezicht van iemand die net ontdekt had dat de ander, die hem de waarheid moest zeggen, had gelogen, maar een gezicht met de vraag 'Waarom?' erop. Hij liet mij teruggaan naar mijn stoel aan de andere kant van het bureau en stelde die vraag.

'Meneer,' zei ik. 'In Nederland word ik knettergek.'

'Waarom?'

'Er zijn daar mensen die zestien jaar in het AZC zitten te wachten. Velen van hen zijn gek geworden. Ik was daar iets meer dan een jaar, zoals u kunt zien in de computer. Ik vroeg asiel aan, ik heb twee gehoren gehad, en verder nog niets gehoord. Als ik vraag waarom, zeggen ze dat Nederland een klein landje is en dat er veel asielzoekers zijn.'

Ik hoopte dat mijn woorden hem zouden veranderen, maar het enige dat hij zei was dat Nederland volgens hem een goed asielbeleid had. 'En jij bent nog niet zolang daar.'

'Is er niet een mogelijkheid voor mij om hier te blijven?' vroeg ik.

'Dat denk ik niet. De enige mogelijkheid nu is terugkeren.'

Ik opende mijn handen en keek naar mijn vingertoppen, naar die dunne lijntjes die een grote last geworden waren.

'Hoelang kan ik nog in Duitsland blijven?' vroeg ik.

'In principe tot de terugkeerprocedure is afgerond,' zei hij en begon te typen in de computer. Ik voelde dat ik veranderde van een mens in een pakketje dat zo snel mogelijk verstuurd moest worden, niet omdat iemand het wil hebben op de plek waar het naartoe wordt gestuurd, maar omdat niemand het wil hebben op de plek vanwaar het verstuurd wordt.

42

En zo kwamen wij, Kadhem en ik, in een Nederlandse cel terecht. Of de andere asielzoekers die gek waren geworden of psychische problemen hadden op zo'n zelfde plek terechtkwamen, weet ik niet, maar dit was een centrum en het was gesloten. De deuren gingen dicht, gegevens werden opgenomen, onze eigendommen moesten we inleveren en we werden naar een lange gang gebracht. Aan beide kanten celletjes. Somberder kan een plek niet zijn.

Kadhem was bang. Hij vroeg mij benauwd of de agent ons zou opsluiten. Ik was verbaasd door Kadhems angst voor de cel, misschien had hij claustrofobie? Ik werd een celletje in geleid, de agent deed de deur achter mij dicht en hij liep verder met Kadhem. Ik hoorde dat er een andere celdeur voor hem werd geopend, maar Kadhem begon te schreeuwen en te vloeken. Ik denk dat hij meer zijn eigen angst wilde overschreeuwen dan de agent intimideren, maar er kwamen twee agenten aangerend. En ik kon door het raampje in de celdeur nog net zien hoe die grote agenten Kadhem vastgrepen. Kadhem werd daardoor nog wilder. Ik denk dat hij een van de agenten beet, want ik hoorde een harde schreeuw. Kadhem werd in zijn buik geschopt en ik hoorde harde bonzen.

Uiteindelijk werd het stil, ook Kadhem hoorde ik niet meer, alleen nog geschuifel. Ik keek zo ver mogelijk om de hoek en kon nog net zien dat ze Kadhem, met een bebloed hoofd, een cel binnensleepten en daarna wegliepen. Ik vroeg me geschrokken af hoe het met hem was. Leefde hij nog? Bloedde hij nog? Ik hoopte dat de agenten zouden controleren hoe het met hem ging, maar het werd stil. Ik geloof dat er op dat moment geen anderen verbleven in die gang vol celletjes.

Hoelang het duurde weet ik niet, maar mijn cel werd geopend en een agent beval mij in een badruimte een emmer met water te vullen en daarmee de bloedsporen uit de gang te moppen.

Ik haastte me naar Kadhems cel en keek door het raampje. Hij lag op zijn rug met geopende bebloede ogen.

'Kadhem,' fluisterde ik. Ik tikte op het raam, maar hij bewoog niet. Hij knipperde zelfs niet met zijn ogen. Ik rende naar het eind van de gang en bonkte op de deur.

'De gang is nog niet schoon,' zei de agent.

'Kadhem, daar, in die cel. Hij is dood,' hijgde ik zenuwachtig.

'Je hebt vijf minuten om de gang schoon te maken,' zei de agent.

'Maar Kadhem is dood,' zei ik.

'Mop de gang,' zei hij streng en langzaam. Al mijn bloed steeg naar mijn hoofd, dat voelde alsof het elk moment kon ontploffen.

'Hij is dood!' schreeuwde ik.

'Kom mee,' zei de agent en bracht mij naar een andere gang. Hij opende een deur naar een ruimte die ik niet goed kan beschrijven en die ik nergens eerder zag. Niet in Irak, niet in Jordanië, niet in Laos, Thailand, Vietnam of Maleisië, waar ik overal celletjes zag. Zelfs in Hollywoodfilms had ik dit niet gezien. Het was geen cel, het leek geen plek, het had geen ruimte. Het was niets. Het leek op een bal vanbinnen. De muren, het plafond en de grond waren matrassen van dik leer. Er was niets anders dan een sterke lamp, waarvan ik de warmte kon voelen. De agent sloot de deur. De binnenkant van de deur leek ook een matras. Ik stond in het midden van dat ding, en wist niet waar ik naartoe was gebracht. Als ik liep of mijn voeten bewoog, zakte ik weg in de matras. Ik liep van muur naar muur, van matras naar matras. Ik draaide rondjes. Overal was het hetzelfde. Geen begin en geen einde, geen boven of onder. Ik draaide en draaide. Het was alsof mijn hoofd niet draaide. Alles was hetzelfde, behalve het raampje in de deur en de lamp.

Toen ik later iemand eens vertelde over die ervaring, zei hij dat ik naar een plek was gebracht waar ik mezelf geen pijn kon doen. Die plek was geen cel, maar iets om agressieve gevangenen te kalmeren. Maar ach, daar zijn, in die ruimte waar ik mezelf geen pijn kon doen, was moeilijker dan als ik mijn hoofd had kunnen bonken tegen een muur van ijzer.

De isoleercel martelde mijn geest met duizend handen. Duizend handen met duizend zwepen. Zonder de kunst van het dromen te beheersen en complete onderdanigheid voor een situatie te kennen, zou deze cel je vernietigen. Dan zou ze niet alleen je lichaam omringen, maar ook je geest.

Ik vroeg me af hoelang ik daar zou blijven. De plek bevond zich buiten ruimte en tijd. In een land als Irak is de cel niet het grootste probleem, maar degenen die je ernaartoe brengen. In Nederland is de cel zelf het probleem. Wat ik deed in die ruimte: ik zat en ik stond, ik zat en ik stond, ik zat en ik stond. Als ik moe werd, bleef ik zitten of staan, dan ging ik weer staan en zitten, zitten en staan. Ik draaide van links naar rechts en voor ik duizelig werd, stopte ik even en draaide de andere kant op. Dan zat ik en stond ik. Eten interesseerde me niet. Ik herinnerde me dat ik vroeger tijdens de ramadan de eerste dagen moe was en hoofdpijn kreeg, en na een paar dagen werd mijn lichaam suf, maar mijn hoofd helder. Dan kon ik me dingen beter herinneren. Ik sloot mijn ogen. De honger deed mij denken aan eten en dat leidde me af van de cel. Ik voelde dat mijn lichaam kouder werd en mijn gedachten helderder werden. Ik dacht aan de reis van de afgelopen jaren. Ik dwaalde af naar het moment dat ik van huis vertrok en doorliep alles tot ik weer aankwam in dat celletje. Duizenden dagelijkse situaties herinnerde ik me, en doorleefde ik minuut na minuut. Zo ontdekte ik in dat celletje dat het meisje uit Stuttgart met de naam Katy dat ik in Bangkok ontmoette, geen twee blauwe ogen had, maar dat één oog een andere kleur had, tussen groen en blauw in. En dat de kleine tatoeage op haar onderrug geen vleugels voorstelde, maar twee veertjes. En dat ik niet voor mijn moeder, die analfabeet was, de ondertiteling voorlas van de western *Two Mules for Sister Sarah*, maar voor mijn tante. Zo herleefde ik alles wat ooit langs mijn ogen kwam.

Vliegveld Bangkok. Ik zag een blonde jongen en een meisje, die ook net aangekomen waren, een taxi aanhouden. Ze deden hun tassen in de kofferbak. Ik vroeg ze of ik mee kon rijden. Ze zeiden dat ze naar Khao San Road gingen. Ik knikte, dat ik daar ook heen wilde, want op dat moment was het enige dat ik wilde het vliegveld achter me laten.

Bangkok was groot. Overal auto's, tuktuks, brommertjes, mensen met karretjes, files, getoeter. Ik werd rustiger, want in die enorme stad kon ik opgaan in de menigte. Khao San Road was een straat van zo'n kilometer lang, met overal souvenirwinkeltjes, reisbureautjes, hostels, hotels en massagesalons. Ik zag er geen politieagenten, alleen westerse toeristen. Dit was de beste plek voor mij.

Ik besloot de paar dollar die ik had te bewaren en begon te

zwerven. De Thai legden eten en drinken bij de Boeddhabeelden als offer, soms zelfs met een rietje, en zo werd ik gevoed door Boeddha. Slapen was een groter probleem. Buiten was dat onmogelijk. Op elke vierkante centimeter liepen mensen. Ik kon geen hoek vinden waar niemand langsliep. Toen ik later meer ervaring had met het vinden van slaapplekken, waren het de muggen die mij mijn nachtrust niet gunden. Die beschermden Bangkok beter dan de politieagenten, ze staken zelfs door je kleren heen.

Als het regende, probeerde ik een plek met een dakje te vinden en het valse paspoort en mijn migratieformulieren droog te houden.

Op een dag vond ik een hostel, misschien wel het smerigste dat ik in mijn leven had gezien. Het gebouw was van hout en wat je er huurde was niet veel meer dan een dak boven je hoofd. De muren bestonden uit planken van niet meer dan twee centimeter dik. Een kamer kostte een halve dollar per nacht. Overdag was het er leeg op de man bij de receptie na, dan waren er geen klanten, maar regeerden de muizen en de ratten. Ze knaagden zich als verroeste zagen door het verrotte hout. Maar als de schemering inviel verdwenen zij en kwamen de klanten. Meestal vrouwen die in de prostitutie werkten en een soort mensen waarvan ik niet wist dat ze op aarde bestonden voordat ik in Bangkok kwam, de ladyboys. In die tijd zag ik ze als vrouwen met een penis.

Die eerste avonden dacht ik dat er 's nachts aardbevingen waren, want zodra het donker werd, begonnen de muren te trillen. Achter elke muur klonken orgasmen. Orgasmen links, orgasmen rechts. Als er een WK Orgasmen bestond, zou Bangkok zeker winnen. Van alle kanten, zowel beneden als boven, dus in totaal vier keer een man en een vrouw (met of zonder penis), die het tegelijkertijd met elkaar aan het doen zijn, om dat kamertje heen, dat iets groter was dan een celletje op Schiphol. Het begon met voorzichtige stille bewegingen, waarna het veranderde in een soort boksen met bedden en daarna in geschop tegen de muren, gevolgd door luid geschreeuw. '*I come!*' Diezelfde schreeuw niet lang daarna in het Chinees, Frans, Duits en andere talen die ik niet begreep, maar wat ongetwijfeld allemaal datzelfde betekende. Soms hoorde je voor de schreeuw een vrouwenstem in Aziatisch Engels zeggen: '*You must finish now.*'

En zo draaide ik in mijn bed en ik hoorde die orgasmen van alle kanten om mij heen. Even werd het stil, dan begon de ene muur te trillen en daarna de volgende en de volgende, om weer stil te worden en van voren af aan te beginnen. Ik woonde niet in een kamer, maar in een trommel. Ongeveer tot vijf uur 's nachts ging het gebonk door, daarna werd het even stil en dan hadden ook de ratten en muizen geen last meer van de orgasmen en begonnen zij weer geluid te maken. Gelukkig was dat minder erg en kon ik slapen tot om zeven uur het lawaai van Bangkok begon.

Een goedkoper hostel was er niet. Werk vinden in Thailand was erg lastig, daarom wilde ik naar Maleisië gaan. Maar ik had een probleem: op de migratiepapieren stond de naam uit het Iraakse paspoort dat ik niet meer had en niet de naam uit het Nederlandse paspoort dat ik nog wel had.

Ik ontmoette een Algerijnse jongen die mij naar de Soi San of San Soi Straat bracht. Daar bleek een markt te zijn voor paspoorten, identiteitskaarten, rijbewijzen, pinpassen en noem maar op. Je ging die straat in met een paar honderd dollar en je kwam eruit zoals je maar wilde: als Zweed, Portugees, Amerikaan of Qatarees, inclusief rijbewijs, voor auto, vrachtwagen, bus, trein, schip of een vliegbrevet. Ik verliet de straat vier uur later vijftig dollar lichter, maar met migratiepapieren met de gegevens van het valse paspoort. Gestempeld op het vliegveld. Ik sliep voor de laatste keer tussen de orgasmen van anderen en verliet de volgende ochtend Bangkok, een stad waar ik zou kunnen wonen als ik er maar werk kon vinden.

Ik nam de trein richting Maleisië. De deuren van de oude Thaise treinen gingen niet dicht, ook niet als ze begonnen te rijden. Langs sommige dorpjes reed hij zo langzaam dat je eruit of erin kon springen. Jongens en meisjes deden dat laatste om fruit in zakjes te verkopen en sprongen er het volgende dorp weer uit. De treinreis duurde dertig uur. Ik was niet bang, want sinds ze mij op het vliegveld niet hadden gesnapt, vertrouwde ik meer op het valse paspoort in mijn broekzak. Ik herinner me de ramen van die oude trein, die je moeilijk kon openen als ze dicht waren en moeilijk kon sluiten als ze open waren. Ik herinner me de enorme tropische bomen buiten en de landschappen die voorbij trokken. In die trein zat ik niet als vluchteling, maar als reiziger. Ik had zeventig Amerikaanse dollar in mijn broekzak, Bangkok verdween achter mij en Kuala Lumpur kwam steeds dichterbij.

43

Elk stuk ijzer in die trein maakte lawaai. Elke schroef. Elk raam, alle deuren, die tijdens de rit open en dicht schoven. Als de trein na een stop weer begon te rijden, leek het eerder alsof hij last van pijn had dan van roest. Alsof de wielen het spoor smeekten te mogen stoppen. In een van de dorpjes remde de trein af. Een klein meisje sprong naar binnen met een mand. Ik kocht van haar witte rijst en gebakken vis en gaf haar geld. Uit haar gebaar begreep ik dat ze geen wisselgeld had. Glimlachend nam ze mijn briefje en sprong uit de trein. Het bedrag was niet veel te hoog, en de vis smaakte goed, maar ik verbaasde me, omdat in het volgende dorp datzelfde meisje instapte om mij het wisselgeld te betalen. Alsof ze van het ene naar het andere dorp was gerend.

Soms ging de trein zo langzaam dat reizigers even naar buiten stapten om de benen te strekken en na een korte wandeling weer in te stappen. Mijn hele lichaam deed al snel pijn, ik legde mijn hoofd op mijn tas en sliep. Toen ik wakker werd, hield ik het niet meer, stapte uit en nam de bus naar Kuala Lumpur. Die reed en reed, alsof Kuala Lumpur aan het einde van de wereld lag.

Reizen met een vals paspoort zorgt ervoor dat het woord grens het meest vreselijke is dat je kan horen. Aan de ene kant wil je dichter bij de grens komen en die oversteken, zodat je onrust eindigt, aan de andere kant niet. De reizigers in de bus sliepen, het meisje naast mij ook. De buschauffeur en ik niet.

Bij de grens stempelde de Thaise douanebeambte onze paspoorten snel en even later stonden we bij de Maleisische douane. Ik gaf mijn valse Nederlandse paspoort aan de Maleisische beambte. Hij bekeek het aandachtig en vroeg naar mijn ticket. Hij begon door het paspoort te bladeren.

'Sorry, heb je nog iets anders bij het paspoort?' vroeg hij mij.

'Hoe bedoelt u?'

'Een rijbewijs ofzo?'

'Ik rij geen auto,' zei ik.

'Bankpasje dan? Identiteitskaart?'

'Ik heb alleen mijn paspoort, want op reis neem ik alleen mijn paspoort mee,' zei ik. Hij keek me twijfelend aan en vroeg me mijn tas uit de bus te halen voor een volgende controle.

'Sorry, meneer, maar ik heb een afspraak in Kuala Lumpur.'

'Maakt u zich geen zorgen, na de controle kunt u door.' Hij keek mij recht in de ogen. 'Maar met wie heeft u dan een afspraak?' Hij pakte pen en papier om de naam te noteren. Ik schrok van zijn onverwachte vraag.

'Kunt u mij alstublieft vertellen met wie u een afspraak heeft?' herhaalde hij en keek mij weer in de ogen om me duidelijk te maken dat hij snel een antwoord verwachtte. Ik wist geen enkele Nederlandse naam, behalve Van Gogh en Rembrandt, maar een afspraak met een van hen in Kuala Lumpur die dag was onmogelijk. Ik moest snel antwoord geven.

'Marco van Basten,' zei ik. Mijn jongste broer was fan van het Nederlandse voetbalelftal en had altijd overal posters hangen van die man. De beambte gaf mij de pen en het papier.

'Kunt u zijn naam alstublieft spellen?' Ook die vraag verbaasde mij. Ik wist hoe ik het uitsprak en hoe het in het Arabisch geschreven werd, maar niet met Latijnse letters, laat staan in het Nederlands. Ik begon het fonetisch op te schrijven: Marku-fan Baristen. Hij vroeg mij beleefd om te gaan zitten.

'Heeft u het adres van Marco van Basten in Kuala Lumpur?' vroeg hij. Ik zei dat ik zijn adres niet had, maar dat ik hem zou ontmoeten op het busstation. Juist daarom wilde ik deze bus niet missen. Hij vroeg mij hoe ik Marco van Basten kende en gaf mij een ander stuk papier en vroeg mij weer zijn naam op te schrijven. Ik wist niet hoe ik het de eerste keer precies had geschreven, en schreef het anders. De beambte vergeleek de twee papiertjes, terwijl hij mij liet zien dat hij ze aan het vergelijken was. Vervolgens keek hij mij met een vraagteken in zijn gezicht aan.

'Heeft u geld bij zich?'

'Ja,' zei ik.

'Kan ik het zien?' Ik pakte de zestig dollar die ik nog over had, en een paar Thaise biljetten.

'Is dat alles?'

'Ja.'

'En u reist niet met bankpas of travellercheques?' Hij telde het geld, gaf het mij terug, onderzocht met mijn toestemming mijn tas en vond in een borstzak van een van de overhemden een briefje met het telefoonnummer van een vriend van mij die Mohammed heette. Opgeschreven in het Arabisch.

'Dus u bent een Nederlander?'

'Ja,' zei ik en hij keek naar het papiertje.

'Maar u begrijpt Arabisch?'

'Ja,' zei ik, terwijl de Maleisische grens begon te veranderen in een dik touw om mijn nek.

'Spreekt u ook Nederlands?' Ik knikte. De informatie in het valse paspoort had ik goed bestudeerd, maar ik had er niet aan gedacht dat het best belangrijk is dat een Nederlander Nederlands spreekt, en dat een Nederlander het telefoonnummer van iemand die Mohammed heet niet in het Arabisch opschrijft. Ik wist dat het niet goed zat. Hij belde iemand en sprak in het Maleis.

'Maakt u zich geen zorgen, we brengen u naar KL. Kuala Lumpur, bedoel ik,' zei hij na mijn geschrokken gezicht en hij glimlachte oprecht. Zijn glimlach was zeker vijftig dollar waard, want het gaf mij hoop dat hij niet boos of agressief was en mij misschien zou laten gaan. Er kwam een andere agent bij, ze spraken met elkaar in het Maleis en de ander nam het Nederlandse paspoort in zijn hand.

'Luister, meneer, als u de waarheid spreekt, helpen we u, maar als u geen echte Nederlander bent, zeg het dan. We kunnen daar heel makkelijk achterkomen, maar dat kost tijd. Als u het nu zegt, is dat beter voor u. Dus, bent u Nederlander?'

'Nee,' zei ik.

'Waarom heeft u een Nederlands paspoort?'

'Om te kunnen reizen,' zei ik.

'Waar komt u dan vandaan?'

'Irak.'

'O, Irak.' Daarna hoorde ik alleen nog *'follow me,'* alsof het woord Irak mij plots veranderde van een mens in een hond die zijn baas moet volgen.

In een kantoortje moest ik wachten. Ik was als een steen waarvan iemand dacht dat die veel waard was, tot hij ontdekte dat ik een gewone kiezel was en mij voor zijn schoenen smeet. Met een rode Maleisische stempel in mijn paspoort zou ook de Thaise politie rood stempelen en dat zou een enkeltje Irak betekenen en daar zou niet mijn paspoort met rood bestempeld worden, maar mijn lichaam en daar zou ik in een van de massagraven van Saddam Hoessein eindigen. De wereld vol continenten, bergen, oceanen en woestijnen kan veranderen in het oog van een naald.

Van de drie of vier Maleisische agenten was er een die aldoor glimlachte. Af en toe bracht hij me een flesje water, dat ik opdronk en meteen weer uitzweette. Hij herhaalde *'don't worry'* en vroeg mij waar in Irak ik vandaan kwam, wat ik daar deed, en waarom ik geen Iraaks paspoort had. Het voelde als persoonlijke interesse. Hij was nog jong, misschien had hij nog niet zo veel ervaring met het werk bij de grens. Na een tijdje vroeg hij mij of ik moslim was en ik knikte.

'Don't worry, Allah will help you,' zei hij. Ik wilde hem zeggen dat ik liever had dat hij me zou helpen, maar door de manier waarop hij dat zinnetje uitsprak, geloofde ik dat God mij kon helpen.

'Weet u misschien wat er met mij gaat gebeuren?' vroeg ik.

'Met dit paspoort kom je Maleisië niet in. Maar don't worry. We sturen je niet naar de gevangenis, maar terug naar Thailand.'

'Kunt u iets voor mij doen?' vroeg ik.

'Zeg het maar.'

'Kan ik hier wat langer blijven en dan teruggestuurd worden? Want als jullie mij meteen terugsturen, zal de Thaise douane twijfelen. En zou ik zonder rode stempel kunnen terugkeren?'

'Ik weet het niet,' zei hij en glimlachte en ging. Dit keer was zijn glimlach zeker duizend dollar waard. Kort daarop kwam hij terug en glimlachte. 'Don't worry. Ik werk tot acht uur en net voor die tijd neem je de bus terug naar Thailand.'

'En de stempel?'

'Kan ik niet zeggen.'

Om halfacht zei de agent me glimlachend hem te volgen. Hij gaf me zijn hand en hij klopte op mijn schouder.

'Allah will help you,' zei hij voordat hij mij het paspoort gaf en ik de bus naar Thailand instapte. Trillend ging ik zitten, opende het paspoort en bladerde het door. Geen rode stempel. Opgelucht haalde ik adem en vanaf dat moment hield ik van Maleisië.

Wat zou er nu bij de Thaise grens gebeuren? Zouden ze vragen waarom ik slechts een paar uur later alweer terug was? En wat moest ik antwoorden? Het trillen van angst begon weer, met excuses aan diegenen die al die douanes en dat getril bij grenzen nu wel zat zijn. Uiteindelijk is de douane bij de grens slechts een meter met een agent. Erachter ligt een land, met bergen en rivieren en meertjes. Snelwegen, zandwegen, ziekenhuizen, restaurantjes, musea, hostels. Met een vals paspoort eindigt je vrijheid na die meter, of ze begint.

De Thaise beambte stempelde mijn paspoort zonder er zelfs maar goed naar te kijken, of naar mij, en gooide het met een nonchalant half cirkeltje op de balie terug. In het volgende kleine stadje nam ik de trein naar Bangkok. Nu had ik geen cent meer. Letterlijk. En als de honger weet dat je niets meer hebt, bijt hij harder.

44

De Boeddha-standbeelden boden geen soelaas, want het regende. In een Indiaas restaurant vroeg ik een medewerker of hij me voor mijn hond wat restjes eten kon geven. Ik kreeg elke dag een zwarte zak vol halve broden en botten, liep ermee naar een stil hoekje en at ervan. Mijn dagen bracht ik door op zoek naar die onzichtbare hond. De dag betekende mijn maag vullen, de nacht mijn lichaam verstoppen voor politie en muggen. Hoe harder de regen, hoe minder eten Boeddha bracht. Ik zwierf door de straten, zat onder bomen, keek naar muren, kwam weer aan bij de markt, zonder doel verstreek de tijd.

Na een paar dagen in verlaten hoekjes slapen, vond ik mezelf weer in Khao San Road. Dat was fijn. Hoe meer westerse toeristen, hoe minder politie en controle.

Vooral na mijn ervaring bij de Maleisische grens verbaasde die macht mij, die macht die Europa had.

Ik praatte met vele westerse toeristen om hun macht te begrijpen, maar ik ontdekte dat de meesten op reis waren om zichzelf te vinden, zoals een van hen het formuleerde. Dat klonk raar. Een mens die zichzelf moest vinden? Had hij het ergens verloren? En als hij op reis was om zichzelf te vinden, waar kwam dan die macht vandaan, dat iedereen respect voor hen had, terwijl ik alleen mijn lichaam wilde beschermen tegen Saddam Hoessein en nergens respect kreeg. Het bleek dat de meeste westerlingen die ik tegenkwam, de wereld niet eens goed kenden. Mensen vergissen zich vaak, ze denken dat ik uit Iran kom, maar met een Khomeini die de macht had in Bagdad en een Saddam die in Teheran regeerde. Dat is minstens zo onjuist als te zeggen dat Hitler de leider van de Sovjet-Unie was en Stalin de Führer van het Derde Rijk.

Wat mij ook verbaasde van de westerse reizigers was hun smerigheid. Een meisje met Europees paspoort en daarnaast allerlei kaarten van verzekeringsmaatschappijen, banken en weet ik wat, en daar liep ze op haar blote voeten met onder haar oksels haar van zevenenhalve centimeter, krabbend op haar hoofd met een vieze geur om zich heen, omdat ze lang niet gedoucht had. Als je met haar sprak, vertelde ze dat ze een paar weken op reis was om precies te doen wat ze wilde, iets wat ze in haar eigen land niet durfde. Dat ze zichzelf wilde zijn.

Als ik met zo'n reiziger over literatuur wilde praten, kon dat alleen over boeken die door Hollywood in films waren veranderd. Iedereen kende Bob Marley en de hoeveelheid haartjes op zijn kont, maar niemand wist hoeveel cd's hij op zijn naam had staan. Ik weet het, niet alle Europeanen zijn zo, maar dat was mijn eerste indruk.

Ik herinner me een van die reizigers, laten we hem Oscar noemen. Hij was een jaar of dertig en zat op het terras bier te drinken en na te denken over welk restaurant hij zou kiezen voor de lunch of het diner. Hij werd vaak vergezeld door twee Duitse meiden en een blonde Deen en ik ging regelmatig bij ze zitten om te pauzeren van mijn angst voor de politie, want bij hun aan tafel kwamen er geen agenten langs en als ze wel kwamen, liepen ze zonder op of om te kijken weer door. Oscar vond dat alle mensen gelijk zijn en dat grenzen, visa, paspoorten en geld geannuleerd moesten worden, zodat de wereld voor iedereen werd. Ik vroeg hem eens waar hij vandaan kwam. Hij werd boos en begon mij een halfuur lang uit te leggen dat hij zich mens voelde op aarde, en dat het niet belangrijk was waar hij vandaan kwam, want dat land was niet zijn keuze.

'Maar je vroeg mij een paar dagen geleden waar ik vandaan kwam,' zei ik. 'Dan mag ik het jou ook vragen, toch?'

'Heb ik jou dat gevraagd?' zei hij verbaasd. 'Sorry als ik dat heb gedaan. Mijn oprechte excuses.'

Elke keer luisterde ik bij hen naar dezelfde les van Oscar. Mensen waren gelijk.

'Jij en ik ook,' zei hij.

'Het spijt me, maar jij en ik zijn niet gelijk en zullen nooit gelijk zijn,' zei ik eens.

'Wel, wel,' bracht hij in. 'We zijn allebei mensen. Jij een mens, ik een mens.'

'Mooi wat je zegt,' zei een van de Duitse meisjes.

'Jij gelooft niet in grenzen, landen, nationaliteiten, geld en paspoorten, toch? Geef me dan jouw paspoort, jouw bankpasje, jouw travellercheques. Ik geloof er meer in dan in mezelf,' zei ik en ik meende elk woord. Ik zou alles van hem hebben aangenomen, maar hij zou dat zeker niet doen.

Zo luisterde ik urenlang naar de bijzondere filosofieën van westerlingen om maar niet door de politie gecontroleerd te worden.

Omdat Thailand een van de weinige landen was die visa gaven aan Irakezen, zaten er veel landgenoten van mij in Bangkok, die probeerden van daaruit verder gesmokkeld te worden naar landen die asiel gaven. Velen van hen zaten in hotelletjes op Khao San Road. Algauw ontmoette ik er een paar. Een rare mix. Alle leeftijden, alle religies, alle kleuren en talen. Het enige dat hetzelfde was: angst voor Saddam Hoessein en hoop op een land dat asiel geeft. Sommigen was het niet gelukt om gesmokkeld te worden en hadden geen geld meer om het nog eens te proberen. Anderen zaten midden in het proces of zaten te wachten tot een vriend of familielid hun geld stuurde.

Om met een vals paspoort in een vliegtuig terecht te komen op een Europees vliegveld van een land waar je asiel kon aanvragen, had je een smokkelaar nodig. In Bangkok waren er meer smokkelaars dan soorten kaas in Nederland. Vier van hen golden als het meest betrouwbaar, een Iraniër, een Pakistani, een Palestijn en een Jordaniër.

Ik leerde de Palestijn kennen, die wij Galileo noemden. Ik had al over hem gehoord en ontmoette hem dankzij Sjakir. Sjakir was een lange Irakees van vijfentwintig, maar vanbinnen een kind en omdat hij geen ervaring had in het leven, was hij al zijn geld verloren aan onbetrouwbare smokkelaars en eindigde hij op straat toen zijn familie in Irak niets meer had om te verkopen om geld naar hem op te kunnen sturen. Hij was mijn gids in Bangkok. Omdat hij er al zolang was, wist hij precies waar hij afval kon vinden dat nog eetbaar was en kende hij plekken met minder muggen. Hij vertelde mij over die vier betrouwbare smokkelaars en zei dat hij als hij ooit door een wonder geld zou hebben, hij door Galileo gesmokkeld wilde worden. De wachtlijst voor Galileo was lang. Hij nam namelijk maar één keer geld van zijn klanten aan, en bleef proberen ze de grens over te smokkelen totdat het gelukt was, ongeacht hoe vaak ze werden opgepakt. Dan haalde hij ze ook weer uit de gevangenis, door de politie te betalen.

Op een dag kwam Sjakir breed glimlachend naar mij toe. Hij bleek niet blij voor zichzelf, maar voor mij.

'Jouw kans!' zei hij en omhelsde mij stevig. 'Zomaar! Zonder een cent te betalen!' Ik wist niet dat hij het serieus meende.

45

Smokkelkosten voor een Irakees in Bangkok: minstens vierduizend dollar als je Engels sprak. Tussen de zeven- en tienduizend als je geen Engels sprak. Blond zijn vergemakkelijkte het proces en maakte het goedkoper, zo'n 2.500 dollar, want met donker haar was het lastiger iemand te smokkelen met een Zweeds, Deens of Noors paspoort op een originele Scandinavische naam. De duurste paspoorten waren de Europese op Arabische of Turkse naam. Spaanse, Portugese, Italiaanse of Griekse paspoorten waren goud waard. Het Nederlandse paspoort was om eerlijk te zijn het goedkoopste. Omdat je in Nederland softdrugs mag kopen, word je met een Nederlands paspoort snel verdacht van drugssmokkel en zijn die paspoorten dus niet zo heel populair. Daardoor kon ik twee keer met een Nederlands paspoort reizen, eerst om Jordanië uit te komen en de tweede keer om van Vietnam naar Nederland te vliegen. En van drugssmokkel ben ik nooit verdacht.

Ik begreep niet wat Sjakir bedoelde, maar er bleek een Iraakse vrouw te zijn die alleen Arabisch sprak en naar Engeland gesmokkeld wilde worden. Ze was al vele malen op het vliegveld opgepakt en het kostte Galileo handenvol geld om haar elke keer vrij te krijgen. Sjakir had Galileo verteld dat ik Engels sprak en met haar naar Engeland kon gaan. Ik was verrast, maar Sjakir greep mij bij de hand en nam mij mee naar Galileo.

'Dit is je kans! Je kan naar Engeland en daar krijg je asiel en een paspoort en dan kun je gaan waarheen je wilt!' zei hij. Een uur later zat ik tegenover Galileo. Hij sprak het Palestijnse dialect dat ik had geleerd van de Palestijnse vluchtelingen in az-Zarka in Jordanië. Dat zorgde ervoor dat hij me snel vertrouwde.

'Ik heb een koe en ik wil haar naar Londen smokkelen,' zei hij uitgeput. 'Het gaat elke keer mis en dat kostte mij mijn halve kop.' Hij deed zijn pet af en liet zien dat hij half kaal was.

'En wat moet ik doen?' vroeg ik.

'Ik hoorde dat je Engels spreekt. Ik regel een paspoort en een vliegticket. Jij gaat met haar naar het vliegveld en zij zegt niets. Je gaat met haar inchecken en boarden, hup, het vliegtuig in en klaar. Wat denk je? Vijf minuutjes babbelen in Bangkok en zo sta je straks in Londen.'

'Klinkt interessant. Ik heb een Nederlands paspoort,' zei ik.

'Perfect, dan kost je mij alleen het ticket. Word je gepakt, dan haal ik je uit de nor en zorg voor een nieuw paspoort.' Ik liet hem mijn Nederlandse paspoort zien, maar hij keek er nog geen seconde in en gooide het voor mij op de grond.

'Dat is geen paspoort. Dat is niets,' zei hij.

'Niets?'

'Kijk naar je foto!' Ik nam het paspoort van de grond en keek naar de foto. 'Zie je het?' vroeg Galileo, terwijl ik de foto bestudeerde, maar ik zag het probleem niet. 'Niet de aanpassing, maar de foto zelf.'

'Hoe bedoel je?'

'Met een Nederlands paspoort en zo'n foto zeg je tegen elke agent ter wereld: pak mij!'

'Hoezo?'

'Kijk naar je snor! Die op de foto!' Ik had een flinke snor. Zoals iemand uit het zuiden van Irak, zo stond ik op de foto. 'Doorzoek heel Nederland, nergens vind je zo'n dikke snor!'

Nu hij het zei, besefte ik dat ik nog nooit een westerse toerist had gezien met een snor. Ze hadden of geen haar op hun gezicht, of een snor met baard. Plotseling werd ik bang voor het paspoort dat me vlak daarvoor nog een veilig gevoel had gegeven.

'Maar hiermee hebben ze mij toegelaten,' zei ik.

'Het probleem is niet hoe je Thailand in komt. Echt niet. Zelfs met een foto van een ezel was je nog binnengekomen, maar: hoe kom je eruit?' Nu begreep ik waarom ze mij bij de Maleisische grens eruit gepikt hadden. Ik nam afscheid van mijn snor, spoelde die door het riool van Bangkok en besloot nooit meer een snor te nemen.

Het plan was dat ik mijn valse Nederlandse paspoort bij Galileo zou achterlaten. Hij bezorgde mij een ander, met een vliegticket. Ik ging met de Iraakse Nahieda naar het vliegveld van Bangkok en zodra zij in het vliegtuig naar Londen zat, hield mijn verantwoordelijkheid op. Met deze dienst betaalde ik de kosten voor het paspoort en het vliegticket. Eenmaal in de lucht was het Nederlandse paspoort dat bij hem achterbleef niet meer van mij. Zouden we worden gepakt, dan zou hij ons vrijkopen en mij mijn valse Nederlandse paspoort teruggeven of een betere kopie laten maken. Ik moest in elk geval een nieuwe foto hebben.

Ali al-Karbala'i was eind twintig en kwam uit de Iraakse stad Karbala. De Irakezen in Bangkok noemden hem Ali Taxi, want hij regelde taxi's voor de vluchtelingen. Ook was hij degene die tegen Galileo zei wie er aan de beurt was voor de volgende reis, waardoor hij stiekem veel extra geld verdiende aan vluchtelingen die voor hun beurt gesmokkeld wilden worden. Altijd droeg hij nette kleren en sprak voorzichtig en wist precies wat hij zei. Als je hem voor het eerst zag, leek hij te vertrouwen. Later zou ik erachter komen dat hij een monster was, bedekt met enorme slimheid. Hij nam mij mee om een foto te laten maken voor het nieuwe paspoort dat Galileo voor mij zou regelen. Toen we alleen waren, veranderde hij in iemand anders, iemand die elke cent die hij kan in zijn eigen zak steekt.

'Heb je geld voor de foto?' vroeg hij, terwijl Galileo alle kosten zou betalen. Om niet met hem te botsen, betaalde ik van het beetje dat ik nog had voor de foto. Zo ontdekte ik dat als Galileo niet in de buurt was, Ali al-Karbala'i slechts één ding wilde van de vluchtelingen: meer geld. Daarna zei hij dat ik in een hotel moest slapen tot mijn vertrek. Ik zei dat ik daar geen geld voor had. Pas terug bij Galileo wilde hij mij de honderd dollar geven, die Galileo hem daarvoor al had overhandigd, voor de dagelijkse kosten en voor het geval de politie mij zou pakken in de tussentijd. Het geld nam ik niet aan, want dat voelde alsof ik niet gesmokkeld zou worden, maar voor hen werkte. Maar het dak en de douche die Galileo me aanbood had ik nodig, dus sliep ik in een bed, tot Ali al-Karbala'i een taxi regelde voor Nahieda en mij. Allebei hadden we nu een Engels paspoort. De naam van de Iraakse vrouw op het paspoort was Turks en die van mij Marokkaans. In de taxi herhaalde Nahieda de naam die in het paspoort stond de hele tijd, om die uit het hoofd te leren. Glimlachend vroeg de taxichauffeur mij waarmee mijn vrouw bezig was.

'Ze herhaalt haar naam,' zei ik. Hij lachte hard.

'Waarom?'

'Omdat ze vaak haar naam vergeet. Ze is gek,' zei ik en hij lachte nog harder. Bij het vliegveld werd het gezicht van de vrouw bleek. Ze keek mij bang aan en vroeg mij met een zielige, bange stem: 'Je laat mij hier niet achter, toch? We komen uit hetzelfde land.' Bij elk woord werd haar stem zieliger, alsof ik net had gezegd dat ik haar achter zou laten.

'Waarom zou ik dat doen?'

'Ali Taxi waarschuwde mij daarvoor. Hij zei dat ik je in de gaten moest houden, zodat je niet alleen gaat. Hij zei dat je wil reizen en geen geld hebt en op straat woont.'

'Maak je geen zorgen, ik laat je hier niet achter,' zei ik.

'Mijn twee broers wonen in Engeland, ze kennen veel mensen. Ze zullen jou daar zeker helpen als we aangekomen zijn,' zei ze met zorgelijke stem.

'Ook als je daar niemand zou kennen, zou ik je niet in de steek laten. Maar praat nu geen Arabisch meer! En volg mij.'

Waarom Galileo had gezegd dat hij een koe had die naar Londen gesmokkeld moest worden, begrijp ik nog steeds niet. Een kudde koeien, inclusief een paar stieren, was makkelijker geweest. Die vrouw was zo dom. Zelfs een leger van smokkelaars zou het niet voor elkaar gekregen hebben. Zelfs met een officieel paspoort zou ze Londen niet kunnen bereiken.

We hadden twee koffers, omdat Galileo niet wilde dat er getwijfeld zou worden aan de reden van ons verblijf in Thailand. In de koffers zaten Engelse boeken, souvenirs uit Bangkok, flesjes shampoo, massageolie, condooms en zelfs een vibrator. Alles wat een Engelse vrouw in Thailand nodig had.

We gingen in de rij staan om in te checken. Elke keer als de rij iets opschoof, riep Nahieda zenuwachtig iets, alsof ik ervandoor zou gaan. Ik ging dichter bij haar staan, maar nu was ze bang dat ik haar zou omhelzen of zoenen. Ze smeekte en smeekte, soms zelfs met tranen, dat ik haar niet moest verlaten, niet voordat ze in het vliegtuig zat. Ik smeekte haar haar mond te houden. De situatie was afschuwelijk, er kwam zelfs een vliegveldmedewerker naar haar toe om haar in het Engels te vragen of alles oké was. Angstig keek ze naar mij, alsof ze nooit eerder het woord oké had gehoord. Een gezicht vol angst en tranen. Ik zei tegen de man dat alles oké was, de man glimlachte en ging weg. In de rij stopte ze met smeken, maar begon ze te trillen. Ze vroeg Allah hardop haar te helpen. Ik fluisterde in haar oor dat Allah niet de God van de Engelsen was, maar van de Irakezen, en dat ze de Koran in zichzelf moest opzeggen, niet hardop, met dat Engelse paspoort in haar hand.

'*Everything okay?*' vroeg de medewerker van de check-in. Ze keek de stewardess met een angstig gezicht aan.

'*Yes, everything okay,*' zei ik tegen de vrouw. 'Ze is alleen wat moe, want ze is tweeënhalve maand zwanger van haar eerste kind.' De stewardess glimlachte.

'Gefeliciteerd, *great*,' zei ze. Zo kwamen we als door een wonder door de check-in, maar ik wist dat we een groter wonder nodig hadden om door de douane te komen.

Nu stonden we in de rij voor een douanebeambte. Nahieda draaide zich zenuwachtig om en bleef maar achterom kijken om te zien of ik niet was weggegaan. Andere reizigers keken verbaasd of wantrouwend naar ons. Hoe dichter we bij de beambte kwamen, hoe opzichtiger ze trilde. Wat was ik een idioot dat ik niet was teruggegaan naar de uitgang van het vliegveld, terug naar Galileo, hoe stom was ik om hier in de rij te staan met haar. Niet om naar een vliegtuig en daarna naar Londen te gaan, maar om in een Thaise of Iraakse cel terecht te komen. De rij vorderde, toen Nahieda me met bleek gezicht influisterde: 'Die man daar bij de douane kijkt naar de paspoorten.'

'Ja, waar moet hij anders naar kijken? De konten van de reizigers?' siste ik.

'Is er een andere weg naar het vliegtuig?' zei ze hardop in het Arabisch.

Galileo had Nahieda niet verteld hoe ze zich op het vliegveld moest gedragen, of in elk geval niet duidelijk genoeg. En Nahieda zelf was niet wereldwijs genoeg, wat overigens voor veel Arabische vrouwen geldt. Galileo had haar het paspoort gegeven en gevraagd de informatie erin goed te bestuderen. Nahieda deed niets anders dan proberen de Turkse naam te onthouden. De rest van de gegevens was niet gelukt. Dichterbij de douanebeambte fluisterde ik in het oor van Nahieda dat ze niets hoefde te zeggen, ik zou het paspoort aan de douanier geven. Ze hoefde alleen te glimlachen. Maar toen we al bijna voorin de rij stonden, zei ze dat ze naar de wc wilde. Ik wees haar haastig de weg naar de wc, maar ze was bang dat ik er dan vandoor zou gaan. Om haar gerust te stellen, gaf ik haar de twee paspoorten en de boardingpassen en ze snelde naar de wc. Even later kwam ze terug, maar voor ze goed en wel in de rij was teruggekeerd, moest ze weer naar de wc. Toen er nog maar één reiziger voor ons stond, wilde ze weer, haar darmen persten zich samen van angst.

'Wacht even, niet nu. Nog een paar minuten, dan zijn we door de douane. Dan kun je urenlang op de wc zitten.'

'Ik kan niet meer, ik moet,' zei ze. Ze zou ontploffen, dus ging ze en ik moest opnieuw aansluiten in een andere rij. Toen we na een eeuwigheid aan de beurt waren, vroeg ik Nahieda de twee paspoorten af te geven. De beambte gebaarde dat we één voor één langs zijn loket moesten. Ik gaf haar haar paspoort en knikte haar om naar de douanier te gaan. Ze ging voor de beambte staan, maar draaide zich om en ging met haar rug naar hem toe staan, alsof de agent haar kont moest controleren en niet haar paspoort. Wanhopig keek ze mij aan en ik siste in het Arabisch dat ze zich moest omdraaien en de agent moest aankijken. Hij keek verbaasd naar die rare scène die zich voor hem afspeelde. Hij vroeg haar iets wat ik niet kon verstaan, zij draaide zich om naar mij en ze wenkte. De agent probeerde met haar te praten, maar zij riep in het Arabisch dat ik moest vertalen. De rij achter ons werd langer en langer. Sommige reizigers begonnen naar andere rijen te gaan. Nu wenkte de agent mij.

'Reizen jullie samen?'

'Ja. Ze is mijn vrouw.' Hij vroeg me hoelang we in Thailand waren geweest en waarom we geen retourticket hadden gekocht in Londen, maar in Bangkok. Ik zei dat we wel een retourticket hadden, maar dat dat door omstandigheden verlopen was. Hij wilde het andere ticket zien, maar ik zei dat ik dat niet meer had. Hij keek van het ene paspoort naar het andere en naar de entreestempels in zijn computer. Hij vroeg of wij samen naar Bangkok gekomen waren. Ik knikte, waarop hij me wantrouwend aankeek. Misschien stond er iets anders op het scherm. Iets anders dan de paspoorten konden we niet laten zien en ik wist dat we slechts in twee gevallen konden doorlopen: als hij een ezel was of door een wonder.

We werden naar een ruimte gebracht waar onze spullen werden bekeken en waar we hoorden dat we alleen met een papier van de Britse ambassade zouden kunnen reizen, waarin bevestigd werd dat wij de eigenaren waren van die paspoorten. De paspoorten hielden zij bij zich.

'Maar we hebben ze nodig,' zei ik, niet omdat ik ze terug wilde, maar om hem niet te laten merken dat ik alleen de uitgang van het vliegveld wilde halen.

'Als u niet wilt dat de paspoorten bij ons blijven, dan moeten jullie in Thailand blijven.' Na twintig minuten stonden we weer buiten.

Ik keek naar de lucht, we namen snel een taxi met geld dat Galileo gegeven had voor als het niet zou lukken en na een lange file waren we terug in hetzelfde hotel en was het enige dat ik wilde mijn Nederlandse paspoort terug, om te kunnen verdwijnen. Ali al-Karbala'i vertelde me dat niet hij het Nederlandse paspoort had, maar Galileo en die zei later dat hij het bij een Chinees had achtergelaten die de foto zou veranderen naar een betere, zonder snor. Na een paar dagen zonder paspoort kreeg ik van hem een Iraaks paspoort met mijn foto, die van een man was geweest die zelf inmiddels was doorgesmokkeld. Er stond nog een visum op voor een maand. In plaats van in Londen aankomen als Engelsman of rondlopen in Bangkok als Nederlander, was ik een voor één maand geldige Irakees op straat. Na een paar dagen zag ik Galileo weer en vroeg hem naar het Nederlandse paspoort. Hij zei dat hij al iemand ermee had weggesmokkeld, maar hij zou een betere vervalsing voor mij regelen, met rijbewijs en identiteitskaart. Hij nodigde mij uit bij hem te eten en ik sprong achter op zijn brommer. Na een uur beklommen we de trap van het gebouw waar hij een appartementje had met zijn Engelse vriendin Amy.

'Weet je dat ik je nu vertrouw?' zei Galileo, terwijl hij een jointje rookte met Amy. 'Ik vertrouw jou meer dan Ali al-Karbala'i.' Ik zweeg. 'Je had naar Londen kunnen gaan en die arme vrouw achter kunnen laten, maar je bleef bij haar.'

'Heb je echt iemand gesmokkeld met mijn Nederlandse paspoort?' vroeg ik, omdat ik elke keer iets anders hoorde.

'Je zal het paspoort zeker terugzien, maar als je even wacht, krijg je een beter exemplaar.'

'Ik wil het liever nu terug. Ik ben nog maar tweeënhalve week Irakees en daarna ben ik niemand meer.'

Galileo liep naar een andere kamer en gaf mij mijn paspoort terug. Ik wilde het Iraakse paspoort aan hem teruggeven.

'Hoeft niet. Verstop het Nederlandse ergens en loop rond

met het Iraakse, ook als het niet meer geldig is. Je kan altijd bewijzen dat je Irakees bent, ook met een vals Iraaks paspoort, maar met dat paspoort met die snor kun je nooit bewijzen dat je een Nederlander bent, ook als dat echt zo was. Wat denk je, kun je het nog eens proberen met Nahieda?'

'Geef mij honderd koeien met honderd Engelse, Franse of Deense paspoorten, dan is er hoop dat ze kunnen boarden, maar met die vrouw durf ik niet meer. '

'Waarom niet?'

'Ik ben al eens op het vliegveld van Bangkok geland met een vals Nederlands paspoort en nu heb ik het geprobeerd met een Engels paspoort. Een derde keer heb ik misschien niet het geluk het vliegveld als vrij man te kunnen verlaten.' Ik nam afscheid van hem. Hij wilde mij zelf naar Khao San Road brengen, maar ik zei dat ik zelf mijn weg wel zou vinden. Zo stond ik op straat met twee paspoorten, wat het ingewikkeld maakte, want als je werd gepakt met twee verschillende paspoorten, was het duidelijk dat er minimaal één vals moest zijn.

46

Soms stoppen hersenen met werken en wordt een mens een boot waarvan de kapitein slaapt of dood is, zonder richting of bestemming. Ik liep door de drukke straten van Bangkok en wist niet waar ik heen moest. Ik wachtte gewoon tot ik niet meer kon lopen en ik ergens in slaap zou vallen. Vanaf het moment drie jaar daarvoor dat ik mijn huis had verlaten, had ik geen week rust gekend.

Uiteindelijk kwam ik weer terecht in Khao San Road, en zag ik Sjakir weer. Soms ging ik naar een hotel waar Irakezen wachtten op de smokkelaar, om bij de receptie wat te kletsen. Op een dag stormden daar ineens allemaal politieagenten binnen die ons met een busje afvoerden naar een politiebureau. De veertien andere arrestanten hadden allemaal afspraken om te vertrekken met Galileo, die met Ali al-Karbala'i naar het bureau kwam om over onze prijs te onderhandelen. Opgelucht waren we toen ze ons lieten gaan.

'Maar hij hoort er niet bij,' zei Ali al-Karbala'i tegen de agent, toen ik naar buiten kwam. Het was duidelijk aan zijn blik dat hij vond dat ik, omdat ik geen geld had en niet had betaald om onder de hoede van Galileo te vallen, in de cel had moeten blijven.

'Jawel,' zei Galileo en liet mij met de anderen meegaan. Galileo keek Ali al-Karabala'i daarna vragend aan.

'Zeg, klootzak, wat was dat? Zeggen dat hij er niet bij hoort? Wat een smerige geest heb jij. Laat hem gaan, man.' Daarna keek hij mij hoofdschuddend aan. 'Eén Saddam Hoessein is niet genoeg voor jullie Irakezen.'

Als het aan Ali Taxi had gelegen, zou ik nu misschien nog in een van de gevangenissen van Thailand wegrotten.

Uit handen van de politie blijven was een uitdaging, vooral sinds ik met twee paspoorten op zak liep. Sjakir verborg het Nederlandse een tijdje voor me, maar toen dat niet meer kon, was ik Nederlander als ik het paspoort uit mijn rechterzak pakte en Irakees als ik het paspoort uit de linkerzak tevoorschijn haalde. Soms vergiste ik me en stopte beide paspoorten in één zak.

Op een dag tikte een agent mij op de schouder en vroeg naar mijn paspoort. Ik stak mijn hand in mijn broekzak waar twee paspoorten inzaten en haalde er eentje uit. Voordat ik het aan de agent gaf, moest ik, de drager van het paspoort, eerst even kijken om te weten of ik op dat moment Nederlander of Irakees was. Het werd Nederlander en de agent gaf het me met een glimlach na een seconde weer terug.

Bij de blonde toeristen verblijven was het makkelijkst, al moest ik dan uren luisteren naar hun onzin over Hare Krisjna en Bob Marley. En ook dan moest ik op mijn hoede zijn. Toen er eens plotseling ruzie ontstond tussen een toerist vol tatoeages en een Thaise vrouw, was mijn nieuwsgierigheid net iets te groot en kon ik niet op tijd ontsnappen. De blonde mensen liet de agent gaan, behalve de man die ruzie maakte, de donkere mensen controleerde hij. Meteen moest ik bedenken of ik Nederlander of Irakees wilde zijn. De waarschuwing van Galileo over de foto met de snor zat nog in mijn hoofd en snel wierp ik het Nederlandse paspoort onder een stoel. De toerist met de tatoeages schreeuwde tegen de agent, de Thaise vrouw zweeg nu. Ik liep langzaam weg van de stoel waaronder het paspoort lag en gaf de agent mijn Iraakse paspoort. Hij gaf het meteen terug zonder er een blik in te werpen, alsof hij slechts wilde weten of ik een paspoort had. Ik had spijt van mijn keuze. Tot mijn schrik pakte de agent het paspoort dat ik onder de stoel had gegooid op.

'Wie is Walter?' zei hij luid. Op de foto lette hij niet, misschien dacht hij dat de eigenaar het in de chaos verloren had en het terug wilde. Ze namen de blonde man met de tatoeages en de Thaise vrouw mee en ik sloop weg. Wat was het stom van mij dat ik ervoor had gekozen als Irakees door Bangkok te lopen, en niet als Nederlander.

Gelukkig duurde het niet lang of een Algerijn, die ook op straat zwierf, vroeg mij in het Frans en daarna in het Engels of ik werk zocht.

'Werk? Als wat?'

'Kijk, die Amerikaan daar, in dat busje... Hij zoekt figuranten voor een film.' Ze waren op zoek naar mensen die geen Aziatisch uiterlijk hadden. Ik meldde me aan, ging in de bus zitten en wachtte tot de Amerikaan tegen de Algerijn zei dat hij genoeg figuranten had. De bus reed met ons weg. De Amerikaan sprak met de buschauffeur en draaide zich af en toe naar ons toe. Dan zei hij dat we '*a lot of fun*' zouden hebben. Miss Thailand zou er ook zijn. Hij deelde koude drankjes uit uit zijn koelbox en een paar uur later kwamen we bij een stuk bos vol caravans, tentjes en meer kabels dan takken. Ze schoten er een film over de Vietnamoorlog. Een oorlog in de bossen, met vergaderingen, soldaten, generaals, doden, bewakers en alles wat je nog meer nodig hebt om oorlog te voeren. Er waren caravans vol make-up en kleren in alle maten, en sporen waarover camera's liepen. Wij werden naar de tenten voor de figuranten gebracht en kregen allemaal een tent, een handdoek, shampoo, scheermesjes en olie tegen muggensteken.

Lang stond ik onder de douche en smeerde mijn huid grondig in tegen de muggen. Twee dagen lang deed ik niets anders dan eten, drinken, douchen en mijn huid insmeren. 's Avonds zaten we met twintig of dertig mannen en vrouwen om een kampvuur. Er werd muziek gemaakt, gedanst, gezongen en gedronken. Ik hoopte dat de opnames van die film mijn leven lang zouden duren.

Ik weet nog dat we bij het begin van een stortbui een tent in renden. De Algerijn, twee Marokkanen, een Thais meisje en een Thaise man en ik zaten in dat tentje waar de regen op kletterde. Ik vroeg naar miss Thailand.

'Heb je haar nog niet gezien?' vroeg een van de Marokkanen in het Engels.

'Eigenlijk niet. Ik heb nog geen enkele mooie vrouw gezien hier,' zei ik. De Thaise man en het meisje lachten hard.

'Wat doe je dan als je haar ziet?' vroeg hij.

'Omhelzen! Dan kan ik mijn leven lang trots zeggen dat ik Miss Thailand heb omhelsd en haar borsten heb gevoeld,' zei ik, waarop iedereen lachte.

'Dit is Miss Thailand,' zei de man en wees naar dat magere meisje.

'Dat kan niet. Ze heeft geen borsten,' zei ik. Nu nog schaam ik me daarvoor en ik begrijp nog niet waarom zij niet boos werd en alleen maar lachte, terwijl ze toch echt Miss Thailand was. Maar ik durfde haar niet meer te omhelzen en niet meer in haar ogen te kijken.

De derde dag begon het echte werk. Een scène waarin Vietnamese tegenstanders een paar Amerikanen te pakken hadden gekregen en ze hard zouden doodslaan. Een van hen zou worden gered door een Vietnamees meisje – gespeeld door

Miss Thailand, die in het geheim voor hem zou blijven zorgen. Ik hoopte – en met mij elke andere figurant – dat ik de soldaat mocht spelen die Miss Thailand zou redden, maar het werd een Russische blonde jongen.

'Omdat hij blond is,' zei Bakr, de Algerijn, boos tegen mij in het Arabisch. Bakr en ik speelden samen met twee Afrikanen en een Chinees de soldaten die doodgeslagen werden. Een Vietnamees moest mij bij mijn haren pakken en mijn hoofd op de grond slaan. Daarvoor hadden ze een kussen op de grond gelegd, dat op een steen leek. Voordat ze begonnen te draaien, wees ik naar het kussen.

In het Engels zei ik tegen de man die de Vietnamees speelde: *'Here'*.

'Don't wolly, velly okay,' zei hij glimlachend, maar toen de scène begon, vergat hij dat hij acteerde, dat hij een Thai was en niet een Vietnamees tijdens de oorlog. Hij greep mijn haar en sloeg mijn hoofd niet tegen het kussen, maar tegen de grond.

'Cut!' riep de regisseur, waarop de opnames werden herhaald, maar ondanks verzoeken van de regisseur bleef de Thai die mijn haren greep vergeten dat hij in een film speelde.

Na twee uur pauze kregen we gescheurde kleren aan en werden we in een caravan geschminkt. Ik werd donkerblauw, alsof ik overal geslagen was en kreeg wonden met bloed en vliegen. De anderen zagen er even vreselijk uit. Daarna werden we aan onze enkels in een boom gehangen en moesten we onze handen laten bungelen. Ook deze opnames moesten een aantal keren achter elkaar worden geschoten. Mijn eerste dag als figurant. We kregen uitbetaald in de Thaise munteenheid, duizend baht. Die dag kregen we vanwege het hangen, dat echt pijn deed, het dubbele. Het ene moment was ik soldaat, met wapens, bommen, messen en verrekijkers. Soms met baard, dan weer zonder. Het andere moment lag ik in een gat vol modder en bloed en speelde vervolgens tien verschillende lijken. Met Amerikaanse vlag en zonder. Met een Thai die als Vietnamees zijn vinger in mijn hals legde om te kijken of ik nog leefde of zonder. Met kogels door mijn kop of zonder. De keer dat ik aan mijn pols hing was het pijnlijkst. Ik ben een Vietnamese gewonde geweest (met mijn gezicht naar de grond, dus onherkenbaar), een Amerikaanse generaal (althans, dat was dan mijn achterhoofd met blonde pruik op tijdens een vergadering), een Amerikaanse soldaat, een lijk, een soldaat, een lijk en weer een soldaat, soms alles achter elkaar op één dag. Op die paar vierkante meter bosgrond werd de hele oorlog gevoerd.

Op een van de eerste dagen waren er ontploffingen en moesten wij zenuwachtig reageren op elke knal. De regisseur, die Will heette, sprak me na de opnames aan.

'Waarom was je niet bang? Oorlog meegemaakt?'

'Ja, in het echt.'

'Waar kom je vandaan?'

'Irak.'

'Irak? O, sorry, man,' zei hij, ging verder met de opnames en verhief zijn stem boven de bombardementen. Ik dacht dat ik een fout had gemaakt door te zeggen dat ik uit Irak kwam, want misschien had hij een hekel aan Irakezen door de Golfoorlog en zou ik mijn baantje in de Vietnamoorlog verliezen, maar dat bleek niet zo te zijn. Die avond kwam hij naar de tenten voor de figuranten en sprak Bakr aan.

'I am really sorry for what happened in your country.' Bakr keek hem vragend aan. 'Ik bedoel de oorlog in Irak.' Bakr wees naar mij en zei dat niet hij, maar ik uit Irak kwam, waarop Will naar mij toekwam en mij zijn excuses aanbood.

'Waar is je familie nu?' vroeg hij.

'In Bagdad.'

'Is heel Bagdad vernietigd?' vroeg hij bezorgd.

'Nee, alleen een paar wijken en stukken,' zei ik naar waarheid. Hij pakte zijn enorm grote mobiele telefoon – die bestonden nog niet zolang en moesten aan een riem gedragen worden – en vroeg Brad, zijn assistent om te komen.

'Hij komt uit Bagdad,' zei hij daarna tegen Brad, die voor mij stond. 'Net voordat heel Bagdad in puin lag kon hij ontsnappen.' Will ging weer bellen en liet Brad bij mij staan, maar kwam niet terug om Brad te zeggen waarom hij moest komen of wie hij had gebeld. Ik wist het ook niet. Will moest een sterk hoofd hebben, want hij was op hetzelfde moment met duizend verschillende dingen bezig. Brad ging weer weg en ik rustte wat in mijn tent, omdat ik over een uurtje opgehangen zou worden.

47

Bakr en ik leken niet op elkaar. Het verschil was groter dan dat tussen een burka en een bikini, maar Will, die altijd druk was in zijn hoofd, bleef ons door elkaar halen. Vaak zag hij mij en vroeg, terwijl hij door de enorme mobiele telefoon praatte of papieren van scènes in zijn hand had, of ik de Irakees had gezien. Hij bleef mij de Irakees noemen, hoewel ik hem zeker honderd keer mijn naam had verteld, en toen hij die eindelijk onthield, begon hij Bakr met mijn naam te roepen.

'Ja, ik heb hem gezien,' zei ik altijd. 'Hier. Ik ben Semmier de Irakees.' Dan lachte hij hard en stompte me in mijn buik.

'That's a really good joke, man.' Maar dan stopte hij plots met lachen, keek mij serieus aan met een dramatische blik. 'Maar hoe konden de mariniers heel Bagdad in een paar uur vernietigen? Is dat mogelijk?'

'Nee, dat kan niet, Will,' zei ik.

'Maar je zei toch dat ze dat gedaan hebben? ... *Forget it.* Misschien heb ik dat in een film gezien. *Sorry, man.*'

Op een dag liep hij met een van de beroemde Thaise acteurs langs en wees naar mij. Ik zat onder de modder en het bloed voor een scène waarin een paar Amerikaanse soldaten door een helikopter gered werden uit een valstrik.

'Dat is een speciale,' zei Will tegen de Thai. 'Hij is een van weinige overlevenden van het bombardement op Bagdad in 1991, waarna Saddam Hoessein zich terugtrok uit Koeweit.' Hij zei het alsof hij speciale privé-informatie had, waarnaar met aandacht en medelijden geluisterd moest worden. Teder glimlachte de Thaise acteur en kwam dichterbij en klopte me op mijn schouder.

'*Great, man.*' Ik wist niet hoe ik moest reageren. Ik was wel een overlevende van de bombardementen in 1991, maar ik was niet de enige, er waren nog een paar miljoen anderen. En bovendien was ik allesbehalve een held.

Niet lang daarna stond ik tijdens de voorbereiding voor een scène als Amerikaanse soldaat met een automatisch geweer te wachten, omdat een regenbui de opnames onderbroken had. Will kwam naar me toe.

'Je hele familie omgekomen?' vroeg hij.

'Nee,' zei ik, terwijl hij op zijn papieren keek. Daarna riep hij Brad dat iedereen klaar moest staan voor als de regen ophield.

'Heb je gezien hoe ze omgekomen zijn?'

'Nee.'

'Je hebt geluk dat je het niet hebt gezien. Ik bedoel, je hebt geen geluk dat ze allemaal vermoord zijn, maar dat je dat niet hebt gezien. *You know*, dat zou echt wreed zijn als je dat zou hebben gezien. Afschuwelijk.'

'Ze leven nog,' zei ik. 'Veel mensen zijn omgekomen, maar mijn familie gelukkig niet,' zei ik tegen Will, die op de papieren bleef kijken.

'Ja, ja, ik weet het, maar je hebt echt geluk.'

Een dag of wat later zei hij tegen Brad dat hij mij niet in baht, maar in Amerikaanse dollars moest uitbetalen.

'De mariniers hebben zijn hele familie uitgemoord.' Hij knipoogde naar mij, en zo begon Brad mij twintig dollar per dag te geven, elke ochtend. 's Avonds vroeg Will of ik al betaald was. Dan zei ik ja en gaf hij mij weer twintig dollar, voor de volgende dag. Ik tekende dagelijks twee nota's en kreeg zo veertig dollar per dag. Als hij wilde, had ik de hele dag nota's gesigneerd, al voor een halve dollar per nota.

Will liet mij eens schrikken, toen hij op mij afkwam met drie mannen in politie-uniform. Ik wist niet of het Thaise agenten of figuranten waren.

'Kom eens hier,' riep Will. Ik was bang dat de Thaise agenten de papieren van de figuranten wilden controleren.

'Kun je je voorstellen dat de Amerikaanse mariniers,' zei Will tegen de agenten, 'zijn hele familie vastgebonden hebben, en geëxecuteerd voor zijn ogen. Als hij niet doodziek was geweest en bijna dood op de grond had gelegen, was ook hij vermoord. Afschuwelijk wat wij in andere landen doen.'

Ik dacht aan hoe de mariniers dat in 1991 met mijn familie hadden kunnen doen, terwijl de Amerikanen in 1991 helemaal niet in Bagdad waren geweest en er slechts met vliegtuigen overheen gevlogen hadden. De volgende dag vroeg Will mij hoe het kwam dat de mariniers wel mijn familie, maar mij niet hadden doodgeschoten.

'Were you sick? Did they care about sick people?'

'De mariniers hebben mijn hele familie vermoord,' zei ik, maar Will hoorde het niet, hij keek alweer op zijn papieren.

Later was er nog een scène die in de regen moest worden opgenomen. De grote camera's bewogen met paraplu's erboven op de sporen heen en weer en rook in verschillende kleuren vulde de lucht. Na die scène fluisterde Will in mijn oor: 'Hebben ze pijn gehad?'

'Nee, ze hadden geen pijn,' antwoordde ik.

'Zijn ze de eerste keer geraakt?' De spieren in zijn gezicht trilden.

'Ja, Will, bij het eerste schot.'

'En het kind dat je zus droeg?'

'Ja, hij ook. Hij viel op de grond, omdat ze hem niet vastgebonden hadden aan de balk.'

'Geweldig! Dat moet ik noteren! Dat moet ik echt noteren! Het kind was niet vastgebonden aan de balk, ze hadden er niet aan gedacht. Want zijn moeder hield hem vast. Geweldig. Het kind viel, niet omdat ze hem geraakt hadden, maar omdat ze zijn moeder raakten. Dat moet ik noteren.' Hij keek me blij aan. 'Jij bent geweldig.' Hij riep Brad en vroeg hem of hij al had gezegd mij in dollars uit te betalen.

'Ja, Will,' zei Brad.

'Betaal hem in dollars. Hij heeft niets meer in zijn *fucking life*. Wij hebben zijn hele familie gedood en hij heeft niemand meer, behalve de zoon van zijn zus, die hij moet onderhouden.'

Hij leek bezig met twee films op hetzelfde moment, een over Vietnam in een paar vierkante meter bos in Thailand en een over Irak in zijn hoofd. Dat vond ik prima, zolang ik twee keer per dag twintig dollar kreeg. Ik hoopte dat de film van Will nooit zou eindigen, want ik at, dronk, douchte, sliep en smeerde mijn huid in en alles wat ik moest doen was aan een touw hangen, neergeschoten worden, een paar keer per dag vermoord worden en mijn hoofd knikken in een vergadering. Nooit zal ik de Vietnamoorlog of Will vergeten. Zijn warme, dramatische of juist trieste stem. Zijn drukte. En zeker niet zijn dollars.

Ik denk ook met genoegen terug aan de dag dat ik met slechts een joggingbroek en handdoek onder de douche vandaan kwam en Will naast me stopte in zijn jeep.

'Stap in!' riep hij enthousiast.

'Ik trek nog even kleren aan,' zei ik.

'Nee, man, een paar minuten, dan zijn we terug.' Ik nam plaats naast Will, die reed en sprak tegelijk. Als hij praatte, keek hij niet naar de weg, maar naar mij en dat was niet prettig.

'Jij weet het, wie de oorlog met zijn eigen ogen heeft gezien, bekijkt het anders dan iemand die erover heeft gehoord of gelezen of een film heeft gezien. Echte oorlog is van een andere orde...' Het klonk als een diepzinnige filosofie, die niemand kende, behalve hij.

'Waar gaan we eigenlijk heen?'

'*Just there.* Bangkok,' zei hij en sloeg op het stuur. 'Als ik soms niet even uit die *fucking* film stap, word ik gek.' Ik zweeg. Hoe kon ik naar Bangkok gaan, slechts gekleed in pyjamabroek en handdoek en bovendien zonder mijn valse paspoort.

'Maar ik heb niets bij me, zelfs geen paspoort,' zei ik.

'*Don't worry, man.* Zeg dat je een Amerikaan bent. Dan heb je er geen nodig, man.'

'Dat kan ik niet zeggen als ze mij pakken,' zei ik.

'Dan zeg ik het. *Don't worry.*' Hij stopte bij een marktkraampje, kocht een gekleurd overhemd dat paste bij mijn broek en zo gingen we Bangkok in. Hij bracht mij naar een plek waarvan ik me niet had kunnen voorstellen dat die bestond. Alles glimlachte er. De mensen die er zaten, de mensen die werkten, zelfs de katten die onder de tafels liepen zodat er geen muizen en ratten verschenen, glimlachten.

'Het verhaal van je familie zit in mijn hoofd. Het doet me denken aan de film die we aan het maken zijn. Het is echt goed dat mensen die oorlog zien en beseffen dat het geen vakantie is, maar moord. Hoeveel is het onderhoud van de zoon van je zus per maand?' vroeg hij. Zonder mijn antwoord af te wachten, riep hij de ober en vroeg mij te bestellen wat ik wilde. 'Vijftig dollar per maand is niet veel,' zei hij daarna, zonder dat ik iets had gezegd. 'Maar hoe kon je de hele familie begraven na hun executie, terwijl jij zo ziek was en zeker bang nadat ze voor je eigen ogen waren vermoord?

‘Ik heb ze niet begraven,’ zei ik.

‘Je was zeker ook dood, vanbinnen dan. Daarom liet je ze achter voor de ratten en heb je ze niet begraven,’ zei hij boos, alsof hij iets vertelde over wat zijn eigen familie was overkomen. ‘En het kind? Je bent zeker naar hem toe gekropen.’ Ik knikte. ‘Hij was bedekt met stof en as en het bloed van zijn moeder.’

‘Precies,’ zei ik.

‘En bij hem gekomen, draaide je zijn gezicht naar jou toe.’

‘Ja.’

‘En zijn ogen waren open en helder, maar de blik erin dood.’

‘Ja.’

‘En toen je dat zag, liet je jouw gezicht op de grond vallen, alsof ze je deze keer wel gedood hadden.’

‘Ja.’

‘Maar jij ging niet dood. Je kon alleen de dode ogen van het kind niet dragen. Je keek in die wijd open ogen en de camera zoomt er steeds verder op in, tot het scherm alleen nog maar wordt gevuld door de ogen van het kind. En dan zien we in de ogen van het kind een hemel vol rook en geweld. Zo eindigt alles. Geweldig, geweldig.’

‘Ja, geweldig, Will.’

‘Jouw dood vanbinnen,’ ging hij door en bewoog zijn armen om te laten zien hoe het scherm gevuld wordt. ‘Maar dan beginnen de wenkbrauwen van het kind te bewegen. Hij leeft nog!’ Hij herhaalde hoe geweldig dat was en wij aten en dronken. Will haalde uit zijn broekzak een groot aantal Thaise biljetten en gaf iedereen die glimlachte fooi. Hij aaide de katten onder de tafel, waarna we een halfuurtje wandelden naar een andere plek, vol vrouwen in korte jurkjes en Europese mannen, bijna allemaal ouder dan zestig.

‘Als je een mooie vrouw ziet, zeg het me. Ik trakteer,’ zei hij en glimlachte. Een Thaise omhelsde Will, ze leken elkaar te kennen, en even later zaten wij aan een bar omringd door zes Thaise vrouwen. Will ging met een van hen weg en kwam veertig minuten later terug. Voor mij duurde dat te lang, want zonder paspoort en zonder geld had ik alleen de mond van Will en zijn portemonnee. Hij zei tegen mij dat de vrouw erg goed was, dat ik ook met haar kon gaan, maar ik bedankte hem en bleef zitten. Daarna ging hij met twee andere vrouwen weg, en kwam een uur later doodmoe terug.

'Kun je nog wel autorijden?' vroeg ik.

'Nee,' zei hij. 'Probeer jij het. Is vast een prachtige ervaring. Een scène in de eerste film die ik regisseerde was van een man die op de vlucht was voor de politie met een gestolen auto, zonder ooit gereden te hebben,' zei hij, terwijl we naar de jeep liepen. Ik zei dat ik niet wilde rijden. Hij dronk een grote fles cola om wakker te blijven, stapte zelf achter het stuur en begon te praten over de drie Thaise vrouwen. Als hij niet sprak of naar mij keek, keek ik naar hem om zeker te weten dat hij nog wakker was en toen ik mijn tentje in de Vietnamoorlog had bereikt, was ik blij dat ik nog leefde. Mijn leven in de Amerikaanse film was beter dan mijn echte leven.

Op de laatste dag riep Will mij naar zijn caravan en gaf mij papieren om te tekenen. Na elke handtekening werd ik rijker. Hij vroeg mij om elke nota met een andere datum te signeren en met andere namen en andere handtekeningen. Daarna haalde hij uit zijn broekzak een stapel dollars en begon biljetten van honderd dollar uit te tellen.

'Je hebt goed werk gedaan,' zei hij. Ik probeerde het geld te weigeren. Niet omdat ik er te trots voor was, maar om hem duidelijk te maken dat ik al meer dan genoeg van hem gekregen had. 'Neem het, je hebt er hard voor gewerkt,' zei hij, stopte de biljetten in mijn zak en stompte mij hard in mijn buik. Het was negenhonderd dollar.

Kort daarop werden de tenten afgebroken, de kabels opgerold en de nepmuren neergehaald. Voor de dag eindigde, was de plek in het bos leeg. Weer aangekomen in Bangkok kreeg ik het gevoel dat het een lege stad was, ondanks al die files en het getoeter en lawaai. Ik keerde ernaar terug uit een droom, waarin ik vermoord was, opgehangen, gemarteld en doodgeschoten, keer op keer. Ik had genoeg dollars om een kamer in een hostel te huren en te bedenken wat ik de komende tijd moest doen. Ik was uit Irak weggegaan om niet in het leger van Saddam Hoessein te hoeven vechten, maar na al die douanes, dat gezwerf en die politiecontroles was ik ervan overtuigd dat terugkeren naar Irak beter was. Ik belde mijn familie om mijn beslissing te vertellen, maar ze zeiden dat het onmogelijk zou zijn. Ze hadden net veel geld betaald aan een ambtenaar voor mijn doodverklaring en mij zelfs officieel begraven, zodat er niet meer zou worden gevraagd waar ik was.

'Wat kost het om weer tot leven gewekt te worden?' vroeg ik.

'Veel,' zei mijn broer.

'Hoeveel?' vroeg ik, met de negenhonderd dollar in mijn achterhoofd.

'Je leven.' Teruggaan naar Irak was dus geen optie.

48

Ik zwierf door Zuidoost-Azië. Drie jaar lang. Zoals je met nagels graaft in een cel om vervolgens uit te komen in een andere cel, waar je graaft om in nog weer andere cellen terecht te komen, zo was mijn leven. Zwerver in de straten van Bangkok. Ik denk niet dat iemand zo veel Europese nationaliteiten heeft gekocht als ik. Nederlands, Portugees, Spaans, Grieks, Duits, Engels. Tsjechisch, Frans, Zweeds. Elke keer leerde ik mijn nieuwe naam en lengte uit mijn hoofd en oefende ik op handtekeningen. Fabricio Oliveira, 1 meter 82, Werner Dachwald, 1 meter 74, Christian Lefèvre, 1 meter 89, Lars Lindfors, 1 meter 91. Meer dan drie jaar was ik de meest internationale mens op aarde. Omdat ik vaak weinig geld had, kocht ik steeds paspoorten waarvan de geldigheidsduur bijna was verlopen. Spanjaard was ik drie maanden. De datum van geldigheid van dat paspoort was al zo vaak veranderd, dat de inkt aan de achterkant van het papier doordrukte.

Denk niet dat reizen met een vals paspoort best makkelijk is. Het verhaal van het paspoort of de vorige eigenaar niet kennen is levensgevaarlijk.

Criminelen en drugssmokkelaars verkopen soms hun paspoorten voor weinig geld, zodat iemand anders het gebruikt en zij hun verleden kunnen schoonwassen en zeggen dat zij het niet hebben gedaan, maar die ander, met hun paspoort. Ik hoorde het verhaal van Ismael, een Irakees, die een Zwitsers paspoort kocht voor driehonderdvijftig dollar. Hij was er blij mee, want normaal gesproken kostte zo'n paspoort minimaal vijftienhonderd dollar. Hij oefende op de handtekening en de data die erin stonden. Toen hij gecontroleerd werd door de politie en ze hem vroegen of hij de eigenaar van het paspoort was, bevestigde hij dat. Ze lieten hem papieren ondertekenen, waarin stond dat hij Thailand was binnengekomen op de datum van het entreevisum, dat Ismael goed had bestudeerd. Zo werd hij beschuldigd van drugssmokkel. Zijn broer, die al eerder in Zwitserland was beland, kwam hem bezoeken in de gevangenis, waar hij de doodstraf afwachtte. Zo gevaarlijk kon het zijn. Maar zonder paspoort was zelfs een straat oversteken onmogelijk.

Twee keer had ik een Nederlands paspoort. Het eerste kreeg ik in Jordanië van Ibrahiem, waarmee ik naar Thailand reisde. Het tweede was het paspoort met een Antilliaanse naam van een man uit Curaçao. Voor vijftig dollar kocht ik er in Soi San Road een vals rijbewijs bij op diezelfde Antilliaanse naam en voor nog vijftig dollar een Nederlandse studentenkaart en zo zou ik mijn zwerftocht zonder officieel paspoort beëindigen. Ik besloot ergens asiel aan te vragen.

Van Bangkok reisde ik via Laos naar Hanoi in Vietnam en ontdekte dat het perfect was dat mijn valse paspoort Nederlands was, want overal checkten ze mijn kleren en bagage en alles wat ik droeg, maar niet datgene waar ik bang voor was dat ze het zouden checken, het paspoort zelf. Eerst nam ik de bus richting Laos. Ik zat in de bus en droeg de smerigste kleren die ik had, kleren die ik expres vaak had gedragen en waarin ik had gezweet, omdat ik van een Iraanse vluchteling in Bangkok had geleerd dat de douaniers sneller afstempelen als iemand stonk. Bij de grens met Laos wachtte ik tot de grens opengIng, gaf de douanier mijn paspoort en zag hoe geïrriteerd hij was door de geur van mijn smerige T-shirt. Hij stempelde het paspoort af, gaf het mij terug en zo verliet ik Thailand voor de laatste keer. Bij de douane van Laos gebeurde hetzelfde.

Na drie dagen kocht ik een vliegticket naar Vietnam. Op het kleine vliegveld van Vientiane stuurden twee mannen de koeien en de schapen van de landingsbaan en steeg het vliegtuigje op met bestemming Hanoi. Daar gaf ik de douanier mijn paspoort, en hij glimlachte naar mij en keek naar het paspoort en glimlachte naar het paspoort. Ik glimlachte naar hem. Hij stempelde af en zo was ik in Hanoi dankzij zijn vele glimlachen. Ik nam de trein naar Ho Chi Minhstad, omdat ik van een van de smokkelaars in Thailand had gehoord dat dat een maagdelijke stad was voor valse paspoorten en de controle niet zo streng. Ik zat in het goedkoopste deel van de trein. 's Nachts werd ik wakker geschud. Twee mannen in uniform. Een van hen zei me mee te komen, terwijl de trein nog reed. 'En neem je tas mee.' Ik volgde hen, vast naar een plek waar de politie me zou controleren, maar dat liep anders. Ze openden een deur van een eersteklascoupé, waar je kon liggen en goed slapen en dezelfde trein geen lawaai maakte.

'Hier,' zei een van hen. 'Vijf Amerikaanse dollar.' Ik had alleen een briefje van tien dollar, dat hij glimlachend aannam. 'Tien is ook goed. *Goodnight*.' Het klonk alsof tien in Vietnam minder was dan vijf. Dat zou goed zijn, want dan zou ik makkelijk naar Sydney kunnen vliegen vanaf hier. Ik sliep diep in een prachtig bed en bedacht me dat het echte Vietnam nog beter was dan het Vietnam in de Amerikaanse film van Will.

De Vietnamezen waren anders dan de volkeren die ik eerder had gezien, maar ze leken op de mensen in het dorp waar ik geboren was, waar geen hotel is, omdat de bewoners zich zouden schamen als er een hotel gebouwd moest worden voor hun bezoekers. Dat zou een klap zijn voor hun gastvrijheid. In Vietnam ervoer ik diezelfde gastvrijheid. Ik was een zwerver en absoluut geen toerist, en toch keken ze naar mij als naar een mens. Meer dan eens gebeurde het dat ik een Vietnamees de weg vroeg, zijn antwoord niet begreep en hij me dan gebaarde achter op zijn brommer te stappen om mij naar een rivier, fabriek, standbeeld of park te brengen, alsof ik president of koning was. Iets in Vietnam liet mij voelen dat ik wel degelijk een mens was op een planeet die aarde heet. En dat het niet mijn schuld was dat ik geboren werd op een stuk van die planeet dat Irak heet, dat haar burgers niets anders te bieden had dan angst.

Ik huurde een kamertje in een huis van een vrouw en dochter. De moeder sprak Frans, de dochter van achttien luisterde de hele tijd naar ABBA en probeerde Engels te leren, wat de moeder jammer vond, omdat haar voorkeur uitging naar het Frans. Ik had de sleutel van het huis en van mijn kamer, maar ik deed die nooit op slot. Als ik even buiten was geweest, was het schoon en netjes gemaakt en zag ik dat er fruit voor mij was neergelegd. Ik was van plan niet lang te blijven, want ik wilde naar Australië, maar het liep anders. Ik ging naar een reisbureau, waar de vrouw die er werkte ook naar mijn paspoort glimlachte, waardoor ik ontdekte dat een paspoort in Vietnam eveneens een persoon is naar wie geglimlacht moet worden. De vrouw nam het paspoort mee naar een kantoortje en kwam terug met een man, die het nu in zijn handen had. Hij glimlachte, uiteraard.

'Tjidnie?'

'Sorry?'

'You go Tjidnie?'

'Yes, I want to go to Sydney.' Hij grinnikte.

'You go Tjidnie,' zei hij in Vietnamees Engels. Voor de zekerheid zei ik dat ik naar Australië wilde. *'Yes, yes, you go Tjidnie. You need pisa.'*

'Pizza? No, thanks, I am not hungry, I want to buy a ticket to Sydney.'

'Yes, yes, you go Tjidnie, you want pisa.'

'No thanks, I don't want pizza. I want ticket.'

'I know, I know,' grinnikte de man. Hij riep een andere man, praatte met hem in het Vietnamees, waarop die hard lachte. Hij riep meer en meer mensen, iedereen lachte, waarop dan weer iemand verscheen om te vragen wat er zo grappig was. Misschien had die man door dat ik een vals paspoort had, dacht ik even, maar hij pakte een A4'tje, schreef er iets op en liet het mij zien: *Mister Holland, you need visa to go to Sydney.*

Hij gaf mij het paspoort terug, klopte glimlachend op mijn schouder.

'Mister pizza, mister pizza.' Iedereen lachte. Hij gaf me het adres van de Australische ambassade voor een visum, en zei me daarna terug te komen.

'Ik kom terug met een Australische pizza,' zei ik en dit keer lachte ik met hen mee.

Ik verliet het reisbureautje. Zou ik met een vals paspoort naar de Australische ambassade durven? Nee, een paar straten verder zag ik een ander reisbureau. Ik ging er binnen en kwam er na een halfuurtje uit met een vliegticket naar Amsterdam.

49

En nu was ik in Nederland in die isoleercel beland. Toen ik weer naar een gewone cel werd gebracht in de gang waar Kadhem en ik eerder waren opgesloten, voelde dat bijna als een kamer in een vijfsterrenhotel.

Ik wilde weten of Kadhem hier ook was maar wist niet eens helemaal zeker of hij nog leefde. Toen ik door het raampje in zijn cel keek, was het leeg en schoon. In de tussentijd kwamen en gingen anderen. Sommigen bleven een paar dagen, anderen een paar uur. Op een dag kwam een christelijke Irakees in de cel tegenover mij terecht. We spraken door het raampje in de cel. Hij vertelde dat hij de nacht niet zou doorbrengen in de cel, omdat zijn advocaat bezig was om hem meteen naar het AZC te sturen nu ze hem terug hadden gebracht vanuit Zweden, waar zijn familie woonde. Die had een advocaat gebeld en betaald, zodat hij zo snel mogelijk weer naar een AZC werd gestuurd. Ik vroeg hem of hij mij ook kon helpen.

'Het komt goed,' zei hij. Christenen in Irak staan er over het algemeen om bekend dat ze niet liegen, niet overdrijven, niet vloeken en als ze iets zeggen, menen ze het. Hij beloofde me te proberen mijn naam te onthouden in Latijnse letters, maar dat was lastig. Ik had een papier met informatie over mezelf uit Duitsland, waar ik mijn naam uitscheurde, er een propje van maakte en het met snot uit mijn neus bedekte. Ik gooide het uit het raampje in de gang en vroeg hem erop te trappen als hij zijn cel uitging, in de hoop dat het aan zijn schoen zou plakken. Twee uur later kon hij gaan. Hij boog, pakte het papiertje op, trok een vies gezicht, stak het in zijn broekzak en zo stond ik twee dagen later ook weer buiten. Toen ik de advocaat belde en vroeg hoeveel ik hem verschuldigd was, zei hij dat de rekening al was betaald, vanuit Zweden. Ik kwam weer terug in het AZC, op het moment dat ik lichamelijk en geestelijk niet meer kon.

Terug in het AZC voelde ik me als een wild beest dat was getemd. Wantrouwend keek ik naar alle Nederlandse medewerkers, ook de vrijwilligers en probeerde ze zo veel mogelijk te ontwijken. Als ik door een Nederlandse medewerker werd gevraagd om te vertalen of iets voor hen te doen, deed ik wat ze van me vroegen, zonder er bij na te denken en wachtte af tot zij me zeiden dat ik het kantoor weer kon verlaten. Zij leken dat overdreven te vinden, ik hoefde toch niet bang voor ze te zijn? Maar ik was getemd. Ik weet niet met welk beest ik mezelf toen kon vergelijken. Een beest met ooit een vrije geest, een wild hart, dat uiteindelijk doet wat de zweep van de temmer beveelt. Ik was leeg. Op. Uitgeput.

Mijn kamergenoten van 0139 hadden mijn papieren met de gehoren en de brieven van het ministerie van Justitie en de IND bewaard, maar voordat ik daarheen ging, ging ik naar de kamer van Zainab om haar naar Kadhem te vragen. Ze vertelde mij dat hij nog niet terug was. Ook bij de sociale dienst vroeg ik naar informatie over hem, maar dat mochten ze alleen vertellen als ik familie was. Was Kadhem echt dood? Waar was hij anders? Uiteindelijk belde ik het Rode Kruis en gaf hun de naam en informatie die ik over hem had. Ik kreeg te horen dat hij nog leefde, maar dat hij een politieagent had proberen neer te steken en daarom vastzat. Ik vertelde wat ik had gezien, ze zeiden dat ze daar niets mee konden, maar hij zou snel vrijkomen, omdat hij nu rustiger was en niet meer agressief. Het enige dat ik nog kon doen was terugbellen als hij na drie dagen niet verschenen was.

Binnen enkele dagen was hij terug. Ik zag hem staan in de rij om zich te melden. Hij was magerder dan ooit. Zijn kleren leken leeg. Zijn ogen diepe gaten. Uitgeblazen.

'Kadhem!' riep ik opgetogen. Hij keek even naar mij en daarna weer naar het meldraampje. Na het melden ging hij weg. Ik ging naar zijn kamer, een van zijn kamergenoten deed open. Daarbinnen zag ik hem zitten op de rand van zijn bed.

'Waar was jij al die tijd?' zei ik om het gesprek met hem te beginnen.

'Niet belangrijk,' zei hij om duidelijk te maken dat hij niet wilde praten.

'Heb je iets nodig?'

'Nee.' Hij krabde alsmaar in zijn nek, waarvan de huid helemaal rood was. 'Crème voor je nek misschien?' Hij antwoordde niet, pakte een papiertje uit zijn zak en staarde ernaar.

Hij verliet zijn kamer alleen nog om naar de Aldi te gaan of zich te melden of te douchen en hij praatte met niemand, behalve met Zainab. Ik vroeg haar naar hem, maar het enige dat zij zei, was dat hij gek geworden was nadat hij was teruggekomen uit Duitsland.

Ik weet nog dat hij eens vooraan stond in de rij van het melden. Zenuwachtig zocht hij in zijn zakken naar zijn W-document. De agent keek hem maar aan, en hij zocht in zijn jas, broek, overhemd. John liep naar hem toe.

'Je hebt je W-document in je hand, man. *Don't get crazy*.' Snel gaf Kadhem het document aan de agent achter het raam en begon met twee handen in zijn nek te krabben. Hij leek in een soort coma te zijn geraakt, waarin hij niemand opmerkte en alles automatisch deed, het krabben in zijn nek een reflex die niet tegen te houden was. Zainab vertelde dat zij zijn bankpasje en pincode had, zodat ze voor eten en drinken kon zorgen, maar dat hij weinig meer at en dat ze na zijn terugkomst uit Duitsland al twee keer zijn kleren had ingenomen. Andere asielzoekers dan Zainab kregen geen contact meer met hem, maar als een Nederlander met hem sprak, lette hij op met wijd open ogen en probeerde elk woord te begrijpen.

In het AZC was een kamer waar je tweedehands kleren kon krijgen. Een oude Nederlandse dame werkte er eens in de week vrijwillig.

'Kom jij uit Irak?' vroeg ze mij eens. 'Weet jij wat er met die Irakees is gebeurd, die... wacht even, hoe heet hij ook alweer? ... Kadiem? Hij doet zo vreemd. Weet jij waarom?'

'Ja, ik weet het. Ze hebben hem gek gemaakt in een gesloten centrum,' zei ik zonder erbij na te denken.

'Gek gemaakt? In een gesloten centrum?'

'Ja, elke asielzoeker die raar doet zit heel lang in de procedure of heeft in een gesloten centrum gezeten.'

Dat gesprek met die oude vrouw zat me dwars. Ik dacht nog dagenlang dat ik niets had moeten zeggen. Dat ze misschien aan Said zou doorvertellen wat ik had gezegd en dat hij de sociale dienst zou inlichten. Of dat ze zelf naar de sociale dienst zou gaan om het te vertellen. Onrustig wachtte ik een week lang tot het weer donderdag was en zij in de klerenkamer werkte. Ik vroeg haar vriendelijk of ons gesprek van vorige week tussen ons kon blijven.

'Welk gesprek?'

'Over het gesloten centrum.'

'Ach, nu weet ik waar je het over hebt.' Ze lachte kakelend, als een kip. 'Je denkt toch niet dat we in Iran zijn? Je hoeft niet bang te zijn vanwege iets wat je hebt gezegd, hoor. Je komt toch uit Iran?'

'Nee, uit Irak.'

'O ja, Irak,' zei ze. 'Maar nu zijn we in Nederland. Je hoeft niet bang meer te zijn.' De oude vrouw wist niet dat ik inmiddels had ervaren dat Nederland gevaarlijker is dan Irak. Met als enige verschil dat Irak gevaarlijker is voor het lichaam en Nederland voor de geest. Zij hield een lange monoloog waarin ze duidelijk wilde maken dat ik eerst moest beseffen dat ik in een veilig land was, en dat angst hier echt niet nodig was, en dat er hier wetten waren en geen dictator en dat... Ik knikte om haar te laten zien dat ik ongelijk had en dat zij de waarheid sprak en dat pas nu, na dit gesprek, mijn leven in Nederland kon beginnen, zonder angst.

Later die dag zag ze mij in de soos. Pieter Oomen was er ook. Blij riep ze mij.

'Niet meer bang zijn voor de Nederlanders, hè Semmier?' Ze glimlachte erbij en klonk vriendelijk. Pieter keek verbaasd naar mij en haar en dat maakte mij doodsbang. 'Hij denkt,' begon ze, 'dat zijn vriend Kadiem uit Irak gek is geworden in een gesloten centrum. Maar ik vertelde hem dat er in Nederland niet gemarteld wordt in gevangenissen en dat alleen zware criminelen in een cel terechtkomen.' De oude vrouw praatte vrolijk en luid over dat zij me had gered van angst, terwijl ik vanbinnen steeds banger werd en naar de blauwe ogen van Pieter keek.

'Maar mevrouw,' klonk het. 'Ik ben wel gek geworden in een gesloten centrum. Kijk maar.' Het was Firaas. Hij begon als een aap te dansen en clownesk te grinniken.

De tijd verliep, maar ik leek stil te staan en een andere keus dan te blijven stilstaan had ik niet. De andere asielzoekers bezorgden me hier en daar enige afleiding. Vooral Firaas en Abdoelwahid. Die twee mannen waren het tegenovergestelde van elkaar. Abdoelwahid was een respectabele, keurige heer, Firaas een hielenlikker en een gladde jongen. Twee uitersten die in het AZC voor mij een welkome afwisseling waren. Van allebei weet ik zeker dat ik, als ik niet in het AZC had gewoond, ze nooit had leren kennen.

50

Elke avond om stipt acht uur verscheen een van de receptionisten om de deur van de achteringang te sluiten. Dan kon je alleen langs de receptie naar binnen of buiten. Ik gebruikte de achteringang niet vaak, maar als hij dicht was, veranderde het AZC voor mij in een gevangenis. Daarom begon ik nu vóór acht uur 's avonds de achteringang te gebruiken. Ook als ik niet naar buiten hoefde, dan voelde ik even aan de deur om zeker te weten dat die open was, alleen om hem te gebruiken voordat die op slot ging. Na acht uur 's avonds probeerde ik ook de deur te openen, hopend dat de receptionist vergeten was af te sluiten.

Eigenlijk was het meest pijnlijke in het AZC het feit dat het vierentwintig uur per dag open was. Juist dat versterkte het gevoel van onmacht. Want hier ben ik, ik dwaal rond in een gebouw met open deuren en wacht op een ambtenaar, ergens, tot hij mij mijn leven laat beginnen. Af en toe denk ik dat het makkelijker was geweest als de deur van het AZC op slot was geweest.

Stel je een gebouw voor vol wachtende mensen, tussen wie jij moet leven. Op een station of bij een bushalte met een paar mensen zal je je binnen een kwartiertje al onrustig voelen en om je heen kijken naar die mensen, die ook onrustig om zich heen of naar hun horloge kijken. Die situatie, maar dan met een paar honderd mensen en jarenlang. Niet wachtend op een bus of een trein, maar om je leven te beginnen.

Ik liep door de gangen van oranje heen en weer, naar boven en naar beneden. Daarna liep ik door de gangen op de begane grond langs de kantoren en de receptie naar geel. Ik liep in de gangen van geel heen en weer, naar boven en naar beneden, ging weer naar de begane grond om naar groen te gaan, waar ik door de groene gangen heen en weer liep, naar boven en naar beneden en vervolgens deed ik hetzelfde in blauw, om terug te keren naar oranje, waar ik weer opnieuw begon. Ondertussen was mijn enige hoop te kunnen slapen, want dat was meer dan slaap, het was ontsnappen aan het AZC. Soms moest ik bewust even naar de kleuren van de muren kijken om te weten waar ik gebleven was.

Ik probeerde eerst andere asielzoekers te ontlopen om niets met hun problemen te maken te hebben, maar later begon ik ernaar te zoeken, juist om wel te maken te hebben met hun problemen, en dan niet met die van mezelf.

Firaas woonde op de groene afdeling. Hij was nieuw in ons AZC, maar had ervaring, dat werd al snel duidelijk. Door de muziek waarnaar hij in zijn kamer luisterde, werd duidelijk via welke route hij naar Nederland was gekomen. Hij luisterde naar Italiaanse muziek, dus was in Italië geweest voor hij naar Nederland kwam, maar er klonk ook Griekse muziek uit zijn boxen, dus hij was ook in Griekenland geweest en door de Turkse muziek die hij draaide werd zijn weg compleet: via Koerdistan naar Turkije naar Griekenland naar Italië en daarna naar Nederland.

Firaas liep rond met een klein groen bijbeltje in het Arabisch, dat hij bestudeerde en waaruit hij in de gangen teksten citeerde. Ik hoorde hem eens zeggen: 'Onze vader die in de hemelen zijt...' Daarna lachte hij hard en ik vroeg waarom. Hij zei dat hij bij 'onze vader' niets anders kon dan lachen, want dan dacht hij aan zijn eigen vader en niet aan God in de hemel.

'Stel je voor: mijn vader die in de hemel ligt te slapen en zo hard snurkt dat de buren uit andere dorpen dat kunnen horen.' Hij ontplofte van het lachen, wees naar het groene bijbeltje in zijn linkerhand. 'De oplossing komt niet van een IND-ambtenaartje, nee... hiervandaan.' En weer lachte hij hard.

Firaas liep zo te pronken met het groene boekje, open in zijn hand en luid en rustig de woorden uit de Bijbel herhalend, dat je bijna zou denken dat hij een dominee was. Maar als hij niet meer kon, barstte hij uit in gelach en viel neer op de grond. Met hem wist je nooit of hij acteerde of niet, maar hij lachte altijd. Op een dag vroeg ik hem wanneer hij christen was geworden.

'Ik ben nooit moslim geweest en ik zal nooit christelijk worden,' zei hij en hij vertelde dat zijn vader een oude Iraakse communist was en hijzelf was opgegroeid in de Sovjet-Unie voordat hij met zijn familie terugging naar Irak. Uiteindelijk was hij gevlucht.

'Waarom lees je dan altijd de Bijbel?'

'Niet voor de zoon of de vader of de heilige geest, maar voor de IND-ambtenaar die mijn dossier heeft.' Hij lachte. Pas later begreep ik waarom. Kerken in Nederland helpen vluchtelingen, vooral families met kinderen.

Veel asielzoekers die geen hoop meer hadden op verblijf en geen mogelijkheid om teruggestuurd te worden, werden uitgeprocedeerd op straat gezet. Mensen bijvoorbeeld die niet hun echte land van herkomst hadden doorgegeven en bij wie de ambassade van het land waarvan ze zeiden dat ze ervandaan kwamen, zei dat die persoon niet bestond in dat land. Of mensen die een valse naam hadden opgegeven, of een verzonnen naam, die in geen enkel land bestond. Of mensen uit een land waar de situatie niet veilig is, maar aan wie de IND desondanks geen verblijfsvergunning wil geven. Dat soort asielzoekers werd geholpen door de kerk, die 'het AZC van Jezus' werd genoemd. Soms kregen asielzoekers een beetje geld voor eten en drinken, werden zieken naar artsen gestuurd voor gratis behandelingen en in veel gevallen namen christenen (vaak al op leeftijd) asielzoekers in huis. Het maakte niet uit of ze wel of niet christelijk waren.

Er was een Iraanse asielzoeker die Hoessein Aga Hoessein heette. Hij zat al tien jaar in de procedure en zag er moe en wanhopig uit. Maar ineens zagen de asielzoekers dat Hoessein Aga Hoessein begon te veranderen. Hij begon te glimlachen en liep regelmatig met stropdas en glimmende schoenen door de gangen. Iraniërs zijn meestal sjiieten en die dragen geen stropdas, omdat die de vorm heeft van een kruis, dat vinden in elk geval de sjiitische Irakezen. Niemand, zelfs Said niet, wist waarom Hoessein Aga Hoessein zo deed. Over wat er aan de hand was, deed hij erg geheimzinnig. Na een paar maanden kwam de brief van de IND waar Hoessein Aga Hoessein al die tijd op had gewacht. Een verblijfsvergunning. De andere asielzoekers begonnen te roddelen over de vriendin van Hoessein Aga Hoessein, die advocaat was. Maar Said bleef zeggen dat er een ander geheim was, dat alleen Hoessein Aga Hoessein en de IND-ambtenaar kenden. Op de dag dat hij het AZC verliet werd alles duidelijk, tot spijt van Hoessein Aga Hoessein zelf.

Een groene Volvo stationwagen met daarin drie oude Hollandse vrouwen en een man van een jaar of vijftig stopten op het voorplein. Hoessein Aga Hoessein nam afscheid van de medewerkers bij de sociale dienst, de vreemdelingenpolitie, de VVN en de vrijwilligers. Hij laadde zijn bezittingen haastig in de groene Volvo, maar de drie oude vrouwen en de man deelden zijn haast niet. Ze begonnen grapjes te maken tegen de kinderen en gaven ze lekkers. Ik liep erlangs, de man groette mij vriendelijk en gaf mij een hand.

'Kent u Hoessein Aga Hoessein?' vroeg hij.

'Ja, hij is van groen,' zei ik.

'Wat betekent dat?'

'Van de afdeling groen, kamer GR15.'

'Ah, nu begrijp ik het. Ik ben zo blij voor hem. Geen zondag sloeg hij over in de kerk. Hij heeft de weg naar Jezus gevonden.' De man heette Jens van Munster en was dominee. Hij vroeg mij of mijn Nederlands goed genoeg was om een boek te lezen.

'Niet echt,' zei ik. Hij vroeg naar mijn moedertaal en haalde uit de binnenzak van zijn colbert twee groene boekjes.

'Is dit Arabisch?' vroeg hij.

'Nee, Perzisch, denk ik,' zei ik. Hij opende de kofferbak van de auto en nam een boekje uit een doos. 'En dit?'

'Dat wel.'

'Voor u. Misschien vindt u ook de weg naar Jezus,' zei hij glimlachend. Ik nam het boekje aan. Het was de Bijbel in het Arabisch. Zo'n zelfde boekje als waarmee ik Firaas had zien rondlopen. Ik vroeg hem of hij andere boeken in het Arabisch had, waarop hij me uit de auto een geïllustreerd kinderboek gaf met de verhalen van het Oude en Nieuwe Testament. Hij gaf mij ook het adres van de kerk en begon met mij te spreken over het licht en de waarheid. Steeds meer asielzoekers kwamen om de auto heen staan en ook de drie oude vrouwen deelden boekjes en het adres van de kerk uit. En al snel wist iedereen waar Hoessein Aga Hoessein elke zondag heen was gegaan in zijn nette kleren.

'Heeft Hoessein Aga Hoessein een verblijfsvergunning gekregen omdat hij christelijk geworden is?' vroeg ik de dominee.

'De verblijfsvergunning doet er niet toe,' antwoordde hij glimlachend. 'De weg naar Christus is belangrijker.'

'Loopt die weg ook via de IND?'

'Niet via de IND, maar via het hart. Het is de weg naar liefde, vrede en licht.'

Mirko, een Koerdische asielzoeker die heel slecht was in Arabisch, Nederlands en Engels kwam naast mij staan.

'Heeft Hoessein Aga Hoessein een verblijfsvergunning gekregen omdat hij christelijk is geworden?' vroeg hij mij geïnteresseerd.

'Ik heb geen idee, maar die meneer wel,' zei ik en wees naar de dominee, die aandachtig luisterde.

'Vraag het hem alsjeblieft voor mij,' smeekte Mirko.

'Mirko wil graag weten of Hoessein Aga Hoessein een verblijfsvergunning heeft gekregen omdat hij christelijk is geworden.'

'Dat weet ik niet,' klonk de warme stem van de dominee, langzaam en duidelijk, zodat Mirko het zou begrijpen. 'Maar hij heeft wel de weg naar Jezus gevonden. Welke taal spreekt u?'

'Ikke Mirko mijn naam zeven jaren durie maanden een weken twee dagen in kamp,' zei Mirko.

'Wilt u de Bijbel in het Arabisch? Of in een andere taal?'

'Ja, meneer. Ikke willen verblijfsvergunning. Ikke Mirko zeven jaren durie maanden een weken twee dagen. Meneer kijken hier. Eén haar zwart, één haar niet zwart. Eén haar wit, één haar ook wit. Eén haar vallen. Eén haar blijven wachten voor vallen. Mirko kaal. Mirko zeven jaren durie maanden een weken twee dagen in kamp. Wachten, wachten... nee, niet twee dagen.' Hij draaide zich om naar mij. 'Welke dag is het vandaag?'

'Donderdag.'

'Wachten wachten, meneer Jezus, ik Mirko in kamp zeven jaren durie maanden een weken durie dagen. Eén haar zwart, één haar wit, één haar vallen in douche, één haar vallen in bed van zeven jaren durie maanden een weken durie dagen. Wachten, IND, wachten, minister, wachten advocaten, wachten AZC.'

'Welke taal spreekt u?'

'0107. Zeven jaren durie maanden een weken durie dagen. Haren niet goed. Mirko niet goed. Mirko brief IND. Mirko brief Jezus. Mirko brief meneer. Mirko ziek. Mirko wachten. Mirko AZC.'

Jens van Munster vroeg mij welke taal hij sprak.

'Koerdisch,' zei ik, waarop hij uit de auto drie verschillende dozen boeken haalde.

'Een van deze is Koerdisch.'

'Deze,' zei Mirko en nam het boek aan zonder ernaar te kijken. 'Hoessein Aga Hoessein. Iran. Verblijfsvergunning. Geen oorlog… Mirko Irak, Saddam, oorlog, geen verblijfsvergunning. Mirko 0107.' Toen Mirko zag dat Jens van Munster alleen maar bleef glimlachen, richtte hij zich tot mij.

'Ik hoorde dat een Nederlander met Volvo stationwagen verblijfsvergunningen geeft bij de poort. Hij gaf Hoessein Aga Hoessein net een verblijfsvergunning. Is dat hem?'

'Ongeveer,' zei ik. Hij wendde zich weer tot Jens van Munster en herhaalde de tijd die hij had doorgebracht in het AZC en dat hij als eerste een verblijfsvergunning zou moeten krijgen, omdat er in Irak oorlog was en hij vroeg mij om dat nog eens te zeggen tegen de dominee, want misschien hadden ze Irak en Iran verwisseld en kregen Iraniërs nu een verblijfsvergunning omdat de IND dacht dat ze Irakees waren.

Het vuurtje dat Hoessein Aga Hoessein een verblijfsvergunning van de kerk had gekregen verspreidde zich razendsnel door het hele AZC. Wie een boek uit de Volvo stationwagen bij de deur kreeg en het goed bestudeerde en onthield, zou een tentamen in de kerk krijgen en als je dat haalde zou je meteen een verblijfsvergunning krijgen. De verschillende talen waarin het verhaal de ronde ging, vergrootten het misverstand. Het verspreidde zich via de ramen, de deuren en de lucht. Als een bliksem naar de kamers van geel, naar de bedden van oranje, naar de gangen van groen en blauw. Meer en meer asielzoekers dromden om de auto, waarin Hoessein Aga Hoessein, die niet had gewild dat de asielzoekers dachten dat hij christelijk was geworden, op de achterbank zat. Na een uurtje waren alle dozen in de auto leeg. Veel asielzoekers hadden boekjes in talen die ze niet eens spraken.

Jens van Munster stond tussen hen, sprak met zachte stem en de asielzoekers keken naar hem als naar een ridder die hen zou bevrijden uit het gebouw achter hen. Hij zei dat er geen boeken meer waren, maar beloofde dat iedereen er één kon krijgen in de taal die hij sprak. Hij sprak over het wonder van Jezus en de asielzoekers luisterden en dachten aan het wonder van Hoessein Aga Hoessein, die meer dan tien jaar in het AZC in G17 begraven was geweest en die nu net weer tot leven was gewekt. Elk van zijn woorden werd geloofd, omdat de asielzoekers nu begrepen waarom Hoessein Aga Hoessein van een sombere depressieve man was veranderd in iemand met nette kleren, een stropdas en glimmende schoenen.

'Jezus is de weg naar het licht,' zei Jens van Munster met zijn handen in de lucht.

'Wat zegt hij?' hijgde Fatima zwetend naast mij, die zo snel als ze kon met haar zware gewicht naar de auto was gerend toen het nieuws haar had bereikt.

'Hij zegt dat Hoessein Aga Hoessein een verblijfsvergunning heeft gekregen omdat hij christelijk geworden is,' fluisterde ik.

'Jezus is de weg én het licht.'

'Wat zegt hij nu?' fluisterde Fatima.

'Hij zegt dat ze de IND toen een brief hebben gestuurd.'

'Wat staat er in die brief?

'Weet ik niet.'

'Waarom niet?'

'Omdat ik niet naar hem kan luisteren en tegelijkertijd vertalen.'

'Luister dan goed en vertaal het later.'

'... en wat zei Jezus tegen zijn vijanden? Vergeef ze! Hou van hen!' De asielzoekers luisterden zwijgend.

'Wat stond er in die brief?' vroeg Fatima.

'Dat hij elke zondag in de kerk kwam met nette kleren.'

'Nu begrijp ik het.'

'Hoe hij de verblijfsvergunning kreeg?'

'Nee, maar wel waarom zijn schoenen glommen.' Ze haalde diep adem. 'Wie naar de moskee gaat, wordt naar de jihad gestuurd, wie naar de kerk gaat, krijgt een verblijfsvergunning. Volgens mij is de kerk beter.'

Dat was Fatima's reactie. Nu vertel ik je eerst wat Mirko misschien begrepen heeft van wat Jens van Munster zei, en wat hij duidelijk maakte aan drie Afghaanse vrouwen van geel en twee Iraniërs, een met een kunstbeen. Overigens was het Nederlands van Mirko in de jaren dat hij in het AZC verbleef niet beter geworden, maar slechter, onder invloed van alle talen in het AZC die hij had toegevoegd aan zijn Nederlands alsof het Nederlandse woorden waren.

'Deze Nederlander. Kijk. Deze Hollander man geven boeken aan jullie. Met Hollands, met Arabisch, met Koerdisch, met Perzisch, met Turkisch, met Chinesisch, met Afrikanisch. Jij neemt boek. Jij openen boek. Jij lezen boek. In gang kamp. Heen en weer lopen lezen boek. Daarna nieuwe kleren kopen en zwarte schoenen schijnen. Daarna studeren. Daarna elke zondag scheren, douchen, nieuwe kleren, nieuwe schoenen, lopen naar tentamen in kerk. Acht maanden. Daarna status voor onbepaalde tijd. Ik zweer het op Allah.'

'Firaas!' hoorde ik een van de drie Nederlandse vrouwen roepen. Firaas liep naar haar toe, hij kende haar, en Jens van Munster. Van hem hoorde ik later precies wat er was gebeurd met Hoessein Aga Hoessein en wat Jens van Munster voor hem had gedaan.

51

Firaas was de grootste hielenlikker. Hij sliep nauwelijks in zijn bed in het AZC, maar waar hij zijn nachten doorbracht, wist alleen hijzelf. Ook als je naar Firaas luisterde, zou je er niet achter komen want of hij de waarheid vertelde of op dat moment iets verzon kon je niet achterhalen. Hij zei ook nooit hetzelfde, hetzelfde verhaal klonk op een ander moment totaal anders.

Op een keer zat ik bij de wasmachines, hij had een paar overhemden bij mijn was gegooid. Hij staarde naar de snel draaiende wasmachine.

'Mijn kop draait net zo hard. Of misschien sneller,' zei hij. 'Weet je nog, die Hollandse vrouw over wie ik ooit vertelde?'

'Welke vrouw?' zei ik. 'Je vertelt over veel vrouwen.'

'Die oudere, ik was zo stom, echt stom,' zei hij en sloeg zich op zijn voorhoofd. 'Ik ontmoette haar toen ze met haar hondje liep, ik zei dat ze een mooie hond had en dat ik altijd hoopte ooit zo'n hond te hebben. Ik perste een paar tranen tevoorschijn en zei verdrietig dat het in het AZC niet was toegestaan dieren te hebben. Ze gaf mij een knuffel en ik voelde haar borsten. Stevig hoor, voor zo'n oudje. Ze zei dat ze het afschuwelijk vond, dat wij ook het recht zouden moeten hebben op huisdieren en nodigde mij bij haar thuis uit. Toen ik iets met haar probeerde, zei ze dat ze te oud was voor mij. Ik zei natuurlijk dat dat niet zo was. Ik ging vaker bij haar op bezoek. Ze liet mij met haar hond lopen, ze dacht dat ik de hond uitliet, maar het was andersom. Op een avond deed ze de deur open in mooie kleren, opgemaakt, haar haren geknipt. Ik kon niet meer wachten tot het bed en neukte haar bij de deur.' Hij zuchtte diep en staarde weer naar de ronddraaiende was.

'Waarom ben je zo treurig dan? Je verhaal eindigt met een orgasme bij de deur en wordt vast gevolgd door een orgasme op de bank, op de trap, in de slaapkamer en in de douche.'

'Klopt, maar ik was echt zo stom.'

'Waarom?'

'Omdat ik vandaag haar dochter zag. En die was mooi!' Hij keek naar mij, terwijl ik mijn kleren uit de wasmachine haalde en zijn overhemden naar hem toe gooide. 'Wat denk jij, zal ik een poging doen met de dochter?'

'Moet je mij niet vragen. Vraag het de sociale dienst, zij weten het vast.' Het was bedoeld als grap, maar hij nam het serieus.

'Goed idee. Waarom ben ik daar zelf niet opgekomen!'

Later lag ik op mijn bed en stond hij ineens naast me. Hij zei enthousiast dat het Hollandse volk echt het beste volk ter wereld was. Hij vertelde dat hij naar Annelies Vos was gegaan.

'Ik zei dat ik een probleem had, maar dat ik niet wist of ik erover mocht vertellen. Ik gebruikte expres het woord mocht, want de Nederlanders zijn trots als je iets vraagt en het woord mogen gebruikt. Dat geeft ze een goed gevoel. Haha. Ach, hoe blij is de Hollander als je een vraag stelt die begint met 'mag'. Dan heeft hij het gevoel dat hij kan beslissen of je suiker of melk in de koffie gebruikt. Of televisie kijkt. Of weet ik veel wat voor onzin.' Hij lachte hard en sloeg op zijn borst met zijn handen, zoals altijd wanneer hij lachte. 'Annelies Vos zei dat ik over alles mocht praten. Ik was toch in Nederland? Ik reageerde verbaasd.' Ik was inmiddels rechtop gaan zitten en keek hoe Firaas nog eens liet zien wat voor verbaasd gezicht hij had getrokken. 'En zij zei: "Echt! We zijn toch niet in Afghanistan!" Ik zei: "Dankjewel, dankjewel. In Afghanistan kan je niet overal over praten, maar hier blijkbaar wel."'

'Maar Firaas, je komt toch uit Irak?' vroeg ik.

'Klopt, maar ik wilde emotioneel zijn. Zou ik uitleggen dat ik niet uit Afghanistan kwam en dat wij Saddam Hoessein hebben en niet de Taliban, dan werd ik afgeleid en kon ik niet meer emotioneel overkomen.' Hij lachte harder en ging verder.

'Ik vertelde haar mijn probleem snikkend en dacht eigenlijk dat ze mij een smeerlap zou vinden, maar ze gaf me serieus het advies dat ik als ik echt verliefd was haar moest vertellen dat ik iets met haar moeder had gehad.' Firaas lachte nu nog harder.

'Zei Annelies Vos dat?'

'Ja, man. En ze zei: "Als ik jou was, zou ik even afstand nemen van het meisje en haar moeder. Dan weet je wat je echt voelt." En toen...'

'Nou?'

'Ze gaf me twee dagkaarten! En zei dat ik me een week niet hoefde te melden.' Hij haalde de dagkaarten uit zijn zak als bewijs.

'Dat geloof ik niet,' zei ik. Twee dagkaarten en niet melden om na te denken of iemand iets wil met de moeder of de dochter?

'Als je weet hoe je serieus en met veel emotie met de Nederlanders praat, neuk je niet alleen de moeder en de dochter, maar ook de hele sociale dienst,' zei Firaas.

Buiten het AZC zou ik met Firaas geen contact hebben gehad. Hij was iemand met wie je nooit vriendschap kon sluiten, alleen als hij jou heel erg nodig had. Omdat ik serieus naar hem luisterde en ik nooit probeerde te bewijzen dat hij overdreef of loog, vond hij het leuk om met mij te praten. Toen hij met de receptioniste Tabitha een heimelijke relatie begon, vertelde hij mij van alles over de medewerkers van de receptie.

Maar Firaas vertelde me dus ook het verhaal van Hoessein Aga Hoessein en Jens van Munster. Hij wist als enige en al best lang waarom Hoessein Aga Hoessein zijn schoenen poetste en waar hij heen ging. Firaas was hem gevolgd en had met veel moeite ontdekt waar hij heen liep en fietste op de fiets die hij een paar straten van het AZC op slot zette. Hoessein Aga Hoessein had hem gesmeekt het niemand te vertellen, en hij kocht Firaas' zwijgen door te vertellen dat hij van Jens van Munster een brief had gekregen voor de IND waarin stond dat Hoessein Aga Hoessein Jezus had gevonden, dat hij een goede christen was en de doodstraf zou krijgen als hij naar Iran werd teruggestuurd, omdat hij zich had bekeerd.

Hij vertelde hoe Firaas ook zo'n papiertje kon krijgen en vanaf dat moment liep Firaas met het groene boekje door de gangen en leerde verzen uit zijn hoofd. Firaas vertelde dat Hoessein Aga Hoessein wilde dat het een geheim bleef, omdat hij bang was dat er vijfhonderd asielzoekers in één keer naar de kerk zouden komen om christen te worden en een brief van Jens van Munster te krijgen, en dan zou hij ook op dat papier tien jaar moeten wachten.

'En? Heb jij nu ook zo'n brief?' vroeg ik.

'Zeker, die ligt nu bij de IND.'

'Hoelang duurt het tot ze antwoord geven?'

'Zou ik niet weten. Hoessein Aga Hoessein kreeg na drie maanden antwoord.'

'Maar hij is langer in Nederland dan jij. Het gaat bij jou vast niet ook zo snel met één papiertje van de kerk.'

'Jij begrijpt Nederland niet goed, Semmier,' zei hij. 'Geloof je dat die Jens zelf met Hoessein Aga Hoessein meeging naar de IND?' Ik schudde mijn hoofd. 'Maar je gelooft wel dat die Iraniër tien jaar in het AZC zat en pas toen hij mooie kleren ging dragen, een verblijfsvergunning kreeg, toch? Hoelang ik hiervoor in de procedure zat is niet belangrijk. Dat mijn toekomst in Nederland niet aan mijn verhaal ligt, maar aan het verhaal van Jens van Munster, daar gaat het om. Dat is voor de IND geloofwaardiger,' legde hij uit. 'De Hollanders geloven in eerste instantie elkaar. Na tien jaar geloofden ze nog niet dat Iran gevaarlijk was voor Hoessein Aga Hoessein, maar toen Jens van Munster dat zei, geloofden ze hem na drie maanden. Wakker worden!' Hij schudde mij heen en weer.

Ik geloofde hem niet, of misschien wilde ik hem niet geloven, want als het klopte wat hij zei, zou het AZC nog erger zijn dan het al was.

52

Zoals Firaas zich overal een weg doorheen glibberde, huilde en loog, zo standvastig was Abdoelwahid, een man uit Jemen van een jaar of vijfenveertig. Hij droeg altijd Jemenitische kleren, liep in Jemenitische tred en sprak op een Jemenitische manier. Hij was de meest gastvrije en respectabele asielzoeker, voor andere asielzoekers en voor de Nederlandse instanties. Als je tegen hem zei dat hij mooie schoenen had, deed hij ze meteen uit en gaf ze aan jou. Als je weigerde, zou hij ruzie met je maken tot je accepteerde.

Ik zag hem eens in de keuken. Hij kookte Jemenitische Mendi-rijst met kip. De rijst kookte hij met saffraan en andere kruiden, die de maaltijd wit, geel en rood kleurden. 'Ruikt lekker,' zei ik als compliment.

'Ik wacht op je om samen te eten,' zei hij. Ik zei dat ik niet kon en dat het ook niet nodig was.

'Ik heb het gezegd,' zei hij. 'Ik eet niet tot jij er bent.' En daarmee was de kous af. Hij wachtte tot acht uur die avond op mij. Ik wist niet dat hij tot die tijd niet had gegeten, maar een kamergenoot van hem vertelde me dat Abdoelwahid al sinds de middag op mij wachtte en dus haastte ik me naar zijn kamer. In plaats van een chagrijnig gezicht te trekken, glimlachte hij.

'Nu is het lekkerder,' zei hij.

'Omdat je zolang hebt gewacht?'

'Helemaal niet, maar omdat jij mee-eet.' Ik ontliep hem om niet voor hem te hoeven vertalen, want dan kocht hij elke keer een cadeau: een scheerapparaat, oplaadbare batterijen, een granaatappel uit de Turkse winkel. De Nederlanders in het AZC hadden respect voor hem, want het was meteen duidelijk dat hij geen vreemdeling was en geen asielzoeker, maar een traditionele Jemenitische man. Zijn vurige blikken maakten meteen duidelijk dat het onmogelijk was hem te temmen met Nederlandse regels.

Ik stond een keer voor hem in de rij voor het melden. De rij stond stil. Mijn excuses voor al die stilstaande rijen in mijn verhaal. Maar in het AZC gebeurt er weinig, behalve wachten, in de rij staan en melden. Abdoelwahid kwam, sloot achteraan en toen hij merkte dat de rij niet bewoog, liep hij naar het raampje en zei de paar Nederlandse woorden die hij in de jaren in het AZC had geleerd:

'Goeden dagen mijn heer. Geen vandaag melden?' Hij boog en vulde met zijn gezicht het kleine raampje van het meldloket.

'Uw W-document alstublieft,' zei de agent. Abdoelwahid gaf hem de pas en zei: 'Dank oe wel, mijn heer. Dank oe wel.' Hij klonk alsof hij in zijn dorpje in Jemen was en iemand in de verte riep. Hij draaide zich om en zag ons staan in de rij, te wachten tot de agent een teken gaf naar voren te komen. Hij wenkte de man die vooraan stond. 'Er is melden, maar niet daar,' zei hij, wees naar de voeten van de man en daarna naar het raampje. 'Melden hier, bij de mijn heer.' Toen de man voor in de rij bleef staan, praatte hij niet alleen tegen hem door, maar tegen ons allemaal. 'Echt waar. Ik ben net gedaan melden. Hier wachten, daar melden.' Daarna liep hij hoofdschuddend weg met een glimlach van verbazing dat wij niet eens wisten waar wij ons moesten melden, dat het melden niet in de rij moest, maar bij dat kleine raampje.

Zo kreeg Abdoelwahid het voor elkaar. Hij behandelde anderen zoals hij dat in zijn dorpje in Jemen deed en verwachtte vooral dat hij net zo behandeld werd als daar. Kreeg hij geen respect, of vond hij dat hij dat niet kreeg, dan eiste hij dat op.

Ik weet nog dat ik eens met hem mee ging om te vertalen, naar Hilde Hoeksma, een medewerker van de sociale dienst die er nog niet zolang werkte en Abdoelwahid nog niet kende. Hij had een afspraak om twee uur, maar dat was het al geweest en wij zagen door de glazen wand dat Hilde druk in gesprek was met een stagiaire. Abdoelwahid liep zomaar naar binnen, ik durfde niet en wachtte tot ik geroepen zou worden.

Wat er vervolgens gebeurde, verbaasde mij. Abdoelwahid werd ongeduldig en Hilde Hoeksma wilde eerst haar gesprek met de stagiaire afronden en zei een aantal keer 'wacht even'. Toen dat 'even wachten' naar de zin van Abdoelwahid te lang werd, pakte hij het beeldscherm van Hilde op en zette dat met een bons vlak voor haar neer. Hij drukte het toetsenbord in haar hand. Ik was verbaasd en schrok. Het aanraken van een computer van de sociale dienst was zoiets als een doodzonde. Ik verwachtte dat Hilde nu de politie zou bellen en dat er geschreeuwd zou worden. Ik moest vertalen en moest dan ook schreeuwen, anders zouden ze de vertaling niet horen en dan zou de vreemdelingenpolitie komen en zou ook mijn dag in een cel eindigen, omdat ik had geschreeuwd. Maar Hilde draaide zich om, net zo verbaasd als ik, en keek in de priemende, vurige ogen van Abdoelwahid, bij wie de slagader in zijn nek zichtbaar klopte en ook Hilde schrok. Maar in plaats van de politie te bellen, zei ze, tegen mij, om haar angst voor Abdoelwahid te verbergen: 'Jullie hebben een afspraak, toch?'

'Hij. Hij heeft een afspraak,' zei ik.

'Om twee uur, toch?'

'Ja, hij. Om twee uur. Ik kom vertalen.' Ze keek op haar horloge.

‘O, het is acht over twee.’ Ze begon zichzelf te verontschuldigen. ‘Wat wil hij?’

‘Dat hij zich volgende week vrijdag niet hoeft te komen melden, geloof ik.’

‘Hij hoeft zich niet te melden volgende week vrijdag,’ zei ze en ik vertaalde dat voor Abdoelwahid die stil bleef en glimlachte.

‘Daaaank oeoeo. Daaaak oeoeo mevrouwe Hiiiilde Hoekisma.’ Hij liep weg en ik volgde hem.

Ik dacht dat Abdoelwahid trots zou vertellen wat er gebeurd was, maar dat deed hij niet. Hij leek het de normaalste zaak van de wereld te vinden dat het zo gelopen was en leek het niet door te hebben dat hij iemand van de sociale dienst bang had gemaakt.

53

Op een dag reed ik met Abdoelwahid richting de stad. Abdoelwahid fietste niet, hij kronkelde over het fietspad, maar vond zelf dat hij het erg goed deed.

Wanneer je naar Nederland komt, verandert er iets in je leven. Fietsen wordt natuurlijker dan lopen. Vraag een Hollander hoe ver het station is en hij zegt: 'Tien minuten fietsen'. Over hoelang het lopen is, moet hij langer nadenken. De meeste asielzoekers begonnen na een paar maanden te fietsen, nog voor ze Nederlands spraken. Er waren drie mogelijkheden voor asielzoekers om aan een fiets te komen: 1. Stelen, 2. Kopen, 3. Opvissen uit de gracht. Dat laatste geloofde ik ook niet, tot ik met eigen ogen zag hoe een Armeense asielzoeker fietsen ging vissen met een van ijzer gemaakte U-vormige haak aan een touw. Ik dacht dat hij gek was geworden van het lange wachten, maar hij gooide zijn zelfgemaakte hengel in de gracht en ving fietsen. De eerste die hij ophengelde was roestig en modderig, die gooide hij terug en viste verder tot hij een nieuwe fiets vond. Zo ving ook ik die dag mijn eerste fiets. Het was een vrouwenfiets, die ik tot nu toe liever berijd dan een mannenfiets, want je hoeft niet je rechterbeen op te tillen als een hond die tegen een boom wil plassen.

Het voorplein was de plek waar asielzoekers leerden fietsen. De langzaamste in leren fietsen was Fatima, door haar gewicht (als je haar aan de rechterkant op de fiets hielp, viel ze naar links, hielp je haar aan de linkerkant, dan viel ze naar rechts en de keer dat een brede Tsjetsjeen en ik besloten haar eens van twee kanten te helpen kostte mij dat drie ribben).

De tweede plaats voor langzaam leren fietsen was voor Parishad, een Afghaanse vrouw van vijfenvijftig, die met haar hoofddoek en islamitische kleren op de fiets vergat dat ze fietste. Voor ze op het zadel ging zitten, haalde ze diep adem, zei een paar heilige teksten op, zodat Allah haar niet in de steek zou laten op de fiets en als ze dan 'nu' zei (het enige Nederlandse woord dat ze kende en dat ze had geleerd om te leren fietsen), dan duwden we haar. Meteen begon ze te schreeuwen: *'Allahoe Akbar!'* Alsof ze niet op een fiets in Nederland zat, maar op een tank in Afghanistan. Haar pogingen om te leren fietsen eindigden altijd dramatisch, of haar hoofddoek vloog naar achteren, of een van haar rokken vloog omhoog en zij probeerde die dan met twee handen terug naar beneden te duwen, waardoor ze geen handen meer over had om te sturen. De op twee na langzaamste was Zainab, die het graag wilde leren om dagelijks naar de Turkse winkel te kunnen gaan, omdat het vlees daar halal was. Haar probleem was dat ze zo onzeker was en ondanks onze herhaalde oproepen naar voren te kijken, vergat waar dat was. Wij wezen naar voren om duidelijk te maken dat dat niet onder haar voeten was, maar zodra ze begon te rijden, gilde ze, alsof het zadel een wild dier was dat haar zou bijten, het stuur een slang die om haar handen draaide en de trappers twee schorpioenen. Als de fiets op de grond viel, was zij er al afgesprongen en stond van een afstandje opgelucht te kijken naar de nog draaiende wielen. Maar het lastigste geval met fietsen was Abdoelwahid. Abdoelwahid hield van paardrijden en bereed ook kamelen en ezels. Als de dinosauriërs niet ook in Jemen uitgestorven waren, had hij die ook bereden. Hij kon vrachtwagens besturen en tanks en bussen en je zou denken dat fietsen voor hem geen enkel probleem moest opleveren. Hij leerde sneller dan de drie dames, maar het probleem was dat hij niet recht reed.

Daarom passeerden de Nederlanders ons die dag geïrriteerd, want wij reden langzaam en als Abdoelwahid zijn fietsbanden met natte verf bedekt had, zou hij op de weg een lijn hebben gemaakt als een cardiogram. Soms riepen ze hard: 'Kijk uit!' of keken boos om, terwijl ze ook hadden kunnen lachen om die Jemenitische man die probeerde een echte Hollander te zijn.

Toen een jongen en meisje ons inhaalden en het meisje zo ver moest uitwijken voor Abdoelwahid dat ze bijna de stoep opreed, vloekte ze hard.

'Godverdomme!' Vervolgens reden ze door. Abdoelwahid begon driftig te trappen en reed snel achter hen aan.

'Waar ga je heen?' riep ik.

'Ze is boos,' riep hij in het Arabisch en ik voelde dat er een probleem zou ontstaan. Het meisje en de jongen hadden niet door dat Abdoelwahid achter hen aanfietste. Ze stopten bij een huis en gingen er naar binnen. Ook Abdoelwahid stopte er hijgend en klopte aan. Een vrouw deed open. Haar blik liet zien dat ze liever naar tien horrorfilms keek dan naar die man met rare kleren bij haar deur.

'Ik gezien meisjes en jongens gezien ook hun hier komen. Meisjes straks zeggen mij en mijn fiets meisjes zeggen...' Abdoelwahid wilde de vloek herhalen, maar hij was hem vergeten en vroeg het mij in het Arabisch. Daarop werd de vrouw nog banger, alsof er een terrorist van al-Qaida voor haar deur stond.

'Godverdomme,' zei ik.

'Ja, mevrouw. Ik gezien meisjes roepen gaatwaardome. Ik heb gezien meisjes en jongens gezien ook hier komen. Meisjes straks tegen mij zeggen en mij fiets...' En hij vergat het woord weer.

'Godverdomme,' zei ik.

'Ja, gaatwaardame.' Op dat moment kwamen ook het meisje en de jongen naar de deur. Nu keken zes ogen angstig naar Abdoelwahid, waarna er nog een man met grijs haar bij kwam. De vier Hollanders keken naar ons zonder te begrijpen wat wij daar deden en Abdoelwahid herhaalde hetzelfde in zijn onbegrijpelijke Asielzoekers. Een hond blafte boos in het huis en twee katten keken geschrokken van achter het raam en als ik niet overdrijf, begon er ook een papegaai te schreeuwen. De buren begonnen uit ramen en deuren te kijken.

'Sorry, wat willen jullie?' vroeg de vrouw.

'We vragen ons af of jullie oude fietsen hebben voor de asielzoekers in het AZC,' zei ik en Abdoelwahid knikte, want hij dacht dat ik vroeg waarom het meisje zo hard had gevloekt.

'Nee, we hebben geen oude fietsen. Ook niet in de schuur, nergens niet.'

'Dank u, mevrouw,' zei ik en wilde weggaan met Abdoelwahid.

'We willen ook niet dat jullie nog eens aanbellen,' zei de vrouw, haar stem klonk voorzichtig en geïrriteerd tegelijk.

'We komen nooit meer terug, mevrouw,' zei ik en trok Abdoelwahid aan zijn hand naar de fiets.

'Heb je haar verteld dat het meisje niet beleefd was tegen ons?'

'Ja.'

'Hebben ze hun excuses aangeboden dan?'

'Die vrouw zei dat het meisje haast had, omdat haar oma boven op haar sterfbed ligt. Ze moest zich echt haasten want ze kon elke seconde doodgaan.' Toen Abdoelwahid dat hoorde, draaide hij zich om naar de Nederlanders die nog bij de deur stonden en riep: 'Sorry meisjes, sorry jongens, sorry ouders, sorry honden, sorry katten, fijne leven oma boven.'

Wij begonnen terug te fietsen richting het AZC en ik probeerde er vaart achter te zetten, zodat de politie als die gebeld was ons niet zou zien.

'Niet zo snel. Ze hebben de politie niet gebeld, want oma boven gaat dood,' zei hij. We kronkelden tot we terug waren in het AZC.

Sommige personen zijn zo krankzinnig dat je een boek vol over ze zou kunnen schrijven. Abdoelwahid was zo iemand en over hem zal ik zeker nog meer vertellen, bijvoorbeeld over hoe hij reageerde toen hij hoorde dat een asielzoeker die wij Geel noemden, politiek asiel had gekregen omdat hij homo was.

Maar ook over Firaas ben ik nog niet uitverteld. Want terwijl Abdoelwahid en Firaas compleet van elkaar verschilden, hadden ze een ding gemeen. Ze gaven me inzicht in het systeem en in de Nederlanders.

Abdoelwahid leek meer op de Nederlanders. Hij was eerlijk, direct en oprecht. Firaas daarentegen was een rasechte leugenaar, een toneelspeler. Hij was nooit eerlijk en wist precies wat hij moest zeggen en hoe en wat hij ermee wilde bereiken. Altijd was ik gefascineerd, en ben het nog steeds, over hoe Firaas maar door kon gaan in de Nederlandse maatschappij en in het systeem en alles voor elkaar kreeg, en hoe Abdoelwahid dat helemaal niet kon. Hoe Abdoelwahid uiteindelijk zou vertrekken omdat hij niet meer kon in Nederland, en Firaas op dit moment ergens in Middelburg rondloopt als een Nederlander.

54

Het was algemeen bekend dat homo's snel asiel kregen, soms binnen een jaar, en dat zij altijd een kamer alleen kregen. Daarvan maakte Firaas gretig gebruik.

De dag dat Firaas zijn kamer alleen kreeg, regende het hard, net als de dagen ervoor. Hij kwam naast me zitten in de soos en zwaaide met de sleutel voor mijn ogen.

'Weet je wat dit is...?' Hij liet de sleutel nog dichter bij mijn ogen bungelen en bracht zijn mond dichter bij mijn oren. 'De diepste slaap, Semmier...' fluisterde hij. 'De bevrijding van snurken en scheten.' Hij lachte hard. 'Niet meer een AZC, maar een gratis sterrenhotel. Net gekregen. Geloof je dat?'

'Hoe dan?' vroeg ik, nieuwsgierig naar hoe hij dat voor elkaar gekregen had.

'Ik was bang dat Annelies Vos mij zou zien, want haar had ik al advies gevraagd over die oude vrouw en haar dochter, dus zij weet dat ik geen homo ben. Ik wachtte tot woensdag, omdat ze dan vrij is en ging naar Hilde.' Hij vertelde hoe hij zijn stem verdrietig liet klinken en zei dat hij een geheim wilde vertellen, dat zelfs de andere medewerkers niet mochten weten. Toen ze niet met hem naar een aparte ruimte wilde, had hij gehuild.

'Echt gehuild?' vroeg ik.

'Natuurlijk, wat denk je dan?' zei hij. 'Ik huil als het nodig is, hoor. Heb ik je nooit verteld wat er gebeurde bij de Turkse grens?' begon hij ineens een ander verhaal. Ik schudde mijn hoofd. 'We werden gepakt door Turkse soldaten. Ik huilde en kuste hun laarzen, en toen zeiden ze dat ik kon gaan. Daarna huilde en smeekte ik, tot ze ons allemaal lieten gaan. We renden weg. Later vroeg een van die vijf of ik me niet schaamde zo te huilen als een vrouw. Nu zouden de Turkse soldaten denken dat alle Irakezen huilden en laarzen zoenden. Ik lachte hard, want hij was degene die mij smekend aan had gekeken en fluisterend had gevraagd of ik ook voor hen kon zorgen. Ik redde hem, hij rende weg als een konijn en nu wilde hij een leeuw zijn. Grappig!'

'En toen?'

'Hilde klopte op mijn schouder en...'

'Ik bedoel bij de Turkse grens.'

Firaas had zijn hele vlucht bij elkaar gehuild en gesmeekt, de tweede poging naar Turkije lukte en in Ankara huilde hij voor een Griekse dame op leeftijd, die hij zo inpalmde dat zij zijn reis naar Griekenland betaalde. Hij had haar nooit meer gezien, maar genoeg geld bij elkaar gesmeekt om via Italië naar West-Europa te komen.

'En die kamer alleen?'

Firaas vertelde zijn tactiek: als je huilde en af en toe je stem veranderde, gaf dat de indruk dat je jaren had gewacht om zo te huilen en dat dit je kans was om eindelijk je verhaal te vertellen. Hilde bracht hem naar een ander kantoortje en haalde zakdoekjes. Hij veegde de tranen van zijn wangen, tot zij op haar horloge begon te kijken. Dat betekende dat het genoeg was, want huilen bij een Nederlander die geen tijd heeft, had geen zin, zo legde hij uit.

'Ik zei dat ik homo was en niemand dat wist en ik het zelf eigenlijk eerder ook niet wist, maar nu in Nederland, waar alles kan en mag, durfde ik het wel toe te geven. Omdat ik met drie mannen op een kamer sliep, kreeg ik nachtmerries, zei ik, dat ze mij zouden verkrachten of doden. Ik zei dat ik blij was dat ik me in Nederland zo veilig en gelukkig voelde dat ik het nu voor het eerst durfde te zeggen.'

'En toen zei je dat je een kamer alleen wilde.'

'Wat? Ik ben toch geen eikel? Natuurlijk niet! Luister goed. Laat de Hollander zelf bedenken wat je nodig hebt. Dan doet hij zijn best het voor je te regelen en heeft hij het gevoel dat hij jou gered heeft. Dat hij het opgelost heeft voor jou. Als je hem vertelt wat je wilt, dan wordt hij geïrriteerd dat hij voor jou werk moet doen en twijfelt hij of je eerlijk bent of niet. Ik dacht dat Hilde eerst in een vergadering zou overleggen met de anderen en dat Annelies Vos zou horen dat ik homo was en zou zeggen dat dat niet kon, omdat ik eerder een moeder-dochterprobleem had gehad. Of dat die Pieter Oomen roet in het eten zou gooien. Daarom dacht ik dat ik de kamer alleen nooit zou krijgen en vergat het, maar vorige week vroeg Hilde me hoe het was. Ik zei dat ik slecht sliep en zij snapte dat. Dat gaf mij hoop, maar er gebeurde niets. Tot ik vanmorgen hoorde dat Hilde mij zocht. En nu heb ik de sleutel.' Daarna fluisterde hij: 'Voor drie euro kun je alleen slapen in mijn kamer, als ik buiten het AZC ben.'

Weken probeerde Firaas niemand te laten weten dat hij een kamer alleen had. Niet omdat hij vreesde dat anderen zouden denken dat hij homo was, maar dat de sociale dienst zou ontdekken dat hij het niet was, want alle asielzoekers wisten dat het niet waar was. Er was een vrouw, van wie ik de naam niet wil noemen, die voor tien euro met asielzoekers sliep. Ze had drie kinderen en haar man was verslaafd geraakt aan de drank in de zes jaar dat hij in het AZC verbleef. Hij sloeg haar als ze geen alcohol voor hem regelde. In het begin leende ze geld van anderen, maar omdat ze het niet kon teruggeven, begon ze met hen te slapen en later de kamer van Firaas te huren om er met de gratis condooms van de receptie met mannen te slapen.

Misschien heb ik al eerder verteld, dat asielzoekers maximaal drie condooms per dag en twee paracetamol per acht uur kregen. Dat houdt dus in dat een asielzoeker het recht heeft op drie orgasmen per dag en zes keer hoofdpijn. Naam en tijd werden genoteerd en als je te snel terugkwam voor paracetamol, kreeg je niets. Bij te veel koppijn stuurde je een andere asielzoeker. Ik weet nog dat ik John vroeg om paracetamol te halen omdat ik hoofdpijn had. Ik had even daarvoor met Jelena gepraat, waarop John met drie condooms naar me toe kwam. Toen ik zei dat ik hoofdpijn had, zei hij: 'Sorry man, ik dacht dat de pijn wat lager zat.'

John was trouwens juist degene die vaak aan anderen vroeg voor hem drie condooms bij de receptie te halen, omdat hij de drie die hij dagelijks kreeg al had opgehaald. Op een dag zei ik tegen hem dat hij een konijn was, met zijn behoefte aan zo veel condooms. Hij zei lachend dat hij ze niet gebruikte.

'Wat doe je er dan mee?' vroeg ik verbaasd.

'Ik rook ze op,' zei hij en dat klopte zo ongeveer, want ik ontdekte later dat hij ze verkocht aan de deur van een koffieshop om van het verdiende geld marihuana te kopen.

55

De asielzoeker die wij Geel noemden, kreeg die bijnaam omdat hij de dag dat hij in ons AZC aankwam een geel overhemd droeg en een kamer alleen in geel kreeg. Hij was naar ons AZC gestuurd vanuit Utrecht, nadat hij drie weken in een OC had gezeten. Je zou op het eerste gezicht niet zeggen dat hij homo was, maar hij was het wel. Hij kreeg meteen bij aankomst een kamer alleen en had na negen maanden politiek asiel. Dat had eigenlijk humanitair asiel moeten zijn, zo zei ook zijn advocaat, maar een verblijfsvergunning was een verblijfsvergunning. Hij was vriendelijk en ik hoorde dat hij uit een rijke familie kwam. Zainab vroeg mij eens of die uit kamer G3 een man of een vrouw was, omdat hij als hij door de gangen liep altijd verlegen naar de grond keek. Niemand kende zijn echte naam. Iedereen noemde hem Geel. Hij vond dat niet erg en draaide zich altijd glimlachend om als iemand hem met zijn bijnaam riep. Toen Geel de verblijfsvergunning kreeg, voelde dat voor hem wat ongemakkelijk als hij gefeliciteerd werd, alsof hij die verblijfsvergunning van iemand anders afgepakt had. Eigenlijk waren alle asielzoekers blij voor Geel, behalve Abdoelwahid.

Een verstrekte verblijfsvergunning werd door de asielzoeker meestal zo veel mogelijk geheim gehouden voor de rest. En als iemand een woonplaats toegewezen kreeg, gaf hij zijn nieuwe adres niet aan iemand van het AZC, behalve in heel speciale gevallen. De reden daarvoor was dat degene die een verblijfsvergunning had gekregen niet wilde dat een asielzoeker bij hem aan zou bellen als deze op straat werd gezet of wilde onderduiken om niet teruggestuurd te worden. En omdat asielzoekers niemand anders kenden dan de anderen uit het AZC, was die kans groot als je je adres gaf. De enige asielzoeker die ik in die jaren zijn adres zag geven aan iedereen, was Geel. Hij beschreef een A4'tje vele malen met zijn adres, knipte het in kleine stukjes en gaf een papiertje aan elke asielzoeker die afscheid van hem nam. Hij zei dat ze welkom waren en dat zijn deur openstond als ze uit het AZC werden gezet. Voor Geel vertrok, vertelde Said aan iedereen dat Geel politiek asiel had gekregen, omdat het ministerie van Justitie zijn kont een test had afgenomen om zeker te weten dat hij homo was. Hij bedoelde dat zeker als grap, maar het werd serieus genomen. Talib grapte dat het krijgen van een verblijfsvergunning in Nederland niet zo moeilijk was. Het kostte slechts een paar komkommertjes of worteltjes, een test en hup: je kreeg asiel.

Ik liep met Abdoelwahid door de gang toen Geel afscheid van ons nam.

'Waarom neemt hij afscheid? Moet hij terug?'

'Nee, hij heeft een verblijfsvergunning gekregen.'

'Hoelang is hij in Nederland?'

'Ik denk negen maanden.'

'Wat voor verblijfsvergunning heeft hij gekregen?'

'Politiek asiel.'

'Kom mee,' beval hij. Hij trok mij mee alsof ik een schaap was en leek opeens haast te hebben. Ik dacht dat hij meteen naar de sociale dienst wilde, maar hij ging naar de gele afdeling, klopte op de deur van Geels kamer en toen die open deed, trok hij ook hem aan zijn hand mee.

'Kom met je politieke verblijfsvergunning mee.'

'Wat? Met wat?' zei Geel verward, maar overrompeld door

de boosheid en de haast van Abdoelwahid griste hij zijn brief van de IND mee en liep mee naar de sociale dienst. Daar liep Abdoelwahid meteen naar de tafel van meneer Van 't Zijde, omdat er geen anderen in het kantoor waren.

'Meneer!' zei Abdoelwahid.

'Eerst een afspraak maken,' zei Van 't Zijde kortaf.

'Wat zegt hij?' vroeg Abdoelwahid mij.

'Dat je eerst een afspraak moet maken.'

'Zeg tegen hem: waarom een afspraak maken? We zitten toch in één gebouw. Maakt hij een afspraak met zijn vrouw in zijn huis als hij met haar wil praten? Maakt hij een afspraak met asielzoekers als hij iets van hen wil?' Ik vertaalde, Van 't Zijde reageerde luid, maar Abdoelwahid was niet bang, alleen boos. Daarop werd Van 't Zijde stil en vroeg wat er eigenlijk aan de hand was.

Abdoelwahid trok het papier met de toekenning van de verblijfsvergunning uit de hand van Geel.

'Vertaal voor hem: waarom krijgt een kont in Nederland politiek asiel en een hoofd niet?' riep hij boos. Het speeksel spetterde van zijn lippen. Meneer Van 't Zijde bleef stil. 'Kijk!' riep Abdoelwahid. Inmiddels waren er meer medewerkers binnengekomen, dus ik vertaalde voor hen allemaal. 'Het ministerie van Justitie testte de kont van deze man om te kijken of hij een politieke asielzoeker is. Waarom wordt van al die honderden andere asielzoekers niet bij één iemand het hoofd getest?' Van 't Zijde werd zo bleek als de muren van geel. Hij durfde Abdoelwahid niet aan te kijken. Anneke stapte naar voren en pakte het papier uit de hand van Abdoelwahid.

'Luister, praat niet zo,' zei ze boos. Hij bracht zijn gezicht dichterbij het hare.

'Hoe moet ik praten dan? Met mijn kont?' riep hij. Anneke stapte naar achteren.

'Zeg tegen hem dat als hij ons kantoor nu niet verlaat, ik de vreemdelingenpolitie zal bellen.' Ik wist dat Abdoelwahid Anneke zou aanvallen en wurgen als ik zou vertalen wat ze zei.

'Wat zegt ze?'

'Ach, Abdoelwahid, schaam je je niet om zo in het gezicht van een vrouw te schreeuwen?' zei ik, want ik wist dat dat de enige manier was om hem te kalmeren. Meteen werd hij stil. Ik trok hem weg uit het kantoor en bracht hem naar zijn kamer waar hij zich bleef schamen dat hij zo tegen een vrouw had gesproken.

Na een paar minuten kwam Anneke naar mij toe.

'Dat mag niet, zo praten, absoluut niet. Hij mag ook niet een andere asielzoeker dwingen om hierheen te komen met zijn verblijfsvergunning. Als hij niet oppast, wordt de vreemdelingenpolitie gebeld en eindigt hij in een cel.' Het leek alsof ze mij beschuldigde, alsof ik verantwoordelijk was. Ik wist niet hoe ik moest reageren. Zij wachtte op mijn reactie.

'Ik denk dat een man als Abdoelwahid sterker is dan een celletje. Gauw zal hij eruit komen, na een paar dagen of weken of maanden. Dan is hij rustiger, scherpt een mes in de keuken en onthoofdt iemand bij de sociale dienst,' zei ik bezorgd tegen Anneke. Zij voelde dat ik het meende.

'Kom mee,' zei ze. Ik volgde haar en ze gaf mij twee dagkaarten, een met de datum van die dag en een zonder datum.

'Ga naar Abdoelwahid, geef hem die twee dagkaarten, dan kan hij terugkomen als hij rustiger is.'

'Waar moet hij heen?'

'Weet ik veel. Hij heeft eerder dagkaarten gekregen om naar een vriend te gaan in Nijmegen of zo.'

'En het melden dan?'

'Ik zal het regelen, maar hij hoeft niet eerder terug te komen dan dat hij rustig is,' zei ze haastig.

Ik ging naar Abdoelwahid en gaf hem de twee dagkaarten, maar hij geloofde niet dat hij ze zomaar gekregen had, hij dacht dat ik de sociale dienst erom had gesmeekt. Daarom wilde hij mij er eentje geven.

'Denk je dat die vrouw bij de sociale dienst nog steeds bang is?' vroeg hij. Zijn schaamte was nog niet verdwenen.

'Misschien moet je wat minder boos zijn als je met Nederlanders praat. Zij praten altijd zachtjes.'

'Ik? Boos?' zei hij verbaasd. 'Heb je mij ooit boos gezien? Ik ben nooit boos, mijn hele leven niet geweest.'

'Dus je was net niet boos?'

'Helemaal niet, als ik boos was geweest had ik zijn nek omgedraaid tot-ie brak en had ik de computer van die trut opgetild en op haar hoofd kapotgeslagen.'

Maar van de vele situaties met Abdoelwahid denk ik nog vaak terug aan zijn poging om een brief los te peuteren van Jens van Munster waarin stond dat hij christelijk was. Dat gebeurde nadat ook Firaas een verblijfsvergunning kreeg als bekeerde moslim. Hij had mij een kopie van de brief laten zien die Jens van Munster had verstuurd. De naam van de dominee was erboven gestempeld en eronder stonden handtekening en datum. Het was een korte, officiële brief. Firaas las het mij voor en ontplofte na elke zin van het lachen. Vooral toen er stond dat Firaas 'de weg naar Jezus gevonden had' en dat er geen twijfel was 'dat Jezus in zijn hart leefde'.

56

Na de verblijfsvergunning voor Hoessein Aga Hoessein was er bij de asielzoekers nog twijfel of elke bekeerling een verblijfsvergunning zou krijgen, maar toen Firaas er ook een kreeg, verdween die. Meer asielzoekers begonnen op zondag het AZC in mooie kleren en glimmende schoenen te verlaten om naar de kerk te gaan.

Op een dag kwam Abdoelwahid naar 0139 en vroeg mij of ik wist of je echt op deze manier een verblijfsvergunning kon krijgen.

'Maar als het dan zo is,' zei hij nadenkend. 'Dan is het een wonder. God zelf doet dat niet eens. Ali Mohamed in B17 roept God al meer dan acht jaar aan om een verblijfsvergunning, maar dat is nog steeds niet gebeurd.'

'Tja, Jezus doet het binnen zes maanden. Hij loopt op water, brengt doden tot leven, laat blinden zien en heeft nu nieuw werk: verblijfsvergunningen verlenen aan asielzoekers. Als Jens van Munster de Bijbel opnieuw mocht schrijven, zou hij dat er zeker ook in zetten,' zei ik.

'Maar wacht even… Het is geen grap, ik meen het serieus.'

'Ik ook. Jezus gaf twee verblijfsvergunningen aan twee asielzoekers. Allebei binnen een paar maanden. Is dat geen wonder?' Abdoelwahid dacht na.

'Toch begrijp ik het niet.'

'Als een moslim zich bekeert tot christen, zal hij worden gedood in moslimlanden. Dus kunnen ze niet teruggestuurd worden,' legde ik uit. 'En daarom krijgen ze de verblijfsvergunning.'

Abdoelwahid maakte mij de volgende zondag wakker om zes uur 's ochtends. Ik moest met hem mee naar de kerk om Jens van Munster te vragen naar een brief waarin stond dat hij christelijk was. Ik sliep nog half en vroeg hem twee uur later terug te komen.

'En bovendien, Abdoelwahid, zo simpel is het niet. Hij geeft je die brief niet zomaar. Je moet hem overtuigen dat je echt christen bent geworden. Daar heb jij jaren voor nodig.'

'Firaas slechts een paar weken, hoorde ik van Said.'

'Firaas is niet alleen in staat Jens van Munster daarvan te overtuigen, maar ook Jezus zelf. Jij niet.'

'Ik zal tegen die meneer van de kerk zeggen dat ik in Jezus geloof, maar geen christen wil worden. Dat ik alleen dat papiertje wil. Hij zal het mij geven, dat weet ik zeker.'

'Je gelooft in Jezus, maar wilt geen christen worden?'

'Natuurlijk, Jezus staat ook in de Koran. En Maria ook. Dat zal ik zeggen tegen die man van de kerk.' Abdoelwahid kon zijn naam niet onthouden en bleef hem 'die man van de kerk' noemen. 'Ik geloof in Jezus. En mijn tante heet Myriam, zo noemen we toch de moeder van Jezus die zwanger werd zonder man. Ik ken Jezus al lang. Als die man van de kerk dat weet, geeft hij ons dat papier meteen.'

Een halfuur lang kronkelde ik met Abdoelwahid op de fiets richting de kerk. Het weer was grijs, die zondag ook. De stad was leeg, alsof het leven al vertrokken was. Abdoelwahid ging voor het eerst van zijn leven een kerk binnen. Hij keek omhoog en om zich heen.

'Wel groot hier,' zei hij. Er zaten een paar Nederlandse mannen en vrouwen in de banken en een paar asielzoekers. Op een tafel achterin stonden witte kopjes op z'n kop op een schoteltje, ernaast twee grote thermoskannen. Op de ene stond 'thee,' op de andere 'koffie'. Er was melk en suiker. En er lagen koekjes van de Aldi. Jens van Munster liep naar ons toe en heette ons hartelijk welkom. Ik stond achter Abdoelwahid, om duidelijk te maken dat ik alleen mee was om voor hem te vertalen. Ik zou het warmer hebben met een kop thee en deed alsof ik probeerde te ontcijferen in welke thermoskan heet water zat.

'Sorry, na de dienst,' zei de dominee. Ik dacht dat hij iets zou vragen, maar hij gaf ons alleen een hand en glimlachte teder.

'Ik ben hier om te vertalen,' zei ik. Abdoelwahid keek naar de grote gekleurde ramen.

'Het is hier erg groot,' zei hij. 'Hier hebben ze zeker veel papieren, niet voor een paar asielzoekers, maar voor ons allemaal… Maar waar geven ze de papieren?' Hij had een tafel verwacht waar de papieren en stempels al klaarlagen.

'Deze meneer schrijft de brieven,' zei ik. De dominee glimlachte toen ik naar hem wees.

'Maar waar zijn de papieren?'

'Dat is niet belangrijk. Als hij ze wil geven, weet hij ze te vinden. Wil je dat ik vertaal of ga ik weg? Hij staat te wachten.'

'Kijk, meneer,' begon Abdoelwahid. 'Ze hebben Maria niet samen met Jezus gekruisigd. Maar in het AZC kruisigen ze vijfhonderd mensen. Een moeder met haar kinderen, een vader met de zijnen, het kind met zijn ouders en de oude man met zijn zonen. Iedereen wordt er met elkaar gekruisigd.' Ik vertaalde en Jens van Munster bleef rustig luisteren. Abdoelwahid wees naar een tekst aan de muur en vroeg wat daar stond. Het was Mattheüs 27 vers 45 tot en met 47, zei de dominee.

'*En van het zesde uur af kwam er duisternis over het gehele land tot het negende uur. Omstreeks het negende uur riep Jezus met luide stem, zeggende: "Eli, Eli, lama sabachtani?" Dat is: Mijn God, mijn God, waarom hebt Gij mij verlaten? En sommigen van de omstanders, dit horende, zeiden: Hij roept Elia.'*

Abdoelwahid knikte, keek rond in de hele kerk, keek daarna Jens van Munster strak aan en ademde diep in.

'Even kijken,' zei hij, stak zijn hand in zijn broekzak en haalde er een verfrommeld papiertje uit. Ik dacht dat zijn gegevens erop stonden, maar dat was niet zo.

Het A4'tje was zo verfrommeld dat Abdoelwahid het zeker vaak uit zijn zak had gehaald en er weer ingestopt. Er stond een lijst op die van nummer van 1 tot ik-weet-niet-hoeveel liep. Naast elk nummer stond in het Arabisch een naam en een jaartal in Latijnse cijfers. Het A4'tje was aan beide kanten volgeschreven. Het handschrift was in het begin groot en hoe dichterbij de onderkant van het papier kwam, hoe kleiner de letters werden, zodat alles erop zou passen.

Abdoelwahid keek op het papier en rechtte daarna plechtig zijn hoofd. Hij sprak in zijn Asielzoekers. Een paar mussen in de kerk maakten lawaai, dat door de ruimte werd versterkt, maar toen Abdoelwahid begon te praten, zwegen ze.

'Hier, meneer. Naam asielzoeker. Hier, meneer, jaren wachten in kamp.' Het gezicht van Van Munster bleef onaangedaan, maar vriendelijk, terwijl Abdoelwahid de namen begon voor te dragen. De galmende kerk liet zijn stem plechtiger klinken.

'Salim Ali al-Sjoemari, elf jaren wachten. Don Karoma, acht jaren wachten. Samoe Bieroe, vijf jaren wachten. Karo...' Hij probeerde de achternaam te ontcijferen, maar kon het niet. 'Karo Karo. Tien jaren wachten.'

'Waarom lees je die namen op?' vroeg Van Munster rustig.

'Even wachten, ik moet alle namen zeggen.' Van Munster

zweeg en luisterde. De oude mensen en asielzoekers in de banken luisterden aandachtig mee en keken met gedraaide hoofden naar Abdoelwahid terwijl hij voordroeg. 'Akram Isfahani, dertien jaren wachten, Bagdjaar Ali Amien, zeven jaren wachten.'

'Mag ik je vragen waarom je ze opleest?' vroeg Van Munster opnieuw. Abdoelwahid keek mij aan.

'Hij vroeg je waarom je die namen opleest.'

'Ik heb hun beloofd dat ik van die man van de kerk papieren met hun naam erop krijg voor de IND, waarop staat dat ze goede christenen zijn,' zei Abdoelwahid en ik vertaalde.

'Maar dit is een plek voor bidden en eerbied, niet voor brieven aan de IND,' zei Van Munster vriendelijk en zacht en ik vertaalde. Abdoelwahid sperde zijn ogen open.

'Zeg tegen hem dat hij twee asielzoekers wel papieren gegeven heeft en dat zij een verblijfsvergunning hebben gekregen. Hij heeft dat gedaan. Waarom dan nu niet?'

'Omdat dit een eerbiedige plek is, het Huis van God en geen plek om naar papieren te vragen.' Ik vertaalde niet meer, want ik zag aan het gezicht van Abdoelwahid dat dat geen zin had.

'Waarom niet?' zei hij luid.

'Sorry, maar je hoeft hier niet te schreeuwen.'

'En waarom niet schreeuwen? Ben ik in de gemeente? Of in het AZC?' Nu schreeuwde Abdoelwahid echt. 'Er zijn mensen die verrotten in het AZC.' Hij wees naar zijn lijst. 'Jarenlang. Jij kan ze redden met een papiertje. Dat heb je gedaan met twee jongens. Er zijn daar families, ouderen, kinderen, zieken die niet naar het ziekenhuis kunnen zonder verblijfsvergunning.' Ik probeerde alles te vertalen, maar de dominee herhaalde dat dit een kerk was, weer met hetzelfde rustige, stille gezicht, dat dit een plek was voor gebed en bezinning en niet voor papieren.

‘Jij bent een leugenaar,’ schreeuwde Abdoelwahid. ‘Je kwam naar het AZC en deelde boekjes uit om hun de hemel te geven. En hier in de kerk geef je ze geen papiertje? Waar zijn die papieren!’ Van Munster bleef staan en deed niets. Het enige dat hij zei was dat het misschien beter was dat we nu zouden gaan en een andere keer terug zouden komen om rustig te praten.

‘Jij wilt dat ik ga? Jij zeker politie bellen? Bel dan politie dan,’ schreeuwde Abdoelwahid, die niet meer te stoppen was, in zijn asielzoeker-Nederlands. ‘Werkt politie voor Jezus? Bel dan politie dan!’ Zijn gezicht trilde en hij liep rood aan. Toen hij zag dat niemand iets deed of zei, lukte het mij hem vast te pakken en langzaam de kerk uit te leiden, terwijl hij maar bleef roepen dat ze de politie maar moesten bellen.

Onder de grijze hemel was ik op die stille grijze zondag het liefst meteen naar de zee gefietst, maar ik was bang dat de boosheid van Abdoelwahid hem zou doen omdraaien en teruggaan naar de kerk. Daarom bleef ik bij hem tot we bij het AZC waren. Daar vroeg ik hem waarom zijn eigen naam niet op de lijst had gestaan.

‘O, dat is waar,’ zei hij, met zijn wijd opengesperde ogen toen hij de fiets in het fietsenrek zette. ‘Dat was ik vergeten.’

Zo verliep mijn leven in die dagen. Ik liet de dagen voorbijgaan en keek naar de bliksem die op andere asielzoekers viel, maar de bliksem viel ook op mij, toen Kadhem zelfmoord pleegde.

57

Hij had zichzelf opgehangen met een touw aan een boom. Zijn dood was onverwacht. Hij was die week naar mijn kamer gekomen om mij de twintig euro te geven die hij van mij geleend zou hebben in Duitsland. Ik kon het me niet herinneren, maar dacht aanvankelijk dat dit zijn manier was om weer contact op te nemen. Dat bleek toch niet zo, want hij was niet geïnteresseerd in wat Abdoelwahid in de kerk had gedaan, noch in de generaal, van wie ik had gehoord dat hij een verblijfsvergunning had gekregen en het AZC zou verlaten, noch in Jelena en haar vriend Maarten. Het was duidelijk dat hij liever wilde dat ik hem met rust liet.

Zainab bleef zeggen dat de Hollanders hem gek hadden gemaakt en vertelde mij dat hij het eten dat ze voor hem klaarmaakte nu helemaal niet meer aanraakte. De laatste drie of vier maanden van zijn leven zat hij bijna alleen maar in zijn kamer. Ik zag hem eens bij het melden, waar hij zo trilde uit angst voor de agent achter het raampje, dat ik naar Fedde de Vlieger van de sociale dienst ging, om te zeggen dat ik me zorgen maakte om Kadhem. Maar die zei dat ik de sociale dienst zijn werk moest laten doen en vooral voor mezelf moest zorgen in plaats van over anderen na te denken. Ik wachtte tot donderdag, dan was Fedde de Vlieger vrij, en ging naar Patrick Schepenmaker. Hij keek in de computer en zei dat ik al een keer eerder bij de dienst was geweest met dezelfde opmerking en dat ik van Fedde al antwoord had gehad.

Het onderwerp veranderde van Kadhem naar dat ik niet de tijd van de sociale dienst moest verspillen met dingen die niet mijn zaak waren en niet bij verschillende medewerkers moest aankloppen met dezelfde vraag. Ook met Ruth Bleeker besprak ik mijn zorgen op een dag dat Fedde de Vlieger en Patrick Schepenmaker niet aanwezig waren en ook zij zei dat ik mezelf in acht moest nemen, dat zij wel wisten welke asielzoekers hulp nodig hadden en dat alle medewerkers van de sociale dienst dezelfde regels volgden. Omdat er geen dag was dat Fedde de Vlieger, Patrick Schepenmaker en Ruth Bleeker tegelijkertijd vrij waren, ging ik niet meer.

De dag ervoor had Zainab voor mijn deur gestaan, samen met de Iraanse vrouw Akram. Omdat het ongebruikelijk was dat een vrouw aanklopte bij een mannenkamer, nam zij een andere vrouw mee om te bewijzen dat ze de kamer niet alleen in was gegaan.

'Ik zocht je in de soos en in geel en blauw en groen en kon je niet vinden. Daarom ben ik hier,' zei ze.

'Wat kan ik voor je doen?' vroeg ik haar.

'Kadhem,' zei ze en glimlachte, alsof wat ze wilde vertellen iets gênants was, maar gezegd moest worden.

'Wat is er met Kadhem?'

'Ik denk dat hij gek geworden is. Hij trilde alsof hij koorts had en hij zei: "Morgen kan ik me niet melden. Ik ben bang dat ze me opsluiten."'

Een dag later hing hij zichzelf op.

Er hebben naast Dagel en Kadhem nog zes anderen die ik kende zelfmoord gepleegd in die negen jaar dat ik in het AZC verbleef. Ach, ik hoop dat ik in dit verhaal een weg neem waarin ik niet ook nog langs hun dood hoef te gaan. De dood van Kadhem sneed mij door mijn hart om het altijd te laten bloeden als ik aan die tijd terugdenk. Misschien omdat ik hem beter en langer kende dan de anderen.

De dagen na zijn dood had ik in het AZC het gevoel dat ik geen adem kon krijgen en bracht mijn tijd zo veel mogelijk buiten door. Als het kouder en donkerder werd, ging ik het AZC in, maar zodra ik langs de receptie kwam, voelde ik dat het touw om mijn nek zich strakker trok. Ik ging naar Patrick Schepenmaker en vroeg hem of het mogelijk was om overgeplaatst te worden naar een ander AZC, waar dan ook.

'Waarom?'

'Ik kan hier niet meer leven. Ik ben benauwd.'

'Nederland is klein, het klimaat is overal hetzelfde.'

'Ik kan niet slapen, er zijn hier dingen gebeurd die mij benauwd maken.'

'Zoals?'

'De dood van Kadhem.'

'Ach, hij was een vriend van jou? Gecondoleerd. Je was toch geen kamergenoot van hem? Dan is dat jammer genoeg geen reden voor overplaatsing. Je kan wel een gewone aanvraag doen, maar dan sta je eerst een hele tijd op de wachtlijst.' Ook andere pogingen snel een overplaatsing te krijgen lukten niet. Benauwd ging ik zitten op de trap naar oranje en hoorde mijn keel piepen. Edith, een verpleegster van de medische dienst, kwam langs.

'Gaat het?' vroeg ze.

'Kadhem,' zei ik.

'Ik vroeg niet hoe je heette,' zei ze glimlachend. 'Maar gaat het? Je klinkt benauwd. Misschien heb je Ventolin nodig.'

'Dat niet, maar een ander AZC. Ik moet weg van hier,' zei ik. Ze haalde haar schouders op en ging verder, maar twee dagen later legde ze mij uit hoe ik de puf met de Ventolin moest gebruiken.

'Als het op is krijg je nieuwe,' zei ze. Iedere keer als ik aan Kadhem dacht, pakte ik de Ventolin.

Zainab, die al een tijdje het bankpasje van Kadhem had, had het weekgeld altijd gepind en het niet gebruikt voor de boodschappen, maar voor hem bewaard. Het was in totaal honderdachttien euro. Ze wist niet wat ze daarmee moest doen nu hij een einde aan zijn leven had gemaakt. Ook het lijk van Kadhem was een probleem voor Zainab. Want waar was dat gebleven, wat hadden de Nederlanders ermee gedaan? Ze begon elke dag naar de sociale dienst te gaan om ernaar te vragen. Dan zocht ze iemand om te vertalen en de medewerkers herhaalden elke keer hetzelfde: dat ze niet zouden vertellen wat er met het lijk was gebeurd, omdat ze geen familie van hem was. Sommige asielzoekers die al voor haar vertaald hadden, herhaalden voor ze hen vroeg mee te gaan wat de sociale dienst al had gezegd. Zij zei dat ze dan iets anders wilde vragen, maar bij de sociale dienst bleek dat ze toch wilde weten wat er met het lijk was gebeurd. Omdat ik nooit iets weigerde wat ze mij vroeg, begon ze mij op te zoeken om mee te gaan vertalen. De eerste keer zei Edwin Bunskoek toen hij ons binnen zag komen meteen: 'Als ze komt om naar het lijk te vragen, krijgt ze hetzelfde antwoord.' Daarna opende hij zijn rode boekje en zei dat ze hem al meer dan elf keer had gevraagd naar het lijk van 'Kadiem'. Ik vertaalde wat hij zei.

'Ik ben hier vandaag niet om naar het lijk te vragen.' Ik vertaalde.

'Wat wil ze vragen dan?'

'Ik vraag me af… Als een asielzoeker zelfmoord heeft gepleegd, wat doen de Hollanders dan met het lijk?'

'We zijn hier niet op een begraafplaats, maar bij een sociale dienst,' zei Edwin, meer tegen mij dan tegen haar. Hij liet ons zien hoe hij het nummer elf in twaalf veranderde met een rode pen. We verlieten het kantoor, maar Zainab bleef in de gang staan. Twee uur later stond ze er nog en ze keek treurig naar de gezichten van de medewerkers door de glazen muur, hopend dat iemand haar zou roepen en haar iets zou vertellen over het lijk van Kadhem.

Ze vroeg mij eens wat het woord *djoetha* in het Nederlands was.

'Lijk,' zei ik. Ze vroeg het mij elke keer als ze mij zag, in de gang, in de keuken, in de soos, tot ze het woord kon onthouden. Ze keek mij ingespannen aan en zei: 'Lijk.'

'Precies,' zei ik. Vanaf die dag ging ze alleen naar de sociale dienst en stond bij de deur voordat het acht uur was, en tijdens het spreekuur tussen acht en negen, als de asielzoekers zonder afspraak konden komen, zei ze de zin waar ze zo veel moeite voor had gedaan hem te onthouden.

'Goedemorgen meneer. Goedemorgen mevrouw. Lijk Kadhem waar?'

Zoals ze eerder naar de receptie ging om te vragen of er post was van de IND of het ministerie van Justitie, zo ging ze nu naar de sociale dienst om naar het lijk van Kadhem te vragen.

'De Hollanders zijn christenen, ze weten niet hoe ze Kadhem kunnen begraven als moslim. Zijn ziel zal nooit rust krijgen,' zei ze bezorgd tegen mij.

Toen ze van een asielzoeker hoorde dat de Nederlanders hun lijken soms cremeren en de as in de zee gooien, leek ze gek te worden.

'Ik kan niet meer slapen,' zei ze snikkend tegen mij. 'Kadhem komt elke nacht. Hij klopt op de deur en zegt: "Zainab, die Hollanders maakten mij gek en nu willen ze mij verbranden en mijn as in zee gooien. Alsjeblieft Zainab, red mij!'" Hoe ik haar ook gerust probeerde te stellen dat dat niet zo was, zij had geen rust meer. Ik zag haar eens naar de receptie toe rennen en schreeuwen, omdat ze een asielzoeker had gezien die op Kadhem leek. Omdat ze hem niet goed had kunnen zien, omdat hij rende, dacht ze dat het Kadhem was die wegrende om niet verbrand te worden. Ze begon de rennende Kadhem 's nachts overal te zien.

Anneke van de sociale dienst probeerde haar uit te leggen dat het goed was gekomen met het lijk van Kadhem. Dat ze het heus met respect hadden behandeld, maar haar gewoonweg niet konden vertellen waar het was, omdat ze geen familie was, maar ook dat hielp niets. Tot haar laatste dag in het AZC ging Zainab dagelijks naar de sociale dienst. Ze stond niet bij de deur, want daar werd ze weggestuurd, maar bij de glazen muur en keek de hele tijd naar binnen tot een van de medewerkers haar even aankeek en met zijn lippen zonder stem tegen haar zei: 'Vandaag geen lijk.' Dan ging ze verder en begon haar dag. Ze zorgde ervoor dat elke asielzoeker wist dat er ooit een asielzoeker was geweest die Kadhem heette, die gek geworden was en zelfmoord had gepleegd en dat niemand wist wat er met zijn lijk gebeurd was.

58

Misschien wel het moeilijkste van vertellen over het leven in het AZC is om de tijd te laten bewegen. Ook bij de mensen over wie ik vertel raak ik soms in de war over wanneer ik ze heb ontmoet en wanneer ze verdwenen. Het is alsof de tijd in het AZC stilstaat, als een moeras vol met giftige insecten en opgeblazen lijken. Hoe vaak liep ik door het AZC met het gevoel dat het de eerste dag was, die gewoon langer duurde dan andere dagen.

Aan het einde van de blauwe gang zat een raam waardoor ik vaak naar de bomen staarde. Ik zag hoe de knoppen aan de takken verschenen, hoe de bladeren groen en nat werden en daarna verkleurden en vielen, zonder ze echt te zien. Jelena kwam eens naast me staan en vroeg waar ik naar keek.

'Daarheen.'

'Waarheen?'

'Daarheen.' Ik wees in de verte.

'Je hebt zeker niet in de gaten dat je gek bent geworden,' zei ze. 'Als je een verblijfsvergunning krijgt, moet je meteen naar een psychiater. Weet je, ik begin hier ook gek te worden.' Ze benadrukte het woord 'ook,' omdat ze zeker leek te weten dat ik het al was.

'Als je hier staat en daarheen kijkt, word je zeker niet gek,' zei ik. Ze stompte met haar vuist in mijn borst, zei iets in het Russisch, glimlachte en ging naar haar kamer.

Tijdens de eerste zes maanden werd ik bang als ik met iemand sprak die meer dan drie jaar in het AZC woonde. Ik vreesde dat mijn lot zou zijn zoals dat van hen. Het waren sterke mannen en vrouwen die arbeiders waren geweest, of soldaten, rebellen, ingenieurs, artsen, wetenschappers en ga zo maar door. Na het derde jaar begonnen ze op de een of andere manier de controle over zichzelf te verliezen en werden ze twee personen. Het maakte mij altijd angstig om aardige en rustige asielzoekers te zien, die ineens iemand anders waren geworden.

Ik herinner me een Russische asielzoeker met rode haren en sproeten, die de Rode Rus werd genoemd. Er werd gezegd dat hij professioneel wapenmaker was. Hij was op een kamer geplaatst met twee Tsjetsjenen en een Armeniër, omdat ze allemaal Russisch spraken. Soms zag ik hem flesjes alcohol kopen, en die leken niet de goedkoopste. Op een dag vroeg hij mij in zijn Russische Engels of ik ergens een biljartzaal in de buurt wist. Zo begonnen we elkaar te groeten. Heel soms vroeg hij mij naar 'dat Russische meisje,' hij bedoelde Jelena, terwijl hij nooit met haar praatte, en dat leek mij vreemd, want asielzoekers uit dezelfde landen spraken altijd met elkaar. Van de ene op de andere dag zag je de Rode Rus plotseling zijn rug tegen de muur drukken en staan krabben. Ik dacht dat hij jeuk had, maar van Said hoorde ik dat hij achtervolgingswaanzin had gekregen en altijd bang was dat er iemand achter zijn rug stond. De kinderen begonnen weg te rennen als ze hem zagen. In zijn goede uren probeerde hij hen gerust te stellen, maar dat lukte niet, omdat de kinderen al van hun moeder hadden gehoord dat de Rode Rus gek geworden was. Toen Firaas er nog was, lachte die als hij hem zag en zei dan jammerend: 'Ach, die arme Rus, hij heeft asiel aangevraagd in het verkeerde land. In Irak had hij niet alleen politiek asiel gekregen, maar ook een fabriek en een paar duizend mannen die voor hem zouden werken om wapens te maken.'

Firaas was trouwens degene die mij liet zien dat het soms best mogelijk was contact met Nederlanders buiten het AZC te krijgen. Op een gegeven moment was ik nieuwsgierig naar wat hij deed in de grote hoeveelheid tijd die hij buiten het AZC doorbracht. Hij nam mij mee naar een huis van een vrouw van in de veertig, die er met drie grote honden woonde. Ze was erg aardig. Ik ging op de bank zitten. Zij merkte ineens op dat de tv nog aanstond. Ze deed hem uit en verontschuldigde zich. Ik wist niet waarom Nederlanders de tv uitdeden als er bezoek was en waarom ze hun excuses aanboden als die nog aanstond. Ze vroeg mij of ik iets wilde drinken.

'Thee,' zei ik. Ze begon de verschillende soorten thee die ze had op te sommen. Ik zei dat ik gewone donkere thee wilde, met suiker, waarop ze vertelde hoeveel soorten donkere thee ze had en hoeveel soorten suiker. Alsof ik in een speciaalzaak voor thee stond.

Terwijl ze de thee zette, keek ik om me heen en werd ik gelikt door de drie grote honden. Ik zat onder het kwijl. De vrouw kwam terug met de thee. Als ik de honden probeerde weg te duwen, zei de vrouw glimlachend dat het lieve honden waren en dat ze niet beten. Ik durfde haar niet te vertellen dat ik het kwijl vies vond, vooral in mijn gezicht, want ik wilde haar niet beledigen. Door de manier waarop Firaas reageerde, wist ik dat hij veel vaker bij haar was geweest. Hij ging even weg en kwam terug. De vrouw ging daarna even weg en kwam ook terug. Ze sprak met Firaas precies zoals ze met haar honden praatte.

'Je hebt het licht weer aangelaten boven. Elektriciteit kost geld, hoor. Het is niet gratis, zoals in het asielzoekerscentrum.' Ze keek naar mij, werd ineens aardig en vroeg waarom ik ervoor had gekozen naar Nederland te komen. Ik gaf haar een kort antwoord, omdat Firaas had gezegd dat Nederlanders daarvan houden. Toen ze weer naar de keuken ging, greep ik de kans Firaas te vragen of ik het raam open kon doen, want ik kreeg het benauwd van de hondengeur. Ik zei het zacht en snel in het Arabisch, want ik durfde het niet aan haar te vragen of haar te laten weten dat het in haar huis niet lekker fris was. Firaas opende het raam, maar toen de vrouw dat zag, beval ze hem, wederom alsof ze tegen een hond sprak, dat het raam meteen dicht moest. 'De verwarming kost geld. Het is niet gratis zoals in het AZC.' Ik dronk mijn thee, die naar hondenkwijl smaakte. Ik stond op en nam vriendelijk afscheid van de vrouw en de drie honden. Ik fietste naar het AZC en was blij dat ik buiten was en kon ademen. Al snel haalde Firaas mij in.

'Ik wil ook naar het kamp,' zei hij. Ik vroeg waarom hij niet wat langer bleef. 'Weet je, soms moet je kiezen: of als een hond zitten in dat huis of als asielzoeker in het kamp.' Hij lachte hard en sloeg op het fietsstuur.

'Jij bent daar beslist niet de eerste hond, maar de vierde,' zei ik. Nu sloeg hij op het stuur met twee handen en viel bijna.

'Geloof me, soms is een pauze als vierde hond echt noodzakelijk om niet gek te worden.' Hij keek mij even aan. 'Er is ook plek voor een vijfde. Als je wil reserveer ik voor jou.'

Daar bedankte ik voor, maar vanaf dat moment gingen Firaas en ik vaak samen op zaterdag naar de markt om een lekkerbekje te halen, als we genoeg geld hadden. En toen hij verhuisde, bleef ik naar de markt gaan.

59

Ik raakte verslaafd aan lekkerbekjes en het gaf mij ook het gevoel dat ik iets buiten het AZC kon doen. Bij de viskraam werkten een man, een jongen en twee meisjes.

Op een dag stond ik in de rij. Het meisje achter de kraam riep: 'Wie is er dan aan de beurt?' Een stomme vraag, want wij stonden in de rij en natuurlijk was degene vooraan aan de beurt.

'Ik,' riep ik van achteraan als grap, maar een paar gezichten draaiden zich chagrijnig naar mij toe, alsof ik het serieus had bedoeld.

'Sorry, meneer, u staat er nog maar net,' zei het meisje geïrriteerd. Ik liep weg uit de rij. Haar lelijke gezicht en krakende stem zorgden ervoor dat het lekkerbekje nooit meer lekker smaakte.

Toen ik wegliep, sprak een ander meisje mij aan.

'Je had zeker geen zin meer in vis, hè?' Ze had gezien wat er gebeurd was.

'Niet echt,' zei ik.

'Wij Nederlanders hebben geen gevoel voor humor, hoor,' zei ze en liep met me op over de markt. 'Waar kom je vandaan?'

'Van het AZC.'

'Ik bedoel uit welk land.'

'Het AZC. Mijn land is één groot AZC met miljoenen asielzoekers erin.'

Ze was vijfentwintig, mooi en leek het makkelijkste meisje

ter wereld want binnen vijf minuten herhaalde ze het woord oké zeker vijf keer, dus één oké per minuut. Iemand die zijn leven met haar deelde, zou zo veel oké's horen dat hij erop kon schaatsen, in kon zwemmen, op kon slapen en in kon wakker worden. Zij praatte en ik knikte, terwijl ik deed alsof ik luisterde, maar dacht aan die gouden oké die mij naar haar lichaam zou leiden, dat zeker lekkerder was dan het lekkerbekje. Haar gezicht leek te glimlachen alsof ze naar een toneelstuk keek, dat ze al gelezen had en waarvan ze wist dat het alleen maar leuker zou worden. Haar naam was Maddalena, een Italiaanse naam die haar ouders hadden gekozen, zo vertelde ze, omdat ze elkaar in Italië hadden ontmoet. Meteen bedacht ik dat naast Da Vinci, Dante Alighieri, Michelangelo en de pizza er nog een reden was voor het bestaan van Italië. Ze vroeg mij niet verder naar het AZC of over Irak en dat was heerlijk. Want gesprekken die daarover gingen eindigden nooit goed. Ze vroeg mij naar Maleisië, Vietnam en Thailand. Landen waar ik was geweest en waar zij naartoe wilde. We liepen en spraken, en het klikte beter tussen ons dan tussen suiker en thee of sauna en hitte. Opeens wees ze naar een raam op de tweede verdieping van een flatgebouw.

'Daar woon ik,' zei ze. Ik vroeg of ik thee bij haar kon drinken.

'Oké,' zei ze. 'Kan ook vanavond om acht uur.'

Ik liep terug naar het AZC en voelde dat Maddalena het beste vrijwilligerswerk ooit voor mij had gedaan en dat het lekkerbekje dat ik niet gegeten had, wel het lekkerste ooit was. Ik moest niet zo negatief denken dat een asielzoeker niets kon beginnen met een Nederlandse buiten het AZC. Maddalena was prachtig en aardig en ze zei altijd oké. En ik zou theedrinken in haar appartement om acht uur die avond.

Niemand geloofde het in het AZC. Dat een toevallige ontmoeting leidde tot vriendschap en uitmondde in een uitnodiging bij een Nederlandse thuis. Walid beweerde dat ze of verslaafd was aan hasj, of een hoer of gek. Om zes uur nam ik een lange douche, schoor mijn gezicht en mijn oksels en knipte mijn schaamhaar. Ik poetste zeker zes keer mijn tanden en zocht in alle kamers naar een strijkijzer. Ik leende van de één een gouden ketting, van de ander een zilveren ring. Van Toby, die parfums stal, spoot ik twee soorten, de ene onder en de andere op mijn kleren en ik zocht lang tot ik nette schoenen vond in mijn maat. Voor de eerste en de laatste keer liep ik niet als asielzoeker naar de receptie, maar als iemand die een date had.

'Paracetamol?' vroeg receptionist Rik.

'Condooms, graag. Zie ik eruit als iemand die hoofdpijn heeft?'

'Weet ik veel,' glimlachte hij. 'Je vraagt toch altijd paracetamol?'

'Vanaf nu geen paracetamol meer, maar condooms.'

'Wie is de gelukkige?'

'Een Hollandse,' zei ik trots.

'Echt? Dan moet je misschien ook een paar paracetamol meenemen,' zei hij met medelijden.

'Niet nodig,' zei ik en ging naar mijn date met de drie condooms verdeeld over verschillende zakken, zodat ik er altijd een kon vinden als de spanning hoog opliep.

Bij het appartement keek ik op de kerkklok. Twintig over zeven. Ik belde aan.

'Wie is daar?' klonk het door de intercom.

'Semmier.'

'Maar we hadden toch om acht uur afgesproken. Wacht even,' antwoordde ze kortaf. Ik bleef staan. Een man met een hond kwam langs, en ik zei tegen hem dat ik om acht uur een afspraak had, maar dat ik een beetje vroeg was. Een vrouw uit een raam aan de overkant keek naar mij, en ik riep dat ik om acht uur een afspraak had, maar te vroeg was. Een andere buurvrouw vroeg de ene wat die asielzoeker daar beneden deed en zij vertelde dat ik een afspraak had om acht uur. Goh, dacht ik, een date met een Nederlands meisje laat me met de hele buurt kennismaken. Stipt om acht uur ging de deur open en vele ogen volgden mij naar binnen.

Ik liep de trap op en Maddalena gaf mij een koude hand. Er kwam geen enkele oké meer over haar lippen. Ze zette thee.

'Ik wilde je bellen om de afspraak te verzetten, maar had je nummer niet.'

'Dat is oké,' zei ik en begon in plaats van naar haar oké's te luisteren zelf oké te zeggen.

'Ik ga meteen na de thee weg als je dat oké vindt, of zal ik nu gaan?'

'Nee, drink vooral eerst je thee op,' zei ze en begon op haar nagels te bijten en snauwde naar een klein wit hondje in de mand dat niets deed. Ze probeerde de tv, die al uit was, met de afstandsbediening uit te zetten en toen die aanging, vloekte ze en deed hem uit. Als de hond en de televisie zulke problemen met haar hadden, zou ik grotere problemen krijgen als de thee te lang duurde, dus ik dronk er snelle kleine slokjes van, terwijl die heel heet was. Ik zei 'óke' na 'oké' tot de thee op was en toen ik weer buiten stond, was ik opgelucht. Ik had hoofdpijn gekregen en de veertig minuten wachten en de twintig minuten in haar appartement hadden me al mijn energie gekost. Ik had geen grammetje meer over en haalde met moeite de receptie. Ik haalde de drie condooms uit mijn verschillende zakken en legde ze op de balie voor Rik.

‘Niet nodig gehad?’ zei hij en zonder te vragen legde hij twee paracetamol voor me neer.

‘Kun je alsjeblieft iets voor me doen? Ik ben te moe om een andere asielzoeker te vinden die nog paracetamol voor me kan halen. Mag ik er nog vier, twee op naam van John en twee op naam van Zainab? Het is een noodgeval.’

‘Begrijpelijk,’ zei Rik en gaf mij er nog vier. ‘Maar niet allemaal tegelijk en het blijft tussen ons, oké?’

Ik liep naar 0139 en dacht na. Als de oké in Nederland de condoom kon veranderen in paracetamol, wat zou de ‘niet oké’ dan worden?

‘Wat is er aan de hand? Word je uitgezet?’ vroeg Fettah. ‘Je ziet zo bleek.’

‘Nee, iets ergers, ik had een date met een Nederlands meisje,’ fluisterde ik.

60

Steeds weer keek ik uit het raam naar buiten. Het buiten leek heel ver, die wereld achter het lange ijzeren hek rond het AZC, en nog verder en verder lag een andere wereld waar ik mijn leven weer opnieuw zou kunnen beginnen. Soms staarde ik 's nachts door de glazen muur van de gesloten sociale dienst naar de computers die mij getemd hadden en van mij een machteloze gevangene in een open gevangenis hadden gemaakt. Dat gevoel deed me mijn waardigheid verliezen en mijn geloof in vele dierbare dingen zoals liefde, vrede, rust en toekomst. Beetje bij beetje ontdekte ik dat er ergens heel diep in mij woede en agressie woedden en soms was ik opeens, zonder reden, klaar om te schreeuwen of ruzie te maken. Mijn controle over die woede en agressie en het verbergen ervan, de hele tijd, in een gebouw vol met mensen, zonder privacy, kostte mij al mijn energie. Daardoor ging ik steeds meer sloffen en kon amper één voet voor de andere zetten, alsof ik vijftig kilo op mijn schouders meetorste, met daarbovenop ook nog de saaiheid van het AZC. Saaiheid die geen minuten of uren duurde, maar jaren en jaren. Alles was saai voor mij. De muren, de gangen, de ramen, de plafonds, de trappen. Het meest saaie was het gebouw, dat niet een woning was, geen hotel, niet een gevangenis of een verplichte opname, en ook geen ziekenhuis. Je moest daar wonen en je mocht niets doen, behalve normaal blijven. En als je ziet hoeveel dieven, criminelen en leugenaars er wonen, zal je begrijpen waarom de Nederlanders het niet een vluchtelingencentrum hebben genoemd, maar een asielzoekerscentrum. Allerlei types die niet in Nederland mochten blijven, werden ernaartoe gestuurd. Ook bijvoorbeeld mensen die waren opgepakt voor een misdaad, maar illegaal waren en daarom asiel aanvroegen en in een AZC terechtkwamen. Ik herinner me een Afrikaan die naar Nederland was gekomen om te studeren, die zijn Nederlandse vriendin had geslagen na een ruzie. Nu moest hij terug naar zijn land, maar hij vroeg asiel aan en belandde in ons AZC. Er waren ook mensen die naar Nederland kwamen als toerist en die om de een of andere reden besloten om niet terug te keren en daardoor eindigden in het AZC. Er waren mannen uit vakantielanden, die met een Nederlandse vrouw waren getrouwd en weer gescheiden en daarna in plaats van terug te keren asiel aanvroegen. Tussen die mix en de echte vluchtelingen moest je wonen, wachten en normaal blijven.

De tijd. Eerst telt een asielzoeker de dagen in het AZC, als hij moe wordt telt hij de weken, de maanden en daarna de jaren. Er waren twee manieren om met de tijd om te gaan: hem vergeten of exact bijhouden. Als ik Djamaal of Nadjaat zag, vroeg ik naar de leeftijd van hun zoon Milaad om te weten hoelang ik in het AZC was.

'Je vraagt altijd hoe oud Milaad is, maar je komt nooit op zijn verjaardag,' zei Nadjaat. Dus begon ik cadeautjes te kopen en Milaad op zijn verjaardag te bezoeken. Niemand wist dat het voor mij eigenlijk geen feest was, maar een treurige dag, want het betekende dat er weer een jaar voorbij was zonder dat ik verder was gekomen in mijn leven.

Het was ergens in de loop van het vierde jaar in de asielprocedure dat ik de eerste brief kreeg waarin een reactie op mijn asielaanvraag stond. Ik herinner me de envelop. Het logo erop was een geblinddoekte vrouw met een weegschaal. De envelop bevatte een afwijzing. In de brief stond dat ik werd geacht Nederland binnen achtentwintig dagen te verlaten.

Ik had al veel van dergelijke brieven voor anderen gezien, met daarin diezelfde clichéboodschap, maar deze achtentwintig dagen waren de mijne. Ik vroeg me af waarom de IND besloot dat het achtentwintig dagen moesten zijn, en niet twintig of dertig of vijfendertig? Dat zou voor mij logischer zijn. Ik ben er eerlijk gezegd nog steeds nieuwsgierig naar. Is Nederland zo groot dat je achtentwintig dagen moet lopen of fietsen om de grens te bereiken? Ergens vond ik het ook lachwekkend, want het land verlaten wilde ik dolgraag, maar ik had aan den lijve ondervonden hoe onmogelijk dat was.

Ik ging met mijn brief naar Sagal, de Somalische medewerkster van de sociale dienst van wie de familie zelf ooit asiel had aangevraagd, en vroeg haar waarom de asielzoekers eigenlijk al die jaren moesten wachten op deze brief, waarvan de IND wist dat ze die vroeger of later toch zouden versturen. Sagal vertelde dat er zo veel asielzoekers waren, en dat de IND-medewerkers de tijd namen om elk dossier serieus en nauwkeurig door te nemen, zoals de gewoonte was in Nederland, en pas daarna hun beslissing namen. Ik vertelde Sagal dat ik dat niet geloofde. Want ik wist dat sommige asielzoekers echte politieke vluchtelingen waren en ook zij kregen datzelfde clichéantwoord, terwijl anderen vanwege duur betaalde advocaten of door de overheid gemaakte foutjes wel een verblijfsstatus kregen, terwijl ze soms niet eens kwamen uit het land waaruit ze zeiden dat ze afkomstig waren. Ik vroeg haar of ze nog wist van Daoud, een Soedanese professor, die het gevoel had dat zijn asielaanvraag niet serieus genomen werd, terwijl hij zeker politieke problemen had in zijn vaderland.

Hij draaide door toen hij hoorde dat Djibriel was erkend als politiek vluchteling, een jonge asielzoeker die zei dat hij uit Soedan kwam, maar eigenlijk afkomstig was uit Ghana en onder een valse naam asiel had aangevraagd.

Tegen Sagal ging ik door met zeggen dat Nederland had geregeerd over heel Indonesië, heel Suriname en de Antillen, en dat in een tijdperk dat computers niet bestonden. In plaats van een paar duizend asielzoekers, hielden ze toen miljoenen mensen in het gareel. Dan zou dit toch soepeler moeten kunnen lopen? Ik zei tegen haar dat ik het idee had dat wij jaren in het AZC in de wacht werden gezet als een soort muur om anderen tegen te houden het systeem binnen te komen, want zodra een asielzoeker status kreeg en wegging, werd zijn plaats ingenomen door een nieuwe, maar als hij bleef, kwam die nieuwe niet. Simpele logica. Sagal keek mij aandachtig aan. Had ze instemmend geknikt als ze niet bij de sociale dienst had gewerkt?

Daarna telde ik de achtentwintig dagen. Misschien zou de vreemdelingenpolitie straks voor 0139 staan. Ik had de spullen die ik mee wilde nemen klaarstaan in een tasje. Maar de achtentwintig dagen verstreken en er gebeurde niets.

Veel later, vraag me niet precies wanneer, want ik ben niet iemand die data onthoudt maar gebeurtenissen, werd mijn zaak voorgelegd aan de rechter in de rechtbank, omdat mijn advocaat in hoger beroep was gegaan tegen de beslissing van de IND, wat ook een soort cliché was. Ik moest naar Amsterdam komen. Dat vond ik geweldig. Eindelijk zou ik iemand zien die over mij kon beslissen. Ik zou in de ogen kijken van die persoon, ik kon iets tegen hem zeggen en hij tegen mij, zonder brieven die jarenlang onderweg waren. Het maakte me op dat moment niet uit of het resultaat negatief of positief zou zijn, maar alleen al het oog in oog staan met de rechter gaf mij een goed gevoel.

Uiteindelijk ging ik twee keer naar de rechtbank. De eerste keer stond ik netjes op tijd bij de tafel waar ik me moest melden. Ik had al een tijdje staan wachten, maar mijn advocaat was er nog niet. Toen ik aan de dame achter de tafel vroeg of ik nog langer zou moeten wachten, keek ze op het papier.

'Meneer Kariem? O, uw advocaat is ziek. U kunt met de rechter overleggen wat u nu doet.' Ik was verbaasd. De advocaat had mijn telefoonnummer en had mij toch kunnen bellen? In de rechtszaal waren inderdaad een rechter en iemand van het Openbaar Ministerie, maar zonder advocaat was er weinig reden de rechtszaak door te laten gaan. Ik kon onverrichte zake weer naar terug het AZC. Ik ging naar de Dam, keek naar hoe de duiven patat stalen van de toeristen en liep door de stad tot de laatste trein naar het AZC vertrok.

Op de uitnodiging voor de tweede keer moest ik natuurlijk weer wachten en toen die dag kwam, eindigde ook die in teleurstelling. Misschien komt dat door mijn hoge verwachtingen. Dit keer was mijn advocaat er wel en kreeg ik de kans iets te zeggen, maar eigenlijk werd ik, nog voor ik goed en wel aan mijn relaas begonnen was, afgekapt en stond ik al snel weer buiten met datzelfde onbevredigde gevoel dat ze ook deze keer niet wilden luisteren naar mijn verhaal.

Ik weet niet precies wanneer ik de brief kreeg dat ik uitgeprocedeerd was. In die negen jaar heb ik een Aldi-tas vol brieven gekregen van de IND en het ministerie van Justitie. Ze liggen allemaal ergens bij mij op zolder. Als ik de moed kan vatten, zal ik die tas eens opzoeken. Maar eerst moet ik verder vertellen, anders dwaal ik af in paperassen die geen of weinig betekenis hebben. Ik raakte uitgeprocedeerd, er waren geen mogelijkheden meer om mijn asielaanvraag te bevechten in de rechtbank. Nu kwamen er vaker brieven waarin ik werd verzocht het land binnen achtentwintig dagen te verlaten. Achteraf denk ik dat deze brieven een soort afschrikkende werking moesten hebben, dat de mensen na zo'n brief vanzelf wel zouden vertrekken, maar telkens gebeurde er na die achtentwintig dagen niets.

61

Ik weet nog dat ik Nadjaat vroeg hoe oud Milaad was, en het kind zelf trots antwoord gaf. 'Vierenhalf!' Mijn wachten had woorden gekregen. Het wachten van Milaad op zijn verjaardag was hoopvol, want hij verwachtte de cadeautjes te krijgen die hij vroeg. Mijn wachten daarentegen verloor steeds meer hoop.

Toen hij nog ouder werd en de wereld in het AZC begon te begrijpen, verliepen onze gesprekken als volgt:

'Hé Milaad, hoe oud ben je?' In plaats van antwoord te geven op wat ik vroeg, gaf hij antwoord op wat ik wilde weten.

'Nog drie maanden en vier dagen en dan ben je hier zeven jaar.'

Na Milaads vierde verjaardag zat ik op bed en keek naar mijn vingers.

'Het zijn er nog steeds tien,' zei Walid, mijn kamergenoot. Hij had niet in de gaten dat ik naar de afdrukken keek en niet mijn vingers telde. Ik bekeek die kleine lijntjes, die mij van Duitsland weer naar Nederland hadden teruggebracht en Kadhem naar zijn dood.

Ik staarde daarna een tijd naar het plafond en dacht aan hoe Europa zo klein had kunnen worden dat het in een computer gepropt zat en het onmogelijk was geworden om je er vrij te bewegen. Toch kreeg de wanhoop mij niet helemaal in zijn greep, want als ik aan Saddam Hoessein dacht, vond ik meteen dat het AZC nog zo erg niet was. Dat ik tenminste niet in parken vol muggen hoefde te slapen en me niet de hele dag hoefde te verstoppen voor de politie zoals in Vietnam, Thailand, Maleisië en Cambodja. Die herfst flitste er een bliksem van hoop door mij heen toen een asielzoeker naar Noorwegen ging en niet werd teruggestuurd.

Rami, die uit Algerije kwam maar als Libiër asiel had aangevraagd, omdat hij hoopte dan een grotere kans op een verblijfsvergunning te hebben, was zijn W-document in het eerste jaar van zijn procedure verloren. Hij kreeg de twee daaropvolgende jaren geen nieuw document, omdat hij het oude niet kon inleveren, maar het jaar daarop wel. Na een paar jaar vond hij tussen zijn spullen zijn eerste W-document terug. Dat bleek goud waard. Hij had zijn laatste en het eerste, wat bewees dat hij acht jaar in het AZC had moeten wachten op antwoord. Het verhaal ging dat de Noren hem op basis van die documenten asiel verschaften. Dan gaf Noorwegen dus asiel aan mensen, ook als ze daar wisten dat zij in een ander land in Europa hadden verbleven. Wat belangrijk voor mij was, was dat iemand die Rami aan de lijn had gehad, vertelde dat het in Noorwegen totaal anders ging met de asielaanvraag dan in Nederland. Dat mensen niet met honderden in een gebouw werden gezet, dat de vreemdelingenpolitie vriendelijker was, de sociale dienst makkelijker en dat zieken beter geholpen werden. Rami had asielzoekers ontmoet die uit Nederland kwamen en bij wie niet op vingerafdrukken was gecontroleerd. De informatie van Rami gaf mij de hoop dat Noorwegen wellicht meer mogelijkheden voor mij had. Ik had geen, net als hij, hard bewijs dat mijn procedure al zolang liep, maar er leken opties te zijn. Ik begon informatie te zoeken over Noorwegen. Daarheen reizen zonder vals paspoort was onmogelijk.

Mijn zoektocht in Nederland naar een vals paspoort eindigde in Amsterdam. Een Nederlands paspoort met een buitenlandse achternaam kostte daar achthonderd euro, het aanpassen van de foto tweehonderd. Maar een paspoort kopen van iemand die je persoonlijk kende, die verslaafd was aan drugs of zo, kostte je misschien honderdvijftig euro, plus de kosten voor die persoon om een nieuw paspoort aan te vragen bij de gemeente. Ik informeerde naar bussen naar Noorwegen en leerde dat het honderd euro kostte om in Oslo te komen.

Zo schreef ik Oslo op een A4'tje en hing dat naast mijn bed. Voor ik ging slapen, keek ik ernaar. Het woord Oslo was een raam dat mij naar een andere wereld liet kijken. Mijn plan was werk te vinden, geld te verdienen, het paspoort te kopen en te vertrekken vanuit Groningen met Eurolines.

62

Na een paar weken vond ik zwart werk in een shoarmatent van een Egyptenaar die Hamdi heette. Hij betaalde twee euro per uur. Het was mijn eerste baantje waarin ik per uur werd uitbetaald. Voordat ik in Nederland kwam, had ik altijd voor een bedrag per week of maand gewerkt en in het AZC verloor het begrip uur helemaal zijn waarde. Maar nu ontdekte ik dat de uren buiten het AZC iets waard waren. De shoarmatent had drie deuren, een vooringang voor klanten, een achterdeur voor het afval en een geheime achteruitgang voor de medewerkers die zwartwerkten. Via een kelder kon je naar een halletje, waar een trap was naar het appartementje boven het restaurant. Er was een verroeste bel, als die klonk moesten wij snel door dat geheime deurtje verdwijnen, schone kleren aantrekken en naar buiten gaan. Vanaf de keuken liep er een smalle gang naar het restaurant. In het weekend werkten er twee Nederlandse meiden in de bediening. Hamdi was jaloers als een van hen met ons sprak. Hij liet dat hun niet merken, maar als iemand van ons met een van de meisjes sprak, riep Hamdi dat de tafels snel schoongemaakt moesten worden. Ik waste af, maakte salade en als het heel druk was, haalde ik de borden op. Meestal werden die door een van de meiden naar de keuken gebracht, maar de hal was niet breed genoeg om er met z'n tweeën doorheen te kunnen. De andere keukenpersoneelsleden ontwikkelden een systeem om dan de kontjes van de meiden aan te raken. Suzan had dat niet door en als iemand haar kont aanraakte, zei ze: 'O, de gang is zo smal.

Sorry.' Het andere meisje heette Katlijn. Die keek bij een aanraking om en zei: 'Lekker, hè,' of: 'Je deed dat expres.'

De keuken daar was smerig. Er hing een grote verroeste afzuigkap, die meer lawaai maakte dan een Boeing 747, en als hij uitstond werd de ruimte gevuld met rook en de geur van oude aangebrande olie, want Hamdi was gierig en ververste de olie pas als het eten erdoor verkleurde. De vloer was altijd nat. Als ik er vier uur had gewerkt, hoestte ik minstens acht uur lang.

Hamdi had een bijzondere manier van tellen van de zwarte werkuren: in het weekend werkten we er met zijn drieën, doordeweeks met een of twee en tijdens feestdagen met vijf of zes. Wij kwamen rond acht uur en moesten wachten tot het druk werd. Dan pas begonnen de werkuren. Het eerste en laatste uur werden meestal niet meegerekend en je was klaar als de laatste dronkaard het pand verliet. Werken van negen uur 's avonds tot vier uur 's nachts, min het eerste en laatste uur, was vijf betaalde uren. Vijf keer twee euro was tien euro.

Voor ons asielzoekers was wat we verdienden enorm veel geld. We moesten leven van het weekgeld dat we kregen en mochten eigenlijk niet werken.

Hamdi had een eigen manier om met de politie om te gaan. Soms kwamen er een of twee agenten eten halen. Zij hoefden niet te wachten, maar Hamdi zelf ging meteen naar ze toe om de bestelling op te nemen, zonder hun of anderen het gevoel te geven dat ze voorkropen. Het eten werd door Hamdi zelf ingepakt en afgerekend. In het zakje zat niet alleen de bestelling, maar ook drankjes en rietjes en extra servetjes en de rekening was altijd minder dan de helft. Hij babbelde vriendelijk met hen.

En hoewel ik het toen vreselijk vond dat ik ontslagen werd, ben ik die Nederlandse jongen nu dankbaar dat hij in die drie maanden dat ik er werkte regelmatig kwam eten in het weekend. Hij was begin twintig en vroeg mij die avond toen hij bestelde: 'Waar is die neger?' Hij bedoelde Kevin die er ook werkte, een Ghanees die op de groene afdeling een kamer had.

'Vrij vandaag, omdat het niet zo druk is,' zei ik.

'Wat je nu zegt is echt gemeen,' zei zijn vriendin tegen hem. Ik wist niet dat ze het woord neger bedoelde.

'Maar hij is toch zwart,' zei hij.

'Kun je niet over hem praten zonder zijn kleur te noemen?' De jongen lachte een beetje, want hij was dronken.

'Je hebt gelijk, schat, ik moet hem niet zo noemen.' Toen hij en het meisje betaalden en opstonden, riep de jongen mij, terwijl Hamdi erbij was.

'Sorry van die jongen, ik had geen neger moeten zeggen, maar ik ben een beetje dronken.' Zo ontdekte ik dat Nederlanders allergisch zijn voor sommige woorden. Het woord neger bevrijdde mij van het werk, want Hamdi liep met hen mee tot de deur, nam glimlachend afscheid en riep mij naar de keuken.

'Weet jij niet dat het woord neger de Nederlanders kwetst? Het zijn gevoelige en aardige mensen, hoor.' Ik was verbaasd, want niet ik, maar die jongen had dat woord gebruikt en het meisje was degene die ertegen protesteerde en niet ik. Ik wilde dat uitleggen aan Hamdi, maar hij gaf me geen enkele kans.

'Alsjeblieft, glimlach naar de klanten, luister naar ze, doe wat ze willen, maar praat niet met ze. De klant heeft altijd gelijk.' Hij maande me door te gaan met salades maken en om halfvijf 's nachts gaf hij me vijftien euro en toen ik bij de deur was, riep hij vriendelijk: 'Je hoeft niet meer te komen, hoor. En zeg tegen Kevin dat hij ook niet meer hoeft te komen.' Ik wist niet hoe ik Kevin moest uitleggen dat hij zijn werk kwijt was, omdat een Nederlands meisje aardig was en allergisch voor het woord neger.

Niet lang daarna kwam Jelena terug in het AZC.

63

Jelena leek moe en verdrietig. Ik dacht dat Maarten haar weggestuurd had uit zijn huis en dat ze niet anders kon dan terugkeren van het leven in Nederland naar het AZC, van een huis met één ander persoon naar een gebouw met meer dan vijfhonderd mensen. Die eerste dag vroeg ze mij paracetamol voor haar te halen. Ik haalde er twee, waarop ze mij vroeg er meteen nog twee te halen. Ik zei dat dat niet nu meteen kon.

'Zeg tegen de receptie dat ze voor Jelena in 0124 zijn,' zei ze, alsof haar naam de receptie toeschietelijker zou maken. Ik deed dat niet, maar vroeg een andere asielzoeker om paracetamol in zijn naam te halen en bracht ze naar haar met een glas water.

'Heb je gezegd dat ze voor mij waren?'

'Jazeker, anders had ik ze niet gekregen.'

'Ik zei het je toch.' Na de relatie met Maarten en de hoofdpijn van de relatie met Maarten, had Jelena behoefte om te praten. De reden daarvoor was, zo begreep ik, dat ze sinds ze Maarten kende niet veel had gepraat, want Maarten, zoals veel Nederlanders, zei alles slechts één keer en wilde de dingen ook maar één keer horen. Jelena's analyses van Nederlanders waren rijk en grappig. Ze overdrijven niet en lachen niet gauw, zo zei ze. Een grap moet heel sterk zijn, en heel duidelijk en herkenbaar, voordat ze glimlachen, maar als je een grap nogmaals vertelt om ze aan het lachen te brengen, raken ze geïrriteerd.

Het belangrijkste dat Maarten voor Jelena deed was dat hij

haar taal veranderde van Russisch Engels naar Nederlands Russisch. Daarom hoorde ik niet meer het woord *incredible*, maar 'hoofdpijn'. Ze sprak over Maarten en de familie van Maarten en de vrienden van Maarten en de buren van Maarten en de collega's van Maarten en de kat van Maarten en de fotoalbums van Maarten van zijn geboorte tot zijn achtentwintigste en de psychische problemen van Maarten op zijn twaalfde, toen zijn ouders gingen scheiden, tot zijn achtentwintigste.

Jelena herhaalde vaak dat Maarten zuinig was toen hij verliefd was, en gierig toen hij dat niet meer was. Zijn familie was gierig en ook zijn buren en vrienden en collega's en zijn kat. De Nederlanders waren volgens Jelena een gierig volk en ze was nu verbaasd dat ze al die asielzoekers hier gratis lieten wonen en eten, en paracetamol en condooms voor ze betaalden. Ze waren volgens Jelena het eerlijkste en ongevaarlijkste volk. Ze hielden ervan dat alles geregeld was, maar hun kledingsmaak was vreselijk slecht. Ze hadden een of twee soorten parfum, niet om te sprayen, maar om ernaar te kijken.

Jelena snapte niet waarom de Nederlanders altijd, ook als ze in een groep bij elkaar zaten, Engels spraken als iemand onder hen geen Nederlands sprak of het niet goed begreep. Maar het ergste was dat de Nederlanders de hoop in een mens konden doden. Als het slecht weer was, zeiden ze niet: 'Ach, nog even en dan schijnt de zon weer,' maar: 'Nou, dit duurt zeker nog tweeënhalve maand.' Voor elk probleem hadden ze informatie genoeg, niet om de oplossing te vinden, maar om meer te weten over het probleem zelf, zodat het een serieus en groot probleem kon worden. Erg vervelend was het dat als je de hele dag had gekookt, de mensen tijdens het koken zeiden dat het zo lekker rook, maar tijdens het eten alleen over andere dingen spraken en nooit zeiden dat het lekker smaakte. En de borden afruimen of afwassen, ho maar.

Nederlanders met kinderen waren de realiteit helemaal kwijt, want toen Maarten jarig was en zijn twee zussen met hun kinderen op bezoek kwamen, verschoonde een van hen het jongste kind van anderhalf in de woonkamer, waar iedereen bij zat. Het had drie dagen geduurd voordat het weer normaal rook, zei ze.

'Het AZC is beter,' zei ze en zuchtte diep. Ze had er zelf voor gekozen terug te komen. We liepen weer regelmatig samen naar zee en dan sprak zij over Maarten, die haar liet twijfelen over haarzelf. Was zij nu mooi of niet? Was ze geschikt voor een relatie of niet? Paste ze bij hem of niet? Ze miste de seks. Ze had van alles geprobeerd, met make-up, zonder make-up, korte rok, lange jurk, met lingerie, zonder lingerie, maar Maarten deed niets. Ze had niet tegen hem durven te zeggen dat ze wilde vrijen, want ze vond dat haar schoonheid genoeg was om dat duidelijk te maken. Ik kon dat alleen maar beamen. Die zaterdag miezerde het weer.

'Ik zei tegen Maarten op een avond dat hij een halfuur niet in de slaapkamer mocht komen, omdat ik een verrassing voor hem had.' Ze had er lang over nagedacht, want de verrassing moest iets zijn wat de sneeuw tussen hen deed smelten. Na eindeloze gesprekken met Maarten over zijn filosofische problemen en maatschappelijke problemen en politieke problemen en economische problemen en psychische problemen, was het nu tijd voor seks. Na een halfuur opende Maarten de slaapkamerdeur. Jelena lag naakt op het bed, om haar heen honderden waxinelichtjes. Ze had de twee ramen helemaal opengezet, om symbolisch te zeggen: 'Maak mij warm! Verbrand mij! Neuk mij!' Ik knikte moeizaam, want terwijl ze dit vertelde, fantaseerde ik dat ik Maarten was en Jelena zo voor me zag, niet omringd door asielzoekers en agenten, maar door kaarsjes.

'En...?' kon ik nog net uitbrengen.

'En wat?'

'Deed hij iets met jou?'

'Helaas niet.' Ze klonk boos. 'Hij keek meteen naar de open ramen. De kou liet de vlammetjes bewegen.'

'En toen sprong hij bovenop jou om het warm te krijgen?'

'Niet op mij, maar naar de ramen. Hij deed ze dicht en zei dat dat echt heel veel geld kostte. Dat het buiten min drie graden was en dat het in de slaapkamer nu geen achttien graden meer was en dat de verwarming dat verschil moest compenseren en dat dat heel veel geld kostte, want gas was in Nederland niet zo goedkoop als in Rusland. Hij begon over de problemen met de gashandel tussen Rusland en Europa en de prijzen en hoe Nederland haar best deed om de kosten voor gewone burgers zoals hij stabiel te houden. Toen hij zag dat ik de deken om mij heen sloeg, zei hij: "Maar het was echt wel een leuke verrassing, hoor, om mij te bewijzen dat Russen beter tegen de kou kunnen dan Nederlanders." Daarna blies hij de kaarsjes uit, want dat zou niet alleen ons huis, maar de hele buurt in brand zetten.'

'En daarna?'

'Hij legde uit dat de huizen...'

'Ik bedoel: heeft hij iets met jou gedaan?'

'Nee dus. Als hij het had gedaan, was ik niet terug gekomen.' We waren bij het strand en ze keek naar verre lichtjes op zee.

'Later wil ik op huwelijksreis met zo'n boot,' zei ze.

'En Maarten?'

'Op een dag kwam hij thuis van zijn werk. Ik had gekookt, het huis schoongemaakt en alle haren van zijn kat, waarvoor ik allergisch ben, opgezogen. Het eerste wat hij zei was: 'Wat een kutweer.' Ik dacht toen hij dat zei dat de Nederlanders als het zulk smerig weer is zin kregen in seks, dus ik trok mijn strakste jurkje aan. Maar Maarten deed niets. Als hij zelfs geen seks wilde tijdens kutweer, wanneer dan wel?'

Jelena praatte en ik kon haar amper volgen, want het vuur brandde in mij. Als ik bleef luisteren, zou er rook uit mijn neusgaten stromen. We liepen terug en ik voelde dat Jelena niet alleen maar mooi was, maar ook grappig en romantisch en dat zij echt haar gevoelens volgde en niet de verblijfsvergunning, zoals andere asielzoekers die ik sprak.

'Weet jij wat het mooiste is van het leven met een Nederlander?' vroeg Jelena mij.

'Nog niet.'

'Je woont in één huis, maar hebt je eigen privéleven. Ze zijn wel nieuwsgierig, niet naar wat je niet wilt dat anderen weten over jou, maar naar datgene dat je niet zomaar meteen vertelt over jezelf.'

Uit een huis klonk pianomuziek. Jelena stond stil, luisterde en toen het stuk klaar was, glimlachte ze.

'Haydn, Sonate in Es.'

Daarna zei ze niets meer, alsof wat ze net had gehoord nog in haar doorklonk, tot we het hek van het AZC naderden. Ze keek me opeens aan.

'Ik ga eerst naar binnen,' zei ze en vervolgde met het meest romantische dat een mooi meisje in mijn leven ooit tegen me zei: 'Haal een condoom van de receptie en kom naar 0124.' Ze liet haar krullende blonde haren op haar schouders vallen en liep met haar dansende kontje naar de deur.

Ik wilde achter haar aan rennen, alsof haar schoonheid het laatste grammetje geduld in mij had opgegeten.

'Condooms,' zei ik bij de receptie, pakte de drie pakjes die aan elkaar zaten met trillende hand op en liep het AZC binnen die Jelena had veranderd in een hemel. Ik was zo in de war dat ik vergat de condooms in mijn broekzak te stoppen, zodat voor ik de oranje afdeling haalde, in oranje, groen, blauw en geel bekend was dat Jelena eerst alleen het AZC binnenkwam en ik daarachteraan met drie condooms. Ik wilde meteen naar haar toe, maar besloot eerst een douche te nemen. Ik snelde naar mijn kamer, legde de condooms op mijn bed.

'Aha, ik zie dat je een verblijfsvergunning hebt gekregen,' grapte Foeaad.

'Niet eentje, maar drie,' zei ik.

Ik ging met onderbroek, handdoek, shampoo en condooms de doucheruimte binnen en nog geen vier minuten later stapte ik er weer uit. Om geen tijd te verliezen, sloeg ik mijn handdoek om mijn middel en hield ik de drie condooms stevig in mijn hand. Ik liep naar kamer 0124 en klopte aan. Jelena deed open en zag mij daar staan, terwijl de waterdruppels nog op de grond vielen in de gang. Als in slow motion zie ik alles nog voor me. Ze keek even naar de handdoek en mijn handen, richtte haar hoofd op en keek mij aan. Haar blik bleef niet meer dan een seconde in mijn ogen hangen, daarop keek ze naar de muur achter mij en riep met haar Russische accent één woord.

'Eike-e-el.' Dat woord was harder dan uitzetting. Ze sloeg de deur dicht.

Ik draaide me om in het plasje water en zag daar in de gang drie Afghanen staan, en twee Tsjetsjenen, een Iraniër en een Turk, vier Armenen, één Chinees, zeven Irakezen en minstens tien Afrikanen. Het water druppelde van mijn borsthaar. Het laatste wat Jelena in dat gebouw zou doen, was met mij vrijen, zoveel was nu wel duidelijk.

'En nu? Nu moet ik opnieuw schoonmaken!' zei Belsi geïrriteerd, die met een mop het water van de doucheruimte naar 0124 begon op te dweilen.

'Don't worry, man, everything is the same,' zei John. 'Ik heb een dagkaart voor je voor vijf euro en dan kan je naar Amsterdam. Daar vind je op het centraal station dames die mooier zijn dan die gekke Russin.' Ik droop af naar de doucheruimte, gooide de condooms in de prullenbak en strafte mezelf voor mijn hoop en mijn stomme actie door een koude douche te nemen.

Daarna lag ik op mijn eigen bed, in plaats van het bed in 0124, maar kon door de schaamte en het verlies niet slapen. Een uur later werd er zacht op de deur geklopt. Ik hoopte dat het Jelena was, want zij klopte precies zo zacht. Ze wist vast dat de gang nu leeg was en wilde dat ik nu wel bij haar kwam. Wat stom dat ik die condooms in de prullenbak had gegooid. Maar kinderen maken is ook niet erg, dacht ik, en opende de deur.

In plaats van Jelena zag ik Hatim, de blinde asielzoeker met de scherpste oren in het AZC.

'Gouden avond,' zei hij.

'Goedenavond,' zei ik.

'Is het waar wat ik hoorde?'

'Wat heb je gehoord?'

'Dat jij drie condooms van de receptie kreeg, dat je vier minuten douchte om met die Russische uit 0124 te vrijen? Maar waarom hoorde ik dan verder niets? Het was daar stil, er was zeker geen vrijpartij. Of heb je haar in een andere kamer genomen?' Zijn blinde ogen draaiden alle kanten op, alsof ik een mugje was dat om zijn hoofd zoemde.

'Ik heb gedoucht, maar ik weet niet hoelang. Maar dat van die drie condooms klopt.'

'En waar eindigden die condooms? Op de juiste plek?'

‘Nee, in de prullenbak.’

‘Jammer.’ Hij draaide zich om. ‘Ik dacht al, waarom hoor ik niets in 0124. Maar er is er niets gebeurd. Nu snap ik het.’ Hij liep weg en terwijl ik op mijn bed lag hoorde ik het tikken van zijn stok wegsterven in de gang.

64

Hatim, die uit Koeweit kwam, was blind, maar hij wist meer dan Said over de gebeurtenissen in het AZC. Nooit ontmoette ik iemand met scherpere oren. Hij hoorde alles al van ver en was de thermometer van mijn stem.

'Je klinkt verdrietig,' zei hij soms. Dan lette ik extra op mezelf en om niet gesloopt te worden van verdriet verliet ik dan even het AZC en ging lopen. Als hij zei dat ik wat stilletjes was, ging ik meteen naar de soos om met anderen te praten. Zelfs als ik leeg was door de dagelijkse herhaling in het AZC hoorde ik de stok van Hatim op me af komen en kwam hij voor mij staan, alsof hij kon zien dat ik er zat. Hij zocht met zijn stok naar mijn schoenen en tastte eromheen.

'Het zijn jouw schoenen, ben jij er ook? Waarom ben je zo stil dan?'

'Ik ben moe van dit gebouw.'

'Je hebt toch twee ogen die kunnen zien?'

'En een bril,' zei ik.

'Ga dan naar buiten. Kijk naar de bomen, naar de golven. Wat doe je hier, man. Ga naar het centrum van de stad, kijk naar alle vrouwen!' Ik volgde zijn advies altijd op. Omdat hij blind was, had hij een kamer alleen. Ik klopte regelmatig bij hem aan om te vragen wat ik voor hem kon kopen op de markt. Hij opende dan de deur en zei: 'Waarom klop je zo hard? Ik ben blind, niet doof.' Hoe zacht ik ook klopte, hij zei het altijd. Ik begon zo zacht te kloppen dat ik het zelf niet meer kon horen, maar altijd hoorde ik hem zeggen dat hij eraan kwam. Ik zei eens tegen hem dat de televisie aanstond zonder geluid. Ik dacht dat hij dat niet wist, want hij kon het tenslotte niet zien.

'Hij staat alleen zacht,' zei hij. Toen de sociale dienst een satelliet voor hem regelde om Arabische series te kunnen luisteren, prees hij de Nederlanders om hun behulpzame aard. 'Ik zou een uurtje niet blind willen zijn om hen te kunnen zien. Ze zijn vast zo mooi als engelen.'

Hatim liet mij de goede kant van de Nederlanders zien. Toen hij net in het AZC was, zei Van 't Zijde hem dat hij zich niet hoefde te melden, alleen als hij dat wilde. Hij was blij dat hij kon kiezen en koos voor het melden. Misschien om te bewijzen dat hij het kon. Bij het melden zag Hatim er altijd vrolijk uit, want dan had hij iets te doen. Hij tastte de grond af met zijn stok in de gang.

Als ze het getik hoorden, riepen de anderen waar de rij was. Dan zei hij: 'Ik weet het, ik weet het.' En sloot achteraan aan. Hij tastte de schoenen of de rug van de achterste asielzoeker af en soms zijn kont. Daarom renden meisjes en vrouwen weg uit de rij als ze Hatim zagen aankomen en gingen de anderen soms links en rechts voor hem uit de weg, zodat hij steeds verder naar voren schoof, tot hij het raampje voelde. Dan deed hij zijn hoofd naar beneden en zei: 'Gouden dag, meneer van het melden.' Hij gaf zijn W-document door het raampje en glimlachte. Bij 'alstublieft' reikte zijn hand, die op een meisjeshand leek, naar voren, nam het document weer aan, dan zei hij 'dank u' en ging. Een Iraakse asielzoeker die Talib heette probeerde als hij in de rij stond en Hatim aan zag komen, zijn kont tegen de stok te laten komen. Hij bewoog zijn billen naar beneden, naar boven, naar links en naar rechts, tot die werden geraakt door de stok en dan schreeuwde hij: 'Aiii!' Vervolgens maande hij Hatim beter op te letten. 'Je hebt de stok in mijn kont geduwd, man.'

'Sorry, sorry,' zei Hatim.

'Geeft niet, ik vind het wel lekker. Maar de volgende keer iets langzamer graag, anders doet het pijn,' zei Talib. De anderen in de rij probeerden niet op de grond te vallen van het stille lachen.

Eens vroeg de agent achter het raam streng wat er aan de hand was, omdat de rij niet stilstond.

'Meneer,' riep Talib. 'Ik sta hier ongeveer achttien en een halve minuut en omdat de rij niet beweegt, ben ik in slaap gevallen. Staand, als een paard. En toen kwam er iets heel hard mijn kont in. Misschien was het best lekker, hoor. Ik draaide me om en zag dat die blinde man daar zijn stok in mijn kont stak. Vierenhalve centimeter,' zei Talib op dramatische, pijnlijke manier, alsof het echt zo was.

'Misschien moet u de volgende keer niet in de rij in slaap vallen,' zei de agent.

'Zeker, meneer, als u niet achter uw computer in slaap valt.' De eerste man in de rij werd geroepen en het melden begon, terwijl iedereen door de grapjes best langer had willen blijven staan.

Soms zei hij: 'Alsjeblieft, Hatim, we staan hier al zolang en ik wil de rij laten bewegen, kun je je stok even in mijn kont duwen?' Talib zei het altijd in het Nederlands, dat hij behoorlijk goed sprak, zodat alle asielzoekers het konden horen en begrijpen en lachen.

Hatim was veertig of vijfenveertig jaar oud. Hij was een Irakees die in Koeweit woonde, waar Irakezen al-Bidoen werden genoemd. Dat betekent Degenen Zonder, wat neerkwam op 'zonder Koeweits paspoort'. Ze woonden er vaak al generaties lang, waren er geboren en getogen, maar kregen nooit de

Koeweitse nationaliteit, omdat ze van oorsprong Iraaks waren. Hatims grootouders waren originele Irakezen, maar hij was zelf nooit in Irak geweest.

Hier moet ik mezelf even onderbreken. Het is belangrijk om te weten waar soms het grote aantal asielzoekers vandaan kwam. Als er ergens oorlog uitbreekt, zijn de eerste asielzoekers die komen degenen die zich het verste van het gevaar bevinden. Bijvoorbeeld asielzoekers die in een ander Europees land wonen, maar niet tevreden zijn over hun situatie. Zij grijpen de kans om in een ander land een nieuwe start te maken. Pas veel later komen de echte vluchtelingen uit de oorlog. Maar hun kans is dan al van hen gestolen.

Wat die vreemde situatie voor een deel mogelijk maakt, is dat de IND het dialect van de asielzoeker controleert om te weten waar ze vandaan komen, maar nooit controleert hoelang iemand zijn vaderland al verlaten heeft. En dat was gunstig voor Hatim. Al voor de oorlog met Amerika in Irak in 2003 begon, vloog hij met een reisdocument van Koeweit naar Schiphol en kwam in ons AZC terecht. Hij vroeg asiel aan als een Irakees uit Basra, een stad dicht bij de grens met Koeweit.

Als Hatim door de gangen van het AZC liep, bood regelmatig iemand hem een hand aan om hem te leiden. Het liefst wilde hij de hand van een vrouw of een meisje. Hij genoot daarvan. Toen Saskia begon met haar stage bij de sociale dienst en zij hem ter kennismaking een hand gaf, was Hatim dagenlang in de hemel. Hij vroeg mij om Saskia te beschrijven, omdat hij wilde weten hoe ze eruitzag, van top tot teen. En hij was geïnteresseerd in alle details. In plaats van dat ik haar beschreef, stelde hij gerichte vragen.

'Heeft ze een dikke kont?' vroeg hij.

'Ja,' zei ik.

'Ziet die er lekker uit?'

'Zeker.'

'Zijn haar borsten groot genoeg voor een penis ertussen?'

'Ja.'

'Heeft ze een lange dunne nek?'

'Ja'

'En zachte lippen?'

'Klopt.' Ik beschreef haar verder. Bij haar handen aangekomen, zei hij: 'Haar handen hoef je niet te beschrijven, ik heb ze gezien.'

'Gezien?' Ik dacht even dat hij alleen maar deed alsof hij blind was voor zijn asielaanvraag.

'Nee, niet gezien zoals jij,' zei hij. 'Maar toen ze mij een hand gaf, voelde ik die en kon ik me voorstellen hoe ze eruitzagen.' Ik begon te twijfelen of Hatim echt niet kon zien, of misschien een beetje, en of hij niet mij vroeg Saskia te beschrijven om zijn blindheid geloofwaardig te maken. Elke vraag die hij stelde, moest ik bevestigend beantwoorden. Ik vroeg hem hoe hij wist hoe ze eruitzag. 'Als je de hand van een vrouw aanraakt, kun je soms haar hele lichaam zien,' zei hij. Zo wist ik dat Hatim met zijn handen zag. Toen begreep ik waarom hij een paar dagen daarvoor bij de deur van de receptie op mijn vraag of ik hem ergens heen kon brengen had gezegd dat hij wachtte, omdat Kristi haar zoon zo van school zou halen.

'Prima, maar mocht je niet langer willen wachten, ik heb niets te doen,' zei ik, want ik dacht dat hij mijn tijd niet wilde verdoen.

'Nee, dank je. Ik wacht liever op Kristi.' Hij maakte een snel wuifgebaar. 'Ga nou, anders kom je te laat.'

'Te laat? Maar ik heb geen afspraak. Ik heb niets te doen.'

'Je was toch onderweg ergens naartoe? Ga toch.' Hij wuifde sneller en ik ging. Een kwartiertje later zag ik hem lopen met de hand van Kristi in de zijne. Nu vroeg ik hem of hij Kristi kon beschrijven, en hij beschreef haar werkelijk alsof hij haar had gezien.

'Ach, die Kristi. Alleen al in haar hand is er een hitte, warmer dan de verwarming in mijn kamer. Hoe warm zal haar hele lichaam zijn...'

Voordat Tamara, de jonge vrouw die mij inzage had gegeven in het dossier van de generaal, stopte met haar werk bij de VVN verbaasde Hatim mij door te zeggen dat zij de geilste stem had. Ik begon erop te letten en hij had gelijk. Als ik mijn ogen sloot, terwijl zij praatte, merkte ik op dat haar stem zuiver was. Ze klonk niet chagrijnig, maar alsof ze behoefte had aan seks.

Tamara verdween zonder dat ik afscheid van haar kon nemen. Ik hoorde van Wim van de VVN dat ze was vertrokken naar Australië, want daar woonde een zus van haar en de kans was zelfs aanwezig dat ze daar zou blijven, want ze had een enkeltje gekocht. Misschien is ze daar nog steeds.

De meeste mannen in het AZC ergerden zich aan Hatim als ze hem als een spin zagen staan wachten op de hand van een meisje of een vrouw, want dat was voor hem seks. Talib zei dat als het aanraken van een hand seks was voor Hatim, hij met bijna alle meisjes en vrouwen in het AZC had gevreeën.

Als Hatim niet wilde dat een vrouwenhand hem leidde, zag je hem altijd samen met Rasoel uit Irak, die boodschappen voor hem deed, zijn kleren waste en voor hem kookte. Maar door hem geleid worden wilde Hatim liever niet. Rasoel deed alles voor Hatim, hij maakte zijn kamer schoon, ruimde zijn kasten op en maakte zijn bed op, vanaf het begin dat Hatim naar het AZC kwam. Dat deed Rasoel voor niets, gewoon gratis, en hij kende Hatim niet eens voordat hij naar het AZC kwam. Je zou denken dat hij dat deed om iets zinvols te kunnen doen.

Rasoel woonde met drie anderen in de kamer naast Hatim, zijn bed stond tegen de muur die aan de kamer van Hatim grensde. De asielzoekers die later naar ons AZC kwamen, dachten dat Rasoel familie van hem was. Hij was zo bezig met Hatim dat hij vergat dat hij zelf ook bestond, hij praatte ook de hele tijd over Hatim. Hij vertelde bijvoorbeeld hoelang Hatim in het AZC was, dat hij nu in de soos was of dat het overhemd van Hatim verwassen was, omdat het water in de machine te heet geworden was.

De buren van Hatim aan de andere kant waren drie Chinezen, die geen contact hadden met andere asielzoekers of de vrijwilligers. Ze spraken met niemand en als er iemand in de buurt was, spraken ze ook niet met elkaar. Hun kamerdeur was altijd dicht, nooit werd een van hen gezien in de keuken of bij de wasmachine en ze gingen nooit naar de receptie om naar de post te vragen.

Toen ik nog niet wist dat ze met niemand spraken, kwam ik een van hen tegen en wenste hem goedemorgen. Hij keek mij aan.

'Wat?'

'Hallo,' zei ik, want ik dacht dat hij 'goedemorgen' misschien niet begreep.

'Wat?'

Zijn gezicht leek gevuld met allerlei vraagtekentjes, en ik dacht dat hij niet doorhad dat ik hem groette en hem niet iets vroeg. Ik haalde mijn schouders op en liep verder, maar na een tijdje hoorde ik hem in goed Engels met een medewerker van de sociale dienst praten. Said vertelde mij dat hij ook een van de drie Chinezen goedemiddag had gezegd en dat die het ook niet begrepen had. Contact leggen met de drie Chinezen lukte geen van de asielzoekers, het enige wat ze terugzeiden was 'wat?' Daarom werden ze Wat 1, Wat 2 en Wat 3 genoemd.

Hatim kwam eens naar mij toe in de soos, waar ik aan de bar met Talib thee dronk.

'Wat is er met Wat 2 en 3 gebeurd?' vroeg hij mij.

'Hoe bedoel je?'

'Eerst sliepen ze alle drie in de kamer naast mij, maar nu is alleen Wat 1 er nog.'

'Bedoel je dat er maar één Chinees zit en geen drie?'

'Zeker.'

'Dat kan niet, ze zijn er alle drie nog, maar jij kan ze niet zien.'

'Luister, Wat 2 en Wat 3 zijn er niet. Alleen Wat 1 is in de kamer. Zijn bed staat aan de andere kant, niet tegen de muur tussen onze kamers.' Ik probeerde het hem uit zijn hoofd te praten, maar ik kon hem niet overtuigen en hij mij niet. Talib was wel nieuwsgierig geworden en na een tijdje ontdekte hij dat Hatim gelijk had. Nog maar een van de drie Chinezen was in het AZC. Hij meldde voor zichzelf en de andere twee, op verschillende tijden. De Nederlanders achter het loket hadden niet door dat ze drie keer dezelfde Chinees zagen.

Nu Talib het eenmaal wist, raakten meer mensen op de hoogte en het was lange tijd een groot publiek geheim in het AZC. Alle asielzoekers spraken met bewondering over hoe Wat 1, Wat 2 en Wat 3 de Nederlanders in de maling namen: er sliep één Chinees in 075, hij meldde voor zichzelf, ging terug naar zijn kamer, trok andere kleren aan en meldde na een of twee uur voor een van de anderen om dat daarna dan nog eens te doen.

'Luister goed,' fluisterde Hatim tegen mij en Talib, toen wij in zijn kamer waren. 'Nu opent Wat 1 de klerenkast van Wat 3. Hoor je het?' Talib en ik gingen naar de gang en inderdaad, na een paar minuten kwam Wat 3, die altijd een groene pet droeg, de kamer uit. We volgden hem en zagen dat hij in de rij voor het melden ging staan. Talib keek mij aan en grijnsde.

'Niet Hatim is blind, maar de Nederlanders. Kijk!'

'Chinezen zijn slim, hoor,' zei ik, terwijl ik mijn eigen ogen haast niet geloofde. Ik wilde eraan toevoegen dat Chinezen niet alleen slim waren, maar ook lef hadden, maar toen ik zag hoe de agent zijn hand als een robot bewoog om het pasje van de Chinees aan te nemen, zonder naar hem of het pasje te kijken, constateerde ik dat het niet eens nodig was dapper te zijn. Ik zou me zelfs als Jelena kunnen melden.

Zoals God Wat 1, Wat 2 en Wat 3 zo schiep dat ze van het melden bevrijd konden worden, zo bevrijdde Talib mij en veel andere asielzoekers van de routine en de dodelijke sleur in het AZC.

Ik bracht mijn dagen door met melden en wachten, melden en wachten, en daarna melden en wachten voor het volgende meldmoment. Maar soms, opeens, knapte er iets in mij en wilde ik meteen iets veranderen. Zoiets als wat gebeurt bij een wild dier in een kooi; lange tijd is het rustig, maar opeens zie je het springen en brullen en in de tralies bijten. Soms sprong ik ook en brulde ik, maar voor ik mezelf zou bijten, zocht ik Talib op. Hij kon mij kalmeren.

65

Over Talib heb ik nog weinig verteld, maar hij was belangrijk voor mij. Hij had een lelijk gezicht vol littekens. Zijn huid vertoonde sporen van puistjes, maar ook van brandwonden en martelingen. Als Saddam Hoessein het gevoel had dat de macht hem door de vingers glipte, liet hij duidelijk zichtbare lichamelijke straffen uitvoeren, zoals een deel van de neus, een hand of een oor afhakken. Talib verloor zijn rechteroor, omdat hij uit het leger was weggevlucht. De tweede keer dat hij deserteerde, moest de punt van zijn neus eraan geloven en omdat de derde keer hem zijn nek zou kosten, vluchtte hij het land uit. Hij had een wetboek uit Irak mee, waarin stond in welke gevallen oren en neuzen werden afgehakt of de doodstraf gegeven werd, als bewijs voor de IND. Andere asielzoekers dachten daarom dat hij snel een verblijfsvergunning zou krijgen, binnen een jaar of twee, want zijn lichaam was het bewijs dat hij in Irak gevaar liep. Maar Talib zat al langer in het AZC dan ik. Toch zag hij er nooit triest uit en had hij nooit conflicten. Hij kon alles om zich heen in iets dramatisch veranderen, om er vervolgens niet verdrietig van te worden, maar er hard om te lachen. Hij kwam uit het zuiden van Irak, een gebied dat bekendstaat om de vele volksdichters, die hun drama uiten in een gedicht waarbij de zinnen steeds eindigen op dezelfde klank. Altijd had hij pen en papier op zak en vaak zag je hem zitten schrijven en strepen. Soms werkte hij dagen of weken aan een gedicht. Zijn gedichten waren vooral mooi als hij ze zelf voordroeg. Als hij klaar was met een gedicht, gooide hij het papier waar het op stond weg, want hij kende het dan uit zijn hoofd.

Talib glimlachte altijd. Hij was de reddingsboei voor mijn benauwdheid in het AZC. Als ik in verdriet of depressie wegzonk, was er altijd die reddingsboei. Hij probeerde niet op te vallen, en hoewel hij beter Nederlands sprak dan menig asielzoeker, gebruikte hij het nauwelijks in zijn contacten met de Nederlanders in het AZC. Hij nam mij soms mee om te vertalen, terwijl zijn Nederlands zeker beter was. Toen ik hem vroeg waarom, zei hij: 'Hollanders zijn rare mensen. Als je hun taal beheerst, moet je niet meer je mond, maar je oren gebruiken. En als je naar de Hollanders luistert, moet je weten dat dit niet mag en dat niet kan. En als je dat weet, straffen ze je, omdat je wist dat dit niet mocht en dat niet kon.'

Talib was een fabriek die alles in een lach veranderde. Zainab kortte de broeken in die hij bij de kringloopwinkel kocht, maar het verkleinen van zijn kleren lukte nooit echt goed. Hij leek altijd dik, terwijl hij dat niet was en het niet bij zijn ingevallen gezicht paste. Ik liep graag met hem naar de Aldi en de Turkse toko.

Talib werkte als schoonmaker in het AZC voor vijfentwintig euro per week. Als hij vijftig euro had, ging hij naar de hoeren en kwam blut terug, om weer twee weken te werken om opnieuw naar de hoeren te gaan.

'Hier in het AZC,' zei hij, toen ik hem vroeg waarom hij dat deed, 'moet je of jaren op de IND wachten, of twee weken op de hoeren. Dat laatste is korter en lekkerder.'

Nadat ik was weggestuurd bij de shoarmatent van Hamdi ging ik op zoek naar ander werk om geld voor Noorwegen bij elkaar te krijgen, maar dat lukte niet. Soms fietste ik rond in de omgeving, vragend naar werk. Soms stopte ik bij een bouwplaats of een industrieterrein en overal zeiden ze hetzelfde: dat ik naar het uitzendbureau moest gaan. Maar daar hadden ze een sofinummer van mij nodig, en dat had ik niet. Alleen tijd en energie om te werken was niet voldoende.

Op een dag gebeurde er iets in het AZC wat mijn verblijf er nog zwaarder maakte en ik zag nog duidelijker dat ik weg moest voordat het slechter en slechter ging.

Hafed, een asielzoeker uit Agwaaz, een Iraans stadje waar de mensen Perzisch spraken en het zuidelijk Iraaks dialect, had in Nederland asiel aangevraagd als Irakees uit het zuiden. Ze kwamen er niet achter dat hij helemaal niet uit Irak kwam, want hij sprak het Iraakse dialect. Ikzelf moest hard lachen, helemaal toen ik zijn eerste en tweede gehoor las. Hij had grove fouten gemaakt over Irak die de IND-ambtenaar niet had ontdekt. Hij had bijvoorbeeld gezegd dat Chibayish een grote stad in het zuiden van Irak was, en gaf als reden dat Saddam Hoessein de moerassen in die regio had drooggelegd en afgebrand omdat er veel muggen zaten, in plaats van ondergedoken sjiieten.

Zijn vrouw en dochtertje waren een paar maanden vóór Hafed uit Italië naar Nederland gekomen, hij kwam later via Duitsland. Omdat de Duitsers hem onderweg naar Nederland opgepakt hadden, moest hij er wel asiel aanvragen en zijn vingerafdrukken daar laten nemen. Toen de Duitsers hem naar het Heim stuurden, was hij meteen doorgereisd naar Nederland. Nu verbleven ze samen in het AZC, waar zijn vrouw zwanger was geworden van hun tweede kind. Toen de Nederlandse instanties ontdekten dat zijn vingerafdrukken in Duitsland waren genomen, moest hij terug naar Duitsland. Ik zag vaker dat mensen teruggestuurd werden naar een ander Schengenland of naar hun land van herkomst, maar het terugsturen van Hafed naar Duitsland bleef in mijn hoofd hangen.

Zijn tweede dochter was net geboren, ze was misschien twee weken oud. Zijn oudste dochter, die zes of zeven jaar was, had een bloedziekte. Wij dachten dat dat goede redenen waren om niet te worden teruggestuurd. Of tenminste niet nu meteen, maar over een paar maanden. Wij adviseerden Hafed om naar de kerk te gaan, maar ook daar hadden ze niet meteen de mogelijkheid hem te helpen en moest hij wachten. Hafed wist niet waar hij naartoe moest en bovendien wilde hij geen afstand nemen van zijn pas geboren kind. Dus toen de vreemdelingenpolitie kwam om hem mee te nemen, vonden ze hem in kamer G07.

De drie grote politieagenten waren met hun enorme laarzen, die hen nog groter lieten lijken, via de receptie het gebouw binnengekomen. Ze liepen door de gang en op de trap richting geel, alsof ze precies wisten waar G07 was. Ze glimlachten niet alleen naar de kinderen, zoals altijd, maar naar iedereen. Misschien wilden ze tonen dat ze iets gingen doen waarmee ze het niet eens waren maar wat moest. Ze klopten op de deur van G07 en het dochtertje deed open. Toen ze die drie agenten zag met hun pistolen en handboeien, stond ze als aan de grond genageld.

'Is je vader er ook?' vroeg een van de agenten vriendelijk. Het meisje bleef staan kijken naar de drie mannen. Hafed kwam naar de deur, glimlachte naar zijn dochter, zei dat hij zich zou gaan melden en zo weer terugkwam. Hij volgde de agenten op zijn slippers, misschien zodat zijn dochter niet bang zou zijn. Maar de dochter volgde hem, en toen ze het

AZC uitliepen door de receptie, wist ze dat ze hem wilden meenemen. Ze begon te schreeuwen.

'Baba, baba!' en rende naar de agenten. Hafed draaide zich om met een glimlach op zijn gezicht. Ze pakte zijn hand vast, maar hij duwde haar handje weg, opende zelf het portier van de politieauto en stapte in. Misschien zodat de agent dat niet hoefde te doen, wat het meisje nog banger zou maken. De auto reed weg. De stem van het meisje klonk over het voorplein.

'Baba!' Ze rende achter de auto aan, die om de hoek verdween. Daarna rende ze naar geel en toen ik kamer G07 binnenkwam, zag ik zijn vrouw op bed liggen.

'Ze hebben hem meegenomen,' zei ze. Ik wist dat ik niet langer kon blijven.

Ik moest werk vinden om geld te verdienen en was blij dat Talib kort daarop vertelde dat hij iets voor me had gevonden, en dat ik wel vijftig euro per dag kon verdienen.

'Een maandje en dan heb je genoeg om naar Oslo te gaan.' We fietsten naar een industrieterrein buiten de stad. Bij een grote schuur nam een Nederlander ons mee naar een groot magazijn, waar drie asielzoekers naast een machine stonden. Ze openden dozen met een mesje en haalden er poedermelkbussen uit voor baby's, vrachtwagens vol, afkomstig uit Denemarken. Ze poetsten met katoen en een schoonmaakmiddel de datum weg, die al voorbij was. Daarna zetten ze de bussen op de transportband, waar er door een machine keurig een nieuwe datum op werd gestempeld. Vanwege de letters op de dozen wist ik dat de bussen verkocht zouden worden in Rusland of een land waar ze het cyrillische schrift gebruiken.

'Acht uur per dag voor vijftig euro, in het weekend het dubbele,' zei de Nederlander in het Engels, nadat hij mij vroeg of ik in het AZC woonde en of ik Nederlandse vrienden had buiten het AZC, waarop ik had geantwoord van niet.

'Ik kan dit werk niet doen,' zei ik tegen Talib in het Arabisch. 'Die melk is over de datum, het kan kinderen doden,' zei ik.

'Nee man, het is geen gif. Het is alleen maar een beetje over datum.'

'Ik doe het niet.'

'Is everything okay?' vroeg de Nederlander aan Talib.

'Jawel, maar hij kan hier niet werken, want hij kan niet tegen dat middel waarmee we die datum wegpoetsen.'

'Dan doet hij de dozen aan de andere kant dicht,' zei hij. Maar ook dat wilde ik niet en ik ging weg uit die ruimte vol vrachtwagens en heftrucks, daar waar Talib genoeg kreeg om elke dag naar de hoeren te kunnen gaan. Ik wist dagenlang niet wat ik moest doen en deed niets. Nog steeds voel ik me schuldig. Nog steeds weet ik niet wat ik had moeten doen. De Nederlandse politie betekende voor mij de cel, en de sociale dienst de weg naar de cel, maar achteraf denk ik weleens dat ik een krant of de radio had kunnen bellen om ze te vertellen over die vreemde praktijken. De kinderen die van die melk dronken zijn nu al zeventien jaar oud, maar nog steeds denk ik soms dat ze ziek zijn geworden door de melk. Toen ik Talib een keertje zei dat het werk daar crimineel was, zie hij: 'Hoezo? Denk je dat de Nederlanders niet weten wat al die Poolse vrachtwagens daar doen? Ze weten alles, maar ze doen alsof ze het niet weten. Elk pakje dat daarvan in Nederland wordt verkocht daarentegen, zal ze woedend maken.'

Kort daarop kwam Talib naar me toe en zei dat hij ander werk voor me had. We fietsten een uur en kwamen aan bij een grote veehouderij. Talib leek de plek goed te kennen.

‘Wat gaan we hier doen? Koeien melken? Dat kan ik niet,’ zei ik.

‘Een beetje geduld…’ zei Talib. We kwamen langs een schuurdeur, waaraan een tegel hing met de tekst:

Waarde vriend, het is hier prachtig.
De koeien zijn ontroerend drachtig.
Bergman.

Talib liep op de boer af die de koeien aan het voeren was. De boer sprak met de dieren en gaf ze soms een aai over de kop. De koeien leken hem te begrijpen. Hij gaf Talib een hand, stelde zich aan mij voor als Daan Hondenveld en liep met ons naar de keuken. We dronken thee en de man vroeg mij in het Engels of ik wist dat het werk dat ik ging doen vrijwilligerswerk was.

‘Ik betaal jullie geen cent,’ zei hij met een knipoog. Ik keek Talib vragend aan, maar die knikte uitgebreid. Na de thee liepen we achter de boer aan naar een kas achter de koeienschuur. Er brandde fel licht en het stond er kniehoog vol plantjes.

‘Werk ze,’ zei hij en ging er vandoor.

‘Vijftig euro, man. Per dag. Soms voor drie of vier uurtjes,’ zei Talib.

‘Wat moeten we dan doen?’

‘Gewoon elk blaadje en takje controleren.’ Hij zag mijn twijfel. ‘Ze maken er medicijnen van, hoor.’

‘Denk je dat ik gek ben? Die blaadjes ken ik, van de kleren van Bob Marley. Dat is marihuana.’ Ook dit werk kon ik niet doen, het voelde niet goed.

Talib liep met mij naar de boer en zei dat ik allergisch was. Boer Daan wilde me twintig euro geven, maar ik weigerde en bedankte hem voor de kans.

'Ik heb nog wel ander werk,' zei hij, bracht me naar een grote schuur vol rommel en vroeg me of ik daar wilde opruimen en schoonmaken.

'Vrijwillig?' vroeg ik. Boer Daan lachte.

'Twaalf euro per uur.'

'Hoeveel?' vroeg ik verbaasd.

'Te weinig?'

'Nee, hoor.' Schoonmaken in het AZC leverde vijfentwintig euro per week op, werken in de shoarmatent van Hamdi tien euro per avond, en hier kreeg ik tussen de koeien twaalf euro per uur? Na de schuur vroeg hij mij de koeien te voeren en de mest weg te scheppen en ik fietste regelmatig met Talib naar zijn boerderij.

Op een dag schrok ik toen ik hem zag praten met een van de koeien en zij knikte. Ze leek te begrijpen wat hij zei, alsof hij geen man was, maar een stier.

'Kijk,' zei boer Daan. 'Als je goed luistert naar een koe, luistert ze ook goed naar jou. Begrijp jij hen, dan zullen ze ook jou begrijpen.'

Geschrokken ging ik door met het hooi opscheppen, en ik hoopte dat ik genoeg geld had verdiend om naar Oslo te gaan voordat de koeien mij begrepen of ik de koeien.

66

Boer Daan Hondenveld, die Talib en ik Koeienveld noemden, riep elke keer: 'Pauze!' Dan dronken we koffie en gingen werken tot hij weer 'Pauze!' riep voor een broodje of thee. Hij trok de pauzetijd niet af van de uren die we werkten. Hij liet Talib het werk in de kas doen en gaf mij allerlei klusjes en controleerde nooit of we het wel goed deden of snel genoeg. Hij floot en zong liedjes van zangers die Ronnie Tober heetten of Ramses Shaffy. In zijn huis hingen veel foto's van koeien en twee van zijn vrouw, die we nooit zagen. Ze droeg zwart-witte kleren op de foto en leek een beetje op een koe. Misschien was ze daarom zijn vrouw. Of misschien was ze een vrouw geweest, maar omdat ze met hem op de boerderij woonde was ze na een tijdje in een koe veranderd en zagen we haar daarom nooit. Tijdens een regenachtige dag liet Daan ons een video zien, een film van de eerste keer dat zijn koeien na de winter eindelijk weer naar buiten konden. Ik zag hoe ze renden en dansten. Boer Daan herhaalde met de afstandsbediening dat stuk elke keer, zodat we konden zien hoe vrolijk ze waren. De koeien waren blij met de lente, boer Daan was blij met die films die hij maakte, maar Talib en ik waren nog blijer dan hij en zijn koeien, omdat hij ons doorbetaalde terwijl we de filmpjes bekeken.

Na een tijd had ik genoeg geld bij elkaar om een vals paspoort en busticket naar Noorwegen te kopen. Met het paspoort met daarin een Turkse naam zat ik 's avonds in een Eurolines-bus van Groningen richting Duitsland. Na een klein uurtje rijden stapte een Nederlandse douanier in, hij bekeek alle paspoorten, ook dat van mij, in het licht van zijn zaklantaarn en liet ons doorrijden. Ik stapte in een andere bus naar Kopenhagen. Voordat we de boot op zouden rijden, liet een Deense agent mij uitstappen, nadat hij mijn paspoort bekeken had. Daarna keek hij in mijn tas, vond niets verdachts en liet mij weer instappen. Tot Oslo waren er vervolgens geen controles meer.

In Oslo stapte ik uit en liep naar een plek waar geen mensen waren. Daar haalde ik alles uit mijn tas en gooide ik weg wat bewees dat ik uit Nederland was gekomen. Op de tas zelf stond een Nederlandse tekst, dus ook die belandde in de prullenbak. Na anderhalf uur had ik alleen nog het valse paspoort en een paar onderbroeken. Het paspoort wilde ik niet weggooien, als ik terug moest, had ik het misschien nog nodig, maar wat moest ik ermee doen? Uiteindelijk vond ik in een park een oude boom met hoge wortels. Ik begroef het paspoort in een gat tussen de wortels en liep door de Noorse straten tot ik een agent tegenkwam. Tegen hem zei ik dat ik asiel wilde aanvragen. Hij zei me hem te volgen.

Zoet zijn de herinneringen aan de reis in de Noorse politieauto. De vrouwelijke agent naast de man die ik had aangesproken vroeg me in het Engels of ik honger had. Ik knikte, waarop ze met mij langs de McDonald's reden. Ze kocht voor mij een maaltijd en liet mij daar zitten eten voordat ze mij naar het opvangcentrum bracht. Misschien is de McDonald's niet zo gezond, maar deze Big Mac was de gezondste ooit, want mijn ziel had het nodig om weer te geloven in de mensheid. De plek waar ze mij heen brachten, was schoon en netjes. Ik kreeg een kamer voor mij alleen en omdat ze dachten dat er iets gebeurd was met mijn handen, die ik steeds in het cement had gestoken zodat mijn vingerafdrukken niet ontdekt zouden worden, werd ik naar een ander centrum gebracht. Daar was een Noor een uur of twee met mijn vingers bezig en na twee dagen kreeg ik te horen dat ik uit Nederland kwam en ook in Duitsland asiel had geprobeerd aan te vragen. Toen vroegen ze of ze mij via de officiële route naar Nederland zouden terugsturen of dat ik zelf wilde teruggaan, zoals ik gekomen was. Ik koos de tweede optie en kreeg een ticket tot de grens en een papier, zodat ik niet tegengehouden zou worden. Ik ging terug naar het park in Oslo, naar de grote boom, waar mijn valse paspoort op me lag te wachten alsof het de normaalste zaak van de wereld was.

Helaas werd ik in Duitsland alsnog opgepakt. Ik vertelde ze dat ik daar al eerder asiel had aangevraagd en dat ze mij al eens hadden teruggestuurd naar Nederland, dat ik nu alleen maar onderweg was naar Nederland, maar ze geloofden mij niet en lieten mij niet gaan, maar stuurden me zelf terug. Zo eindigde mijn reis in een cel in Nederland.

Dat was dit keer zwaarder. Niet omdat het een cel was, maar omdat het Europa was. Nu wist ik zeker dat ik geen hoop had buiten Nederland en dat mijn vingerafdrukken van Nederland de wereld maakten. En Nederland gaf mij twee keuzes: of Saddam Hoessein, of de IND. Tussen die twee was ik als iemand die moet kiezen welke doodstraf hij krijgt: de elektrische stoel of de gaskamer.

Iets in mij was gedood. Iets wat mij had gered van oorlogen, rampen en ellende: de hoop. Voor de eerste keer in mijn leven voelde ik me leeg. Al zou ik oceanen, bergen, bossen, rivieren en woestijnen inslikken, leeg zou ik blijven.

Ook ontdekte ik dat ik onderdanig geworden was. Niet uit

angst voor straf, maar door het gevoel dat ik mijn leven niet verdiende en dat ik mezelf daarvoor moest haten.

Toen ik weer op straat stond met een brief dat ik was teruggestuurd uit Duitsland en een treinticket naar het AZC, voelde ik dat ik geen eigen wil meer had. Alles om mij heen was zijn betekenis verloren.

'Kijk uit,' riep een vrouw. Ik zag dat ik een tramspoor wilde oversteken, terwijl de trambel rinkelde.

'Be careful,' zei iemand anders tegen me.

Het begon te regenen. Ik zag mensen rennen om te schuilen, maar ik keek naar boven. Naar dat druppelende grijs. Ik dacht aan de hemel daarboven. Niet aan deze hemel, maar de verre hemel van Irak.

67

Hetzelfde AZC. Dezelfde receptie, dezelfde sociale dienst, waar ik me meldde.

'Wie hebben we daar,' zei Anneke glimlachend. 'Wil je inchecken?' Ze keek op het papier dat ik haar gaf en daarna in de computer en vertelde dat ik naar dezelfde kamer terug kon. Ik ging naar het magazijn voor twee dekens, drie lakens, een handdoek, een kussen en een kussensloop, maar Jade Bakker, die daar werkte, keek in haar computer en zei dat ik nog steeds twee dekens, drie lakens, een handdoek, een kussen en een kussensloop in mijn bezit had. Ik ging naar 0139 om te vragen waar mijn twee dekens, drie lakens, een handdoek, een kussen en een kussensloop gebleven waren. Geen van mijn oude kamergenoten was er nog. Zelfs het bed van de Vierde was ingenomen door een ander. Ik vroeg mijn nieuwe kamergenoten waar mijn twee dekens, drie lakens, een handdoek, een kussen en een kussensloop gebleven waren, maar ze wisten nergens van en zeiden dat de sociale dienst die vast had meegenomen. Ik ging weer naar de sociale dienst, waar Aydin zei dat als ze mijn twee dekens, drie lakens, een handdoek, een kussen en een kussensloop uit mijn kamer hadden gehaald, ze die naar het magazijn hadden gebracht en zo kwam ik weer bij Jade Bakker, die zei dat de twee dekens, drie lakens, een handdoek, een kussen en een kussensloop misschien wel waren teruggebracht naar het magazijn, maar dat het niet in de computer stond. En omdat Jade Bakker de computer van het magazijn volgde, en niet het magazijn zelf, ging ik zonder twee dekens, drie lakens, een handdoek, een kussen en een kussensloop naar mijn kamer en lag op de matras. Ai-iiii, hoe heerlijk, een matras na een cel.

Ik sliep uren en uren en toen ik wakker werd was het donker, ik deed het licht aan en zag de drie andere mannen slapen. Niemand snurkte. Ik deed het licht uit, zocht op de tast mijn sokken en schoenen en verliet de kamer. De gang was leeg en ik liep naar de keuken, in de hoop iemand te vinden om thee van te lenen en daar zag ik Jelena.

'Jij!' riep ze, rende op me af en gaf me een knuffel. Ze begon te huilen en dat verbaasde mij. 'Je bent zo dun,' snikte ze. Ze maakte thee en nodigde mij uit op haar kamer. Om duidelijk te maken dat ze me alleen op haar kamer uitnodigde omdat ze geen woonkamer had waar we thee konden drinken, liet ze de deur open.

Ook al was ik een tijd weg geweest, ze wilde niet weten waar ik was geweest, maar vertellen wat er met haar was gebeurd. Alleen al door naar haar onzin te luisteren, kon ik met dit meisje mijn geest weer met leven opladen. Stel je voor, je loopt door een woestijn en bent helemaal uitgedroogd. Je denkt dat je zal sterven en opeens hoor je het geluid van water in een oase. Zo klonk de stem van Jelena en de oase was zijzelf. Ik voelde dat ik van dat meisje hield, niet als vrouw, maar als leven. En wellicht zou mijn liefde voor haar mijn liefde voor mezelf en mijn leven laten terugkeren.

Haar kamer was netjes. Boven haar bed hing een foto van een jongen, aan wie ik meteen zag dat hij een crimineel was. Alsof ze mijn gedachten kon lezen, zei ze: 'Hij is zo lief. De meest lieve jongen die ik in mijn leven heb ontmoet.' Zijn naam was Soefian en Jelena was al maanden verliefd op hem. Wat vreemd was, was dat Soefian altijd bij haar kwam. Normaal gesproken verdween iemand als hij verliefd was op iemand van buiten het AZC, maar dat was in hun geval anders. Soefian kwam naar haar toe, maar zij ging niet naar hem toe. 'Hij woont nog bij zijn ouders,' was de verklaring van Jelena. Ze had nog geen kennis met hen gemaakt, dat kon niet, want zij waren traditionele moslims, maar voor Jelena maakte dat niets uit. Zij was verliefd en dat was het enige dat belangrijk was. Ze praatte over hoe lief, schattig en mooi Soefian was en de seks met hem was de beste ooit. Ze had het over de hobby's van Soefian, de dromen van Soefian, wat Soefian blij maakte en wat hem irriteerde, zijn muziekstijl, kleding en gouden kettingen en armbanden.

Om drie uur die nacht lag ik op mijn bed onder een geleend dekentje van Jelena. Ze had Soefian al een tijd niet gezien en niets van hem gehoord en zou gek worden als hij niet meer op zou komen dagen. Al de volgende dag verscheen hij in de oranje gang. Hij was kleiner dan Jelena, hij droeg inderdaad ringen en kettingen van goud en hij zag er precies uit als op de foto, vijandelijk en boosaardig. Hij ging de kamer van Jelena binnen, die daarna snel naar de keuken liep om thee te zetten. Als hij naast haar in de keuken kwam staan, keek ze alleen naar de waterketel, alsof ze hem wilde voorhouden dat ze in het AZC niemand kende. Daarna verdween ze met Soefian en de thee haar kamer in. Als hij in het AZC was, was de wereld voor haar niet groter dan 0124. Dan liep ze vluchtig naar de keuken of de wc om direct weer haar kamer in te gaan. Zo waren er opeens twee Jelena's, een met Soefian in haar kamer en een eentje zonder, wie ze was kon je zien aan de manier waarop ze door de gang liep. Op een keer zag ik Soefian uit een nieuwe BMW stappen en vroeg mezelf af waarom hij, als hij zo'n dure auto kon betalen, Jelena dan niet meenam naar een hotel voor meer privacy. Ook mijn nieuwe kamergenoten konden die vraag niet beantwoorden.

'Als ik hem was, neukte ik haar in mijn eigen kamer. Alles beter dan hier,' zei Salih, duidelijk jaloers.

Mijn oude kamergenoten verbleven inmiddels niet meer in het AZC. Waar de Vierde gebleven was, wist niemand. Foeaad woonde inmiddels in een ander AZC. Toen ik Sagal vroeg of ze wist wat er met Walid was gebeurd, zei ze dat hij 'M.O.B.' was. Ik dacht dat het een enge ziekte was, maar Sagal lachte toen ik vroeg of dat dodelijk was. 'Met Onbekende Bestemming vertrokken,' legde ze uit. Hij was verdwenen nadat hij de brief had gehad dat hij binnen achtentwintig dagen zou worden uitgezet.

Said kwam ergens de eerste dagen dat ik er weer was met een zak met twee dekens, drie lakens, een handdoek, een kussen en een kussensloop naar me toe, die hij van iemand die ook M.O.B. vertrokken was had overgenomen. Ik kon ze weer van hem overnemen tegen betaling van een euro per stuk.

Mijn drie nieuwe kamergenoten waren zeer verschillend. Salih praatte de hele tijd, ook in zijn slaap. Gelukkig was het volume van zijn stem zacht, ook tijdens zijn slaap, en was dat minder erg dan snurken. De tweede heette Alaa, een man van weinig woorden en de derde was Malik, de meest mysterieuze asielzoeker die ik in die negen jaar ontmoette. Hij bleek al langer dan ik in het AZC te wonen, en was alleen van kamer veranderd. Dat ik hem nooit eerder had ontmoet, verbaasde mij. Hij leek van alles wat te weten, en de informatie die hij had, was altijd positief en onpartijdig, net als hijzelf. Hij was wat dik, had een groot hoofd op een stevige nek en was behaard. Hij was de asielzoeker die het meeste respect had voor de Nederlanders. Hij hield zelfs meer van Nederland dan sommige Nederlanders zelf. Hij was open en sprak graag over alles, behalve als het over hemzelf ging. Dan was hij stil en gesloten. Wat had hij gestudeerd? Hoe oud was hij? Hoe was hij naar Nederland gekomen? Was Malik zijn echte naam, of niet? Ik dank het lot dat ik hem heb mogen ontmoeten. Hij had een platenspeler gekocht, en als hij alleen in de kamer was, draaide hij zachtjes klassieke muziek. Als een van ons binnenkwam, vroeg hij meteen of we er last van hadden, en zette het altijd al snel uit.

Er bestaan mensen die geen aandacht trekken, ze leven zonder lawaai en irritatie. Malik meldde zich altijd tijdens de laatste tien minuten dat het loket open was, dan hoefde je niet lang te wachten en hij was nooit bang het te vergeten, want hij had een ijzersterk geheugen. Ook de keuken ging hij pas in als er niemand meer was. Dat hij dan erg laat at, kon hem niets schelen. Alaa en Salih hadden respect voor Malik. Als iemand iets zei waar hij het niet mee eens was, protesteerde of discussieerde hij niet. Dat deed hij alleen als hem rechtstreeks om zijn mening werd gevraagd.

'Kijk hoe de Hollanders ons laten verrotten in dit gebouw zonder ons een verblijfsvergunning te geven,' zei Salih op een dag tegen Malik. 'Wat vind jij daar nou van?' Malik krabde zich op zijn hoofd.

'Kijk naar dit gebouw. Is het niet een wonder…' Malik keek of Salih luisterde en ging verder. 'Kijk hoeveel soorten mensen er wonen, uit hoeveel landen, met hoeveel tradities, talen, religies, agressie en heimwee. Allemaal in één gebouw. We delen dezelfde douches, gaan naar dezelfde wc's. Zonder probleem. En er is een sociale dienst en een VVN en een medische dienst. Zij werken hier, zodat het leven hier draaglijk is. Dat is een wonder, toch? In Irak spraken we dezelfde taal, hadden we dezelfde tradities en gerechten, maar nooit een sociale dienst of VVN. Geen Irakees kreeg ooit een advocaat, maar hier hebben alle Irakezen een advocaat en een verzekering, zelfs zonder dat ze papieren hebben. Weet je hoeveel dit gebouw elke Nederlander kost?' zei Malik. Daarna vond hij dat hij te lang aan het woord was geweest en zweeg.

'Maar waarom geven ze geen asiel, zoals in Spanje en Italië? Daar krijgen duizenden een verblijfsvergunning,' zei Salih.

'Omdat de Nederlanders je niet alleen een verblijfsvergunning willen geven, maar ook een leven. Een woonplaats, een studiemogelijkheid, een uitkering tot je onafhankelijk kan zijn van het systeem. In Italië en Spanje krijg je slechts dat papiertje en zeggen ze: ga maar, en red jezelf. Een Chinees spreekwoord zegt: Door mij een vis te geven, help je me niet, maar leer mij vissen. En zo is het en dat doen de Nederlanders. Nederland is maar een minilandje. De waterpompen draaien dag en nacht om een vierkant metertje droog te houden en in dat vierkante metertje vragen honderd mensen asiel aan.'

'Man, de Hollanders houden van leugenaars,' bracht Salih tegen hem in. 'Firaas kreeg alles. Omdat hij liegt. Maar jij, de eerlijke, jij krijgt niets, terwijl je zonder twijfel een politieke asielzoeker bent.'

'Maar Salih, ga eens na, hier wonen meer dan vijfhonderd asielzoekers. Hoe kunnen de Nederlanders in hemelsnaam weten wie eerlijk is en wie niet? Ze hebben menselijkheid, en omdat ze de mens respecteren geven ze iedereen een kans in dit gebouw te wonen. Zouden ze als door een wonder weten wie de politieke asielzoeker is, en die zijn op een hand te tellen, dan zouden ze hem diezelfde dag nog politiek asiel geven en de rest terugsturen. Maar omdat het onmogelijk is te weten wie die paar politieke vluchtelingen zijn, krijgen meer dan vijfhonderd mensen de kans om erbij te horen.'

Zo praatte Malik. En omdat hij een asielzoeker was, net als wij, was hij geloofwaardig. Salih discussieerde graag met

Malik, soms gewoon om iets te doen te hebben. Voor mij werd die discussie belangrijk, want het liet mij de menselijkheid zien in iets wat mij mijn menselijkheid had gekost.

Salih was negen jaar daarvoor met zijn broer naar Nederland gekomen. Salih en zijn broer vertelden de IND hetzelfde verhaal, over hetzelfde probleem in Irak en dezelfde vluchtreden. Ze kwamen op dezelfde manier met dezelfde smokkelaar naar Nederland, maar hun dossiers kwamen bij twee verschillende ambtenaren terecht. De broer van Salih kreeg na acht jaar een verblijfsvergunning, Salih niet. Elke dag voordat we het licht uitdeden luisterden we naar de monologen van Salih en zijn gezeur erover. Waarom zijn verblijfsvergunning te laat was, want die was volgens hem al toegekend, alleen nog niet verstuurd. Waarom zijn broer er dan wel een had gekregen, terwijl hij nog moest wachten. Soms liet hij het gehoor van zijn broer en dat van hemzelf zien om ze te vergelijken. Bij een bezoek van zijn broer leek Salih meer geïrriteerd dan blij.

'Begrijp jij het?' vroeg Salih aan Malik en gaf hem de beide gehoren. 'Lees die twee. Ze zijn precies hetzelfde.' Malik las de gehoren, die hij al eerder had gelezen, en deed alsof hij dat aandachtig deed.

'Misschien omdat jouw dossier en dat van je broer naar twee verschillende ambtenaren gingen. Jullie zijn allebei ouder dan achttien, dus ze beschouwen ze als twee verschillende zaken.'

'Maar dat is niet eerlijk. Dat hetzelfde verhaal bij de ene genoeg is voor een verblijfsvergunning en bij een ander niet.'

'Ambtenaren zijn mensen, geen machines. Als jullie beiden naar verschillende huisartsen gaan voor buikgriep, krijg je wellicht ook verschillende medicijnen.' Salih leek overtuigd, en we hoorden hem niet meer zeuren, maar de volgende dag om dezelfde tijd, voor het licht uitging, herhaalde Salih zijn gezeur, pakte de beide gehoren, en dan keek Malik ernaar alsof het de eerste keer was, gaf hem hetzelfde voorbeeld, maar in plaats van buikgriep, bevatte het voorbeeld hoesten. Elke keer veranderde Malik alleen het voorbeeld, maar Salih veranderde zelf. Hij werd steeds bozer, op de IND, op zichzelf en zijn lot, op zijn broer.

Ik dacht aan Malik, hoe erg het was dat zo'n prachtige persoon als Malik met zijn voorraad klassieke elpees elke avond zijn monologen moest herhalen voor Salih en elke keer maar weer aandachtig dezelfde gehoren moest vergelijken. Ik was bang dat Malik op een dag zou veranderen, of geen zin meer zou hebben, maar elke avond, als ik zijn vriendelijke stem hoorde, geloofde ik weer even dat een mens zelfs in dit gebouw een mens kan blijven. Tot het licht uitging. Dan dacht ik meteen: maar tot wanneer?

68

Malik veranderde niet. Salih werd bozer. Alaa steeds stiller. En ik voelde dat ik veranderde. Ik was meer op mijn hoede voor de Nederlanders.

De nette, stille, schone straten, die beleefde mensen met hun eindeloze regels. De medewerkers bij de receptie en de sociale dienst, die de macht hadden je naar cellen te sturen die ze zelf nooit vanbinnen hadden gezien, begrepen het niet als asielzoekers bang voor hen waren. Het irriteerde ze, want zij waren toch ook mensen, waarom zou je bang voor hen zijn? En dan waren er de ambtenaren van de IND en het ministerie van Justitie, die beslissen of jij verder mag met leven en waar en wanneer. Ik begon te denken dat buiten het AZC geen gewone mensen woonden, alleen maar IND-ambtenaren en ik raakte geërgerd als ik iemand buiten het AZC ontmoette die aardig was.

Ik speelde in die tijd, als er een Nederlander in de buurt was, dat ik gewoon was, niet gek en niet op mijn hoede. Maar ik voelde dat er iemand anders in mij zat die al mijn gevoelens en gedachten controleerde om kalm te blijven. Die ander sprong soms opeens op in mij en vulde me met woede. Na een tijdje wilde ik niet meer toneelspelen, maar gewoon normaal zijn. Maar als ik niet speelde dat ik gewoon was, was ik ineens gek, tot grote verbazing van de medewerkers in het AZC, omdat ik daarnet nog gewoon was. Voor mijn geest was het een marteling.

Ik herinner me nog goed dat ik op een dag rustig naar de achterdeur liep, ik dacht dat het nog geen acht uur 's avonds was en dat de deur nog open zou zijn maar toen ik voelde dat hij dichtzat, begon ik erop te bonken, tot het bloed van mijn vuist druppelde en ik een vinger brak. Alsof degene die in mij zat iets wilde zeggen. Dat waar ik in het begin zo bang voor was, was gebeurd. Ik was iemand anders geworden.

Het enige dat mij rust kon geven was even weg te zijn van het gebouw, maar hoe dat te doen en waarheen te gaan wist ik niet. Daarom kocht ik een regenjas en ging 's ochtends met een thermoskan met thee naar buiten. De rest van de dag probeerde ik mezelf voor te houden dat ik niet in het AZC woonde. Als ik de bebouwde kom verliet, werd ik rustiger. Ik ontdekte een meertje waar veel vogels zwommen en een betonnen vogelkijkhutje tussen de struiken, waar ik uren zat. Als ik de kou voelde, liep ik terug naar het AZC.

Als Soefian een tijd niet in het AZC kwam, miste Jelena hem. Soms nodigde ze mij dan uit voor thee in haar kamer, en dan vertelde ze hoe blij ze met hem was en wat ze in de toekomst voor hen hoopte. Wat Soefian wilde met haar, of met zichzelf, dat zei ze niet. Voor mij of de andere asielzoekers was het niet duidelijk of Soefian alleen kwam voor haar lichaam, of ook voor haar hart. Maar Jelena wilde het daar niet over hebben.

Na een paar maanden leek er iets gebeurd te zijn tussen hen. Hatim vroeg mij waarom Soefian niet meer met die Russische vrijde, en alleen maar ruzie maakte. Ook ik wist niet wat er was en waarom ze er moe uitzag, tot Said vertelde dat hij van de Tsjetsjeense Bogdana had gehoord dat Jelena zwanger was en dat Soefian het kind niet wilde. Zo werd duidelijk hoe het zat met het lawaai uit 0124 en waarom Soefian de deur vaak hard achter zich dichtsloeg.

Op een dag schreeuwde Soefian zo hard in 0124 dat veel

asielzoekers de gang opkwamen om eieren te bakken, salade te maken of thee te zetten. De keuken liep vol met asielzoekers, die niet hun magen kwamen vullen, maar hun oren.

De dienstdoende receptionist Barry kwam aanlopen, omdat iemand hem had gewaarschuwd. Soefian schreeuwde in de kamer, en soms hoorde je Jelena zacht antwoorden. Barry klopte op de deur. Wij dachten allemaal dat de deur open zou gaan en dat Soefian zijn mond zou houden als hij Barry zag, die twee meter lang was. Maar toen de deur openging, gebeurde er iets onverwachts. Soefian keek naar boven, naar het gezicht van Barry.

'Sorry, u mag niet zo'n ruzie maken in het AZC,' zei Barry met de portofoon duidelijk zichtbaar in zijn hand.

'We hebben geen ruzie, man. Ga weg,' schreeuwde Soefian hard. Wij keken allemaal verbaasd toe hoe Soefian het waagde om zo te schreeuwen in het gezicht van een medewerker in het AZC. Wij kenden Barry, we wisten hoe scherp en streng hij was en hoe boos hij kon worden. We dachten dat hij meteen de sociale dienst of de vreemdelingenpolitie zou bellen en dat drie of vier mannen Soefian op de grond zouden werpen en zijn handen op zijn rug zouden binden. Dat hadden we al zo vaak gezien. Maar dit keer liep het anders.

'Het spijt me,' zei Barry, die zelf in de war leek van dat mannetje dat hem aankeek alsof hij hem wilde aanvallen. 'Maar er is gebeld dat hier geschreeuwd werd. En bovendien, u schreeuwt nu nog.'

'Wie heeft u gebeld, meneer! Niemand! U verzint maar wat. En luister eens naar mij, praat ik of schreeuw ik nu?' schreeuwde Soefian nog harder. Hoe harder Soefian klonk, hoe zachter de stem van Barry werd.

'Mijn oren werken goed. U hoeft niet zo te schreeuwen,' probeerde Barry.

‘Ik? Schreeuwen? Ik schreeuw niet. Ik praat,’ schreeuwde Soefian.

‘Ik kan dus niet gewoon met u praten,’ zei Barry en zette een paar stappen achteruit. Hij pakte de portofoon, terwijl Soefian de deur hard dichtsloeg. Het werd stil in de gang en je hoorde niets in oranje, behalve een wasmachine en het trillende gefluister van Barry door de portofoon. Wij wisten niet of hij trilde van angst, van de zenuwen of van woede.

Even later kwam meneer Van ’t Zijde aangelopen. Hij sprak met Barry, die knikte en twintig minuten later kwamen er drie agenten van de vreemdelingenpolitie. De agenten spraken even met Barry en Van ’t Zijde, en klopten op de deur. Dit keer deed Jelena open. Een agent sprak even met haar, ze ging naar binnen en verscheen daarna weer met Soefian. Ik vergeet nooit hoe dat mannetje daar stond met opgeblazen borstkas. Als een haantje. Tegenover hem de agenten, Barry en Van ’t Zijde. Ze vroegen hem zijn identiteitskaart, hij gaf hun zijn Nederlandse paspoort en kreeg het vervolgens weer terug. Het gesprek begon zacht maar werd steeds harder, waardoor we het konden horen in de keuken. Soefian begon weer te schreeuwen tegen de agenten, en hij herhaalde dat hij niet schreeuwde en dat hij geen ruzie had en dat ze niet zomaar, zonder goede reden, mochten aankloppen bij hem en zijn vriendin. Daarop verlieten de mannen de gang en ging Soefian de kamer weer binnen. De asielzoekers spraken langer over de heldhaftigheid en de durf van Soefian dan over de schoonheid van Jelena.

Wat ik later van Jelena te horen kreeg was dat Soefian geen kind van haar wilde, ze moest het weg laten halen, ook toen ze zei dat hij geen vaderrol hoefde te vervullen. Omdat hij haar bedreigde, praatte Jelena met de sociale dienst. Als ze het kind wilde houden, dan was het haar keuze en niet de zijne, hadden ze daar gezegd. Dan zouden zij haar beschermen en naar een ander AZC sturen, welk zou onbekend blijven. Ook kon ze een klacht indienen bij de politie. Jelena begon stiekem haar spullen te pakken om overgeplaatst te worden, maar opeens verdween ze en kwam na een paar dagen terug. De verpleegsters van de medische dienst kwamen regelmatig bij haar langs en Soefian leek verdwenen uit haar leven, hoewel zijn foto nog boven haar bed hing. Ik kocht bij de kringloopwinkel een mixer en op de markt een zak fruit, terwijl ze daar niet van hield maar nu vitamines kon gebruiken, vond ik, en ging bij haar langs. Ik zag dat iets in haar verdwenen was, maar kon niet goed zeggen wat dat was. Ze sprak niet meer over Soefian, maar over het kind dat ze toch had laten weghalen en hoe het haar speet. Toen ze niet meer kon slapen, gaf de sociale dienst haar een andere kamer in blauw, maar ook daar kon ze niet slapen.

Vaak kwam ze naar 0139 en vroeg Malik om een elpee te draaien van Chopin. Ze vertelde Salih dat dat een Poolse componist was, wiens hart in een pilaar in een kerk in Warschau ingemetseld is. Zij had het hart met haar familie bezocht toen ze elf jaar was.

Na een tijdje begon Jelena op te knappen. Vooral nadat Annelies Vos voor haar een afspraak had gemaakt bij een psycholoog. Ze bezocht ons niet meer in 0139 want Soefian begon weer bij haar langs te komen. Als ik haar zag, vermeed ze het over hem te praten.

Na een maand of drie vertelde Said in het geheim dat hij van de Tsjetsjeense Bogdana had gehoord dat Jelena weer zwanger was en dat zij niet wilde dat Soefian dat wist. Het nieuws verspreidde zich in het AZC en de enige die het uiteindelijk niet wist was Soefian. Voordat haar buik begon te groeien, verdween Jelena. Ze nam van niemand afscheid en niemand wist waarheen ze was vertrokken.

69

Tijdens mijn vijfde jaar in het AZC leek het tot een oorlog te komen tussen Amerika en Irak bij de grenzen van Koeweit. In die tijd gebeurde er iets wat ik niet verwachtte. Er kwam een beslissing van de IND dat elke Irakees uit het zuiden van Irak opnieuw asiel kon aanvragen. Omdat ik geboren was in het zuiden van Irak kreeg ook ik een brief waarin stond dat ik daar recht op had. Ik begon mijn eerste en tweede gehoor door te lezen, omdat ik dacht dat mijn nieuwe aanvraag moest kloppen met mijn eerste verhaal. Een aantal Irakezen dat datzelfde interview had, kwam van het gehoor terug en vertelde dat de IND dit keer niets wilde weten over je eigen verhaal, over waarom jij gevlucht was en welke problemen je had met het regime, nee. Dit keer moest de asielzoeker correcte informatie geven over zijn dorp, stad of provincie. Een man had zelfs zijn familie mogen bellen om er zeker van te zijn dat de informatie die hij gaf klopte, en om te vragen of er iets was veranderd. De IND wilde precies weten hoeveel mensen er woonden, welke religies er waren, hoe de band met Saddam Hoessein was in dat gebied, hoeveel centra de Baathpartij en het leger er hadden. Maar het meest bizarre was dat de asielzoekers binnen drie maanden antwoord zouden krijgen. Ik hoorde van sommigen dat ze waren uitgenodigd voor een vervolginterview, dit keer met een Engelse tolk erbij. Ik geloofde het niet en dacht dat het een roddel was dat ze via deze gehoren informatie wilden verzamelen die de Amerikanen in de oorlog kon helpen, maar op de dag van mijn gehoor bleek dat ze gelijk hadden.

De IND-ambtenaar las mijn privégegevens voor en zei daarna dat dit interview anders was dan de eerste twee gehoren.

'Hoezo anders?' vroeg ik.

'Dat zal je wel zien,' zei hij. Hij legde een grote kaart van Irak voor me neer, ingedeeld in provincies en steden, vroeg mij aan te wijzen waar ik geboren was en zette er een kruisje. Dat was in een dorpje vlak bij de stad Nadjaf. Ik vertelde dat we naar Bagdad waren verhuisd, waarop hij vroeg op welke oever van de Tigris we woonden, Roesafa of Kerg, om daar een kruisje te zetten. Daarna vertelde ik dat ik had gestudeerd in Erbil in Koerdistan en ook daar kwam een kruisje terecht. Hij vertelde dat de kans aanwezig was dat ik uitgenodigd werd voor een volgend gehoor. Nu voelde ik dat de roddel misschien echt klopte. Hij begon mij vragen te stellen die niets te maken hadden met mijn vluchtverhaal. Ik vroeg hem waarom hij die vragen stelde, en hij zei dat ik alleen antwoord moest geven.

'Sorry, maar ik ben een asielzoeker, geen spion,' zei ik. 'Mijn vaderland is bijna weer in oorlog en u stelt mij vragen over dingen die niets te maken hebben met mijn vluchtverhaal, maar met feiten over het land zelf. En als het wel iets te maken heeft met mijn asielaanvraag, waarom is mij er dan in 1998 niet naar gevraagd?' Hij stopte met typen en keek mij aan. Ik zei dat ik wilde dat hij zijn vraag en mijn antwoord zou noteren.

'Ik typ wat ik wil,' zei hij.

'Maar in 1998 werd door dezelfde IND alles wat ik zei genoteerd, ook de misverstanden, en daardoor wacht ik nu al jaren in het AZC. Waarom is het nu anders? Als de antwoorden van een asielzoeker niet belangrijk zijn, wat dan wel?' zei ik in het Nederlands. De tolk luisterde stil naar mij en naar de IND-ambtenaar.

'Luister, u bent hier niet om te bepalen hoe ik mijn werk doe. Dat bepaal ik.'

'Maar sorry, meneer, mijn problemen in Irak zijn toch uw werk bij de IND? Stel mij dan vragen daarover.'

'Luister,' zei hij nogmaals, dit keer boos. 'Ik zal het nog eens herhalen. U bent hier om mijn vragen te beantwoorden. U moet weten dat u zonder dit gehoor geen recht heeft om terug te keren naar het AZC. U kunt niet terugkeren naar uw oude procedure. U heeft ervoor getekend dat u wilt meewerken aan een nieuwe asielaanvraag. Ik geef u vijftien minuten pauze. Drink wat koffie en denk na of u verder wilt met dit interview of niet.'

Ik dacht in dat kwartier niet na, ik dronk alleen de koffie en precies na die vijftien minuten kwam de man bij de koffieautomaat staan.

'En?'

'Ik weiger.'

'Waarom?'

'Ik wil geen informatie over Irak geven terwijl het land bijna in oorlog is. Ik wil alleen maar met de IND praten over de reden van mijn vlucht uit Irak en mijn problemen met de Iraakse regering en Saddam Hoessein. Met Irak zelf heb ik geen probleem. Ik noch de duizenden generaties die daar gewoond hebben en mij gebaard hebben.' Ik zei dat ik de IND een terroristische organisatie vond, omdat ik jarenlang in het AZC zat zonder het gevoel te hebben dat mijn asielaanvraag serieus genomen werd.

Dat heb ik gezegd tegen de ambtenaar van de IND. Misschien was het niet zo beleefd, maar na jaren van wachten in het AZC en met de naderende oorlog en mijn familie daar in gevaar, was niets meer belangrijk, ook niet mijn beleefdheid en angst voor de IND. De ambtenaar schreef in het verslag dat ik de IND als terroristische organisatie zag en dat ik daarom het interview weigerde af te maken. Hij printte het en vroeg mij het te tekenen.

Ik deed niet hetzelfde als in 1998, ik las het eerst. Ik zei dat hij niet alles opgeschreven had wat ik had gezegd. Hij zei dat hij niet zijn eigen woorden had opgeschreven, maar die van mij. Ik zei dat dat klopte, maar dat hij niet alles had opgeschreven wat ik had gezegd.

'Ik wil niet langer discussiëren,' zei hij. 'Eerst zei u dat u niet meer mee wilde doen en nu wilt u het niet afronden.' Als ik niet zou tekenen, was het niet afgerond en kon ik niet naar het AZC. Ik moest het later maar met mijn advocaat doornemen.

Toen ik tekende, gaf de ambtenaar mij zoals het hoort een kopie. Hij liet mij achter in een wachtruimte, waar ik een asielzoeker uit Aimara in het zuiden van Irak ontmoette, die net een interview van meer dan vijf uur achter de rug had. Hij verwachtte na dat lange interview een positief antwoord van de IND te krijgen.

Ik verwachtte dat zeker niet voor mij. Maar ik was blij dat ik merkte dat ik mezelf nog niet helemaal verloren was, en nog sterk genoeg was niet mee te gaan in het soort spelletjes dat er gespeeld leek te worden. Ergens zat nog strijdlust, al moest die van ver komen. Ik zat na een paar uur opgelucht in de trein, onderweg naar het AZC.

Zelfs voor de oorlog in Irak echt begon, kwamen er nieuwe asielzoekers aan. Zoals ik al eerder vertelde, zijn de eerste asielzoekers die aankomen degenen die het verst van de oorlog zitten, in andere landen, niet in Irak zelf. De nieuwe asielzoekers vulden de groene afdeling van ons AZC.

70

Honderden mensen jarenlang in een gebouw, honderden lotgevallen kruisen elkaar. Mijn lot, het lot van Kadhem en Jelena, en dat van Alaa, mijn stille kamergenoot. Ik weet niet wanneer hij hasj begon te roken, maar op een keer zag ik hem iets in de tabak vermalen en een grote sigaret draaien.

'Een raket van de NASA,' zei hij. 'Die brengt mij naar een hoog universum, en daarna veilig terug naar het AZC.' Hij draaide de joint in de kamer en rookte hem in de gang bij een open raam. Zag hij een medewerker, dan gooide hij hem meteen naar buiten. Langzaam maar zeker begon Alaa zijn weekgeld te gebruiken voor zijn raketten. Hij vroeg mij en de anderen of we nog iets te eten over hadden en vond altijd wel wat. Na een tijdje vroeg hij niet meer om eten, alsof zijn lichaam het niet meer nodig had. Hij vroeg alleen nog of hij geld kon lenen. Vervolgens bedelde hij om geld, nadat hij alles wat hij bezat had verkocht, niet alleen zijn eigen spullen, maar alles wat hij in handen kreeg.

Op een dag klopte Fedde de Vlieger bij ons aan, maakte een afspraak met Alaa en vroeg mij om mee te komen om te vertalen. In het kantoor vertelde Fedde aan Alaa dat hij dit keer echt op moest passen met het niet melden. Fedde had Alaa waarschijnlijk al meerdere keren gewaarschuwd. Hij vroeg mij om Alaa in het Arabisch te vertellen dat melden altijd moest en dat hij nu al acht keer niet was gegaan. De volgende keer zou hij uit het AZC worden gezet.

‘Ik ben nu al drieënhalf jaar uitgeprocedeerd, meneer Fedde,’ zei Alaa zelf in het Nederlands, zijn stem suf, omdat hij al gerookt had voordat we gingen. In plaats van te vertalen begon ik te luisteren.

‘Ja, dat klopt. Maar als je je nog een keer niet meldt, krijg je geen weekgeld meer en word je op straat gezet. Je bent uitgeprocedeerd, maar je hebt nog wel het recht om hier te zijn. Maar nog één keer... Ik herhaal: één keertje...’ zei Fedde en richtte zich tot mij. ‘Eén keer... Dan is hij dat kwijt.’

‘Maar meneer Fedde, ik ben nu zesenhalf jaar uitgeprocedeerd. Waarom moet ik me zesenhalf jaar melden als ik zesenhalf jaar uitgeprocedeerd ben?’

‘Net zei je drieënhalf jaar, en nu zesenhalf jaar. Dat klopt niet. Even kijken.’ Fedde keek in de computer. ‘Je bent hier wel zesenhalf jaar, dat klopt, maar je bent nog geen drie jaar uitgeprocedeerd. Maar wacht even, dat is niet het probleem waarvoor ik je hier geroepen heb.’

‘Maar meneer Fedde, u zei net zelf dat ik drie jaar uitgeprocedeerd ben. Waarom vertelt u mij dat nu en niet drie jaar geleden?’

‘Kijk...’ begon Fedde. ‘Zeg hem dat ik hem niet geroepen heb om te vertellen dat hij drie jaar uitgeprocedeerd is, maar omdat hij, als hij zich nog één keer niet meldt, uit het AZC wordt gezet.’ Ik wilde het vertalen, maar Alaa antwoordde meteen.

‘Uit het AZC gezet? Waarnaartoe?’

‘De straat op.’ Nu keek hij op zijn horloge. Aan zijn gezichtsuitdrukking was te zien dat de tijd die hij voor de afspraak had ingepland voorbij was.

‘Je hebt mij acht maanden geleden al uitgezet. Meneer Van ’t Zijde ook, en meneer Pieter. Meneer Van ’t Zijde zei dat hij mij op straat gooide, omdat ik Irakees ben.’

'Dat is niet waar. Je wordt niet op straat gezet omdat je een Irakees bent, maar omdat je je niet meldt.'

'Wel waar, meneer Fedde. Ik zei tegen Van 't Zijde: "Man", zei ik. "Februari. IJskoud. En jij zet me op straat? Daar is geen straat, maar ijs. Je kan de straat niet zien om mij erop te gooien." Hij zei: "Ik weet best waar de straat is." Ik zei: "Dan ga ik dood" en hij zei: "Je moet het zelf weten." En ik zei: "Waarom gooi je mij op het ijs? Omdat ik Irakees ben en geen Nederlander, hè? Als ik Nederlander was, zou je mij dan op straat gooien? Waarom gooi je mij op straat? Omdat ik Irakees ben?"' Alaa praatte en ik was verbaasd hoe die stille kamergenoot uit 0139 een open kraan was geworden waar de woorden uit stroomden.

'Maar dat is niet waar,' zei Fedde de Vlieger.

'Wel waar.'

'Laat maar.' Hij keek weer op zijn horloge en rondde het gesprek af.

Wat de andere asielzoekers niet goed begrepen, was het geduld en het begrip waarmee de sociale dienst en de vreemdelingenpolitie Alaa behandelden nadat hij verslaafd raakte aan hasj. Het leek zelfs alsof de wetten van Nederland in het AZC soepeler werden als zijn verslaving erger werd, tot hij zich uiteindelijk slechts een keer per maand hoefde te melden. Hij kreeg zijn geld contant van de sociale dienst, omdat hij keer op keer zijn bankpasje kwijtraakte. Sommige asielzoekers vonden het een grap waar je hard om moet lachen, anderen zagen het als iets oneerlijks: anderen werden na drie keer niet melden uit het AZC en de procedure gezet, maar Alaa niet, dankzij de hasj.

'Dit,' zei Malik, 'is het bewijs dat de Nederlanders niet altijd hun regels volgen. Omdat Alaa verslaafd is aan de drugs, maken ze zijn leven makkelijker en omdat Hatim blind is, hoeft hij zich alleen te melden als hij dat wil.' Alaa verscheen eens per week bij de sociale dienst, kreeg zijn geld contant en verdween. Soms kwam hij vaker en dan maakte de sociale dienst hem wederom duidelijk dat hij slechts een keer per week geld kreeg.

'Ik wil me elke week wel melden,' hoorde ik hem eens tegen Annelies Vos zeggen. 'Of elke dag, als ik dan mijn geld krijg.' Annelies zei dat hij geen geld kreeg als beloning voor het melden, maar gewoon, om te kunnen leven, net als de anderen.

Alaa kwam en ging. Als hij in 0139 sliep, stonk het daarna altijd nog urenlang. Toen Malik hem eens tien euro gaf om te douchen, vroeg Alaa hem elke keer geld voor de douche. De sociale dienst zei dat Alaa geen kamer voor zich alleen kon krijgen, alleen maar omdat hij niet lekker rook.

'Als wij iemand een kamer alleen geven omdat hij stinkt,' zei Anneke, 'dan draaien de wasmachines in het AZC niet meer en moeten we voor iedereen een kamer alleen regelen.'

Alaa werd steeds dunner. Zijn wangen vielen in. Ik hoorde van Said dat Anneke hem soms geld van haarzelf gaf. Toen ik hoorde van centra voor drugsverslaafden ging ik naar de sociale dienst en vroeg Mark of het mogelijk was Alaa daarheen te sturen.

'Ik waardeer je gevoel om anderen te helpen,' zei die. 'Maar in het AZC is het het belangrijkste dat je verantwoordelijk bent voor jezelf. Hou je bezig met je eigen problemen, en niet met die van anderen.'

Een paar dagen later vroeg ik het aan Annelies Vos, maar die zei dat ik dat ook al aan Mark had gevraagd, en dat Alaa als asielzoeker zonder verblijfsvergunning bovendien alleen een ZRA-verzekering had, die alleen medische kosten in noodgevallen betaalde.

Bij de glazen wand hoorde ik in de gang twee Afghanen met elkaar praten. De ene heette Bakr Welli, de ander Sjems Adien Salade, die zo werd genoemd omdat hij uren en uren doorbracht met het maken van salade om wat te doen te hebben en zo van de tijd van wachten iets gezonds maakte.

'Toch knap,' zei Bakr Welli lachend, toen hij zag dat Ruth Bleeker Alaa zijn weekgeld overhandigde. 'Hoe Alaa de sociale dienst heeft veranderd in een marihuanadienst.'

71

Het zwaarste in het AZC waren de dagen. Ik wist niet wat ik ermee moest doen. De dag begon en eindigde in de gangen van het AZC, en niet alleen die van mij, maar van honderden anderen om mij heen.

De eerste twee jaar dook ik in de Nederlandse taal, want als het AZC een gevangenis was, zo dacht ik, dan is de sleutel het Nederlands. Die sleutel zou de deur naar Nederland openen, naar de Nederlanders, naar het leven buiten. Maar ik ontdekte dat je, als je Engels sprak, altijd een uitleg kreeg, maar als je Nederlands praatte, je vragen kreeg als: Wat doe je hier? Waarom ben je hier? Waarom ga je niet weg als het je niet bevalt?

Het Nederlands opende niet de deur naar Nederland, maar wel die naar de bibliotheek in de stad. Daar begon ik 's ochtends heen te gaan om er te lezen. Niet omdat ik van lezen hou, maar omdat ik niet van het AZC hield. De bibliotheek was netjes en mooi en stil. Voor de plek waar boeken waren werd beter gezorgd dan voor die waar asielzoekers waren. En ze hadden gelijk, want als je een boek opent, zie je stille woorden, maar open je een asielzoeker, dan zie je alleen schreeuwende problemen.

Ik begon op de jeugdafdeling met boeken voor kinderen die net leren lezen. Ik ging met een boek aan een tafeltje op een stoeltje zitten, opende een boek en las. Als ik een onbekend woord zag, zocht ik het op in mijn woordenboek en noteerde het woord in een notitieboekje. De bibliothecaressen waren beschaafd en behulpzaam. Ik weet nog dat ik een boek las dat *Kikker is kikker* heette. Opeens riep een klein stemmetje mij.

'Meneer.' Ik keek op en zag een meisje van zes met een bril die de helft van haar gezicht bedekte. Ze gaf me een boek aan.

'Deze is nog leuker,' zei ze. Het was *Kikker is verliefd*. Het was inderdaad een goed boek. Nadat ik alle kinderboeken had gelezen, zelfs Nijntje, ging ik naar boven. Bij de volwassenenboeken had ik mijn woordenboek weer vaker nodig.

Op een dag zei een van de bibliothecaressen dat ik het boek best mee mocht nemen naar het AZC. Ik durfde haar niet te vragen hoe ze wist dat ik in het AZC woonde en geen lenerspas had.

'Ik ga drie weken op vakantie,' zei ze. 'Je mag mijn lenerspas wel gebruiken.'

Hoe belangrijk was haar vertrouwen in die tijd. Ze vroeg mij de pas ook daarna niet terug. Na een paar maanden zag ik haar met een man en een kind door de stad lopen en wilde ik haar groeten, maar ze negeerde mij. Dat vond ik niet erg, want haar lenerspas zat in mijn zak. Ik wist inmiddels dat als ik met iemand in Nederland kennismaakte op zijn werk, hij mij negeerde als ik hem ergens anders zag, en als ik iemand kende van zijn privéleven, deed ik alsof ik hem niet kende op zijn werk.

De bibliotheek veranderde mij. Maar degene in het AZC die het meest veranderde, en het meest onverwachts veranderde, was Zainab. Zainab liep niet meer, maar fietste. Voor deze Iraakse vrouw uit het zuiden met haar tradities was dat zoiets als een politiek commentator met boerka die de PVV aanprijst. Het leek onmogelijk Zainab te leren fietsen, maar het is haar gelukt. Ze werd extra gemotiveerd toen ze zag dat de Afghaanse Parishad met haar islamitische kleren wel leerde fietsen en zeurde dat ze, als ze zelf een fiets zou hebben, het zeker zou leren. Toen Patrick Schepenmaker dat hoorde, zei hij dat hij over een paar weken de fiets van zijn moeder voor haar mee zou brengen, omdat zijn moeder niet meer kon fietsen. Zo kwam Patrick na een paar weken aan met een mooie omafiets met licht voor en achter en slot en Zainab was trots. Ze was misschien wel blijer met haar fiets dan met een verblijfsvergunning. De enige keer dat Firaas op bezoek kwam nadat hij humanitair asiel had gekregen als christen, kon hij zijn ogen niet geloven toen hij Zainab zag fietsen.

Fatima die zo goed kookte jammerde dat geen fiets haar kon dragen, anders had ze het allang geleerd. Maar zij veranderde ook, ze maakte geen hapjes meer voor de sociale dienst en de VVN, want die konden toch geen verblijfsvergunning geven als dank. Ze begon met haar hapjes op zondag naar de kerk te gaan. In plaats van te wachten op antwoord van de IND of het ministerie van Justitie, wachtte ze op Jens van Munster. Vaak nam ze anderen mee om voor haar te vertalen, zodat Jens van Munster wist wat ze wilde. Ze zei dan vooral dat haar knieën en haar rug pijn deden en dat haar hart zwak was en haar darmen niet goed functioneerden en dat ze echt een verblijfsvergunning nodig had, maar Jens van Munster gaf haar de gewenste brief nooit. Fatima zeurde dat hij er wel een aan 'die en die' gaf, maar niet aan haar. Ze vroeg mij vaak met haar mee te gaan, maar na die keer met Abdoelwahid ging ik nooit meer naar een kerk in Nederland. De IND liet mij mijn geloof in Europa verliezen en Jens van Munster mijn geloof in Jezus, terwijl mijn respect voor de persoon Jezus, samen met Nelson Mandela en Gandhi, nooit minder wordt.

Jens van Munster kwam elke maand met zijn auto, stopte voor de poort en vertelde dat Jezus de verlossing was, en niet de verblijfsvergunning. Hij gaf boeken aan de asielzoekers en de drie grijze vrouwen bij hem gaven speelgoed en chocolade aan de kinderen. Soms, als het buiten te koud was, kwam hij binnen. Dan praatte hij niet met de volwassenen, maar speelde met de kinderen. Dan gaf hij geen boeken en ontliep Abdoelwahid.

In die tijd gebeurde er iets waardoor Abdoelwahid zijn grootste ruzie maakte, en daarna verdween. Hij liep een keer in zijn Jemenitische kleren over straat en werd in het Arabisch aangesproken door een paar mannen. Zij kwamen uit Londen en waren naar Nederland gekomen om de situatie van de Nederlandse moslimasielzoekers te bekijken. Mensen van buiten het AZC mochten alleen naar binnen als ze uitgenodigd waren door iemand die er woonde, en dan wel voor acht uur 's avonds, en daarom nodigde Abdoelwahid hen uit. Ze hadden lange baarden, glimlachten voortdurend en spraken vloeiend klassiek Arabisch. In de soos haalden ze Arabische boeken over de islam en korans uit hun tassen en deelden die uit. Na een paar minuten werden ze omringd door medewerkers van de sociale dienst en agenten van de vreemdelingenpolitie, alsof er oorlog zou uitbreken. Ze vroegen de vier mannen het AZC te verlaten, maar Abdoelwahid vertelde dat het zijn gasten waren en dat hij het recht had mensen uit te nodigen in het AZC. Patrick Schepenmaker zei dat boeken uitdelen absoluut niet mocht, waarop Abdoelwahid zei dat 'de man van de kerk' wel boeken over het christendom en bijbels uitdeelde. Patrick zei dat hij dat niet in het AZC deed maar erbuiten, en daar konden ze niets van zeggen. Abdoelwahid praatte en de sociale dienst praatte en de vreemdelingenpolitie keek toe. Op dat moment zeiden de vier mannen tegen Abdoelwahid dat hij er geen probleem van moest maken en dat zij de boeken best buiten het AZC konden uitdelen, waar de dominee zijn boeken en bijbels ook uitdeelde, en zo liep iedereen naar buiten. Daar, waar de auto van Jens van Munster altijd stopte om boeken uit te delen, werd de vier mannen naar hun Engelse paspoorten gevraagd en verzocht te vertrekken. Abdoelwahid had geen geduld meer. Hij protesteerde, de vier mannen kalmeerden hem in het Arabisch en zo vertrokken ze. Maar veel asielzoekers waren zo boos dat elke asielzoeker die ooit een boek van Jens van Munster had gekregen dat uit het raam gooide, zodat het plein bezaaid lag met kleine groene boekjes. De sociale dienst ging de hele dag langs de deuren om te zeggen dat het verboden was boeken uit ramen te gooien.

De vier mannen logeerden in een hotel in de stad. Abdoelwahid zei mij dat die mannen mij misschien konden helpen om naar Maleisië te gaan als ik dat wilde, of naar Australië of Canada, daar waar geen controles waren op vingerafdrukken en dus ging ik met hem naar het hotel. Ze luisterden naar mij en zeiden dat ze me wel konden helpen door daar een advocaat voor me te betalen, maar niet op korte termijn, want in elk AZC dat ze hadden bezocht waren er mensen die al jarenlang wachtten, waaronder families met kinderen en zieken, naar wie nu eerst hun aandacht uitging. Een van hen vertelde dat hij mij wel een boek kon geven waarvan ik geduld kon leren in het AZC. Ik zei dat ik al veel gelezen had over de islam, maar dat ik graag gedichten wilde. Hij zei dat er in Londen veel winkels waren die Arabische boeken verkochten. Ik maakte een lijst voor hem en kreeg na anderhalve maand een pakketje opgestuurd met de gevraagde titels en een paar boekjes over de islam.

Abdoelwahid nam afscheid van iedereen in het AZC. Allereerst van de asielzoekers. Bij iedereen die hij niet tegenkwam, ging hij langs de deur. Daarna de vreemdelingenpolitie, de VVN, het magazijn, de vrijwilligers, de medische zorg en de receptie.

'Abdoelwahid gaan Londen,' zei hij tegen iedereen. Hij gaf zijn bankpasje en W-document af bij de receptie, waarna ik met hem naar de vier mannen liep die in het hotel op hem wachtten.

'Nemen zij je mee?' vroeg ik hem.

'Het ligt wat ingewikkelder. Ik ga eerst naar Frankrijk, en van daar naar Londen.'

Het deed mij diep verdriet dat Abdoelwahid het AZC zou verlaten. Ik heb veel gereisd en veel van de wereld gezien en ik wist uit ervaring hoe klein de kans was dat je een echt mens tegenkwam, zoals Abdoelwahid. Een man alleen bang voor zijn eigen geweten.

In het AZC ging daarna alles zijn gangetje, alsof er niets veranderd was. Abdoelsalaam stond bij de receptie en vroeg Zainab die er ook stond in het Arabisch: 'Geen post vandaag?'

'Nee, en ook geen lijk,' zei Zainab. Rik verzekerde Abdoelsalaam dat er inderdaad geen post was en keek Zainab streng aan om haar weg te laten gaan. Toen ze de gang in liep, zuchtte hij diep.

'Gaat het?' vroeg ik hem.

'Die Iraakse vrouw in die zwarte kleren daar, wat is ook alweer haar naam? O ja, Zaainap. Ze was hier vandaag voor de derde keer om te vragen naar het lijk van Kadiem. Ik weet niet hoe ik haar duidelijk moet maken dat wij een receptie zijn in een AZC en niet bij een begraafplaats.' Ik glimlachte, waarop hij mij vragend aankeek.

'Misschien is het wel een begraafplaats hier, maar dan voor levende lijken.'

72

Nadat Abdoelwahid naar Londen was vertrokken, belde mijn vader mij. Dat was de eerste keer. Zijn stem klonk zacht en hij kon nauwelijks ademen.

'Kom naar Jordanië, Semmier, ik wil afscheid van je nemen,' zei hij vermoeid. 'Mijn einde nadert. Deze maand of de volgende.'

Het telefoontje was een klap. Ik wist dat mijn vader last had van zijn hart, maar niet dat het levensbedreigend geworden was. De keren dat ik mijn familie had gebeld, niet zo vaak, want ik had nooit iets nieuws te vertellen en het was erg duur, hadden mijn broers en zussen nooit iets gezegd over zijn gezondheid. Ik ging naar de sociale dienst en vertelde Annelies Vos dat ik een reisdocument nodig had om naar Jordanië te gaan om afscheid te nemen van mijn vader. Ook als dat betekende dat ik niet naar Nederland terug kon komen, zou ik gaan. Annelies zei dat een asielzoeker pas een reisdocument kon krijgen als hij een verblijfsvergunning kreeg. Ik vroeg Wim van de VVN of hij kon helpen. Hij belde de IND en legde mijn situatie uit, maar kreeg te horen dat een reisdocument zonder verblijfsvergunning onmogelijk was. Dit kon of wilde ik niet geloven. Ik ging zelf naar het hoofdkantoor van de IND in Rijswijk, maar werd door de receptie niet binnengelaten zonder afspraak. Ik belde, gaf ze mijn gegevens en vertelde waarom ik een afspraak wilde en dat ik ze dat graag persoonlijk wilde voorleggen, maar ze zeiden dat de VVN al gebeld had en zij al hadden doorgegeven dat ik geen reisdocument kon krijgen.

Een dag later probeerde ik het weer, bij een andere receptionist, maar die vertelde hetzelfde. Een afspraak maken had geen enkele zin. Ik smeekte haar mij binnen te laten, maar ze bleef onverzettelijk. Toen ik niet weg wilde gaan, belde ze de politie. Twee agenten kwamen en maakten mij duidelijk dat ik weg moest, maar ik zei dat ik alleen ging als ik een IND-ambtenaar persoonlijk mijn probleem had voorgelegd. Even later zat ik met mijn handen op mijn rug geboeid in een politiewagen. Ze brachten mij naar het station, maar ik zei dat ik terug zou gaan en toen ze me het station uit zagen lopen, brachten ze mij naar het politiebureau en zetten me tot zes uur in een cel.

Ik ging terug naar het AZC, leende geld van iedereen die ik kende tot ik 550 euro bij elkaar had. Ik kocht een paspoort en daarna ging ik op zoek naar iemand die de foto kon veranderen, maar mijn vader overleed voor het paspoort klaar was.

Bij het volgende meldmoment stond ik bij het raampje.

'Je hebt je de vorige keer niet gemeld,' zei de agente.

'Mijn vader is overleden,' zei ik.

'Dat is jouw probleem. Melden moet. Drie weken geen geld.' Ze tikte haar straf in de computer.

Daarna nam ze mijn W-document in beslag en moest ik tot kwart voor vijf in de hoek staan.

Die vrouw dacht dat haar straf mij zou pijnigen. Ze wist niet dat wie voor haar stond een kadaver was.

73

Toen ik op een dag Milaad weer vroeg hoe oud hij was, antwoordde hij: 'Bijna zeven.' Ik was dus al bijna zeven jaar in dit gebouw, en dit jongetje zijn hele leven.

'Waar kom jij eigenlijk vandaan?' vroeg ik hem.

'Uit het AZC,' zei hij. Zijn moeder riep uit de keuken.

'Zeg dat je Irakees bent zoals je vader, of Tunesisch zoals je moeder. Het AZC is maar een gebouw, geen land.'

Ik besloot het idee te accepteren dat ik voor onbepaalde tijd in het AZC woonde. Dat het mijn huis was, mijn land. Dat gaf mij een beter gevoel dan wanneer ik verwachtingen bleef koesteren. Wat een asielzoeker kapotmaakt, zijn verwachtingen. Nederlanders zijn niet gevaarlijk, behalve als je hoop hebt en de verwachting dat je iets van hen zult krijgen.

Toen ik niet meer kon slapen en ook niet meer echt wakker werd en op die moeizame lijn tussen wakker worden en slapen verbleef, voelde het alsof ik in mijn slaap alles kon horen in het AZC, en nog verder dan de blauwe, groene en gele afdeling. Als ik wakker werd, had ik hoofdpijn en was ik alleen maar moe, maar diep in slaap vallen lukte niet. Ik liep door de gangen om moe te worden, maar voelde al na een paar minuten dat mijn spieren niet goed konden bewegen. Het was niet bedreigend, want vele asielzoekers die er al jaren verbleven hadden er last van, maar vervelend was het wel. Albertina van de Nederlandse les adviseerde mij yoga en gaf mij het adres van een yogacentrum. Gelukkig had ik geen officiële papieren nodig om me in te schrijven, maar een les kostte tien euro, dus volgde ik alleen de eerste gratis proefles. Wel kocht ik een boek over meditatie in de kringloopwinkel, maar in plaats van dat het mij rust gaf, liet het mij voelen hoeveel stress er is in een gebouw waar meer dan vijfhonderd mensen wonen.

Op de foto's in het boek mediteerde een vrouw in een grote lege ruimte, een man bij een waterval in het regenwoud, tussen gekleurde vogeltjes, en een groep mensen op een strand. Er was geen pagina waarop iemand tussen vijfhonderd asielzoekers mediteerde. Ik ontdekte dat je in een AZC juist het tegenovergestelde van meditatie kan leren. Ik las in een boek een hoofdstuk over stress en de invloed daarvan op kinderen in een huis als de ouders stress hebben. Meteen dacht ik aan de stress van de kinderen in het AZC.

Sommige kinderen waren er geboren en opgegroeid en elk kind had zeker met zijn oogjes het geweld tussen de vreemdelingenpolitie en agressieve asielzoekers gezien en als ze niet met eigen ogen hadden gezien dat asielzoekers zichzelf ophingen, uithongerden of in brand staken, wisten ze er zeker van.

Ik dacht dat het enige dat mij weer in contact kon brengen met mijn lichaam, concentratie was en ik besloot dat onder de knie te krijgen, om mijn hoofd leeg te maken: me te concentreren op niets. In kamer 0139 was dat onmogelijk. Ik probeerde het bij het raam aan het einde van de gang. Daar staarde ik naar een tak tot het zien van de tak mijn gedachten zou worden en die tak zelf mijn gedachte aan niets anders. Ik staarde, tot Salih naar me toe kwam en zijn handen voor mijn ogen heen en weer bewoog. Ik besloot om hem geen aandacht te geven, maar naar de tak te blijven staren.

'Ben je blind geworden?' vroeg hij mij.

'Nee, man, ik wil leren me te concentreren,' zei ik.

'Wat?'

'Con-cen-tre-ren,' zei ik en keek hem bewust niet aan, zodat hij me met rust zou laten.

'O, concentreren. Je leert dus concentreren?' Hij ging weg en kwam na een tijdje terug.

'Leer je dat nog steeds? Dat, eh… hoe heet het ook alweer?'

'Concentreren.'

'Ja, ja, dat. Kan je het al?'

'Nog niet.' Hij ging weer weg en kwam na een tijdje terug met Habieb. Ze lachten.

'Kijk naar hem. Hij leert… Eh, je leert concentreren, toch?' Ik knikte. 'Knap, hoor.' Zo eindigde mijn eerste poging. Het was geen oefening in concentratie geworden, maar in irritatie. Ik ergerde me dagelijks, maar op dat moment voelde ik hoe zwaar het allemaal was. Tango dansen met een aap met ADHD of een depressieve gorilla is makkelijker dan je leren te concentreren tussen asielzoekers. Ik begon boeken over yoga en meditatie te kopen bij de kringloopwinkel, het kopen daarvan werd de yoga en het lezen de meditatie, tot ik op een dag op een rommelmarkt oude vulpennen kocht van een vrouw, die er eigenlijk vijf euro voor wilde hebben, maar ze me, toen ik zielig deed en zei dat ik uit het AZC kwam, voor twee euro verkocht. Ik kocht een inktpotje en begon de pennen in mijn kamer te repareren. Een pen repareren was voor asielzoekers beter te plaatsen dan meditatie en concentratie. Als ik een pen repareerde, lieten de anderen mij met rust.

Ik haalde de vulpen helemaal uit elkaar, maakte alles goed schoon en vijlde en schroefde tot de pen weer als boter schreef. Dat deed ik langzaam en met veel concentratie. In het begin hoorde ik alles om me heen en kon een schreeuw of zelfs voetstappen in de gang of het openen van de deur me uit mijn concentratie halen, maar na een tijdje verdween alles om me heen en was ik alleen nog bezig met die pen.

Zo kon ik ontsnappen uit het AZC en vergat ik voor even al die jaren van wachten en de hopeloosheid in het gebouw. Ik was niet de enige die iets zocht om aan het AZC en het lange wachten te ontsnappen. Ieder deed dat op zijn of haar eigen manier.

Zo waren er vier asielzoekers uit Armenië, Tsjetsjenië, Congo en Irak die samen waren opgegroeid in het AZC en die zich in het weekend mooi aankleedden en hun schoenen poetsten. Ze gingen niet naar de kerk, maar ze kwamen wel altijd terug met blije gezichten. Niemand had ook maar enig idee van waar ze heen gingen.

74

Niemand wist dus waar die vier asielzoekers heen gingen. Een van hen heette Zako, hij vroeg mij eens of hij geld van mij kon lenen. Ik gaf hem alles wat ik op dat moment had, achttien euro.

'Meer dan genoeg,' zei hij. 'Volgende week woensdag krijg je het terug, dan kan ik weer pinnen.'

'Geen haast. Ik heb al boodschappen gedaan en ik kan woensdag ook weer pinnen,' zei ik. Toen hij me bedankte, vroeg ik hem waar hij telkens met die drie anderen naartoe ging, in die nette kleren.

'Naar het museum van de levende schone kunsten,' zei hij lachend.

'Dat klinkt interessant,' zei ik.

'Is het ook. Wil je een keer mee?'

'Moet ik dan ook van die nette kleren aan?'

'Hoeft niet, maar omdat het hier om levende kunst gaat, is de kans aanwezig dat een van die schilderijen met je wil praten. Of ergens theedrinken. Daarom moet je goed gekleed gaan. Kom anders eens mee en je zal het zelf zien.' Zo ging ik met de vier asielzoekers naar het museum van de levende schone kunsten. We namen de trein en stapten uit op het centraal station van Amsterdam. We liepen even, tot Zako zei dat we het museum hadden bereikt. Hij wees naar een schaars gekleed meisje achter een raam op de Wallen. Daarheen gingen ze, zo mogelijk elke week, als ze geld hadden voor de trein. Als het had gekund, waren ze dagelijks gegaan.

‘Kijk naar dat schilderijtje. Ze glimlacht naar ons,’ zei Zako en wees naar een bruinharige dame in knalgele lingerie.

‘Waarom noem je haar een schilderij?’ vroeg ik Zako.

‘Als je geld hebt, kun je haar betalen en dan kan je haar neuken. Dat maakt haar een hoer. Maar als je een asielzoeker bent, en je hebt daar geen geld voor, dan kun je alleen kijken en dan is ze een schilderij en zal zij jou neuken met haar schoonheid.’ Hij schoot in de lach en ze liepen van raam naar raam tot ze alle halfnaakte vrouwen hadden gezien. Voor ze naar het station terug gingen, splitsten ze zich op en liepen ze apart van elkaar terug. Elk van hen koos een hoer uit om haar in gedachten mee te nemen naar het AZC. In plaats van met anderen, deelde hij in gedachten dan de hele week zijn kamer met haar. Toen ik Zako vroeg waarom ze dan die mooie kleren aantrokken, zei hij dat ze hadden gehoord dat iemand eens een tijdje iets met een hoer had gehad, omdat ze dacht dat hij uit Nieuw-Zeeland kwam. Omdat hij zei dat zijn tas gestolen was, kon hij een tijdje bij haar logeren, tot ze erachter kwam dat het niet waar was en hem uit haar huis zette. Voor het geval zich zo’n kans zou voordoen, kleedden ze zich netjes.

Zo brachten die vier asielzoekers hun tijd door, zoals iedereen daar zijn eigen manier voor had.

Endi uit Irak verzette de tijd niet met een hoer maar met een kip. Hij kocht regelmatig een hele kip en stond dan urenlang in de keuken met een setje kleine mesjes en andere scherpe ijzeren instrumentjes die alleen chirurgen gebruiken. Urenlang haalde Endi alle botjes uit het lijf van de kip, zonder haar buik te openen. Eerst legde hij de kip op tafel, en zette een bord naast zich neer voor de kippenbotjes. Hij liet iedereen in de keuken de kip als geheel zien, voordat hij aan zijn precieze werkje begon. Als je zijn gezicht bekeek, zou je denken dat hij een hersenoperatie uitvoerde bij William Shakespeare op de cellen waaruit Hamlet zou ontspringen. Hij prikte in de kont van de kip en haalde de ingewanden eruit, die de Chinees Feng bereidde, omdat die altijd zei dat je niets van de kip moest weggooien en dat je alles kon eten. Feng praatte met niemand, behalve als hij zag dat iemand in de keuken eten wilde weggooien. Zelfs de darmen van de kip eindigden op zijn bord. Endi peuterde na het verwijderen van de ingewanden met zijn mesjes de botjes er een voor een uit. Elk botje liet hij triomfantelijk zien aan degenen die in de keuken waren.

'Niemand krijgt botten uit een kip zoals ik. Er zit geen grammetje vlees meer aan. Ik ben de enige ter wereld die dat kan.' Soms vroeg iemand hem: 'En, Endi, hoe laat gaan we eten?'

'Wij?' zei Endi dan, terwijl hij zich op zijn kip concentreerde. 'Hoe bedoel je wij?'

'Wij, jij en ik en de anderen.'

'Dat doen jullie in...' Dan keek hij even naar het gezicht van de asielzoeker om te zien waar hij vandaan kwam. 'In Armenië. Jullie nodigen iedereen uit om mee te eten. Maar hier in het AZC hebben we allemaal evenveel geld, een paar eurotjes per week. Koop jij een kip? Dan nodig ik je uit om mee te eten.'

Endi was de hele dag bezig met de kip. Zo was hij met zijn gedachten niet in het AZC, maar binnen in zijn kip.

'Ben je nog steeds bezig met dat zielige kippetje?' vroeg Anneke hem eens.

'Dit beest is niet zielig als ik zijn botten eruit haal. Hij is toch al dood. Ik ben zielig. Bijna vijf jaar, mevrouw Anneke, en jullie verwijderen mijn botten, terwijl ik nog in leven ben. Ik schreeuw ai! En ai! En ai! En jullie laten mij niet met rust.

En ook nog zonder verdoving, want dat betaalt de verzekeraar niet.'

'Stel je niet aan,' zei Anneke.

'Wat moet ik anders?'

'Mij uit de brand helpen,' zei Anneke. Salih, Moesjtaak Schatje en ik stonden naast Endi en zijn kip en we spraken allemaal Arabisch en Nederlands, maar Endi was het beste van ons in de namen van lichaamsdelen. Ook in het Nederlands wist hij alles over de kip en haar organen. Hij leerde woorden als darmen, alvleesklier, maag, lever en sleutelbeen sneller dan wij, ook de namen voor organen en lichaamsdelen die een kip niet had. Hij zei dat als de kip een blindedarm had gehad, hij die eruit had kunnen halen zonder dat de kip dat doorhad. 'Endi, heb je misschien tijd om met een oude man naar het ziekenhuis te gaan voor de vertaling? Het is een spoedgeval,' zei Anneke.

'Zoals je ziet, ben ik erg druk.'

'Je zou die kip in de koelkast kunnen leggen en straks verder kunnen gaan.'

'Dat kan niet. Echt niet. Kan die zieke oude man niet in de koelkast tot ik klaar ben met mijn kip?'

'En jij, Moesjtaak, zou jij mee kunnen?'

'O, mevrouw, hier heb ik nog wel een gaatje,' zei Moesjtaak en wees naar zijn kont. 'Maar in mijn agenda helaas niet. En bovendien ben ik geen officiële vertaler. Stel je voor dat ik verkeerd vertaal en die man gaat dood. Dan is het mijn schuld.'

'En jij dan, Semmier?' vroeg ze aan mij. 'Natuurlijk heb ik je gisteren ook al gevraagd om met iemand naar zijn advocaat te gaan, maar zou je misschien vandaag ook weer kunnen?'

'Ik wil niet naar een ziekenhuis. Dan denken de dokters dat ik de zoon of de broer ben van de zieke, en niet de vertaler, en dan worden ze boos op mij als we te vroeg of te laat zijn of de zieke andere medicijnen eist. Ik wil het alleen als jij zelf meegaat om ze duidelijk te maken dat ik er alleen ben om te vertalen.'

'Kom naar ons kantoor, dan geef ik het je op een briefje.'

'Dat deed je de vorige keer ook, maar dat was niet genoeg. Ze hebben het niet eens gelezen en ze waren gemeen tegen me.'

'Kom, ik zal ze bellen,' zei ze. Ik liep met haar mee. Wij leerden het wel: hoe moeilijker je deed met de Nederlanders, hoe makkelijker, aardiger en dankbaarder ze waren.

Moesjtaak ging vaak gekleed als een toerist met een camera om zijn nek de stad in met een kaart van Rome, die hij bij de kringloopwinkel had gekocht, omdat hij niet wilde dat de mensen buiten het AZC hem zagen als asielzoeker, maar als toerist. Moesjtaak wist niet eens dat een toerist altijd rondliep met de kaart van de stad waarin hij op dat moment was. Als je hem dat vertelde, protesteerde hij. 'Jij bent een asielzoeker. Ben je ooit een toerist geweest om mij te leren hoe ik toerist moest zijn?' In de stad praatte hij dan met elke vrouw die hij tegenkwam en zei dat hij uit Rome kwam en toerist was. Hij vroeg de vrouwen of hij ze mocht portretteren. Als het rolletje vol was, liet hij ze afdrukken. Op elk rolletje zesendertig vrouwen. Hij plakte de foto's in albums uit de kringloopwinkel. Als iemand bij hem op bezoek kwam, pakte hij een album, waarop hij op de voorkant het jaartal geschreven had waarop de foto's waren genomen.

'Dit waren mijn schatjes van dat jaar,' zei hij dan trots, en wees daarna elke foto aan. 'Die wilde graag geknuffeld worden, die zoent zo lekker, die houdt van pijpen en die...' Dat was zijn manier om te ontsnappen aan de tijd in het AZC.

Ghali, de kamergenoot van Moesjtaak, ontsnapte door naar de schatjes van Moesjtaak te kijken en naar hem te luisteren.

Hatim doodde de tijd door te wachten op de hand van een vrouw, Rasoel bracht zijn tijd door met zorgen voor Hatim. Zainab verzette de tijd door te koken en te naaien, Abdoelsalaam met het wachten op de post. En zo zocht iedereen zijn eigen manier. De enige die niets speciaals nodig had om de tijd in het AZC door te brengen was Baback, omdat hij daar altijd al woonde alsof het zijn huis was, zijn stad, zijn land, de wereld.

75

Mijn concentratieoefeningen met de vulpennen eindigden toen Caro, een Armeense asielzoeker, Alaa, onze verslaafde kamergenoot, bloedend het AZC binnenbracht. Hij vertelde dat hij hem had gevonden op de stoep. Caro had de politie niet gebeld, omdat hij niet wilde dat ze Alaa in de cel zouden zetten. Het gezicht van Alaa was blauw en hij kreunde als hij sliep en als hij wakker was. Salih, Malik en ik gaven hem kleren van ons en wasten zijn gehavende kleren met heet water. We lieten de wasmachine twee keer draaien om de stank eruit te krijgen. De volgende dag brachten we hem naar het medisch centrum. Hij bleek een paar ribben gebroken te hebben. Omdat de verpleegsters weigerden hem sterke kalmeringstabletten te geven, kochten we zelf hasj en draaiden wij joints voor hem, zodat hij minder pijn had en wij een beetje rust konden krijgen in 0139. Ik probeerde tevergeefs nog eens een andere kamer te krijgen.

'Daarmee is het probleem niet opgelost,' zei Daphne Koster van de sociale dienst, die kwam als vervanging voor het zwangerschapsverlof van Sagal. Daphne Koster was een lange, dunne vrouw bij wie het leek alsof je haar duidelijk moest maken dat zij bij de sociale dienst werkte en jij de asielzoeker was, en dat zij iets voor jou kon doen en niet andersom. Ze glimlachte altijd terwijl je haar je probleem vertelde, alsof je met haar op een kinderboerderij stond te praten over geitjes. Ze knikte altijd als teken dat ze het met je eens was. 'Interessant,' zei ze vervolgens, en keek je aan alsof jij zelf met de oplossing kon komen. Wat lastig was, was dat haar mond je altijd gelijk gaf, maar haar computer niet, want toen ik de situatie in 0139 uitlegde, zei ze: 'Interessant,' en 'Duidelijk.' En 'Wat vervelend, zeg,' en het leek alsof ik haar niet alleen probeerde te overtuigen mij naar een andere kamer over te plaatsen, maar zelfs naar een kamer voor mij alleen. Ik wist dat er drie eenpersoonskamers vrij waren, en ik zei dat ik wist dat die voor homo's of alleenstaande vrouwen waren, maar dat ik, als ik zo'n kamer kreeg, vanaf dag één klaar zou staan om eruit te gaan als iemand anders die nodig had.

'Interessant idee,' zei ze. Ze keek in haar computer en vertelde dat het klopte dat er drie eenpersoonskamers in groen vrij waren, maar dat ik er helaas niet een van kon krijgen. Zo waren nu eenmaal de regels.

Het leven met Alaa in de kamer werd nog onmogelijker, omdat hij nooit meer zijn tanden poetste. Omdat hij geen verblijfsvergunning had, was het moeilijk een afspraak met een tandarts te krijgen. Behalve dat hij stonk, kreunde hij onophoudelijk van de kiespijn, ook 's nachts. Uiteindelijk kwam Salih met de oplossing. Alaa was de centjes aan het tellen die hij op straat bij elkaar gebedeld had, toen Salih opeens een briefje van vijftig omhooghield. Alaa sprong op als een hond, wilde het papiertje pakken, maar Salih stopte het snel terug in zijn portemonnee. Hij zei dat Alaa het zou krijgen, als hij naar de sociale dienst zou gaan om te vertellen dat hij homo was en daarom niet meer met drie andere mannen in een kamer kon blijven.

'Geef mij nu vast vijf euro, en de rest als ik de kamer heb,' zei Alaa.

'Ik geef je geen cent. Je krijgt de hele vijftig euro als je hier komt met de sleutel van de kamer in je hand.'

Het duurde een week, toen kwam Alaa met de sleutel van

een eenpersoonskamer. Salih zei hem eerst al zijn spullen te verhuizen en de sleutel van O139 terug te brengen naar de sociale dienst, wat Alaa meteen deed. De drugs hadden hem veranderd van een leuke jongen in een hond die alles deed wat zijn baasje wilde.

De plek van Alaa in onze kamer bleef leeg en zo verbleven we de laatste periode in het AZC met zijn drieën op een kamer. De reden daarvoor was mij niet duidelijk, maar ik hoorde zo links en rechts dat er minder nieuwe asielzoekers kwamen. Alaa bleef bij ons aankloppen, maar wij zeiden dat zijn bed in B07 stond en brachten hem regelmatig naar de receptie, omdat hij weer zijn sleutel kwijt was.

76

Op een dag zag ik in de supermarkt bij de advertenties iemand een uitgeknipte foto uit de krant ophangen van honden en katten die in een asiel woonden. In kranten werden foto's van honden of katten gepubliceerd als laatste kans voordat ze een spuitje zouden krijgen, omdat een asieldier niet langer dan drie jaar mocht wachten in een asiel. Ik keek naar de foto's van mijn collega-dieren, en besloot om een asiel te bezoeken. Ik haalde een foto van het advertentiebord en fietste erheen. De receptie had geen portofoons, alarmknoppen, telefoons, postvakken of beeldschermen.

'Bent u op zoek naar een kat of een hond?' vroeg een vrouw.

'Ik kom voor deze,' zei ik en liet haar de advertentie zien.

'Ah, Tutu. Hij is daar. Kom maar mee.' Enthousiast liep ze langs een gang vol kooien met honden en ik volgde haar. Sommige honden sliepen en sommige lagen in een hoek met open ogen, anderen stonden te kwispelen, alsof ze voelden dat er hoop was het asiel te verlaten.

De eerste zes jaar van mijn leven ging ik op een ezel naar school en als ik aankwam, liet ik de ezel vrij. Hij liep vrij rond maar at nooit van een akker van iemand anders, hij sliep niet eens in de schaduw van een boom die iemand toebehoorde. En om twaalf uur precies, als de school uit was, stond hij weer op mij te wachten. Dieren waren altijd een deel van onze familie. We aten nooit het vlees van onze eigen dieren. In dit Nederlandse dierenasiel voelde ik dat ik door al mijn jaren in het AZC de dieren daar begreep en zij mij, want wij hadden dezelfde last op onze schouders: het wachten.

'Dit is Tutu,' zei ze. 'Hij was een beetje te groot voor de familie die hem als puppy had genomen. Hij is lief en trouw, hoor. Maar wel een beetje lomp.' Ze opende de deur en riep hem. Hij kwam naar haar toe. 'Het is een reu van vierenhalf jaar. Over twee weken is hij hier drie jaar. Als hij dan nog niet...' zei ze en keek mij aan. 'Misschien ben jij zijn laatste kans.'

'Kan ik een rondje met hem lopen?' vroeg ik.

'Natuurlijk,' zei ze en gaf mij de riem. 'Soms is hij te enthousiast en luistert hij even niet, maar hij is erg lief en braaf.' Ik nam Tutu aan de riem en ging met de hond naar buiten. Omdat de vrouw mij niet naar mijn identiteitskaart of mijn naam had gevraagd, voelde ik dat ik Tutu vrij kon laten, zodat hij er vandoor kon gaan. Dan zou hij zelf wel een baasje vinden, makkelijker dan via de bureaucratie van Nederland. Ik deed hem de riem af.

'Ga!' riep ik, maar in plaats van hard weg te rennen keek hij naar mijn hand. Ik pakte een stok en gooide die weg. Hij rende erachteraan en bracht hem weer terug.

'Tutu, ga! Je bent vrij. Over twee weken ben je dood als je niet gaat,' riep ik, maar hij bleef naar de stok in mijn hand kijken, zijn tong uit zijn bek, zijn kop scheef. Ik gooide de stok zo ver mogelijk weg en als ik de kracht had gehad, had ik hem achter de horizon gegooid. Tutu bracht de stok keer op keer terug. Ik liep met Tutu in de frisse lucht en het speet mij dat ik hem niet mee kon nemen naar het AZC. Ik liep met hem rond tot kwart voor vijf.

'Ik dacht dat Tutu ontsnapt was,' zei de vrouw bij het asiel.

'Dat hoopte ik ook, maar het is inderdaad een brave hond.'

'Je neemt hem dus?'

'Ik wou dat het kon, maar dieren zijn helaas verboden in het AZC.' Toen de vrouw dat hoorde, zag ik aan haar gezicht dat ze geïrriteerd was dat ze haar tijd aan mij had verspild.

'Hang de advertentie maar weer terug in de supermarkt. Wie weet komt er dan nog net op tijd een echt baasje...'

Ik besloot een advertentie voor mezelf te schrijven, precies zoals die voor de asieldieren. In plaats van 'asieldier van de maand,' schreef ik erboven 'asielzoeker van de eeuw.' Ik baseerde mijn tekst op de tekst uit de krant, en veranderde alleen maar de duur van mijn verblijf in het asiel.

Na een paar dagen rinkelde mijn telefoon en belde een vrouw. Haar stem leek oud. Ze had mijn advertentie gelezen en wilde mij graag zien. Tijdens de afspraak zag ik dat ze nog geen dertig was. Ze vond de advertentie grappig en daarom had ze, na enige twijfel, gebeld. Ze vond het leuk om met me te praten maar bleef wat gereserveerd, want volgens haar waren asielzoekers niet te vertrouwen – en daarin had ze gelijk, vaak wilden ze van blonde vrouwen slechts een verblijfsvergunning, geld en een paspoort. Ik wilde ook een verblijfsvergunning, geld en een paspoort, maar van haar wilde ik totaal iets anders. Ze was gewoon prettig gezelschap, we hadden plezier samen.

'Ik vind je leuk,' zei ik haar op een dag.

'Vind je mij leuk of het Nederlandse paspoort?' vroeg ze.

Een maand later zei ik: 'Ik ben gek op jou.'

'Ben je gek op mij of op het Nederlandse paspoort?'

Weer een paar weken verstreken.

'Ik ben verliefd op jou,' zei ik.

'Op mij of op het Nederlandse paspoort?'

Ze leek mij te willen zien als asielzoeker, niet als een mens.

Op een dag regende het hard. We waren elkaar toevallig tegengekomen en ze nodigde mij uit in haar huisje. Ze trok haar natte kleren uit en zei mij dat ik dat ook moest doen, anders werd ik ziek. Ik zat in boxershort en T-shirt naast haar op de bank, enigszins verlegen. Maar we hadden plezier en toen ik haar probeerde te zoenen, zei ze:

'Wil je mij zoenen of het Nederlandse paspoort?'

Het was een nacht die je volgens de Nederlandse denker Guus Meeuwis normaal alleen in een film ziet en volgens mij absoluut niet in een AZC. We zoenden elkaar. Ze trok haar kleren uit en gooide die op een stoeltje voor een spiegel. Op bed keek ze mij glimlachend aan.

'Wil je mij neuken?' vroeg ze ondeugend, alsof we gewoon yoga konden doen op haar bed.

'Nee,' zei ik. 'Maar ik wil wel graag het Nederlandse paspoort neuken.' Terwijl haar ogen mij bleven aankijken, ging haar hand naar de lade van haar nachtkastje en hield ze het mooiste paspoort ter wereld voor mijn gezicht: een condoom.

Toen ik haar het volgende weekend belde om haar te zien, zei ze dat het beter was elkaar in de stad te ontmoeten.

'Misschien moeten we elkaar niet meer zien,' zei ze in het park tegen mij. 'Ik begin je leuk te vinden en ben bang dat ik verliefd word.'

Ik heb haar daarna nooit meer gezien.

77

Nu dan vertel ik over mijn laatste jaar in het AZC. Niet omdat ik er aankwam of omdat het verhaal er aankwam, maar omdat ik er wil aankomen. Ik had niet gedacht zo veel verhalen te vertellen, maar de honderden mensen die ik in het AZC heb ontmoet, leken me te zeggen dat ik hun verhalen moest doorvertellen. En vele asielzoekers roepen nog in mijn hoofd om ook hun stem te laten horen.

Abbas, de Iraniër die met zijn gezin uit Duitsland naar Nederland kwam. Zijn beide dochters waren toen nog minderjarig. Na een paar jaar moest hij terug naar Duitsland, maar zijn twee dochters waren inmiddels ouder dan achttien en kregen te horen dat zij het recht hadden asiel aan te vragen zonder hun ouders. Dat hebben ze toen gedaan. Nooit vergeet ik het bleke gezicht van Abbas toen hij hoorde dat zijn asielaanvraag hem zijn dochters kostte.

Of Gustave uit Burundi, die met zijn krukken van gang naar gang liep om te wachten op een verblijfsvergunning zodat hij in plaats van met die stokken ooit met een kunstbeen zou kunnen lopen.

Of Zalmai uit Afghanistan, wiens vrouw en kinderen in Rusland op hem wachtten, totdat hij een verblijfsvergunning zou krijgen om weer bij hen weer te kunnen zijn.

Of Loebna uit Syrië met haar gehandicapte zoontje Ziaad, die zo snel mogelijk wilde dat haar man die vastzat in Turkije naar haar toe kon of zij naar hem.

Maar ik kan niet meer. Daarom spring ik naar het laatste jaar.

Djamaal nodigde mij uit in hun kamer voor de negende verjaardag van Milaad. Nadjaat had een taart gekocht, waar ze een negen op had laten zetten en aan de deur hing een A4'tje met het getal negen in een geel zonnetje. Het kamertje zat vol asielzoekers, die elkaar na al die jaren niets meer te vertellen hadden. Daarom vertelde iedereen wanneer ze in het AZC gekomen waren, en omdat Milaad jarig was, zeiden ze: 'Ik kwam drie jaar voor jouw geboorte' of 'Ik kwam hier twee jaar erna.' Toen ik aan de beurt was en zei dat ik gekomen was precies op de dag dat hij geboren was, lachte de hele kamer. Ze dachten dat ik een grap maakte. Ook ik lachte en vertelde dat het echt zo was, maar niemand geloofde me. Misschien omdat een grap in het AZC beter is dan de realiteit.

78

Ergens kort voor de negende verjaardag van Milaad, werd het AZC wakker met het nieuws dat niemand in het begin kon geloven. Er werd gezegd dat er een generaal pardon voor alle asielzoekers zou worden uitgevaardigd. Alle asielzoekers. Wat dat inhield, wist nog niemand en niemand geloofde dat hij ervoor in aanmerking zou komen. Velen dachten dat er een generaal was die Pardon heette, en dat hij alle dossiers van de IND overnam en besloot om aan iedereen een verblijfsvergunning te geven, wat er ook in stond, als een soort militaire coup. Dat begon eigenlijk als een grap van Talib, maar voor veel asielzoekers die er niets van begrepen, gaf het duidelijkheid. De sociale dienst en de VVN en dit keer ook de receptie, begonnen uit te leggen wat het generaal pardon inhield. Namelijk dat asielzoekers die vóór 1 april 2001 in de procedure terecht waren gekomen en nog steeds geen definitief antwoord hadden gekregen of niet konden worden teruggestuurd, een verblijfsvergunning kregen. Op voorwaarde dat de asielzoeker geen strafblad had en sinds 1 april 2001 ononderbroken in Nederland had verbleven, waarvan in bepaalde gevallen kon worden afgeweken. De reden voor dat generaal pardon was dat op 1 april 2001 een nieuwe Vreemdelingenwet was ingegaan en dat de Nederlandse regering van de nalatenschap van de oude vreemdelingenwet af wilde.

De asielzoekers begonnen in de rij te staan voor de VVN om te vragen of zij eronder vielen of niet. Voor sommigen was het een drama. João, een asielzoeker uit Angola, had zijn eerste gehoor gehad op 2 april 2001.

'Kijk,' zei hij tegen Wim van de VVN. 'Ik kwam op 28 maart aan, dus vóór 1 april, maar het eerste gehoor werd op 2 april afgenomen. Alsjeblieft, bel de IND en vertel hun dat ik wel het generaal pardon hoor te krijgen.' Maar Wim, die jarenlang ervaring had, vertelde João dat de IND wist waarnaar ze keken en dat hij vanzelf antwoord zou krijgen.

'Luister, dat kan echt niet. Ik wacht hier al jaren en omdat ik één dag na 1 april ingeschreven ben, krijg ik dat generaal pardon niet. Dat kan echt niet!' zei João.

'Bel je advocaat. Die kan daar wat aan doen.'

'Ik heb hem al de hele dag proberen te bellen, maar zijn secretaresse zei precies wat jij net zei. Ik wilde hem persoonlijk spreken, maar daar had hij geen tijd voor, want hij was in de rechtbank.'

De rij voor de VVN was lang en Wim zei hem morgen terug te komen. João dwaalde door het AZC met alle papieren die hij had en vertelde iedereen die hij tegenkwam in het Engels, Nederlands of Portugees zijn situatie. Ik hoorde dat Wim de dag erna voor hem belde met de IND en dat bleek dat hij op 2 april in Nederland was aangekomen, maar João bleef ronddwalen met de tas vol papieren, omdat het, ook als hij niet op 28 maart aangekomen was, niet eerlijk was.

Claudiño, een andere Angolees, ging naar Wim om te zeggen dat het niet goed ging met João en dat het verstandig was als hij hem vertelde dat hij de IND gebeld had om te zeggen dat een dagje niet zo erg was en hij wel onder het generaal pardon zou vallen, maar Wim wilde hem geen valse hoop geven. Claudiño ging naar de sociale dienst, maar kreeg hetzelfde antwoord. João kreeg volgens de IND geen verblijfsvergunning. Er waren meer asielzoekers voor wie dat gold, omdat ze enkele weken of maanden na 1 april 2001 waren aangekomen, maar dat was geen troost voor João, voor wie tussen hem en het generaal pardon slechts een aantal uren zat.

Talib was een van de eersten die de zo begeerde brief kreeg. De receptionist overhandigde hem de envelop en nog voor hij die opende, haalde hij uit zijn broekzak een verfrommeld oranje stuk plastic. Hij blies het op, zette de enorme oranje plastic kroon op zijn hoofd en zette die niet meer af. Iedereen wist voor welk moment hij die had bewaard, en zonder dat hij iets had hoeven te zeggen wist het hele AZC dat hij een verblijfsvergunning gekregen had.

79

Ik had Nederland in de tussentijd twee keer verlaten en was vanuit Duitsland teruggestuurd, dus ik leek niet onder het generaal pardon te vallen. Het leek erop dat ik voor altijd in het AZC zou blijven, tot het in Irak veilig genoeg zou zijn. In plaats van wachten op de IND en het ministerie van Justitie begon ik het nieuws in Irak te volgen.

Om eerlijk te zijn vond ik het niet erg om geen verblijfsvergunning te krijgen, want dat zou maar een massage zijn voor een dood lichaam. Wel zag ik daardoor dat de Nederlanders niet zo perfect waren met al hun regels en computers, want er werden fouten gemaakt.

Zoiets was al eens eerder voorgekomen. Ik weet nog dat een man die Mohamed Abdoellah heette en bij ons in het AZC woonde een verblijfsvergunning kreeg. Zijn naam klopte, maar het verhaal was niet het zijne. Blijkbaar was de verblijfsvergunning bedoeld voor een andere Mohamed Abdoellah in een ander AZC. Nog geen week daarna kreeg onze Mohamed Abdoellah een status, terwijl hij nog maar een paar maanden in Nederland was en het normaal nooit zo snel ging. Wij grapten dat de originele Mohamed Abdoellah niet alleen voor zichzelf wachtte, maar voor iedereen die Mohamed Abdoellah heette, in elk AZC in Nederland. Maar bij het generaal pardon werden er ergere fouten gemaakt.

Amadi, een Somalische asielzoeker die een paar jaar eerder zelfmoord had gepleegd, kreeg een brief, die door de receptie aan een andere Somaliër werd gegeven. Daarin stond dat de dode Amadi een verblijfsvergunning kreeg. Dus sommige asielzoekers waren net een dag te laat in Nederland aangekomen, en anderen kregen een verblijfsvergunning jaren na hun dood. Talib sprak de magische woorden: 'Wie denkt dat een asielzoeker in de hemel geen verblijfsvergunning nodig heeft? Juist wel. De IND stuurde een verblijfsvergunning voor Amadi, zodat hij niet uit de hemel kan worden gezet.'

Walid, mijn kamergenoot in de eerste jaren, was allang in Londen, maar werd door ons snel gebeld, toen hij de brief kreeg over het generaal pardon.

Ook toen er elke dag post van de IND kwam voor verschillende asielzoekers, kwam er geen post voor Abdoelsalaam. Nu wist hij zeker dat de IND hem vergeten was. Elke dag vroeg hij meerdere malen bij de receptie of er post was. Hij vroeg Anneke en Patrick en Hilde en Daphne en Aydin waarom hij ook nu die brief niet kreeg. En hoe vaak Wim ook herhaalde dat 'generaal pardon' geen persoon was en hij geen telefoonnummer had om hem te kunnen bellen, bleef Abdoelsalaam hem ernaar vragen. Ik weet nog dat zelfs de caissière bij de Aldi, die hem inmiddels al jaren kende, hem vroeg of hij nu al een brief had gekregen.

Steeds als een asielzoeker een brief kreeg met het generaal pardon, rende Abdoelsalaam meteen naar de receptie.

'Die man in kamer 030 kreeg een brief. Misschien is er ook een brief voor mij?' Het antwoord bleef nee.

Zainab vroeg iedereen die Arabisch praatte naar de betekenis van 'generaal pardon'. Ze eindigde altijd bij mij en toen ik niet wist hoe ik het anders moest uitleggen, maakte ik het simpeler.

'Weet je nog hoe in Irak elk jaar op de verjaardag van Saddam Hoessein gevangenen werden vrijgelaten en alle deserteurs zonder straf mochten terugkeren naar het leger? Dat was een generaal pardon van Saddam Hoessein. Nu telde de IND de asielzoekers die voor 1 april 2001 Nederland inkwamen om ze zo'n generaal pardon te geven. Het zijn er zesentwintigduizend.' Zainab opende haar ogen wijd. Ik dacht dat ze het eindelijk begreep, maar ze schudde haar hoofd.

'Zoveel? Al die duizenden aan het wachten? Ik dacht alleen wij, in dit gebouw...'

Niet lang daarna kreeg zij de brief met haar generaal pardon. Drie maanden daarna ging ze met haar reisdocument naar de Canadese ambassade met de uitnodiging die haar broer in Quebec haar stuurde en na een maand had ze een visum voor Canada. Zo brachten Salih en ik haar in de trein naar Schiphol. Ze had een kleine tas handbagage. Haar pannen en borden waar wij jaren van hadden gegeten en haar naaimachine die veel kleren voor velen van ons verkleind en vergroot had, gaf ze aan een vrouw uit Jemen.

'Gaat deze trein echt naar het vliegveld?' vroeg ze Salih.

'Ja,' zei die. 'Honderd procent zeker.' Na een tijdje keek ze mij aan.

'Deze trein gaat toch naar het vliegveld, hè?'

'Absoluut.' Toen de conducteur kwam, vroeg ze mij, terwijl ze dat best zelf kon doen, om te vragen of deze trein echt naar het vliegveld ging.

'Rechtstreeks,' zei de conducteur. Na elfenhalf jaar kon Zainab niet geloven dat ze in de juiste trein zat, terwijl ze voor de laatste keer door het kikkerlandje reed. Ze bleef het ons elke paar minuten vragen.

De trein stopte in Schiphol en de roltrappen brachten ons naar de hal erboven. We hielpen Zainab met inchecken en gaven haar de boardingpas. In de rij voor de paspoortcontrole vroegen we een van de reizigers haar te helpen bij de juiste gate te komen. Voor wij afscheid namen, zei ze opeens: 'En die arme Kadhem. Waar is toch zijn lijk?' Ze gaf mij een envelop en vertelde dat er honderdachttien euro in zat, die ze had gepind met zijn bankpasje voordat hij zelfmoord pleegde. Ze vroeg mij het te bewaren om ermee te kunnen betalen als zijn lijk naar Irak gestuurd werd, als de Nederlanders het zouden vrijgeven en nog niet hadden verbrand. Ik probeerde haar het geld terug te geven, maar ze weigerde. Nog steeds heb ik die envelop met honderdachttien euro erin.

Zij stond in de rij met haar reisdocument in haar hand en toen ze aan de beurt was, haalde ze uit haar handbagage de tas met de papieren van de IND en het ministerie van Justitie. We konden haar niet zeggen dat ze die niet meer nodig had en zagen haar even later de vrouw volgen, aan wie we hadden gevraagd haar te helpen. Ze verdween in de transithal in haar zwarte kleren.

80

Het AZC liep langzaam leeg. De grootste leegte werd veroorzaakt door Kristi. Ze ging wonen bij haar vriend, een man bedekt met tatoeages. Na een tijdje kwam ik ze tegen, ze liepen hand in hand en ze was hoogzwanger. Jimmy liep naast hen, hij was inmiddels een opgeschoten puber met een pet scheef op zijn hoofd. Hij keek op naar mij en knipoogde, terwijl hij naar de man wees met zijn duim, alsof hij wilde zeggen: 'Hem noem ik ook geen papa, hoor.'

'Wie heeft jou opgepompt?' riep ik haar na. Ze lachte hard.

'De lul van mijn generaal pardon! Deze!' riep ze trots en wees naar de man, die glimlachte. Het was de laatste keer dat ik haar zag.

Een keertje hoorde ik dat Zako mij zocht, want hij had nieuws voor mij. Het ging over Jelena. Hij vertelde me dat hij een meisje had gezien, zij of iemand die op haar leek, achter een raam op de Wallen. We gingen er samen naartoe, maar achter dat raam zat nu een ander meisje.

'Die Russische stond hier, ik zag haar gisteren echt,' zei Zako. Ik ging er elke dag heen en na een paar dagen zag ik haar staan. Ik mengde me onder de vele toeristen, en kon zo het raam een paar keer voorbij lopen zonder dat ze mij zag. Daar stond ze, met haar dromerige blik, die ze zelfs achter dat raampje nog had. Die blik was het enige dat niet veranderd was. Jelena. Het meisje, dat het leven verspreidde in onze oranje gang, zodra ze uit 0124 stapte. Sommige mensen zijn mooi. Alleen al hun bestaan maakt het leven draaglijk. Maar nu riep ze niets van dat alles in mij op. Het enige wat ik voelde was intens medelijden, niet alleen met haar, maar ook met de schoonheid en met mezelf. Ik voelde een brok in mijn keel, toen ik terugdacht aan wat ze in die verre dagen voor mij betekend had. Dezelfde schoonheid die mij toen naar de hemel bracht, stond nu te koop achter een raam.

Ik dacht er even aan naar haar toe te gaan, maar ik was bang dat dat voor haar pijnlijk zou zijn. Ik liep naar het centraal station, draaide halverwege om, om toch met haar te gaan praten, ging weer richting station en draaide me nogmaals om, maar toen ik opnieuw bij haar in de buurt was, besloot ik alsnog naar de trein te gaan.

Zij is de enige van al die mensen die ik in het AZC leerde kennen die ik nu opnieuw zou willen zien. Soms, als de sneeuw 's nachts voor het eerst valt en het donker laat verdwijnen, krijg ik een warm gevoel vanbinnen, want dan verschijnt Jelena even in mijn herinneringen om daarna weer diep weg te zinken.

81

Wij bleven in het AZC achter met zo'n zeventig asielzoekers die niet onder het generaal pardon vielen. Dat gebouw dat jarenlang gevuld was met wachten en schreeuwen, stilte en huilen, geboorte en dood, pijn en medelijden, dat gebouw leek niet opeens leeg te kunnen zijn. Maar het was het wel. De leegte was ondraaglijk. De stilte in die vele kamers was een hel. Nooit had ik zo'n afschuwelijk gevoel van eenzaamheid en verlatenheid als in dat bijna lege gebouw. Als ik wakker werd, moest ik eerst wennen aan die vreselijke stilte. Soms voelde de seconde waarin ik wakker werd als een seconde waarin ik nog sliep, omdat ik geen geroep of spelende kinderen hoorde.

Toen Malik en Salih het generaal pardon kregen en allebei een huis kregen toegewezen, Salih in Groningen, Malik in een dorp in Zuid-Holland, bleef ik alleen achter. Eindelijk alleen slapen, dat was ook een generaal pardon. Wel ontdekte ik dat ik niet meer zoals vroeger kon slapen. Iets in mij bleef altijd wakker. Ik dacht eerder dat dat kwam omdat ik mijn kamer en dus mijn slaap met anderen deelde, maar dat was het dus niet. Het was eigenlijk omdat ik mijn hoofd vanbinnen met anderen deelde: met de receptie, de IND, de vreemdelingenpolitie, de sociale dienst en al die asielzoekers.

Uiteindelijk bleek ook ik onder het generaal pardon te vallen. Ik weet nog steeds niet goed waarom, het doet er ook niet toe, want mijn asielaanvraag was al die jaren niet serieus bekeken, en ik had gezien welke fouten er werden gemaakt, dus heel serieus kon ik de beslissingen van de IND niet meer nemen.

Mijn laatste nacht in 0139 kon ik niet slapen. Ik liep door geel met de gele muren, blauw met de blauwe muren, groen met de groene muren en oranje met de oranje muren, van afdeling naar afdeling, tot de kleuren van al die muren grijzer en grijzer werden en alle muren vervaalden. Op elke plek had ik herinneringen en gevoelens. Elke steen was een geschiedenis. Het gebouw leek die laatste avond op een zinkend schip. Ik hoorde een viool uit 0101. Het was de Armeense asielzoeker Levon. Ik bleef staan luisteren, zoals altijd als hij speelde, maar deze keer klopte ik aan toen hij klaar was en vroeg hem welk muziekstuk het was.

'Dle Yaman,' zei hij, schreef het voor me op en zei dat hij het zo vaak voor mij zou spelen als ik wilde, maar ik zei dat ik de volgende dag zou vertrekken.

Voor ik wegging, bracht ik de twee dekens, de drie lakens, de handdoek, het kussen en de kussensloop naar het magazijn en nam het inleverbewijs mee naar de sociale dienst, waar Anneke mij een dagkaart gaf en me een fijn leven toewenste.

Ik ging naar 0139, had mijn spullen gepakt in de tas die Abdoelwahid achterliet toen hij naar Londen ging, pakte die op en keek nog een laatste keer door het raam. Ik opende de deur, keek nog eens naar binnen, en verliet het AZC via de achterdeur.

'Semmier! Semmier, wacht!' hoorde ik iemand roepen. Ik draaide me om en zag Abdoelsalaam. 'Ik was net bij de receptie en die zei dat zelfs jij een brief kreeg. Maar ikke niet,' zei hij. 'Denk je dat ik die ooit zal krijgen?' Hoe graag had ik hem antwoord willen geven.

82

Ik liep van het AZC naar het station en dacht: wat moet ik nu verder? Na negen jaar stilstaan in dat gebouw? Verbaasd keek ik naar de wereld om me heen. Nu ik niet meer bij dat gebouw hoorde, was het alsof ik al die jaren in een gesloten kelder had gezeten. In plaats van dat de wereld groter werd, leek die gevaarlijker en minder betrouwbaar.

Lichamelijk en geestelijk was ik veranderd. De sociale dienst kende Semmier, net als de receptie, de vreemdelingenpolitie en de IND. Maar ik kende hem niet. Hem moest ik leren kennen om verder te kunnen gaan met mijn leven.

Een jonge moeder duwde een buggy met een tweeling voort, ook richting station. Het was een mooi, hoopgevend teken in die eerste minuten los van het AZC. De vrouw droeg een handtas en een zware koffer. Ik vroeg of ik haar kon helpen en ze knikte. Op het station keek ze op het bord met de tijdschema's.

'Kut,' zei ze geïrriteerd. 'Een kwartier vertraging.' Ik lachte hardop. Zij keek mij vragend aan.

'Ik had net ook vertraging, negen jaar. In dat gebouw,' zei ik en wees naar de oranje afdeling van het AZC die ik in de verte nog kon zien. De vrouw glimlachte. Als ik haar tas niet gedragen had, had ze vast gedacht dat ik gek was.

Misschien was ik dat ook.